우리말 땅이름

우리말 땅이름

윤재철 지음

도서출판 b

이 책을 펴내며

서울, 서울 하면서 그 서울이 우리말이라는 것을 우리는 별로 의식하지 않는다. 그러나 한번쯤 새겨 보면 서울은 분명 우리말이다. 따로 서울에 대한 한자 지명이 없다. 서울은 큰 고을 이름 중에 유일하게 우리말로 불리는 곳이다. 행정적인 지명이 모두 한자어로 되어 있는 땅에서 그것도 한 나라의 대표적인 도시인 수도 이름에 우리말이 남아 있는 것은 거의 기적 같은 일이다.

서울은 고려 말에는 한양(부), 조선시대에는 한성(부), 일제강점기에는 경성(부)으로 모두 한자어로 부르고 썼다. 그러다가 광복이 되고, 일제가 붙인 이름 경성을 어떻게든 바꾸어야 할 때 새로운 이름으로 서울이 급부상하게 된다. 광복 직후 서울시인민위원회는 시정을 접수하는 대로 즉시 시행할 19개항의 시책을 발표하였는데, 그 첫 번째 항목이 '경성부는 서울시로 개칭함'이었다(《매일신보》, 1945년 10월 14일자). 어떤 논의를 거쳤는지는 알려져 있지 않지만 비교적 신속하게 경성을 대체할 수도의

이름으로 서울을 제시한 것이다. 이후 미군정이 자리를 잡아가면서 1945
년 말 각계 인사 70명으로 구성된 경성부 고문회의에서 새로운 명칭을
논의하게 되는데, 여기에서는 '한성시(漢城市)'라고 쓰고 '서울시'라고
읽는 것으로 결정하였다. 이에 서울시에서는 군정청에 명칭 개정을 신청
하였으나 군정청은 이를 각하하였고, 이후 일반 시민들은 물론 관청에서
도 '서울시', '한성시', '경성부'라는 명칭을 혼용하였다.

그러다가 1946년 8월 10일 군정청은 해방 1주년을 맞이하여 〈서울시헌
장(Charter of The City of Seoul)〉을 발표하였다. 경성의 명칭을 서울로
바꾸고 경기도 소속이었던 서울시를 특별자유시로 하여 도와 대등한
행정단위로 복원한다는 것이 그 골자였다. 해방이 되고 일 년이 지나서야
우리말로의 개칭이 미군정에 의해서 공식적으로 이루어진 것이다. 사실
미군정은 광복 초기부터 경성의 명칭을 서울이라고 하기로 내부적으로는
결정했던 것으로 보인다. 그 예로 1945년 10월 16일에 경성제국대학의
명칭을 서울대학으로 변경한 바도 있다(재조선미국육군사령부군정청
법령 제15호).

이러한 결정 과정에는 묘한 아이러니가 숨어 있다. 당시에 이미 서울은
'Seoul'로 세계에 알려져 있었다는 사실이다. 한성이나 경성을 우리만
서울로 부른 것이 아니라 세계가 서울로 불렀다는 것이다. 서울의 로마자
표기 'Seoul'은 19세기 프랑스 선교사들이 서울을 'Sé-oul(쎄-울)로 표기한
데서 비롯되었다. 서양의 고지도를 보면 19세기말부터는 거의 대부분의
지도가 서울을 Soul, Syeoul, Seoul로 표기하고 있다. 그것은 이사벨라
버드 비숍여사가 구한말 우리나라를 여행한 후 기행문으로 남긴『한국과
그 이웃나라들』(1898)도 마찬가지인데, 책에 수록된 지도와 본문에서
서울을 Seoul로 쓰고 있다. 이러한 사실은 당시 우리나라 사람들이 서울을
고유 지명으로 인식하고 일상적으로 써왔다는 방증이기도 하다. 어쨌든
서울의 이름을 정하는데 있어 미군정 당국자들에게는 선택의 여지가

없었던 것으로 보인다. 이미 국제적으로도 알려져 있고 서민들도 여전히 이 이름을 쓰고 있다면, 그것을 한성이니 한양이니 하는 조선시대의 이름으로 되돌리거나 새롭게 어떤 이름을 창안할 필요가 없었던 것이다. 그러니까 서울이라는 말은 애초에 우리말이면서 로마자로 표기되어 세계적으로 알려진 바람에 다시 우리에게 살아서 돌아온 셈이다.

서울이라는 말은 우리말 중에서도 가장 뿌리가 깊은 말 중의 하나이다. 이 말은 신라 초기의 도읍지 지명이자 국명이었던 서벌 또는 서라벌에서 비롯된 말이다. 『삼국유사』는 서벌(徐伐)에 대해 '지금 경(京) 자의 뜻을 우리말로 서벌이라 하는 것도 이 때문이다'라는 주석을 달고 있다. 고려시대에는 서벌이 수도를 가리키는 말로 일반명사화 되었음을 알 수 있다.

이 서벌이 우리말로 표기되어 처음 모습을 보이는 것은 『용비어천가』인데, 셔블(ㅂ은 ㅸ)이 그것이다. 그리고 이 셔블이 음운변화를 거치며 셔울(셔올)이 되었다가 오늘날의 서울이 된 것이다. 『한국민족문화대백과』에서는 '서울의 서는 수리·솔·솟의 음과 통하는 말로서 높다·신령스럽다는 뜻을 가진 말에서 유래했고, 울은 벌·부리에서 변음된 것으로 벌판, 큰 마을, 큰 도시라는 뜻을 가진 말에서 유래했다.'고 설명하고 있다.

서울이라는 말은 원래는 수도를 가리키는 일반명사로 쓰였던 것이 시간이 지나면서 고유명사화한 것이다. 특히 조선시대 500년을 거치면서 한 지역을 지칭하는 이름으로 오래 사용하다 보니 자연스럽게 고유 지명으로 인식이 바뀐 것으로 볼 수 있다. 물론 일반명사이면서 동시에 고유명사로 인식했을 가능성도 있다. 오늘의 『표준국어대사전』에서도 수도와 지명 두 가지로 뜻풀이를 하고 있는 것과 같다. 이러한 이원적인 인식은 한자 지명과 속지명(우리말 땅이름)의 대응 관계로도 볼 수 있는데, 관청이나 식자층에서 한성 혹은 한양이라는 한자 지명을 쓸 때 민간에서는 이에 대응하는 속지명으로 우리말 서울을 사용했다고 볼 수도 있다.

한자·한문은 서기전부터 유입되기 시작하여 6세기경에는 토착화된 것으로 보인다. 지증왕 4년(503년)에 국호를 '신라(新羅)'로 정하고, 처음으로 '왕(王)'이라는 칭호를 사용하였다. 그 후 675년 신라가 삼국을 통일한 후 경덕왕 16년(757년)에는 군현제를 개편하면서 전국의 군·현 이름을 모두 2음절의 한자 이름으로 바꾸었다. 이러한 2음절 한자 지명 방식은 왕조가 바뀌면서도 그대로 이어져 조선 후기에 이르러 면리제가 확립되면서는 가장 작은 행정단위인 리(里)까지 모두 한자화되었다. 그러나 이러한 한자화 과정을 통해 우리말 땅이름이 사라진 것은 아니었다. 한자화 과정은 행정적이거나 공식적인 표기를 중심으로 이루어졌기 때문에 민간에서는 그것과 상관없이 우리말 땅이름을 지속적으로 부르고 써왔다. 말하자면 우리 지명은 한자어와 우리말의 이원적 체계를 이루어온 것이다.

이러한 과정에서 우리말 땅이름은 민중의 언어로, 지역의 언어로 끈질기게 명맥을 이어왔다. 왕이나 사족의 말이 아니라 땅에 엎드려 농사짓고 우물물 길어다 밥 지어 먹고, 대장간 망치 두드리고 발품 팔아 장사 다니던 서민남녀들의 말로 살아온 것이다. 그들이 애초의 명명자이기도 했지만 그 땅에 밀착해서 대를 이어 삶을 이어왔기 때문에 그들의 말로 생활 속에 살아남을 수 있었다. 그런 탓에 우리말 땅이름은 중앙이 아닌 지방에, 도시가 아닌 시골에, 큰 곳이 아닌 작은 곳에 민중의 언어로 강하게 뿌리박았던 것이다. 지금도 시골 지역에 그리고 작은 땅이름(소지명)에 우리말 이름이 많이 남아 있는 것도 이런 이유에서이다.

그런 우리말 땅이름의 모습은 여러모로 질그릇이나 오지항아리를 닮았다. 아무 꾸민 데 없이 그냥 수수하다. 아니 촌스럽다. 어떤 수식이나 과장 없이 있는 그대로의 모습을 땅내 나는 우리말로 전한다. 흔히 한자 지명이 갖는 관념적인 미화나 추상적인 왜곡이 없이 민낯 그대로의 솔직한 모습을 보여주고 있는 것이다. 그래서 편하고 친근한 느낌을 준다. 그것은 애초부터 기교나 세련미와는 거리가 있다. 대신에 무기교의 질박한 아름다움이 있는 것이다. 또한 우리말 땅이름은 기본적으로 생태적이다. 즉물성이 강해 풍성한 자연과 자연물의 모습을 동시적으로 환기시킨다. 대개는 자연 생태계나 지리적인 환경이 건강할 때 붙여진 이름이라 강한 생명감이 느껴지기도 한다.

땅이름은 한번 듣고 잊어버릴 수 있는 단순한 기호는 아니다. 거기에는 수십 혹은 수백의 대를 이어온 우리 아버지, 어머니들의 삶의 숨결이 배어 있고 손때가 묻어 있다. 지리적인 정보 외에도 거기에 깃들여 살았던 민중의 역사와 문화 그리고 그들의 정서가 무늬처럼 새겨져 있다. 또한 거기에는 시간과 함께 변화해온 민중의 언어가 똬리를 틀고 있어 국어학의 보고이기도 하다. 이런 모든 것들이 우리가 그 이름들을 소홀히 해서는 안 되는 이유가 될 것이다.

2019년 여름, 방배동 달팽이집에서
윤재철

차 례

제3부

제1부

날아온 산의 비밀 비산동

날뫼·외뫼·똥뫼

산이 날아와 지명이 된 곳이 있다. 우리말로는 날뫼, 한자어로는 비산동(飛山洞)이다. 거대한 몸체로 꿈쩍도 않는 산이 날아다니니 천지창조에 버금가는 거대한 담론이다. 또한 그 상상력이 놀랍고 재미있거니와 특이하다. 대구광역시에서 채록한 서구의 자연마을 '날뫼'의 전설은 다음과 같다.

비산동 구릉지가 옛날에는 평야였다. 아득한 옛날 한 아낙네가 달천가에서 빨래를 하고 있었다. 한참 빨래하기에 열중하고 있는데, 어디선가 그윽한 음악소리가 들려왔다. 무슨 일인가 기이하게 여겨 고개를 들어보니 서쪽으로부터 커다란 산이 음악 소리와 함께 둥둥 떠서 날아오고 있는 것이었다.

몸이 피곤해서 잘못 봤는가 하고 한참을 그대로 쳐다봐도 분명히 산이 날아오고 있는 것이었다. 놀라움과 당황으로 어쩔 줄 모르는 사이에도 커다란 산은 구름이 날아오듯 계속하여 날아오고 있었다.

17

이렇게 날아온 산이 달천을 막 건너려고 할 때 놀란 아낙네는,

"야, 산이 날아온다!"

하고 큰 소리를 질러버렸다. 그랬더니 그만 날아오던 산이 그 자리에 내려앉아 버리고 말았다. 그래서 지금까지 평지이던 곳에 커다란 산이 생기게 되었다고 한다. 그때부터 날아온 산이라 하여 날뫼(날메)라 불렸고 그것이 오늘의 비산동의 동명이 된 것이라 한다.

『한국민속문학사전』에 따르면 '산이나 섬이 떠내려와서 어느 곳에 자리를 잡았다는 이야기'는 '자연창조전설'로 분류하는 것 같다. 전국적으로 널리 분포하는데, 자연물의 창조적 시원을 말하는 점에서는 창조신화의 계열이지만 신성의 의미가 약화되면서 증거물 중심의 전설이 된 이야기라는 것이다. '날아온 산' 이야기는 산이라는 구체적인 증거물과 함께 산 이름의 유래를 설명하는 전설이다. 용(신화)은 못 되고 이무기(전설)로 남은 이야기인 셈이다. 이러한 전설은 구비전승 과정에서 유희적 상상이나 사회적 의미가 보태지기도 하는데, 빨래하던 아낙이 소리를 지르는 바람에 산이 주저앉았다는 이야기는 '여자는 부정하다'는 민간 신앙적 사고를 반영하고 있기도 하다. 그러나 '산이 날아온다'는 '말하기'는 탄생 과정에 대한 은유일 수도 있다. 머릿속 생각 즉 무의식에서 의식으로 이행하는 인식의 과정을 표현한 것으로 볼 수도 있다.

이러한 전설에서 우리가 주목해야 하는 것은 이야기가 담고 있는 지리적 정보이다. 위의 이야기에서는 그때까지는 평지였던 달천가에 산이 생겼다는 사실이다. 그것은 지질학적으로 새롭게 산이 융기했다는 사실을 의미하지는 않는다. 무슨 화산 폭발이 있었던 것도 아니고 몇 백만 년 혹은 그 이상에 걸쳐 이루어지는 지각 변동이 있었던 것도 아니라면 그것은 본질적으로는 평야인 그 지대에 별로 어울리지 않는 산이 돌출해 있다는 사실을 의미하는 것이다. 말하자면 산악지대의 밀집

된 산이거나 산맥의 지맥으로 연이어진 산이 아니라 넓은 평야지대에 돌출한 산이라는 것이다. 이런 경우의 산은 대개 얕고 작은 동산이거나 구릉지인 경우가 대부분이다(네이버 지도에 대구시 서구 비산동에는 날뫼산이 62.3m로 나온다). 그러니까 평야지대에 별로 어울리지 않고 이질적인 느낌까지 주어 나중에 어디서 날아와 붙은 것으로 재미있게 상상하게 된 것이다.

이와 같이 산줄기에 잇닿은 산이 아니라 평평한 지대에 돌출한 얕고 작은 산을 부르는 이름은 아주 다양하다. 물론 각각이 위치한 지대나 돌출한 모양은 다르지만 지형에 대한 인식은 공통적이다. '날뫼' 외에도 '딴산'이라든지 '독뫼' '똥뫼(똥산, 동산)' '독산'이라든지 '외뫼' '외미' '오미' '고산'이라든지 '손뫼' '객산' 같은 재미있는 이름도 있다. 주인 산이 아니라 나그네 산, 손님 산이라는 것이다. 원래부터 그 자리에 있어온 산으로서는 섭섭하겠지만 특이한 지형에 대한 사람들의 인식을 잘 보여주고 있다.

그러나 안양시 비산동 날뫼는 경우가 좀 달라 보인다. 조선시대에는 과천군 상서면 내비산리 안날미, 외비산리 박날미이었다가 1914년 일제의 행정구역개편 때 통합되어 시흥군 서이면 비산리가 되었다. 유래를 보면 비산동 골짜기 안에 위치한 마을이라 안날미, 골짜기 밖에 위치해 있어 박(밖)날미라 했다는 것이다. 산 능선을 기준하여 안과 밖으로 구분해 부른 것이다. 한글학회가 발간한 『한국지명총람』(경기도 안양시)에는 '날미(비산): 비산동과 석수동 경계에 있는 산. 높이 300m. 새가 나는 모양이라 함'이라 되어 있다. 골짜기 안과 밖으로 날미를 구분하고 높이가 300m인 산이라는 점, 새가 나는 모양이라는 점 등은 대구시 비산동과 많이 달라 보인다. 이에 대해 배우리 씨는 북쪽 삼성산에서 뻗어 내린 지맥이 들(평촌) 쪽으로 완만한 비탈을 이으면서 학의천 앞에서 숨을 죽이고 있다면서, 안양의 비산(飛山)은 '늘어진 뫼'의 뜻인 '늘뫼'가 '날뫼'

로 변해 한자화된 지명으로 보고 있다.

춘천시 서면 신매리에는 외로울 고 자 고산(孤山, 98m)이 있다. 모랫벌 가운데 오뚝하게 홀로 솟아 있는 조그마한 바위산이다. 의암호에 있는 상중도 북쪽에 위치해 있는데 춘천의 진산인 봉의산에서 떨어져 나왔다 해서 봉리대라 부르기도 한다. 또한 부래산(浮來山, 뜰 부, 올 래)이라 하기도 하는데 '떠내려온 산(부래산)' 전설로 유명한 곳이기도 하다. 옛날 어느 해에 큰 장마가 졌는데 낭천강(낭천은 화천의 옛 이름) 상류에서 큰 바위산이 떠내려왔다. 금성(강원도 철원) 땅의 관리가 그 바위산을 찾아서 춘천까지 오게 되었다. 금성의 관리는 이 부래산(고산)이 눈을 즐겁게 해주었으니 세금을 받겠다고 하였다. 그때부터 매년 금성 관리가 찾아와 세금을 받아갔는데 원님의 어린 아들의 기지로 더 이상 세금을 내지 않게 되었다는 것이다. 원님의 어린 아들은 바위산은 금성의 산이지 만 바위산이 깔고 앉은 땅은 춘천 땅이라면서, 지금까지 자릿세는 한 푼도 내지 않았으니 바위산이 떠내려온 때부터 지금까지의 자릿세를 내고 이제부터는 부래산이 필요 없으니 도로 가져가라고 했다. 금성의 관리는 아무 소리도 못하고 돌아갔고 그 뒤부터는 더 이상 금성의 관리가 세금을 받으러 오지 않았다 한다.

부래산전설은 전국적으로 널리 분포하는 이른바 광포전설 중의 하나로, 크기가 작고 산맥에 연결되어 있지 않으며 주위의 형세와 조화를 이루지 못해 마치 다른 곳에서 떠내려 온 것처럼 보이는 산에 흔히 붙는 전설이다. 거기에 관리들의 가혹한 세금과 그것을 극복하는 소년의 기지가 민중의 소망처럼 결부된 이야기가 되었다.

『관동읍지』에는 백사 이항복이 소양강을 지날 때 이곳 선비 이경해와 함께 배를 타고 지나다가 "무슨 산인가?" 하고 물었다는 대목이 있다. 그에 대해 이경해가 "부래산입니다. 춘천 사람들이 매우 어려웠는데 이 산이 온 후 살아가는 방도가 꽤 나아졌습니다"라고 대답하였다. 그로 보면 주민들은 부래산에 대해 긍정적으로 생각했음을 알 수 있다. 어찌 됐든 떠내려와서 이제는 자기들 것이라는 인식으로, 땅이 더 생겼으니 나아지면 나아졌지 못하지는 않을 것이라는 생각을 엿볼 수 있다. 부래산에 대한 시로는 백사 이항복(1556~1618)의 다음과 같은 한시가 있다.

＊ 춘천의 큰 선비 이씨·안씨·최씨 세 군자가 청평사에서 내가 노닌다는 말을 듣고 나를 위하여 찾아와 반석 위에 나란히 앉았는데, 나는 그곳으로 셋집을 얻어 이사하여 여생을 보내고 싶었다.

만년의 계획은 소양강 아래 와서
그대와 함께 한 낚싯대에 늙는 거로세
생업이 빈한함은 걱정하지 말라
본디 부래산이 있지를 않는가

주(州)의 북쪽에 외로운 섬이 있어 부래산이라 호칭하는데, 세속에 전하는 말에 의하면, 이 산이 낭천에서 흘러왔기 때문에 토착민들은 가난하고, 우거하는 백성들이 부자가 된다고 한다.

— 『백사집』 제1권(임정기 역, 한국고전번역원)

더 오래전에 이 부래산 곧 '고산'을 노래한 인물로는 매월당 김시습 (1435~1493)이 있다. '고산 안개 낀 물결에 조각배를 띄우니, 깎아지른 높이만큼 시름이 몰려오네.'로 시작하는 칠언율시이다. 춘천 고산은 명승으로도 이름이 높아 많은 문인들이 찾았거니와, '소양팔경' 중에도 '고산낙조(고산의 저녁노을)'가 들어 있다.

고산이 속한 신매리에는 오미라는 자연마을이 있는데 신매리의 중심이 되는 마을이다. 마을 이름 외에도 오미에 있는 들로 오밋들이 있고,

오미 앞에 있던 나루로 오미나루가 있다. 한자로는 오미(梧美), 오매(吾梅), 오무(五舞) 등으로 다르게 표기되어 있다. 이로써 보면 '오미'는 외로울 고 자 '고산'의 우리말 이름인 것으로 짐작해 볼 수 있다. 즉 '외따로 하나인'을 뜻하는 '외'에 산을 뜻하는 '뫼'가 합쳐진 '외뫼'의 변형으로 '오미'를 볼 수 있다는 것이다.

양구 방산면 오미리(五味里)는 '외딴 산'이라 오미리라 하였다는데, 그대로 한자의 음을 빌려 표기한 것으로 보인다. 황해남도 태탄군 과산리의 고산은 '외메'라는 우리말 이름이 있다. 산이 외따로 솟아 있어 '외메'라 불렀다 한다. 한자로 옮기면서 과산(瓜山) 또는 외로울 고 자를 써서 고산이라고도 하였다고 한다. '과(瓜)'는 '외(오이)'를 가리킨다. 그러니까 '외'의 훈음차표기로 '과' 자를 쓴 것이다.

경기도 오산도 외딴 산을 뜻하는 오미(외뫼)에서 온 것으로 보기도 한다. 까마귀가 많아서 오산(烏山, 까마귀 오)이라고 했다는 설도 있고, 오산천에 자라가 많아 오산(鰲山, 자라 오)이라 했다는 설도 있지만 설득력이 약하다. 인근의 노인들은 지금도 오산장을 오미장으로 부르고, 오산 동쪽의 동탄면에 오산리(梧山里)가 있는데 흔히 오미라고 했다고 한다. 정확히 오산이 어느 산을 가리키는지는 불분명하지만, '오산'은 '오미(외뫼)'에서 비롯된 지명으로 보인다.

영월군 영월읍 연하리 오산(烏山)의 경우는 더욱 확실하다. 오매, 오미라고도 불렀는데 근거가 있다. 마을에 있는 삼척산이 마을 한가운데 다른 산과 연결되지 않은 채 솟아 있어서 외메라 불렀다는 것이다. 더구나 이 삼척산에는 부래산전설 같은 이야기가 전해지는데 삼척의 호방이 이 산이 삼척산이므로 세금을 내야 한다며 세금을 받아 갔으나 마을 어린 아들의 기지로 면하게 되었다는 전설이다.

충남 예산군도 본래 백제의 오산현(烏山縣) 지역이었는데 통일신라 때 고산(孤山)으로 고쳐 불렀다고 한다. 처음에는 까마귀 '오' 자를 써서 한자의 음으로 표기했던 것이, 뒤에는 외로울 고 자를 써서 한자의 훈(뜻)으로 표기한 것이다. 안동시 도산면 가송리에는 조선 중기의 학자로 이황의 제자인 성재(또는 고산주인) 금난수(1530~1604)가 세운 고산정이 있다. 퇴계 이황이 청량산을 오갈 때 이곳에 자주 들러 빼어난 경치를 즐기고 여러 편의 시를 남기기도 했다. 이 고산정 맞은편에 산 하나가 홀로 떨어져 솟아 있는데 이 산을 고산 혹은 독산이라 불렀다 한다. 주민들은 이 산을 올미 또는 오미라고 불렀던 것으로 보이는데 고산정 앞에 있는 소 이름도 오미소이다. 이 산도 옛날 홍수 때 봉화에서 떠내려왔다는 이야기가 전한다.

또 다른 고산은 윤선도(1587~1671)의 호 고산이다. 고산 하면 윤선도의 향리인 전남 해남의 금쇄동이나 보길도, 부용동 어디쯤에 있겠거니 생각하기 쉬운데 윤선도의 고산은 남양주 한강가에 있었다. 윤선도의 별서는 보길도, 부용동이 우선적으로 꼽히고, 그것은 우리나라의 대표적인 별서로 이름난 곳이지만 별서는 남양주에도 있었다. 『고산연보』에는 '고산은 바로 예부터 물려받은 선생의 별장인데, 서울에서 30리 거리의 강에 임해 있고 갑자기 솟아 우뚝한 구역으로 가까운 경기 지방의 명승지이다.' 라고 쓰여 있다. 해남 윤씨가의 기록에 따르면 약 60여 필지의 전장이 있었던 것으로 보인다.

'고산촌'은 지금의 남양주시 수석동 거칠뫼에 있었던 것으로 추정하고 있다. 거칠뫼는 안미음 서쪽에 있는 마을 이름으로 예전에 산이 떠내려와 걸쳐진 지역이라 하여 거칠뫼, 한자로는 황곡이라 표기했다 한다. 연구자들은 윤선도가 호로 삼았던 고산은 퇴미재로 추정하고 있는데, 고개의 형상이 흙을 모아 쌓아 놓은 것 같다고 해서 퇴미재라 부른다고 한다.

남양주문화원의 지명유래에는 '수석동 토성(경기도 기념물 제94호)'에 '이 토성은 토미재라고 부르는데 한강에 면한 해발 82.3m의 구릉 정상부에 있다. 이곳에 서면 서쪽으로 아차산, 남쪽으로 이성산과 남한산, 동쪽으로

천마산, 북쪽으로 수락산 그리고 마을 앞의 미음나루가 한눈에 조망된다'
고 되어 있다. 일찍이 삼국시대부터 있었던 토성으로 보인다. 토미재는
'테뫼'에서 온 말로 짐작되는데 지금도 쓰이는 말이다. '테뫼식 산성'이라
고 하는데 산 정상부를 중심으로 성벽을 두른 산성을 가리킨다. 테뫼는
말 그대로 테를 두른 산으로 읽힌다.

윤선도는 한강물이 흐르는 퇴미재산 남쪽 기슭의 강벽 위에 명월정이라
는 정자를 짓고 또 명월정 서쪽에는 해민료(解悶寮)라는 집을 따로 지었던
것으로 보인다. 해민료의 '해민'은 두보의 시에도 나오는 말로 '걱정(번민)
을 풀다'는 뜻이고, '료'는 작은 집을 뜻한다. 지금에는 모두 아무 자취가
없다. 어쨌든 윤선도는 이 이름 없는 산에 '고산'이라 이름 붙이고 그것을
자신의 호로 삼은 것으로 보인다.

'고산'을 노래한 시 중에 아래의 시는 고산의 지형적 특징을 잘 나타내면
서, 도도한 홍수의 물결에 굴복하지 않는 고산의 모습을 통해 작자 자신의
의연한 자존심을 드러내고 있다.

> * 고산만 범람하지 않았기에 기해년(1659) 서재의 여러 시편에 화운하다.

> 푸른 물결이 별안간 푸른 바다로 넘실넘실
> 어디가 들이며 강물인지 구별할 수가 없네
> 무슨 일로 이 고산만 매몰되지 않았는지
> 일천 언덕 일만 구릉 금세 물에 잠겼는데
> —『고산유고』 제1권(이상현 역, 한국고전번역원)

그러나 윤선도의 양주 고산 지명은 그렇게 널리 쓰이지는 않은 것
같다. 윤선도를 중심으로 가까운 선비들이나 집안사람들 사이에서나
쓰였을 뿐 주민들 사이에 정착되지는 못한 것으로 보인다. 더구나 행정지

명도 아닌 바에는 어떤 기록도 전하는 것이 없다. 현재의 남양주문화원 수석동 지명유래에서도 고산의 흔적은 찾을 수가 없다. 말 그대로 '외로운 산'이었던 셈이다.

광주시 오포읍 매산리에는 독산동(獨山洞)이라는 마을이 있다. 마을 뒤편에 산소의 봉분같이 생긴 산이 외따로 떨어져 있어 딴뫼 혹은 딴미라고 하는데 이것을 한자화하면서 독산동이 되었다는 것이다. 보령시 웅천읍 독산리에는 독산해수욕장이 있다. '독산'이라는 지명은 바닷가에 홀로 있는 산이라는 뜻인데, 이전에는 우리말로 '홀뫼'라고 불렀다 한다. 영양군 일월면 주곡리에 있는 독산은 다른 이름으로 고산이라고도 불렀다고 한다.

경북 청도군 각북면 덕촌리도 독산과 관계가 있다. 덕촌은 덕산과 점촌을 합하면서 한 글자씩 따서 지은 이름인데, 이 중 덕산(德山)은 독산을 좀 더 의미 있게 바꾼 지명이라 한다. 마을 앞개울 건너에 '똥뫼산'이 있어 이 산을 한자로 독산이라 했는데, 그것을 덕산으로 바꾸어 마을 이름으로 삼은 것이다. 역시 지명 전설이 전하는데, 부래산전설과 같은 유형이다. 옛날에 이 작은 독산이 비슬산에서 떨어져 나온 것이라고 현풍현에서 산세를 받으러 왔는데 밀양 박씨 한 어른이 이를 막아주었다 한다.

함안군 함안면 북촌리 정동마을 앞에는 '똥뫼'가 있는데 장군산이라고도 부른다. 장군산이라 부르게 된 것은 옛날 어느 장사가 고성에서 산을 지고 가는 도중에 빨래하던 여인이 산이 기어간다며 놀리는 바람에 화가 나서 지고 가던 산을 이곳에다 내려놓고 가버렸다는 전설에서 비롯되었다고 한다. 산이동설화의 한 유형인데 산을 옮기는 주체가 마고할미가 아니라 장사이다.

'똥뫼'는 들 가운데 있는 조그마한 동산을 가리키거나 외따로 떨어져 있는 작은 산의 뜻으로 많이 쓰였는데 대개 부래산전설을 지명유래담으로 가지고 있다. 이 형태가 아주 많은데 동메, 독뫼, 똥메, 똥미산, 똥산, 동산, 독산 등이 있다. 어느 것이 원형인지는 확실하지 않으나 독뫼>동뫼>똥뫼로 변한 것이 아닌가 싶다. 왜냐하면 외따로 떨어진 산의 형세나 모양을 두고 '똥'을 우선적으로 연상하는 것이 쉽지 않기 때문이다. 한자로 홀로 독(獨) 자를 먼저 썼을 것 같다. 서울 금천구 독산동은 한자가 다르다. 독산동의 독은 대머리 독(禿)이다. 말 그대로 산 위에 나무가 없는 민둥산이라 붙여진 이름이다.

봄버들 휘늘어진 노량진

노돌·노돌목·노루목

다산 정약용(1762~1836)이 노량진 별장 겸 장용영 별아병장으로 잠시 임명된 적이 있었는데 그때 그는 홍문관 교리·수찬이었다. 정5품 정도 되는 교리가 무관직 노량진 별장으로 발령이 났으니 좌천도 이만저만한 좌천이 아니었다. 그러나 이것은 정조의 연막전술이었으니 정약용을 경기 암행어사로 내보내기 위해 눈속임으로 그렇게 한 것이었다. 그는 밤중에 임금의 침전으로 불리어 들어가 암행어사 명령을 받게 된다. 다음은 그 무렵 정약용이 지은 시인데 당시의 노량진의 모습이 잘 드러나 있다.

* 노량진에 돌아와 교지를 기다리면서 별장과 함께 술을 마시고 설경을 구경하며 지었다. 이때 정 교리 이수 또한 어사로 교지를 기다렸다. 이때 나는 별장을 겸임하였다

수의어사 그야말로 밤으로만 나다니어
노량에서 아병을 거느림만 못하다오
망해루란 누각 앞에 눈발 처음 걷혔는데
시흥으로 뻗은 연로 반듯하게 트였네

말단 장수 세밑에 공사 없이 한가로워
술 거르고 소 잡아 한번 취해 보고 지고
강변 마을 늙은 군사 고기잡이 노련하여
넉 자 길이 붉은 잉어 낚싯대로 낚아내네

사냥 그물 한 번 빌려 말뚝 박아 손수 쳐서
메추리며 참새를 무수히 잡아다가
푸성귀를 뒤섞어 삶고 굽고 국을 끓여
왁자지껄 떠들면서 마음껏 즐겨본다네

생각하면 연천 삭녕 시골 민가 싸늘하여
닷새 만에 음식 마련 한 번 겨울철에 홑옷이야
임금님께 올릴 글에 몇 줄 더 보태련다
술잔 수저 잠깐 놓고 앉아 길이 한탄하네
　　　　　—『다산시문집』 제2권(송기채 역, 한국고전번역원)

　　눈 내리는 세모에 진졸들과 술 한잔 나누는 모습이 사실감 있게 그려진
시인데, 그런 흥겨움 속에서도 앞으로 그가 암행 나갈 경기도 연천,
삭녕 시골 백성들의 피폐한 삶을 떠올리는 모습이 남다르다. 망해루는
망해정을 가리키는데, 선조 때의 영의정 이양원이 살던 집이라고 한다.
이곳에 정조는 용양봉저정을 짓게 되는데 말하자면 행궁인 셈이다. 정조

『원행을묘정리의궤』의 주교도

는 아버지 사도세자의 묘인 수원 화산의 현륭원 참배길에 한강을 주교(배다리)로 건너 이곳에서 점심을 들며 휴식을 취했기 때문에 일명 주정소라 부르기도 하였다. 인근에는 주교사도 있었다. 정조는 이곳 용양봉저정에서 점심을 들고 '시흥으로 뻗은 연로(여기서 연로는 임금이 거둥하는 길을 뜻함)'를 따라 수원으로 행행하였던 것이다. 이곳의 모습은 화성에서 열렸던 혜경궁 홍씨의 회갑연을 기록한 『원행을묘정리의궤』의 '주교도'에도 잘 나타나 있다. 이 누정은 매우 크고 화려하여 여기서 내려다보면 강 언덕의 푸른 수림 아래로 한강의 맑은 물결이 내려다보이고, 눈을 들면 멀리 남산 북악 사이로 서울 장안의 풍경이 그림같이 펼쳐져 있어서 전망도 매우 좋았다고 한다.

또한 노량진은 건너편 용산에서 보아도 아름다웠던지 '용산팔경'에도 네 군데나 들어 있다. '관악만하(관악산의 저녁놀)', '동작귀범(동작나루로 돌아오는 돛단배)', '흑석귀승(흑석동으로 돌아오는 스님)', '노량행인

(노들길을 지나는 길손)' 등이 그것이다. 노량진은 관악산의 지맥들이 한강으로 빠져드는 지점에 위치해 장기홍의 '노량진도'나 정선의 '동작진도'를 보면 배경으로 관악산이 빠지지 않는다. 관악의 놀이나 동작나루의 돛단배, 흑석동의 스님(흑석동 안쪽으로 화장사라는 절이 있었음)은 그 특색이 쉽게 이해가 가는데 노량진은 왜 하필 평범한 행인의 모습을 꼽았을까 하는 의아심이 생길 수도 있겠다. 그런데 곰곰 생각해 보면 이해가 가는 풍경이다. 나루라는 것이 무엇인가. 오고 가는 나그네들에게 강을 건네주는 기능을 하는 곳이 아닌가. 그것이 나루 본연의 자연스런 모습이다. 그러니 멀리 바라보이는 노량진 행인의 모습이 팔경에 꼽힌 것이다. 장기홍의 '노량진도'나 정선의 '동작진도'에서도 화면 하단에 강 이쪽 지금으로 말하면 서부이촌동, 동부이촌동 쪽 백사장에서 배를 기다리는 사람과 말의 모습을 그려 놓고 있다.

정약용의 또 다른 시 「여름날 용산에서 지은 잡시」에는 노량진의 모습을 또 달리 그려내고 있다. "서쪽 노량 강기슭 푸른 풀이 무성하고 / 들쭉날쭉 시골 마을 살아 있는 그림일레 / 백구 나는 곳을 고개 돌려 쳐다 보소 / 불그레한 석양빛이 육신사당에 가득해"(『다산시문집』 제1권, 한국고전번역원). 시골 강마을의 그림 같은 풍경 속에 노량진에 있는 사육신묘를 부각시키고 있다.

이 노량진의 우리말 이름은 '노돌'이었다. 민간에서는 그냥 '노돌'로 많이 불렀던 것 같다. 순한글신문인 〈독립신문〉(1897년 12월 9일자)에 '노돌 건너 월파정 집 토움 속에다 착고 채워 가둔 지가 지금 한 달이 되니' 해서 '노돌' 지명이 보인다. 사사로운 형벌을 문제 삼은 기사인데, 여기에서 '노돌'은 지금의 노량진을 가리키는 것으로 보인다. 이 '노돌'을 한자로는 흔히 '노돌(老乭)'로 표기하기도 했는데, 한자의 음을 빌려 이두식으로 표기한 것이다. '돌(乭)'은 우리나라에서 만들고 우리나라에서만 사용한 국자(한국제 한자)로, 사람 이름이나 땅이름에 우리말 '돌' 음을 표기하기 위해 흔히 쓰였다.

춘원 이광수가 1923년 발표한 「가실」이라는 단편역사소설에도 '노돌'이라는 지명이 보인다. '가실'은 『삼국사기』 '열전'에 실려 있는 '설씨녀'라는 설화를 소설화한 것인데, 가실이라는 소년이 사랑하는 설씨녀의 아버지를 대신해서 전장으로 나가는데 그 싸움터가 한강 유역이었던 것이다. "가실과 같이 온 군사가 노돌을 건너는 날은 삼각산으로서 하늬바람이 냅다 불고 좁쌀 같은 싸락눈이 펄펄 날렸다."고 쓰고 있다.

1933년에 발표한 김동인의 장편역사소설 『운현궁의 봄』은 조선말 흥선대원군의 일생과 당시의 시대상을 그리고 있는데 거기에도 '노돌'이 나온다. "용산 건너 노돌에 있는 사충사에서…." 분명 지금의 노량진을 가리키는 말이다. 1936년에 발표된 박태원의 장편세태소설 『천변풍경』은 일정한 줄거리 없이 1930년대 어느 한 해 청계천변에 사는 약 70여 명의 인물들이 벌이는 일상사를 그려내고 있는 말 그대로의 세태소설인데, 이 소설에는 '노돌강'이 나온다. "아, 관가에서 허는 일이, 덮으러 들면야, 노돌강은 못 덮어?…. 조만간 덮긴 덮을 모양야, 말이 자꾸 떠도는 게…." 당시 청계천 복개에 관한 소문에 대해 한 말이다.

그러나 무어니 해도 '노돌'이 가장 널리 알려진 것은 1934년도에 기생 출신 가수 박부용이 부른 신민요 '노들강변'(신불출 작사·문호월 작곡)일 것이다. 지금은 한국을 대표하는 민요의 반열에 있는 이 '노들강변'의 발표 당시의 원가사는 다음과 같다.

노돌강변 봄버들 휘늘어진 가지에다가/무정세월 한 허리를 칭칭 동여 매여나 볼가/에헤요 봄버들도 못 미드리로다/푸르른 저긔 저 물만 흘러 흘러서 가노라

분명 '노돌강변'으로 되어 있다. 그러던 것이 언젠가부터 '노들'로 바뀐

것을 알 수 있다. 그리고 지금에 와서는 '노돌'은 완전히 자취를 감추고, '노들' 또한 무슨 뜻인지도 모르는 채 민요 가사로만 불리고 있는 것이다.

위의 예들을 보면 적어도 1930년대까지는 노량진을 우리말 '노돌'로 불렀던 것을 알 수 있다. 바로 이 '노돌'을 한자로 표기한 것이 '노량(진)'인데, 한자로는 옛날부터 아주 다양하게 쓰였다. 노도, 노도진, 노량, 노량도, 노량진, 노량진도 등이 그것이다. 맨 처음 보이는 기록은 노도(露渡)이다. 『태종실록』(1414년)에 '처음으로 광진과 노도에 별감을 두다'라는 기사가 보인다. '도(渡, 건널 도)'는 '진(津)'과 함께 나루(터)의 뜻으로 많이 쓰인 한자이다.

이것이 세종 때부터는 '량'으로 바뀌어 이슬 로 자 노량(露梁)과 길 로 자 노량(路梁)이 함께 쓰인다. 그러다가 연산군 때에 백로(해오라기) 로 자 노량(鷺梁)이 나타나면서 露, 路, 鷺 세 한자가 모두 함께 쓰이게 된다. 조선 후기에 이르러서는 길 로 자는 자취를 감추고 이슬 로 자 노량과 해오라기 로 자 노량만 쓰인다. 실록 외에 다른 기록을 보면 『호구총수』(1789년)에는 과천현 하북면 노량리(露梁里)였던 것이 『과천현읍지』(1871년)에는 노량리(鷺梁里)로 기록된 것을 볼 수 있다. 그러다가 1914년 일제의 행정구역통폐합 이후에는 시흥군 북면 노량진리(鷺梁津里)로, 백로 로 자로 표기가 굳어진 것으로 보인다.

노량 지명에서 '량'은 한자 표기가 변함이 없는데 '노' 자는 여러 가지로 표기된 것을 보면 결국 '노' 자는 뜻과는 상관없이 음을 빌려 표기한 것임을 알 수 있다. 즉 우리말로 '노'나 그와 비슷한 음을 한자로 표기하다 보니 기록하는 사람에 따라 달리 쓰인 것이다. '량'은 뜻이 비교적 분명하고 고정적이다. '량'은 『훈몽자회』(1527년)에 '돌 량'으로 나온다. 여기에서 '돌'은 지금의 돌(石)과는 다른 뜻을 가진 우리 고유어이다. 『삼국사기』(열전 사다함)에 '전단량은 성문의 이름이고, 가라(가야)의 말로 문을 량이라 한다.'는 기록이 있다. '문(門)'을 '량(梁)'이라고 했다는 것인데,

이 '량'을 『훈몽자회』에서는 우리말 '돌'로 부른 것이다. 고대에는 성곽 주위에 도랑(해자)을 파고 물을 채웠기 때문에 성문을 '돌(도랑)'로 인식했을 가능성이 있다.

국어학자들은 대체로 '돌'을 '도랑(좁고 작은 개울)'의 옛말로 보고 있다. 그러나 뜻으로는 강에 버금가는 '물목(물이 흘러 들어오거나 나가는 어귀)'이나 '해협'도 가리켰던 것으로 본다. '노돌'이나 '울돌목' '손돌목'의 '돌'이 모두 이 뜻을 갖는 것으로 본다. 이 '돌'은 량(梁)이라는 한자로 지명에 많이 쓰였는데, 임진왜란의 격전지였던 칠천량, 견내량, 명량, 노량 등이 그것이다. 모두 바다의 폭이 좁은 해협이다. 또한 해협인 탓에 바닷물이 빠르고 거세게 흐르는 것도 공통적이다. 바다의 폭이 가장 좁은 곳이기 때문에 지금은 이 '량'에 모두 다리가 세워져 있기도 하다. 칠천대교(425m), 거제대교(740m), 진도대교(484m), 남해대교(660m) 등이 그렇다.

이 중 남해대교가 있는 노량해협은 임진왜란(정유재란)의 마지막 격전 지로서 우리 군이 크게 이겨 노량대첩으로 부르는 곳이자 이순신 장군이 전사한 곳으로 유명하다. 노량은 하동군 금남면 노량리와 남해군 설천면 노량리 사이에 있는 좁은 통로 모양의 목이다. 마주보고 있는 양쪽 군의 리 지명이 똑같이 노량리인 것이 특이하다. 한자로는 모두 이슬 로 자를 쓴 노량(露梁)인데 오래된 이름이다. 기록으로는 『태종실록』(7년)에 '남해현 구라량 만호, 노량 만호…'라고 해서 처음 보이는데 이후 조선시대 내내 변함없이 이슬 로 자를 쓰고 있다. 임진왜란 때는 물론이고 『해동지도』(1750년대)에는 노량진, 『호구총수』(1789년)에는 노량촌, 『조선지지자료』(1911년)에는 노량동 등으로 기록되어 있다.

지역에서는 노량을 '이슬 다리'로 흔히 풀이하고 있다. 옛날에 이곳 남해도는 이름난 유배지였는데, 어느 선비가 이곳에 이르러 노량 앞바다의 물결이 마치 이슬방울이 모여 다리를 이룬 것 같다고 하여 이슬다리 즉 노량이라고 부르게 되었다고 한다. 또 노량해협에 파도가 심하게 치면 그 물결이 마치 이슬방울이 뭉쳐 다리를 놓은 것처럼 보인다 하여 붙여진 이름이라고 하기도 한다. 그러나 이는 한자의 뜻에 집착한 해석으로 원래 우리말 땅이름과는 거리가 있어 보인다. '이슬 다리'라는 말의 예도 달리 없거니와 '이슬로 된 다리'의 형상을 떠올리기도 쉽지 않기 때문이다.

학자들은 이곳 노량의 우리말 이름을 '노돌'로 보고, '놀돌'에서 ㄹ이 탈락한 어형으로 추정한다. 그런데 이 '놀'을 무엇으로 보느냐는 서로 갈리는데 어떤 학자는 '놀'을 '너울'의 준말로 보기도 하고, 어떤 학자는 '놀'을 '노루(獐)'로 보고 놀돌은 '노루돌'에서 온 것으로 보는 것이다. 노루의 고어는 '노ᄅ'이다. 전자는 노량의 조류가 크게 출렁이는 모습에 착안한 것인데, 너울은 '바다의 크고 사나운 물결'을 뜻한다. 그에 따르면 '놀돌'은 '크고 사나운 물결이 이는 문'으로 풀이할 수 있다는 것이다. 그러나 이 해석은 남해 노량에는 적합할지 몰라도 똑같은 이름인 서울 노량에는 어울리지 않는 것이다. 서울 노량은 강폭이 좁으면서도 양안 지형이 다리 놓기에 적당한 특징을 보인다. 이런 이유로 정조도 화성 능행을 위해 주교(배다리)를 가설하면서 이곳 노량을 우선적으로 지목한다. 후자는 '놀돌'은 '노ᄅ돌'에서 온 것으로 보고 '노ᄅ돌'은 노루목 곧 좁은 목을 뜻한다고 보았다. 노루목은 알다시피 전국적으로 광범위한 분포를 보이면서 아주 흔한 지명인데 후자는 이런 일반적인 독법을 따르고 있다.

이와 관련해서는 진도의 '명량'을 주목할 필요가 있다. 이곳은 '울돌목'이라는 우리말 이름이 전하는 곳이기도 하다. 명량은 노량과 마찬가지로 임진왜란 때 이순신 장군의 대첩지로 유명한데 모두 지형이나 조류의 흐름을 잘 이용한 곳들이다. 특히 명량은 조류의 흐름이 아주 빠르고 거세 우는 듯한 소리를 낸다고 해서 울돌목이라 부르고 울 명 자를 써서 명량이라 썼다. 그러면서 지형지세는 남해 노량과 같이 육지와 섬 사이가 아주 좁은 물목을 이루고 있는 특징을 보이는 곳이다. 그런데 『진도군지』에 따르면 이 '명량'을 '노돌목'이라고도 불렀다고 해서 주목되는 것이다.

이 '노돌목'은 지금은 『표준국어대사전』에도 수록되어 있다. '노돌목'을 지명으로 분류하면서 '명량해협'으로 설명하고 있다. 그리고 '명량해협'은 '전라남도 해남군 화원 반도와 진도 사이에 있는 좁은 해협≒노돌목·명량(鳴梁)·울돌목'으로 설명해 놓고 있다. '명량(해협)'의 우리말 이름으로 '울돌목'과 함께 '노돌목'을 확인할 수 있다.

'목'은 현대어의 길목과 같은 뜻으로 좁은 길로 갈라져 들어가는 어귀나 중요한 통로가 되는 곳을 가리키는 말이다. '돌'을 '좁은 물목'을 가리키는 말로 본다면, '노돌목'에서 '돌'과 '목'은 비슷한 뜻을 가진 유의중복으로 볼 수 있다. '노돌목'은 '노돌'과 같은 말인 것이다. '울돌목'도 마찬가지이다. '울돌'에 같은 뜻을 가진 말 '목'이 덧붙어 된 이름이다. 울돌은 조류가 내는 소리에 주목해서 부른 이름이고 노돌은 지형에 주목해서 부른 이름으로 볼 수 있다. '울돌'의 '울'은 '울다'에서 온 말로 뜻이 분명해 보이는데, '노돌'의 '노'는 어디에서 온 말일까.

이 의문을 풀어줄 실마리가 녹진나루이다. 진도 노돌(목)에는 나루가 둘인데 위쪽 즉 북쪽나루가 녹진나루이고 아래쪽 즉 남쪽에 위치한 나루가 벽파진이다. 이 중 녹진나루는 진도군 군내면 녹진리에 위치하는데 오래된 나루이다. 녹진나루에서 '진'과 '나루'는 유의중복이기 때문에 옛 한자 지명은 그대로 녹진으로 본다. 이때 녹(鹿)은 사슴 녹 자로 흔히 노루 장(獐) 자와 혼동되어 쓰인 한자다. 그것을 뒷받침하는 또 다른 근거가 고려시대에는 이곳 '녹진'을 '장항'이라 불렀다는 사실이다.

『고려사절요』에 보면 삼별초를 토벌하는 내용에 '삼군이 진도를 토벌하였다. 김방경은 흔도와 함께 중군을 거느리고 벽파정에서부터 들어가며, 희옹과 홍다구는 좌군을 거느리고 장항에서부터 들어가고, 대장군 김석과 만호 고을마는 우군을 거느리고 동면으로부터 들어가니…'라는 기록이 있다. 토벌군(고려군과 몽고군)이 해남 삼지원에 집결했다가 세 군데로 나누어 진도로 진입했다는 내용인데, 이때 중군이 진입한 곳이 '벽파정'이고 좌군이 진입한 곳이 '장항'이라는 것이다. 이때의 '장항'이 바로 지금의 '녹진'인 것으로 보인다. '장항(獐 노루 장, 項 목 항)'은 우리말 '노루목'을 한자화한 것으로 전국적으로 아주 흔한 지명이다. 노루의 목처럼 생긴, 좁아진 지형이나 늘어진 지형을 가리키는 이름으로 많이 쓰였다. 결국 '노돌(목)'의 '노'는 '노루'에서 비롯된 것임을 알 수 있다.

이렇게 보면 서울 노량진의 우리말 이름 '노돌'도 진도의 '노돌(목)'처럼 '노루'에서 비롯된 이름으로 짐작해 볼 수 있다. '노돌'은 한자로 표기하면 서 이슬 로 자나 해오라기 로 자를 쓰기도 했지만, 원래의 '노'는 '노루'를, '돌'은 '좁은 물목'을 가리켰다. 말하자면 '노루목'의 뜻이었던 것이다. 노돌은 노르돌>놀돌>노돌로 바뀐 것으로 볼 수 있다.

영등포는 긴 등성이

긴등·진등·긴마루

삼군부가 염창항 방어를 위해 금위영을 영등포로 옮기게 해달라고 아뢴 기록이 『고종실록』 13년(1876년) 1월 18일 기사에 있다. 그 이전 1월 5일 기사에는 삼군부에서 어영청과 금위영으로 하여금 행주항(행주나루)과 염창항(강서구 염창동)을 지키도록 아뢰고, 1월 14일에는 총융사 조희복으로 하여금 각도에서 뽑아 올린 포수들을 거느리고 양화진에 나가서 지키게 한다. 1월 15일 기사에서는 금위영의 중군으로 하여금 여의도로 진을 옮겨 양화진과 서로 호응하도록 아뢴다. 그런데 여의도가 용접(서로 호응)하기가 어렵다 해서 3일 후에 영등포로 옮기게 되는 것이다.

삼군부는 고종 때 최고 군사기구로 오늘날 합동참모본부와 비슷한 성격이라 할 수 있다. 금위영은 조선 후기 국왕 호위와 수도 방어를 위해 중앙에 설치되었던 군영이다. 무언가 비상한 사태가 벌어지면서, 상황이 긴박하게 돌아가고 있는 것을 볼 수 있다. 여기서 행주, 염창,

양화진 등은 모두 서해에서 한강을 따라 오르며 도성에 접근하는 데 있어 중요한 길목이었는데, 여기에 영등포가 포함되어 있는 것이다. 이때는 1876년 2월 강화도조약(병자수호조약)이 체결되기 직전으로 일본이 경기 연해에 군함을 몰고와 무력시위를 하며 통상교섭을 요구하던 때이다. 결국 2월 3일 조약을 체결하고, 이후 부산 이외에 원산과 인천을 개항하게 된다. 『고종실록』은 이틀 뒤인 2월 5일 각처의 방비에 대한 계엄령을 해제하게 되는데, '양화진·행주항·영등포를 방수하던 장수와 군사들'을 모두 해산하게 된다.

『고종실록』에는 고종 38년(1901년 광무 5년) 8월 20일 기사에서도 영등포 지명을 기록에 올리는데, '경부 철도 주식회사가 북부 철도 기공식을 영등포에서 행하였다.'가 그것이다. 경부선 철도는 이로부터 한 달 뒤에 부산 초량에서도 기공식을 갖고 양쪽에서 동시에 진행되었는데, 1904년 말에 완공되어 1905년 1월 1일에 개통하게 된다. 이에 앞서 경인선은 1899년 9월 18일 노량진−제물포 간이 개통되는데, 이때 개통된 역에는 영등포역은 없었다.

영등포 지명은 1789년에 편찬된 『호구총수』에 금천현(1795년 시흥현으로 개칭) 하북면 영등포리로 처음 나온다. 그러고는 1911년 시흥군청을 이곳으로 옮긴 후 영등포면이 되고 1931년에는 영등포읍이 된다. 1936년에 경성부에 편입되어 영등포출장소가 설치되었으며, 1943년에 영등포구가 된다. 그리고 해방이 된 1946년 10월 서울시 영등포구로 명칭이 변경되어 오늘에 이른다. 영등포는 철도가 지나고 영등포역이 생기면서 빠른 속도로 발전한 지역이다.

이 영등포에는 우리말 지명이 따로 전하는 것이 없다. 그런 탓에 지명유래에 대해서는 여러 가지가 얘기되는데 대표적인 것이 영등굿에서 유래했을 것이라는 추정이다. 『한국지명유래집』(중부편, 국토지리정보원)에서는 '우리 민속 중에는 음력으로 정월과 2월 중에 영등놀이·영등굿을 하는 날이 있었는데, 갯마을이던 영등포의 지명이 이 민속과 관계가 있는 것으로 추정된다. 영등포동의 바로 이웃인 방아곶이의 요지였던 신길동 50번지 근처에 성황당의 옛터가 있었다는 것이 전해오고 있어 추측을 해볼 뿐이다.'라는 의견을 개진하고 있다. 『서울지명사전』에서는 '영등포읍 지명의 유래는 확실히 알 수 없으나, 포는 강변·해안마을의 뜻이고 '영등'이란 명칭은 음력 2월에 바람신인 영등맞이·영등제·영등 굿 등의 뜻이 있어, 영등포동 인근에 한강을 건너는 방아곶이나루터가 있어 지명이 유래된 것으로 추측된다.'고 설명하고 있다.

그러나 이는 영등포와 영등굿의 '영등'이 음이 같은 데에서 비롯된 추측들로 보인다. 『한국민속신앙사전』(국립민속박물관)에 따르면 영등 은 비바람을 일으키는 여신이다. 보통 '영등할머니' 또는 '이월할매'라고 도 한다. 지역에 따라 영동할만네·영동할맘·영동할마니·영동할마 시·영동바람·풍신할만네 등으로 불리었다. 영등신은 항시 있는 것이 아니라 음력 이월 초하룻날이 되면 비바람을 몰고 지상으로 내려와 활동한 뒤 음력 스무날에 다시 하늘로 올라간다고 한다. 이처럼 영등신은 비바람 을 일으키는 신이기 때문에 영등신을 위하는 '영등제'를 '풍신제'라 한다. 이러한 영등신은 대개 여성들에 의해 집안에서 개인적으로 모셔진다. 해안지역 일부에서는 영등제를 마을제사로 모시기도 하는데, 특히 제주 도지역의 경우 바람의 신을 맞이하여 벌이는 풍어굿인 '영등굿'을 치르기 도 한다.

일반적으로 음력 2월 초하룻날에 영등할머니를 맞아들이는 제사를 '영등맞이'라 부른다. 기본적으로 영등맞이는 '마을 신앙(동제)'이 아니라 여성들에 의해 개인적으로 모셔지는 가정신앙이라 할 수 있다. 모셔지는 장소도 집 안의 장독대나 부엌이었다. 『한국민족문화대백과사전』에서도 '영등'을 가신신앙으로 분류하는데 '제주도에서는 마을공동제로 영등굿 을 하나, 다른 지방에서는 농사를 위한 풍우의 순조를 기원하는 가정단위의 대상신이 된다.'고 설명하고 있다.

이러한 설명으로 보면 내륙의 한강변에 위치한 영등포에 동제로서의 영등굿이나 영등제가 성행했을 가능성은 없다. 실제로 영등포 지역에 영등굿이나 영등제에 대해 어떠한 민속도 전승되고 있지 않다. 그에 비해 영등포 지역에는 서울 한강 유역에 특징적으로 나타나는 마을 제당인 부근당의 제의가 세 곳 보고되어 있다. 당산동 부근당제, 영등포동 부군당제, 신길2동 방아고지 부군당제가 행해졌다. 한강 유역 부군당제는 대부분 무속식 당굿 형식이며, 유교식 제례가 일부 결합된 형태였다고 한다. 지금도 부군당제는 지역 주민들에 의해 제가 올려지고 있다고 한다. 이렇게 보면 영등포는 영등굿과는 거리가 멀다는 것을 알 수 있다. 더구나 그것이 지명화되었을 가능성은 없어 보인다.

한자도 거리가 있는데 풍신에 대한 옛 문헌의 기록 어디에도 영등(永登) 한자는 보이지 않는다. 가장 이른 기록인『신증동국여지승람』(제주목)은 연등(燃燈)으로 기록되어 있고,『동국세시기』(1849)에는 영등(靈登)으로 표기되어 있다. 이 밖에도 영등(迎燈), 영등(盈騰), 영동(靈童), 영등(影等) 등이 기록에 보이는데, 어디에도 영등(永登)이라는 한자 기록은 보이지 않는다. 영등 신앙과 관련해서 영등이 지명화된 예는 영등굿이 성행했던 제주도의 영등포가 유일한 것 같은데, 구좌읍 김녕리 영등물당(당집) 주변에 있었다고 한다.『해동지도』(제주삼현도)에는 영등포(迎登浦)로 나오고,『1872년 지방지도』(제주삼읍전도)에는 연등포(延登浦)로 표기되어 있어 이 역시 한자는 다르다.

그렇다면 영등포 지명은 어디에서 유래되었을까. 가장 일반적인 독법으로는 우리말 무엇을 '영등'으로 표기했을까를 따져보는 일일 것이다. 우리 지명의 경우 우리말 이름이 먼저 있고, 그것에 근거해서 한자화하는 것이 일반적이기 때문이다. 한자 지명 영등의 영 자는 '길 영(永)'이고, 등은 '오를 등(登)'이다. 이 경우 '영'은 '길다'는 뜻을 빌려 표기하고,

'등'은 '오르다'의 뜻이 아니라 그대로 음을 빌려 표기한 것으로 보는 것이 적절하다. 그렇게 보면 영등은 '긴등'이 된다. '긴등' 지명은 전국적으로 많은데 '긴 등성이'를 가리키는 이름이다. 대개 산 능선이 야트막하고 길게 뻗어 있는 경우 생기는 명칭이다. 산등성이 지명은 '등'으로 주로 쓰였지만 '마루'로도 쓰였다. '마루'는 '등성이를 이루는 지붕이나 산 따위의 꼭대기'의 뜻이다. 이 '긴등'은 '진등'으로 바뀐 경우도 많은데, '진'은 '긴(길다)'이 구개음화된 형태이다. 이 '긴등'은 소지명으로 아주 많이 쓰였으며, 한자로는 영등이나 장등으로 표기되었다.

영등포의 지금의 모습에서 긴등 즉 길다란 등성이의 모습을 떠올리기는 쉽지 않다. 워낙 많이 바뀌고 지형이 훼손되었기 때문이다. 그러나 기록에 의해 재구성해 보면 영등포에서도 등성이 지형을 찾을 수 있다. 우선 눈에 띄는 것은 영등포역 부근에서 방아곶이가 있었던 지금의 신길역 쪽으로 길게 뻗어간 산줄기이다. 지금도 신길역 부근에서는 일부 확인이 되기도 한다. 예전에 영등포역은 높은 지대에 위치해 있었던 것으로 보인다. 『영등포 구지』에서는 영등포역 일대에 대해 '『조선철도사』에 나오는 경부선 철도 기공식 장면의 사진을 보면 당시의 영등포역은 꽤 높은 곳 즉 재 위에 있었던 것으로 추측이 된다. 또한 1925년의 을축년 대홍수 때도 영등포 일대가 모두 침수되어 거의 원형을 남기지 않을 정도가 되었는데 유독 철도관사만은 전혀 침수되지 않은 높은 곳에 위치하였다는 기록도 있다.'고 적고 있다.

결국 영등포역 일대가 지대가 높고 고개가 있었다는 이야기인데 이 산줄기가 한강 쪽 지금의 신길역 쪽 샛강으로 뻗어 내렸을 것으로 보인다.

『여지도서』에 '우두현(소머리재)'이 나오는데 『한국지명유래집』에서는 지금의 영등포역 주변으로 추측하고 있다. 『여지도서』에서는 우두현에 대해 '멀리 동쪽으로 왕성을 바라볼 수 있어 궁궐을 사모하는 사람이 의례히 이 재에 오른다(登)'고 설명하고 있다. 『한국지명유래집』에서는 여기에서 영등포가 유래하였다고도 하는데, 어쨌든 영등포역 일대의 등성이 지형을 확인할 수 있다.

또한 예전에 영등포역을 중심으로 한 지역에 중마루라고 부르는 마을이 있었다고 한다. 한자 표기로는 중종리(重宗里)라는 이름이 전한다. 이 중종리는 조선말기 아주 짧은 기간에만 쓰였다. 기록상으로는 1904년에 처음 보이고는 1914년에 하방하곶리와 함께 영등포리에 통합된다. 중종리 역시 왜 중종리라 불렀는지에 대해 전하는 것은 없다. 단지 '마루 종(宗)' 자를 쓴 것을 보면 산등성이 지명으로 보인다는 것이다. 앞의 중(重) 자는 보통은 '무거울 중'으로 새기는데, 여기에서는 '겹치다'의 뜻으로 볼 수 있다. 그러니까 '중종'은 '겹마루' 정도로 읽을 수 있겠다. 지금도 영등포로터리 부근에는 중마루공원이 조성되어 있어 이름을 남기고 있다.

등성이, 마루 이름은 지형과 관련해서 흔하게 붙여진 이름이다. 높지 않아도 구릉지대의 나지막한 등성이나 낮게 비탈진 언덕에도 많이 붙었다. 영등포 가까이에 있는 강서구 등촌동도 지형이 산등성이로 되어 있어 붙여진 이름인데, 우리말 이름이 '등마루(골)'이었다. 처음 서울에 편입될 때는 영등포구에 속했다. 조금 떨어져 있지만 인천공항이 있는 영종도의 이름은 원래는 '긴 마루'였을 것으로 추측한다. 한자로는 길 영(永) 자에 마루 종(宗) 자이다. 영종도의 원래 이름은 자연도였는데 효종4년(1653) 남양부(현 화성시)의 영종포진(永宗浦鎭)을 이곳으로 옮겨 오면서 지명이 따라서 왔다. 그러고는 원래의 지역은 '구영종(舊永宗)'이라 는 지명으로 남았다. 영종도 지명은 새로 옮겨온 영종포진을 줄여서 영종진, 영종도 등으로 부르며 생겨난 이름이다. 영등포와 영종포는 같은 이름으로 볼 수 있는 것이다.

서울의 영등포와 한자도 똑같은 영등포가 거제도에도 있다. 거제 영등 포는 서울 영등포에 비해 굉장히 이른 시기의 기록이 있고, 훨씬 더 유명했다. 『세종실록』에는 즉위년인 1418년에 "전자에 영등포 만호를 자산도로 옮겨 갔사온바, 청컨대 이제 다시 영등포로 돌아오게 하여 백성들의 생업을 편안하게 하여 주시옵소서."라고 해서 군사적인 지명으로 처음 등장한다. 서울 영등포보다 370여 년이 빠르다. 또한 『세종실록지리지』(경상도)에는 거제 영등포에 수군만호가 수어하며 병선 8척과 7백 20명이 주둔하고 있는 것으로 나온다. 거제 영등포가 특히 왜적과 관련해서 국방상 요지였음을 알 수 있다.

조선 후기 『대동지지』에는 영등포진이 구미포에 진을 설치하고 수군만호를 두었는데, 인조 원년에 견내량 서쪽 3리(현 거제시 둔덕면 학산리)로 옮겨 갔다고 나온다. 구미포는 원래의 영등포진이 있던 곳으로, 영등포진이 견내량 쪽으로 옮겨 가면서 이름도 함께 가고, 이곳은 구영등이라는 이름으로 남은 곳이다. 그러니까 영등포는 임진왜란 때까지도 영등포로 불리다가 난이 끝나고 인조 원년(1623년)에 진이 옮겨 가면서 옛날의 영등이라는 뜻에서 구영등으로 불린 것이다. 지금은 행정적으로 거제시 장목면 구영리인데 구영등이 줄어 구영이 되었다.

거제도 영등포 지명도 지역에서는 영등 신앙과 관련짓기도 하나 근거는 없다. 『거제시지』(민속문화)에 따르면 거제도의 영등 신앙도 집안의 여성이 제주가 되는 개인적인 가정신앙의 형태였던 것으로 보인다. 거제 지역의 마을신앙은 내륙과 마찬가지로 주로 동제로 이루어졌다. 동신제의 명칭은 산신제, 서낭제, 용신제 등으로 불렀지 영등제라는 이름은 없다. 이곳 장목면 구영리에도 당산 지명이 전하는데 3월 3일, 9월 9일에 산당산제를 지냈다고 한다. 이렇게 보면 거제 영등포 지명도 영등 신앙과는 관계가 없어 보인다.

거제 영등포 지명도 '긴등'과 관련이 깊다. 영등포(구영리) 마을은 뒤로는 대봉산에서 군위봉으로 이어지는 산줄기에 감싸여 있고, 앞(북쪽)으로는 바다에 면해 있다. 그리고 그 바다 왼쪽으로는 곶 형태의 사불이(끝)가 길게 뻗어 있는 특징이 있다. 이러한 지형과 관련해서 우선 눈에 띄는 지명이 영등곶이다. 이 영등곶 이름도 일찍이 기록에 보이는데, 『단종실록』(2년, 1454년 1월 3일)의 목장 관련 기사에 나온다. 조선 초기 이곳 영등포에 있던 목장을 영등곶으로 표기하고 있는 것이다. 여기에서 곶(串)은 갑(岬)과 같이 바다 쪽으로, 부리 모양으로 뾰족하게 뻗은 육지를 뜻하는데, 영등곶은 구영리 사불이 끝으로 길게 뻗은 곳을 가리키는 것으로 보인다. 그러니까 영등곶은 '긴 등성이로 이루어진 곳'이라는 뜻이 된다.

1750년대 초의 관찬 군현지도집인 『해동지도』(거제부)에서는 '구영등'과 '장목포' 지명 사이로, 서북쪽으로 길게 뻗어간 선명한 산줄기를 볼 수 있다. 지금의 거제시 지도에는 거제도의 최북단인 이 곶의 끝에 사불이라는 지명을 적어 놓고 있는데, 이 이름도 이곳 지형과 관련이 깊은 것으로 보인다. 『거제지명총람』에는 '마산을 바라보는 땅끝으로 뱀의 주둥이 모양이라 뱀부리끝 사부리끝'이라 부르게 되었다고 적혀 있다. 이 곶의 긴 등성이 지형을 뱀에 빗대 표현하고 그 끝을 부리라 부르고 있는 것이다.

다음 블로그('내 고향 장목면 지명의 진실')에는 거제의 속지명이 자세히 소개되어 있는데, '진등' 지명도 여기에 나온다. '진등'을 황포 남쪽 앞에 있는 긴 등성이로 설명하고 있다. 황포는 구영리에 있는 마을 이름으로 원래 이름은 누룽개다. 또한 '영등개안'이라는 지명도 소개하고 있는데 '영등 안쪽에 있는 모래톱'으로 설명하고 있다. 영등개에서 개는 포의 우리말로 영등개는 영등포와 같은 말이다.

익산 영등동(永登洞)은 영등포의 '영등'과 한자가 같다. 익산시의 지명유래는 '1974년 7월 1일 이전에는 영등리라는 조그만 마을에 지나지 않았음. 영등은 서영등이나 곡영, 동영등 등의 마을 뒤 구릉이 모두 남북으로 길게 뻗어 있어 긴 등성이라는 뜻의 긴등을 영등으로 표기한 것임.'이라고 설명하고 있다. 여기서 곡영은 골영등으로 '골'은 골짜기를 뜻한다. 1789년의『호구총수』(전주부)에는 북일면 영등리와 동영등리로 처음 나온다.

긴등(진등) 지명은 영등(永登) 외에도 장등(長登)으로 한자화되기도 했다. 영(永)이나 장(長)은 모두 길다는 뜻을 갖고 있다. 장등리(長登里)는 성동구 하왕십리동에 있던 마을로서, 옥수동 남쪽에 진등고개라는 등이 긴 고개가 있는 데서 마을 이름이 유래되었다고 한다(『서울지명사전』). 태안군 안면읍 중장리에 있던 장등포(長登浦)는 우리말로는 장등개로 불렀는데, 산등성이 앞에 있는 마을로 개(浦)가 있다 해서 장등개라 했다고 한다. 이 장등포는 한자 표기가 달라졌지만 영등포와 똑같은 이름인 것이다.

하늘 떠받든 봉천동고개

살피재·살피꽃밭

서울 지하철 7호선에 있는 숭실대입구(살피재)역은 계획 때는 살피재(숭실대앞)로 이름 붙였다가, 지하철 개통 때 숭실대입구(살피재)역으로 개칭하였다고 한다. 살피재라는 우리말 이름이 주역명에서 부역명으로 주저앉은 것이다. 각 대학들이 지하철 역명에 자기 대학 이름을 넣기 위해 바빴던 때이기도 했지만 살피재의 경우 주민들이 어감이 좋지 않다는 이유로 숭실대입구역으로 개명할 것을 요구했다고 한다. 주민들도 역명에 자기 동네 이름이 들어갔다면 반대하지는 않았을 텐데 한참 떨어져 있는 낯선 고개 이름을 역명으로 하자니 마땅치는 않았을 것이다.

어쨌든 숭실대입구역에 살피재 이름이 들어가 있는 탓에 숭실대에서 사당동으로 넘어가는 고개를 살피재(고개)로 오해하는 사람들이 많았다. 그러나 숭실대에서 사당동으로 넘어가는 고개는 사당이고개(사댕이고개)로 옛날 이 고개에 사당이 있던 데서 유래된 이름이라고 한다. 이

46

고개도 꽤나 이름이 나 있던 고개인데, 정조가 수원 현륭원에 행차할 초기에는 이 고개를 넘어 과천으로 갔다. 노량진 주교를 건너 지금의 상도터널(만양고개) 위를 넘어와 다시 이곳 사당이고개를 넘고, 사당역 (승방들)을 거쳐 남태령 넘어 과천으로 갔던 것이다. 옛 지도에 사당이고개 는 금불현으로 표기되어 있다.

살피재는 숭실대입구 교차로(상도동)에서 봉천동으로 넘어가는 고개 이름이었다. 지금은 봉천(동)고개로 부르는 대로이지만 옛날에는 살피재 로 부르는 소로였다. 옛 지도에는 이름도 나와 있지 않고 길도 표시되어 있지 않다. 영조 때 편찬된 『여지도서』(1757~1765)에 상도동은 상도리로, 봉천동은 봉천리로 나온다. 다 같이 금천현(시흥현) 동면에 속한 동리로 인접해 있다. 그러나 두 동리 사이에는 관악산(삼성산)에서 상도동 사자봉 (국사봉)으로 이어지는 산줄기가 가로막고 있어서 두 동리는 가까우면서 도 먼 동리였다. 바로 두 동리의 경계가 되는 산줄기를 넘어 상도리와 봉천리를 이어주던 작은 고개가 살피재였다.

『서울지명사전』에는 살피재를 '높고 험한 데다 숲이 울창하였으며, 도둑이 나타나 길손들을 괴롭혔으므로 고개를 넘는 길손들에게 살펴서 가라고 당부하였다고 한 데서 유래된 이름'이라고 한다. 또 '고개는 높고 험하고, 백성들의 생활은 고달프고 어려움이 많아 슬프다는 뜻으로 슬피 재라 하다가 음이 변하여 살피재가 되었다는 이야기도 있다.'고도 한다. 그러나 이는 말의 유사성이나 연상으로 어원을 설명하는 일종의 민간어원 설에 불과한 것으로 보인다. 원래 이 고갯길은 길손이 거의 없는 소로였거 니와 도둑이 출몰할 만한 어떤 재물이 오고 간 길은 더더욱 아니었다. '살피'라는 말이 '살피다'에서 온 말로 보는 연구자들도 있어 어원적으로 연관성은 있는 것으로 보이지만 바뀐 뜻은 전혀 달라 유래를 원말에 의거해서 설명하는 것은 적절치 않다.

살피재에 쓰인 살피는 현대의 국어사전에도 나오는 말로 '땅과 땅

사이의 경계선을 간단히 나타낸 표'라는 뜻을 갖고 있다. '말뚝으로 살피를 대신해 놓았다.'와 같이 쓰던 말이다. 봉산탈춤의 양반춤 과장에도 살피가 나오는데, 서방이 "논두렁에 살피 짚고 섰는 자가 무슨 잡니까?" 하고 물으니 생원이 "(한참 생각하다가) 아, 그것 참 어려운 잘세. 그것은 논임자가 아닌가?"라고 대답하는 대목이다. 못난 양반들이 말장난(언어 유희)하고 있는데, '살피 짚고 서 있는 자'에서 자는 글자를 뜻하지만 '논임자'에서 자는 사람을 뜻하는 것으로 볼 수 있다. 임자는 물건의 소유주를 가리킨다. 이 대사에서 '살피'는 '짚다'라는 표현으로 보면 어떤 막대기 형태인 것으로 보이는데 어쨌든 땅의 경계를 나타내는 표인 것만은 분명하다. 또한 살피에는 '물건과 물건 사이를 구별 지은 표'라는 뜻도 있는데, 책장과 책장 사이에 끼워 놓는 책갈피도 살피라 불러야 마땅한 것이다. 원래 책갈피는 책장과 책장 사이 그 자체를 뜻하는 말이고, 그 사이에 끼워 두는 물건(표)은 살피이기 때문이다.

이러한 살피의 뜻에 비추어 보면 살피재는 두 땅의 경계선을 나타낸 말인 것이 분명해 보인다. 예전에는 상도리와 봉천리의 경계선이었고, 지금은 상도동과 봉천동의 경계선이자 동작구와 관악구의 경계선이기도 하다. 이 고개에서 상도동 쪽 골짜기를 살피재골짜기라 불렀고, 고개 아래 마을을 살피재(마을)로 부르기도 했다. 이 살피재가 땅과 땅 사이의 경계를 나타내는 말인 만큼 살피재라는 땅이름은 상도동뿐 아니라 전국적으로 많이 분포되어 있다.

경남 거창군에도 살피재가 있는데 가조면과 남하면 둔마리를 연결하는 고개로 높이는 390m이다. 이곳 살피재 역시 속설이라는 단서를 달긴 했지만 '굽이가 12개나 되는 고개를 넘어야 하므로 잘 살펴가야 할 정도로 험하다는 의미로 붙여졌다'고 설명하고 있다. 그러나 가조면과 남하면 둔마리 사이에는 금귀산을 비롯한 500m 이상의 산지가 가로막고 있고, 살피재는 이 산지 중에서 높이가 가장 낮은 안부에 형성되어 있다는 설명이나 살피재 정상이 가조면과 남하면의 경계가 된다는 설명으로 미루어 보면 이곳 살피재도 경계선에 위치한 고개 이름인 것을 알 수 있다. 지금 이 고개 밑으로는 광주대구고속도로가 지나는데 터널 이름이 살피재 터널이다.

한편 살피재는 경북 지역의 대표적인 보부상 길인 울진 십이령에도 나온다. 울진 십이령은 동해안의 울진과 내륙지역인 봉화를 연결하는 길로 약 150여 리의 산길이었다. 보부상들은 동해안의 미역, 소금, 어물 등을 지고 봉화로 넘어갔다가 내륙산간의 대마, 담배, 콩을 지고 다시 울진으로 넘어갔다. 이들 보부상단이 일제강점기에 접어들면서 퇴조하여 그 역할을 대신한 대표적인 행상단이 선질꾼(바지게꾼)이다. 선질꾼은 서서 지게짐을 지고, 대개 서서 쉬기 때문에 선질꾼 또는 선질이라는 이름이 붙여진 것이라 한다.

울진 십이령은 이 보부상 길에 있는 열두 고개의 총칭이다. 김주영의 장편소설 『객주』에는 쇠치재→바릿재→샛재→너삼밭재→너불한 재→작은한나무재→넓재→코치비재→곧은재→막고개재→살피재→모래재(노룻재)로 나온다. 이 중 코치비재부터가 봉화 땅인데 끝에서 두 번째 고개로 살피재가 있다. 지금 봉화군 소천면 현동리에는 살피재라는 자연마을이 있기도 하다. 이 살피재도 고개가 봉화군 소천면과 춘양면의 경계상에 위치해 불린 이름으로 보인다.

또한 이 살피재는 임진왜란 때 봉화의 의병대장 류중개가 휘하 6백 의병과 함께 왜군 3천 병력에 맞서 싸우다 장렬히 전사한 곳으로도 이름난 곳이다. 당시 소천 방면으로 왜군이 침입해 오자 노루재로 군대를 이끌고 가서 살피재 아래에 복병을 두고 왜군이 오는 것을 기다렸다 한다. 기록에는 살피재가 한자로 표기되어 있는데 전피현(箭皮峴)이 그것이다. 전은 살(화살) 전 자로 훈의 음을 빌리고, 피는 그대로 음을 빌렸으며 현은 훈(뜻)을 빌려 표기한 것으로 살피재의 이두식 표기이다. 소천면

현동리에는 충렬사가 있어 매년 군과 임란 의병 유족회 주관으로 임란 의병 추모제를 지내고 있다. 봉화군의 춘양면과 소천면은 춘양목으로 널리 알려진 적송의 산지이기도 하다.

살피재 지명은 북한 지역에도 여럿 있다. 『조선향토대백과』에 따르면 평안남도 안주시 남칠리 살피재는 북쪽 송학리와의 경계에 있는 재(등성이)라고 설명되어 있다. 살피재가 경계에 있는 재라고 하여 살피가 경계를 뜻하는 그 살피임을 암시하고 있다. 또 지난날 살피당이 있었다는 설명을 덧붙이고 있는데 예전에 고갯길에 흔히 서 있던 성황당 같은 당집을 가리키는 것으로 보인다. 그러니까 살피재에 있는 당이라는 뜻으로 살피당이라 이름 붙인 것이다. 이 살피당이 다른 곳에서는 살피댕이라는 지명으로 나타나기도 한다. 이 밖에도 살피고개, 살피당고개 같은 지명도 있다.

살피가 들어가는 우리말 중에 살피꽃밭이라는 아름다운 말이 있다. 『표준국어대사전』에는 '건물, 담 밑, 도로 따위의 경계선을 따라 좁고 길게 만든 꽃밭. 외관상 앞쪽에는 키가 작은 꽃을, 뒤쪽에는 키가 큰 꽃을 심는다.'고 설명되어 있다. 또한 '아파트 담벼락을 따라 만들어 놓은 살피꽃밭에 채송화를 심었다.'는 예문을 실어놓았다. 경계라는 것이 흔히 이해가 상충하고 갈등의 골이 깊어지는 지점이 되기 십상인데, 살피꽃밭은 그 경계 지점에 꽃을 심어 경계의 살벌함을 무화시켜버린다. 경계는 경계이면서 동시에 경계를 지우고 사라지게 하는 마법의 꽃밭이다. 칼같이 금을 긋고 이해를 다투는 야박한 인심을 꽃밭으로 가리고 덮으며 살아온 선조들의 아름다운 마음이 담긴 말이 살피꽃밭이다.

아홉 노인이 바둑 두던 구로동

구루지마을·구로지

구 로동. 아홉 노인들이 계곡가 소나무 그늘에 모여 앉아, 차 마시며 담소하고 바둑이나 두고 있을 것 같은 느낌이 드는 동네.

경기도 시흥군 동면 구로리가 서울시에 편입된 것은 1949년이었고, 구로리가 구로동으로 고쳐진 것은 1950년이었다. 그리고도 내내 서울 변두리의 한적한 농촌으로 남아 있던 구로동이 한국 경제의 중심 무대로 떠오른 것은 1960년대 중반부터이다. 우리나라 최초의 공업단지인 구로 공단이 1967년 완공되어 가동에 들어갔고 이어 2단지, 3단지가 1973년까지 단계적으로 조성되었다. 구로공단은 경공업 중심의 공업단지로서 노동집약적인 섬유, 봉제, 전자·전기 및 잡화(가발, 안경 등) 등 수출 기업들이 주를 이루었다. 처음부터 승승장구하면서 1977년에 1억 달러 수출을 달성했다. 우리나라 총수출이 10억 달러일 때였다. 그렇게 우리나라 수출산업을 견인하고 고성장을 누리던 구로공단은 1990년대 이후 급속히 하락세로 돌아서게 된다. 노동집약적인 경공업 위주의 수출에 구조적인 한계가 드러나고, 임금상승 등의 불리한 여건에 직면해 구로공단의 기업들도 인건비가 싼 중국이나 동남아로 공장을 옮기거나 문을 닫아야 했다. 거기에 외환위기까지 겹치면서 많은 기업이 도산하고 구로공단은 공동화 현상까지 나타났다. 문 닫은 공장, 잿빛 우울한 거리가 되어버린 것이다.

그러나 역설적으로 구로공단을 다시 살린 것은 바로 문 닫은 공장 터, 땅이었다. 그것에 우선 주목한 것은 중견 건설업체들이었는데 이른바 아파트형 공장의 건설이었다. 입지난에 허덕이던 IT산업 계열의 중소·벤처업체들에게 굴뚝 없는 공장을 공급하면서 투자를 유도한 이들 건설업체들은 정부의 지원에 힘입어 구로공단을 크게 변화시켜 나가게 된다. 지금은 아파트형 공장이라는 말을 쓰지 않고 모두 지식산업센터라 부르고 있다. 이 지식산업센터가 구로공단의 부활을 주도한 것이다. 노동집약적 업종들이 고도기술, 벤처, 패션디자인, 지식산업 등 첨단 업종으로 재배치되었다. 그러면서 구로공단의 명칭도 '서울디지털산업단지'로 바꾼다. 2004년에는 구로공단역이 구로디지털단지역으로 이름이 바뀌고, 가리봉역은 2005년 가산디지털단지역으로 이름이 바뀐다. 구로동은 구로리라는 농경시대의 이름에서 구로공단이라는 산업화시대의 이름으로 바뀌었다가 구로디지털단지라는 정보화시대의 이름으로 다시 바뀐 것이다. 50년 동안의 일이었다. 구로라는 이름이 그대로 한국 경제 변화의 축소판이 된 셈이다.

구로동(九老洞)은 한자 지명이다. 우리말 이름은 '구루지'였다. 그러나 '구로'가 우리말 '구루'와 음이 비슷하고, 또 '아홉 노인'을 뜻하는 '구로'의 이름이 강한 인상을 주어서인지 일찍부터 한자 이름 '구로'로 불렸던 것 같다. 지명유래담도 아홉 노인에 대한 것인데, '먼 옛날 구루지라는 마을에 아홉 명의 노인이 살았는데, 마을의 지대가 낮아 매년 홍수가 들어 마을 주민들이 높은 지대로 피난을 가곤 했다고 한다. 그러던 어느 해인가 또 홍수가 나서 모두 피난을 가게 되었는데, 아홉 노인은 끝까지 피난하지 않고 마을을 지켰다고 해서 구로라는 이름이 붙여졌다.'는 것이다.

전국적으로 '구로' 지명이 많이 있는데, 유래를 전하는 곳에는 '아홉 노인' 이야기가 빠지지 않는다. '아홉 명의 장수한 노인이 있었다'(서울 구로동)든지, '아홉 노인이 모여 살던 곳'(당진 고대면 옥현리 구로지)이라든지, '아홉 명의 노인이 약초를 캐며 살았다'(황해북도 황주군 구포리 구로지)든지, '이곳에 처음으로 들어온 사람이 강화도에서 온 노인 아홉 분이라고 하여 붙여진 지명'(옹진군 북도면 신도리 구로지)이라든지 하는 이야기가 모두 그렇다. 심지어는 '옛날부터 90세 이상의 노인들이 매년 아홉 명 이상이 살아가는 장수마을이라 해서 구로동이라 했다 한다'(무안군 청계면 구로리)고 해서 나이까지 구체적으로 언급하고 있기도 하다. 안동 와룡면 이하리에도 자연마을로 구로동이 있었는데 '마을에 90세가 넘은 노인 아홉 명이 살았다 하여 구로곡이라고도 하였다'고 한다. 말하자면 '구로'가 장수마을 지명이라는 것이다.

한자 지명 '구로'는 조선시대 면·리의 지명이 상세하게 기록되기 시작한 영·정조 때부터 보인다. 서울 구로동의 경우 『여지도서』(금천현)에 상북면 구로리로 나오고, 진천군 이월면에 있던 구로리는 『여지도서』에 이곡면 구로리로 나온다. 강진군 칠량면의 구로리는 『호구총수』에 수록되어 있다. '구로' 이름이 일찍부터 '리'의 지명으로 한자화되어 쓰인 것을 볼 수 있다. 이렇게 보면 아홉 노인 이야기나 '구로'라는 한자어가 예부터 널리 알려지고 써 왔던 말이라는 것을 짐작해 볼 수 있다.

실제로 '구로'라는 말은 뿌리가 깊은 말이다. 역사적인 사실에서 비롯된 이야기이고 이름이다. 아홉 노인의 모임인 '구로회'를 맨 처음 결성한 사람은 당나라 때의 시인 백락천이다. 백락천은 벼슬에서 물러난 뒤 74세가 되던 해(845년)에 일곱 명의 사대부 노인들과 칠로회를 맺고,

이어 두 명을 추가하여 '구로회'를 결성하였다. 참석자들은 대부분 70세를 넘긴 나이였다. 모임은 벼슬보다는 나이를 우선으로 하였다. 그래서 상치회(尙齒會, 숭상할 상, 이 치 · 나이 치, 모일 회)라고도 했다. 백락천은 만년에 하남성 낙양현의 용문산 동쪽에 위치한 향산에 은거하며 스스로 향산거사라 칭하였는데, 그래서 이 구로회를 향산구로회라 했다. 이 구로회는 후대에 많이 그려진 〈향산구로도〉 혹은 〈구로도〉라는 그림으로 도 널리 알려졌다.

이런 노인들의 모임을 보통 기로회 혹은 기영회라 통칭하는데 우리나라 에서는 고려시대 무신집권기에 최당에 의해 해동기로회가 처음 열렸다 (1203년). 백락천의 향산구로회나 문언박의 낙양기영회 등 중국의 예를 따랐음은 물론이다. 이들은 해동기로도를 제작하고 지은 시문을 모아 문집을 펴내기도 하였다. 이들은 함께 모여 시와 술, 거문고, 바둑으로 소일하며 '오직 마시고 읊조리는 것으로 즐길 뿐 세간의 시비득실을 말하지 않기로 기약'하기도 했다.

이런 기로회의 전통은 조선 초기 원로 사대부들에게 그대로 이어지면서 점차적으로 확산되었다. 인원도 꼭 구로회가 아니어도 십로회도 있고 팔선계도 있다. 이들은 계(회)첩을 만들어 전하기도 하는데, 좌목(명단)뿐 아니라 계회도와 시문을 포함하고 있다. 조선 후기에 이르면 이런 모임은 중인 서민들에게도 널리 퍼지는데, 이 중에는 유명한 시사도 있지만 대개는 노인계 모임의 성격을 띠게 된다. 민간의 구로회로 대표적인 것은 농암 이현보(1467~1555)가 처음 만들어 500여 년을 집안의 전통으로 이어온 애일당구로회이다. 『농암집』에 전하는 '애일당구로회서'를 보면 구로회의 성격을 잘 알 수 있다.

예로부터 우리 고향은 늙은이가 많았다고 했다. 1533년 가을 내가 홍문관 부제학이 되어 내려와 성친하고 수연을 베푸니 이때 선친의 연세가 94세였다. 내가 전날 부모님이 모두 계실 때 이웃을 초대하여 술잔을 올려 즐겁게 해드린 것이 한두 번이 아니었다. 그러나 지금은 아버지만 계시는지라 잡빈은 제외하고 다만 향중에 아버지와 동년배인 80세 이상의 노인을 초대하니 무릇 여덟 사람이었다. 마침 향산고사에 구로회라는 모임이 있었는데, 이날의 백발노인들이 서로서로 옷깃과 소매가 이어지고, 간혹은 구부리고 간혹은 앉아 있고 편한 대로 하니 진실로 기이한 모임이 아닐 수 없다… 이런 연유로 구로회를 열고 자제들에게 이 사실을 적게 하였다.

애일당구로회는 나중에 회원이 점점 많아져 '구로'라 할 수가 없어 속로회, 백발회 등으로 명칭을 바꾸어 집안의 전통으로 계속 유지하게 된다. 이 구로회는 모임 때마다 나이 합계를 기록으로 남긴 것이 특이한데, 1902년의 모임은 회원 수가 서른일곱 명이 되고 나이 합계가 2,651세라고 한다.

또 하나의 예로는 단구구로회를 들 수 있다. 전북 임실군 오수면 둔덕리에는 단구대라는 경승지가 있다. 이곳에서 삭녕 최씨 최휘지와 최유지 두 형제를 비롯해 인근 동향의 60세 이상의 선비 아홉 명이 구로회를 결성하고, 현종 4년(1663년)에 구로정 바위 아래에 아홉 명의 이름을 석각하였다. 회원 명단 이외에도 '구로장리소(九老杖履所, 지팡이 장, 신리)'라는 각서를 남기기도 했는데, 장리소는 보통 장구지소로 많이 쓴 말이다. 지팡이와 짚신을 끌고 와 노닐던 곳이란 뜻이다. 이들은 생일이나 가절이면 모여 음주와 시 짓기, 소요, 유상으로 풍류를 즐겼다. 이 구로회는 4개 성씨를 중심으로 400여 년을 이어져 현재에도 구로계라는 모임으로 운영되고 있다고 한다.

이로써 보면 '구로'라는 말이 옛날에는 널리 알려지고, 흔히 쓰던 말인 것을 알 수 있다. 그러나 '구로회'에 근거하여 마을 이름이 지어지거나 개명된 예는 보이지 않는다. 마을에 특정 구로회가 있어 마을 이름을 구로리라 했다는 예가 없는 것이다. 구로리가 흔히 '아홉 노인'을 유래담으로 얘기하지만, 실제 어떤 구체적인 근거를 제시하는 곳은 한 곳도 없다. 이는 '아홉 노인' 이야기가 '구로'라는 한자 지명에 근거해서 지어낸 이야기에 불과하다는 반증이기도 하다.

또한 이 '구로'의 한자를 눈여겨보면 꼭 아홉 노인을 뜻하는 구로(九老)만 있는 것이 아니라는 것을 알 수 있다. 거북 구(龜)자 구로나 옛 고(古)자 고로로 표기하는 경우도 있고, 옛 구 자와 길 로 자를 써서 구로(舊路)로 쓴 경우도 있다. 자연마을 지명으로 아예 한자 표기가 없는 경우도 있다. 이렇게 본다면 구로 한자 지명은 음이 비슷한 우리말 이름 '구로(구루)'를 한자의 음을 빌려 표기한 것으로 볼 수 있다. 그런 과정에서 이왕이면 많이 알려져 있고 뜻이 좋은 '아홉 노인' 구로로 표기한 것으로 짐작된다.

서울 구로동의 우리말 이름은 '구루지'가 전하고 있다. 다른 지역의 경우 대체로 우리말 이름이 따로 전하지 않고 그대로 '구로지(九老地)'로 한자화된 것을 보면, 우리말 '구로지' '구루지'가 원형태였을 것으로 보인다. 한국학중앙연구원의 〈한국향토문화전자대전〉에는 '구로동은 대체로 논과 밭으로 이루어져 있고, 동산이라고 불릴 정도의 야트막한 산이 군데군데 있었다. 구루지마을이 위치한 곳은 그 가운데서도 특히 낮아 마치 접시의 움푹하게 들어간 가운데 부분과도 같이 생겼다. 과거 구로리가 상·중·하 세 개의 마을로 나누어져 있었을 때, 그중 가장 낮은 지대에 위치한 하구로리가 구루지마을이었'고 설명하고 있다. '구루지'가 지대가 가장 낮은 곳이라는 설명이고, 비유적으로는 지형이 '접시의 움푹하게 들어간 가운데 부분'같이 생겼다는 것이다.

이 '구루지' 이름은 다른 곳에서도 찾아볼 수 있다. 당진 송악읍 정곡리에도 자연마을로 '구루지'가 있다. 인천 부평구 산곡동 구루지고개는 한자로는 구로현(九老峴, 고개 현)이라고 해서, 구로동의 '구루지-구로'와 일치한다. '구로'가 우리말 '구루지'를 한자화한 이름이라는 것을 확인할 수 있는 예이기도 하다. 『인천광역시사』에 따르면 구루지고개는 6·25전쟁 이후 생선장수나 소금장수 등이 많이 넘어 다녔는데, 경사가 급해 굴러 넘어지기 십상이라는 뜻에서 붙여진 이름이라고도 하고, 또는 일제 때 이 산에 군용으로 굴을 많이 파놓았기 때문에 연유된 이름이라고도 한다. 지금도 이 산에 굴이 서너 개 남아 있는데, 얼마 전까지도 새젓 장수들이 새젓을 갖다가 보관하기도 하였다고 한다. 두 가지 유래 중에는 '굴'과 관련지은 설명이 더 신빙성이 있어 보인다. '굴'이 '구루' '구로'로 변음된 예는 다른 곳에서도 쉽게 찾아볼 수 있기 때문이다.

화순 도암면 운월1리 운포마을의 원래 이름은 '굴개'였다고 한다. 『화순군의 마을 유래지』에 따르면 '영산강에 바닷물이 유입될 당시 이곳까지도 물이 들어왔는데 이곳의 지형이 구부러진 형태로 된 포구였기에 굴개'라고 부르게 되었다고 한다. 그러면서 '굴개'에서 '굴'의 변천 과정을 '굴<구루<구름'으로 보고, 마지막 '구름개'를 한자화한 것이 '운포(雲浦, 구름 운, 개 포)'라고 설명하고 있다. 그런데 이 '굴개'가 『호구총수』(1789년)에는 '구로촌(九老村)'으로 기록되어 있어 흥미롭다. 추측하건대는 '굴'이 '구루'로 변음되는 단계에서, '구루'가 한자어 '구로'로 표기된 것으로 보인다. 그것이 더 후대에 가서는 '구름'으로 변음되면서 '구름개(운포)'로 변이된 것으로 볼 수 있다.

평북 영변 구항리에는 '구루메기'라는 지명이 있다. 구항리의 첫 어귀에 있는 중심 마을인데 원래 이름이 '굴목'이었다 한다. 영변 관내에 널리 알려진 큰 범굴이 있었는데, 마을이 범굴이 있는 길목에 위치해 있다 하여 '굴목'이라고 부르던 것이 점차 와전되어 '구루메기'라고 불리게 되었다는 것이다. 그러니까 '굴'이 구루로, '목'이 '메기'로 변이된 것이다. 평양 만경대구역 대평동 대보산과 사천동 사이에 있는 골짜기를 가리키는 '구루목골'은 '굴목골'이라고도 하는데 굴이 있는 길목으로 뻗어 있어 그렇게 부른다는 것이다. 안동 북후면 옹천리에는 자연마을로 '굴로골'이 있다. 이 '굴로골'이 1913년 총독부자료(토지조사부)에는 '구로곡(九老谷)'으로 기록되어 있다.

이런 예들을 보면 '구루' '구로'는 '굴'에서 온 말로 볼 수 있을 것 같다. 여기에서 '굴'은 원래는 '골'과 같이 '골짜기'를 뜻했다. 지금은 사전에서 '굴(窟)'은 '자연적으로 땅이나 바위가 안으로 깊숙이 패어 들어간 곳'으로 설명하고, '골'은 '골짜기'로 달리 설명하고 있지만 원래는 같은 말이었다. '골짜기'를 '산과 산 사이에 움푹 패어 들어간 곳'으로 설명하고 있는 것으로 보아도 같은 말에서 비롯된 것임을 알 수 있다. 둘 모두 '움푹 패어 들어간 곳(지형)'이라는 공통의 의미를 지니고 있는 것이다. '골'은 '골짜기' 외에도 '깊은 구멍'이나 '고랑' '골목'의 뜻으로도 쓰이고, 읍이나 동을 나타내는 '고을'의 준말로도 쓰였다.

연구자들은 '구리' '구레' '구로' '구루' 등의 말이 모두 이 '굴(골)'에서 비롯된 것으로 보고 있다. 이 중 '구레'라는 말의 쓰임이 활발했는데, 『표준국어대사전』에 실려 있기도 하다. '지대가 낮아서 물이 늘 괴어 있는 땅'이라는 뜻이다. '구레'는 '구레실' '구레논' '구레들' '구레골' '구레뜸' '구레말' 등 아주 많은 지명 분포를 보인다. 표준어는 '고래실'로 되어 있는데, '바닥이 깊고 물길이 좋아 기름진 논'으로 설명하고 있다.

'구루지' '구로지'에서 '지'도 뿌리가 깊은 말로 보인다. 백제 지명에 자주 등장하는 '근(기), 支(지), 只(지)'는 '성(城)'과 대응되어 많이 쓰였는데, 뜻으로는 '마을'이나 '골' '들'을 가리켰던 말이다. 정리하자면 '구로동(리)' 지명은 우리말 이름 '구루지(구로지)'를 한자화하는 과정에서, 고사가 있고 경로의 의미가 있는 '아홉 노인'의 구로(九老)로 바꾸어 쓴 이름이라는 것이다. 그리고 우리말 '구루지(구로지)'는 어원적으로는 '굴'에서 온 말로, 뜻으로는 '구레'와 같이 지대가 낮거나 우묵한 지형을 가리켰던 것으로 보인다는 것이다.

서초동 반포동의 흙내 나는 옛 이름

서릿불·서릿개

박 세당(1629~1703)의 사행일기 『서계연록』에는 병자호란 당시 포로로 잡혀간 상초리(서초동) 주민 이야기가 나오는데 다음과 같다.

1668년 11월 26일 임술일(11월 26일) 동트기 전에 출발하였다. 만주족 1명을 만나 지명을 물었는데, 나를 보더니 말에서 내려 덥석 절을 하는 것이 아닌가? 또한 조선말도 할 줄 아는 자였다. 그래서 내가 물었다. "너는 우리나라 사람이냐?" 대답하였다. "본디 과천 상초리에 살았는데, 선릉을 지키는 군졸이 되어서 나이 16살에 병자호란을 만나 몽고군[당시 청군에는 몽고군이 일부 편제되어 있었음]에 의해 잡혀왔습니다. 2번 탈출을 시도했으나, 2번 다 적발되어, 지금은 요동 근방에 살면서 장원의 농노로 살아가고 있습니다." 또 말하였다. "아버지는 선릉의 수복이셨고 형도 있는데, 살아들 계신지 여부를 모르겠습니다." 내가 물었다. "돌아가고

싶은가?" 대답하였다. "하룻밤도 조선으로 돌아가는 꿈을 꾸지 않은 적이
없습니다. 이곳에 붙들려 와서 2번 결혼했는데 아내들은 모두 죽고, 아들과
딸을 5~6명이나 낳았지만 모두 제대로 키워내지 못했습니다. 홀아비가
되고 또 늙어가니 몹시 돌아가고 싶지만, 내일이면 죽을 목숨이라 지금
돌아간다 해도 고향에서 받아주질 않을 것이니, 어찌할 도리가 없을 따름입
니다." (한국국학진흥원 역)

참으로 기막힌 이야기다. 병자호란 때 포로로 잡혀가 온갖 고초를
겪으면서, 평생 고향을 그리워하며 산 한 늙은이의 사연이 애절하기
그지없다. 병자호란 때 화의론을 주장하고 항복문을 지은 최명길은 청군
에게 붙잡혀간 조선인 포로의 수를 50만 명으로 추정했다. 과장된 숫자인
것으로 보이지만 병자호란 때 피로인(被擄人)은 우리 상상을 훨씬 뛰어넘
는 엄청난 숫자인 것은 분명하다. 이 중 양반 사대부가의 사람들은 높은
속환가를 지불하고 돌아오기도 했지만, 잡혀간 사람들의 대부분은 속환
가도 마련할 수 없는 가난한 사람들이었고 이들은 영원히 고향으로 돌아올
수 없었다. 그중 한 명인 위의 상초리 주민은 아버지가 선릉의 수복이었고
자신은 선릉을 지키는 군졸이었다 한다. 이 부자는 과천 상초리에 거주하
며 가까운 선릉에서 일을 하다가 변을 당한 것이다. 선릉은 1495년에
세워진 성종의 능으로 지금 강남구 삼성동(선릉로)에 있다. 삼성동은
조선시대에는 광주부에 속해 있었고, 상초리(서초동)는 과천현에 속해
있었지만 거리상으로는 지척이었다. 『대동여지도』 등에 보면 관악산에
서 우면산을 거친 산줄기가 동북쪽으로 뻗은 끝에 동그랗게 오므린 혈에
선릉을 그려 넣고 있다.
　서초구 방배3동에는 상문고등학교가 있다. 지번은 방배동이지만 서초
동과의 경계에 있고 서초동이 더 가깝다. 옛날에는 서초동에 속했던
것으로 보인다. 이곳에 조선 명종 때 재상으로 이름이 높았던 상진(1493

년~1564년)의 묘소가 있다. 상문고등학교는 내내 상씨 종중에서 유택 보존과 그 유덕을 기리기 위해 종중의 땅에 세운 학교이다. 이 상진의 신도비에는 '과천 동쪽 상초리 곤좌 간향의 언덕에 장사 지냈다'고 되어 있다. 이 비는 '가정 45년 병인년 2월'에 세웠다고 하는데 가정 45년 병인년은 1566년(명종21년)이다. 그러니까 임진왜란 전부터 상초리라는 지명이 쓰인 것으로 보인다.

상초리는 우면산 북쪽 산비탈 아래 동네 지금의 서초동 일대를 가리키던 옛 이름이었다. 행정적인 기록으로는 『호구총수』(1789년)에 처음 지명이 보이는데 상초리가 아닌 반초리(과천현 동면)로 나온다. 그러던 것이 『과천현읍지』(1871년)에는 상초리로 바뀌고 『지방행정구역명칭일람』(1912년)에는 서초리로 나온다. 정리하면 상초리>반초리(1789년)>상초리(1871년)>서초리(1912년)로 기록이 변화해 온 것을 볼 수 있다. 이 상초리의 우리말 이름으로는 서릿불, 서릿벌, 서리풀 등이 전한다.

먼저 상초리 지명은 오래전 조선 전기부터 써오다가 조선 후기 면리제가 정착되던 시기(『호구총수』 1789년)에 행정지명 반초리로 바뀐 것을 알 수 있다. 풀 초(草) 자는 그대로이고, 상(霜) 자만 반(盤) 자로 바뀌었다. 이런 경우는 우리말 지명을 한자로 표기하는 과정에서 흔히 있는 일로 우리말 원의는 훼손하지 않는 범위 내에서 한자만 바뀌는 것이 보통이다. 상초리가 반초리로 한자 표기가 바뀐 것은 훈음차(사음훈차라고도 함)표기에서 훈차표기로 바뀐 것이다. 훈음차표기는 한자의 훈의 음으로 표기하는 방식이다. 상초리의 '상(霜, 서리 상)'은 가을에 내리는 서리를 나타내기 위해 쓴 것이 아니라, 단지 '서리 상'에서 '서리'라는 음을 빌려 쓰기 위해 쓴 한자이다. 그러니까 상초리의 우리말 이름 '서릿불'의 '서리' 음을 표기하기 위해 뜻과는 상관없이 서리 상(霜) 자를 쓴 것이다.

이에 비해 반초리의 반(盤) 자는 훈차표기이다. 서릴 반 자의 훈인 '서리다'의 뜻으로 표기한 것이다. 반 자는 지금은 소반 반 자로 그릇의 뜻으로 많이 쓰지만, 예전에는 서리다, 굽다, 꾸불꾸불하다, 돌다의 뜻으로 많이 쓰였던 한자이다. 『석봉천자문』에도 '서릴 반' 자로 나온다. '서리다'도 지금은 김이 서리다와 같은 경우에 많이 쓰는 말이지만, 예전에는 국수나 새끼, 실 따위를 동그랗게 포개어 감는다는 뜻으로 많이 쓰였던 말이다. 상(霜) 자를 반(盤) 자로 바꾸어 쓴 것은 '서리다'는 뜻을 보다 분명히 드러내기 위한 것으로 보인다. 표기로 말하자면 이두식의 한자 표기에서 본격적인 한문 표기로 바뀐 것으로 볼 수도 있을 것이다.

풀 초(草) 자 역시 훈음차표기로 쓰였다. 땅위에 자라는 풀이 아니라 훈의 음인 '풀(불)'을 나타내기 위해 초(草) 자를 쓴 것이다. 그러니 뜻과는 관계가 없다. 상초(리)는 우리말 이름 '서리＋불'을 나타내기 위해 쓴 한자 표기이다. 그냥 한자의 뜻(훈)으로만 해석해서는 곤란한 한자인 것이다.

상초리를 흔히 서리풀이 무성해서라고 풀이하기도 하는데 어색하다. 훈음차표기를 그대로 한자의 뜻(훈차)으로만 풀이해서 이상해진 것이다. 그냥 풀이 유난히 많은 곳이라면 몰라도 가을 한철 내리는 '서리를 맞은 풀'이 무성해서 그것이 마을의 이름이 됐다는 설명은 아무래도 어울리지 않는다. 또한 '서리풀'이라는 말도 우리말에는 없다. 한자를 그대로 해석해서 새로 만든 말이다. '상초'라는 말이 옛날 한시에서 더러 쓰이기는 했는데 '백발이 상초(서리 내려앉은 풀) 같다'느니 '내 신세가 상초(서리 맞아 시든 풀) 같다'느니 해서 별로 좋지 않은 경우에 빗대어 썼다. 그런 말을 그대로 마을의 이름으로 썼다는 것은 납득하기 어렵다.

『서울지명사전』에서 서초동은 '서리풀이 무성한 데서 마을 이름이 유래되었다.'고 하면서도 다른 유래를 설명하고 있는데, 후자가 지형의 특성과 관련해서 더 어울리는 설명으로 보인다. '이곳 물은 우면산 여러 골짜기 물이 이리저리 서리어 흐르고 서래마을 물을 받아 다시 동작동 물과 합류, 한강으로 들어간다. 현재 서울교육대학교 동쪽 고속도로에 이르는 부근에 있었으며, 장마가 지면 마을 어귀까지 물이 끼어 서리곤 했다 한다. 이와 같이 물이 서리어 흐르는 벌판이라 해서 서릿벌이라고 한 것이 변하여 '서리퍼리', '서리풀'이 되었다고도 한다.'는 설명이다.

상초리나 반초리는 결국 '서릿불(벌)'을 한자로 표기한 지명이고, 뜻은 '물이 서리어 흐르는 벌판'인 것을 알 수 있다. 여기에서 '서리다'는 '둥그랗게 포개어 감는다'는 원래의 뜻보다는 '굽다' '돌다' '꾸불꾸불하다'의 뜻으로 보는 것이 어울릴 것 같다. '서리풀'은 후대에 '초(草)' 자를 '풀'로 읽어 불리어진 것으로 보인다. '풀'의 고대어는 '블'로, 블>플>풀로 변해 온 말이기도 하다. '서릿불(벌)'에서 '불'은 '벌판' '부락(나라)'의 어원에 해당하는 말이다. 서라벌, 달구벌, 비사벌 같은 지명이나 소부리, 미동부리 같은 지명에 쓰인 벌, 부리와도 뿌리를 같이 하는 말이다. 그러니 '서릿불(벌)'은 벌판 지명으로, 자연스레 물이 서리어 흐르는 모습을 보이는 것이다. 당시 기록을 보면 상초리와 함께 상초평이라는 지명을 쓰고 있는데, 여기에서 '평(坪)'은 들이나 벌의 훈을 갖고 있는 한자이다. 당시 사람들이 서릿불을 들로 인식하고 있었음을 보여준다.

이 '서릿불'이 상초리, 반초리로 한자화되었다가 조선시대 말에 서초리로 바뀐 것으로 보인다. 어떤 사람은 조선총독부의 『지방행정구역명칭일람』(1912년)에 서초리가 나온다 해서 서초리 지명을 일제가 지은 것으로 보기도 하는데 사실이 아니다. 1899년(광무 3년)에 전국적인 읍지 편찬의 명령에 의거하여 편찬된 『과천군읍지』 제언조에 '서초리도자제언'이라고 해서 서초리 지명이 보인다. 상초리, 반초리에서 서초리로 바꾼 이유에 대한 기록은 없다. 짐작건대는 '서릿불'을 그대로 한자화한 상초리나 반초리 지명보다는 좀 더 고상한 한자 지명으로 바꾼다고 '상서로울 서(瑞)' 자로 바꾼 것이 아닌가 싶다. 이때의 '서' 자는 '서릿불'의 앞 글자 '서'를 음이 같은 한자로 바꾼 것으로 보인다. 이 서초리는 조선시대 말에는 경기도 과천군 동면 서초리였다가 1914년 일제에 의해 시흥군

신동면 서초리가 되고, 1963년 시흥군 신동면 전체가 서울특별시 영등포구로 편입되면서 서초동으로 바뀌었다. 그러다가 다시 1973년에는 성동구, 1975년에는 강남구였다가 1988년 1월 1일에 비로소 서초구 관할이 되었다.

반포동 지명은 반포리에서 왔다. 반포리는 조선시대에는 과천현에 속했는데 상북면 반포리로 나온다. 반포리는 서초리와 달리 『호구총수』(1789년) 이래 변함없이 반포리로 나온다. (1912년 『지방행정구역명칭일람』에는 분동되어 상반포리와 하반포리로 나옴). 우리말 이름으로는 '서릿개'라는 이름이 전한다. 『서울지명사전』에 반포동은 '이 마을로 흐르는 개울이 서리서리 굽이쳐 흐른다고 하여 서릿개라 하고 한자명으로 반포(蟠浦, 서릴 반)로 표기하였는데 뒤에 한자 표기가 반포(盤浦, 서릴 반)로 바뀐 데서 유래되었다. 일설에는 이곳이 홍수 피해를 입는 상습 침수 지역이었던 데서 유래되었다고도 한다.'고 되어 있다. 반포의 우리말 이름이 '서릿개'이고, 유래는 서초동과 같이 '서리다'에 두고 있는 것을 볼 수 있다.

'서릿개'에 대해서 『서울지명사전』에서는 '서리서리 흐르는 개울이라고 하여 붙여진 반포천의 다른 이름이다.'라고 설명하고 있다. '서릿개'를 '서리서리 흐르는 개울'로 보았다. '서리'의 뜻은 서초동의 '서릿불'과 똑같고, '개'는 '개울'이라는 것이다. 『표준국어대사전』에 '개'는 '강이나 내에 바닷물이 드나드는 곳'이라는 뜻 외에도 '개울의 방언(강원, 경기)'이라는 뜻도 있는 것으로 나온다. 이렇게 보면 반포 지명은 서릿개(울)를 훈음차표기한 것으로 볼 수 있다. '서릿개'를 '서릴 반(盤)' 자와 '개 포(浦)' 자로 표기한 것이다. 이것을 훈(뜻)으로만 읽으면 반포는 옛날에 무슨 포구가 있어 붙여진 이름으로 생각하기 쉬운데 그렇지 않은 것이다.

'서릿개'의 다른 이름이라는 반포천은 그리 오래된 이름이 아니다. 반포천은 한강의 제1지류로 서초구 우면산에서 발원하여 서초동, 논현동을 거쳐 또 다른 지류인 방배천(사당천)과 합류하여 한강으로 흘러들어가는 하천이다. 예전에는 국일천(菊逸川)이라고 했다. 지금은 대부분 복개되어 있으며, 고속버스터미널 남쪽에서 한강으로 흘러가는 물길은 이수교 부근만 복개되어 있고 나머지는 그대로 노출되어 있다. 길이가 7km인 반포천은 영조 때의 『여지도서』나 『과천군읍지』(1899) 산천조에는 모두 국일천으로 나온다. 『여지도서』에 좀 더 자세한 설명이 덧붙어 있는데 '국일천은 과천현 동쪽 이십 리에 있는데 우면산 북록(북쪽 산기슭)에서 나와 서리어 흘러 동작강으로 들어간다'고 되어 있다. 원문에 '반류(盤流, 서리어 흐르다)'라는 말이 눈에 띄는데, '서릿불'이나 '서릿개' 지명의 '서리다'라는 말을 뒷받침해 주고 있다.

서릿불(벌)은 현재 '서리풀'로 완전히 굳어진 것 같다. 벌판을 뜻하던 '불(벌)'의 음을 표기하기 위해 썼던 '草(풀 초)'를 뜻으로 해석하면서 완전한 '풀'이 되어버린 것이다. '서리풀' 이름은 도시가 개발되고 변모하면서 계속 재생산되고 있는데, 서리풀공원이나 서리풀터널 같은 이름이 그렇다. 서리풀공원은 우면산의 한 지맥이 한강 쪽으로 뻗어 내린 나지막한 구릉지 위에 조성된 근린공원이다. 방배역 인근 청권사(효령대군 사당)에서 시작해서 구 정보사 뒷산을 거쳐 뻗어가다 서리풀다리를 건너 몽마르뜨공원으로 이어지고, 다시 누에다리를 건너 강남성모병원 뒤쪽 서리골공원을 돌아내려 강남고속버스터미널까지 이어지는 녹지벨트다. 길이가 꽤나 긴 이 공원의 공식 이름이 '서리풀근린공원'이다

이 서리풀공원 안에는 몽마르뜨공원이라는 이국식 이름이 있는데, 이는 인근 서래마을에 프랑스인들이 많이 살아 비롯된 이름이다. 서래마을은 1985년 이곳으로 서울 프랑스학교(Ecole Francaise de Seoul)가 이전해 오고 자연스럽게 프랑스인 거주지가 형성되면서 유명해졌다. 지금은 '서울 속의 작은 프랑스'로까지 불리는 마을이다. 이 '서래마을' 이름도 '서릿개'에서 비롯된 것으로 보인다. 이 마을은 반포4동(일부는

방배동임)에 위치하고 있는데, 마을 바로 앞으로 서릿개(반포천)가 흘러가고 있다. 원래는 반포 15차 한신아파트가 지어져 있는 곳에 거주하던 사람들이 1925년 을축년 대홍수 때 이주해와 형성되었다고 한다. '서래마을'은 '서애마을' '서릿마을'이라고도 불렸는데, 서초구청 지명유래에는 '마을 앞의 개울이 서리서리 굽이쳐 흐른다 해서 불리게 되었다'고 설명하고 있다.

서울의 주산이 될 뻔했던 안산

질마재·무악

시인 서정주(1915~2000)는 「질마재의 노래」라는 시에서 세상일 고단해서 지칠 때마다 댓잎 피리 소리로 나를 부르는 질마재라고 그의 고향 질마재를 노래했다. 1975년에는 그의 6번째 시집으로 『질마재 신화』를 냈는데, 모두 45편의 산문시에 어린 시절 경험한 질마재 사람들과 그들의 삶의 이야기를 토속적이고도 주술적인 언어로 노래한 바 있다. 질마재는 전북 고창 부안면 선운리에 있는 고개 이름이자 마을 이름이다. 서정주로 인해 이 흙내 나는 땅이름이 널리 알려졌다.

그러나 알고 보면 질마재는 쇠똥처럼 흔한 땅이름으로 전국 방방곡곡 구석구석에 있었다. 질마재의 질마는 소 등에 얹어 물건을 운반하는 데 쓰는 연장으로 표준어는 길마이다. 지역에 따라 지르마, 질매, 지르매라 고도 불렸다. 옛말은 기르매, 기르마이다. 말굽쇠모양으로 구부러진 나무 두 개를 앞뒤로 나란히 놓고, 안쪽 양편에 두 개의 막대를 대어 이들을 고정시킨다. 안쪽에는 소 등이 까이지 않도록 짚으로 짠 언치를 대어

소 등에 얹는다. 질마는 그 자체만으로도 짐을 실을 수 있지만 대개는 옹구나 발채 또는 거지게 따위를 올려놓기 위한 받침대의 구실을 하는 데 쓰였다. 이 질마를 옆에서 보면 양쪽으로 솟아 있고 그 사이로 길이 나 있는 고갯길의 형상과 비슷해서 고갯길 지명에 흔히 쓰였다. 질마재는 한자로는 안현(鞍峴, 안장 안, 고개 현)으로 표기되었다. 원래 안장은 말의 등에 얹어서 사람이 타기 편하도록 가죽으로 만든 마구를 뜻하는 것으로 질마와는 모양이 다르나 통상 질마를 안장 안 자로 표기했다.

그런데 질마재 이름이 서울 한복판에도 있어서 흥미롭다. 물론 옛날에는 도성 밖이었지만 도성이 지척인 곳에, 그것도 산 이름으로 질마재가 쓰였던 것이다. 바로 안산이다. 안산의 우리말 이름이 질마재였다. 한자로는 안현(鞍峴)으로 썼다. 안산은 지금은 연세대 뒷산 정도로 인식하고 있는데, 예전에는 도성 안의 인왕산과 지척에서 짝을 이루는 산으로 중요하게 인식되었다. 독립문공원이 있는 현저동(현 무악동)에서 홍제동으로 넘어가는 고개인 무악재를 사이에 두고 동쪽에는 인왕산(338m)이 있고, 서쪽에는 안산(296m)이 있다.

『서울지명사전』에는 안산을 '서대문구 현저동에 있는 산으로 기봉, 무악, 봉화뚝, 봉우재, 봉우뚝, 기산, 질마재라고도 한다'고 되어 있다. 조선 후기에는 안산을 질마재라 부르고 안현이라고 썼는데, 안산이라는 이름은 이 안현에서 온 것으로 보인다. 안현은 동봉과 서봉의 두 봉우리로 이루어져 있는데 그 모양이 마치 말의 안장 즉 질마와 같이 생겨 붙여진 이름이라고 한다. 봉화뚝, 봉우재, 봉우뚝 등은 모두 봉수대와 관련된 이름인데, 조선시대에는 안현의 동봉과 서봉에 각각 봉수대가 있어서 평안북도 강계와 의주에서 오는 신호를 받아 마지막으로 남산의 봉수대로 신호를 보냈다고 한다.

겸재 정선의 『경교명승첩』 중에는 〈안현석봉(鞍峴夕烽)〉이라는 그림이 있다. 양천현(서울 양천구)의 진산인 파산(궁산) 소악루에서 한강 건너

안현석봉

안현을 바라보며 그린 그림이다. 해 질 무렵 봉화가 피어오르는 안현과
그 뒤로 우람한 인왕산을 그리고 머리만 빼꼼히 내민 백악(북악)도 그렸다.
왼편으로는 홍제동 쪽 백련산을 그렸다. 앞쪽으로는 한강과 양천현 앞
공암나루터 가까이 지나가는 배와 광주바위(옛날 큰 홍수가 났을 때
경기도 광주에서 떠내려왔다는 전설의 바위)를 그렸다. 안현을 뾰족한
봉우리로 그렸는데 그 끝에 붉은색으로 봉홧불을 그려 넣은 것이 마치
호롱불 같다.

'안현석봉'에서 석봉은 봉우리 이름이 아니라 '저녁 봉화'라는 뜻이다.
천리를 달려와 마지막에 이르렀으니 저물 무렵이었을 것이다. 그래서
저녁 석 자 봉화 봉 자 석봉이다. 원래 봉수는 밤에 불로서 알리는 봉(烽)과
낮에 연기로서 알리는 수(燧)를 합친 말이다. 그러니까 봉화는 야간의
'봉'만을 가리킨 말이었으나 후대에 주간의 '수'까지 합친 뜻으로 통칭된
것이다. 어쨌든 '안현석봉'은 저녁 무렵이니 봉홧불이다. 그리고 봉화는
아무 일 없는 평화시에는 한 줄기만 올리도록 되어 있다(적이 해상이나
국경에 출몰하면 둘, 접근하면 셋, 침범하면 넷, 적과 전투가 벌어지면

다섯을 올림).

'안현석봉'의 봉홧불은 한 줄기다. 이른바 '평안화'이다. 아무 변란이 없는 평화로운 세상을 알리고 있는 것이다. 겸재는 65세인 영조 16년(1740년)에 양천의 현령으로 부임해 가서는 5년 동안 매일 저녁 이 질마재의 봉화를 건너다보았을 것이다. 안현 너머는 바로 임금이 계신 곳이요, 바로 자신의 고향집(인왕산 계곡)이 있는 한양이었다. 한 줄기 호롱불처럼 피어오르는 질마재의 봉홧불을 보며 정선은 편안하게 하루를 마무리했을 것이다. 이 그림에 대한 정선의 친구 이병연의 시에 '웃으며 한 점 별 같은 불꽃을 보고, 양천 밥 배불리 먹는다'고 한 것도 평화로운 세상이라는 것을 암시하는 것이다. 불꽃을 별에 비유한 것이 이채롭다.

『열녀춘향수절가』의 '사랑가' 대목에서 이 도령이 부르는 노래에도 안현의 봉화가 나오는데 우리말 '질마재 봉화'로 나온다. '사랑가'는 도입부가 볼 만한데 야하기 이를 데 없다. '춘향이가 침금 속으로 달려든다. 도련님 왈칵 좇아 들어 누워 저고리를 벗겨내어 도련님 옷과 모두 한데다 둘둘 뭉쳐 한편 구석에 던져두고 둘이 안고 마주 누웠으니 그대로 잘 리가 있나. 골즙 낼 제 삼승 이불 춤을 추고 샛별 요강은 장단을 맞추어 청그렁 쟁쟁 문고리는 달랑달랑 등잔불은 가물가물 맛이 있게 잘 자고 났구나. 그 가운데 진진한 일이야 오죽하랴. 하루 이틀 지나가니 어린 것들이라 신맛이 간간 새로워 부끄럼은 차차 멀어지고 그제는 기롱도 하고 우스운 말도 있어 자연 사랑가가 되었구나. 사랑으로 노는데 똑 이 모양으로 놀던 것이었다'로 시작하고 있다. 그러고서 이어지는 내용 중에 '질마재 봉화'가 있는데 다음과 같다.

    그러면 너 죽어 될 것 있다
    ……
    장안 종로 인경 되고

나는 죽어 인경 마치 되어
삼십삼천 이십팔수를 응하여
질마재 봉화 세 자루 꺼지고
남산 봉화 두 자루 꺼지면
인경 첫 마디 치는 소리 그저 뎅뎅 칠 때마다
다른 사람 듣기에는 인경소리로만 알아도
우리 속으로는 춘향 '뎅' 도련님 '뎅'이라
만나 보잤구나
사랑 사랑 내 간간 내 사랑이야.

인경은 인정(人定)이라고도 했는데 조선시대에 통행금지를 알리기 위해 치던 종(혹은 종을 치던 일)을 가리킨다. 마치는 망치를 가리키기도 하지만 못을 박거나 무엇을 두드리는 데 쓰는 연장을 두루 가리킨다. 그러니까 죽더라도 너(춘향)는 인정이 되고 나(이 도령)는 마치 되어 춘향 '뎅' 도련님 '뎅' 마주쳐서 사랑의 소리로 만나자는 것이다. 삼십삼천과 이십팔수에서 '삼십삼'은 불교의 우주론에 나오는 33천(天)을 의미하고, '이십팔'은 별자리 28개(宿)를 뜻한다. 순서가 바뀌었지만 여기서는 인정 때 28번 종을 치고, 파루(통금이 끝나는 때)에 33번 종을 쳤던 일을 가리킨다. 인정 때 28번 종을 치면 그에 따라 도성문이 닫히고 통행이 금지됐다.

위 노래에서는 질마재 봉화가 꺼지고, 남산 봉화가 꺼지면 인정을 치기 시작했다는 사실을 확인할 수 있다. 변방으로부터 평안하다는 봉화가 오고, 최종적으로 남산 봉화가 이를 알리면 인정을 치기 시작한 것이다. 말하자면 나라 안이 평안하니 안심하고 잠자리에 들라는 신호였던 셈이다. 또한 '질마재 봉화가 꺼지고, 남산 봉화가 꺼지면'이라는 표현에서는 도성 사람들이 두 개의 봉화를 모두 볼 수 있었다는 사실을 확인할 수 있다. 실제로 지금의 안산에서도 시내 사대문 안이 거의 조망이 되는 것을 보면 당시 도성 사람들 또한 안현 곧 질마재의 봉화를 쉽게 볼 수 있었을 것이다. 순차적이지만 질마재 봉화가 오르고, 이어 남산의 봉화가 오르고, 인경을 치기 시작하면 참으로 볼 만한 풍경이었을 것 같다. 더구나 지금 같지 않고 밤이 되면 사위가 캄캄하게 어두웠을 도성에서 보는 붉고 환한 봉화는 아름답고도 인상적인 풍경이었을 것이다.

그런데 위 노래에서 사실과 다른 내용을 볼 수 있는데 봉화의 숫자이다. 질마재 봉화를 세 자루라 하고 남산 봉화를 두 자루라고 했는데 이는 사실과 다른 것으로 보인다. 여러 기록들에 따르면 질마재 봉화는 봉수대는 둘이지만 실제로 남산에 봉화를 보내는 데는 하나의 봉화만 운영되었다고 한다. 또한 남산의 봉수대(혹은 연대)도 다섯 개가 있었지만 실제로 불을 올린 것은 네 개였다고 한다. 이 질마재 봉화는 「한양가」에도 나오는데, 지은이가 서울의 물정에 정통해서인지 봉화 관련 내용이 사실과 부합한다.

「한양가」는 1800년대 중반 한양성의 연혁, 풍속, 문물 등을 자세하게 노래한 장편 풍물가사이다. 여기에 '길마재 한 봉화에 남산 봉화 응하여서 / 일제히 네 자루가 변방무사 보(報)하였다 / 초졌[초경] 삼점 인정 소리 이십팔수 응하였고' 라는 대목이 있는데, 이것이 사실에 부합하는 것으로 보인다. 질마재 봉화는 하나이고 남산 봉화는 넷이 맞는 것이다. 또한 인정의 시간도 맞는 것으로 보이는데, 인정은 초경 삼점(저녁 8시)에 28번을 쳤던 것이다(파루는 새벽 4시). 「한양가」나 위의 『열녀춘향수절가』에서 확인할 수 있는 것은 19세기 중반경까지도 민간에서는 안산을 우리말 이름 질마재(길마재)로 불렀다는 사실이다.

이 질마재가 안현이라는 한자 이름으로 실록에 등장하기 시작하는 것은 이괄의 난(인조) 때부터로 조선 후기에는 내내 이 이름으로 썼었다. 평안병사 겸 부원수 이괄은 병영의 군사 1만여 명으로 1624년 1월 22일

영변에서 출병하여 2월 11일에는 한성에 입성하고 선조의 아들 흥안군 이제를 왕으로 추대한다. 이때 도원수 장만의 군사와 각지 관군의 연합군은 이괄의 뒤를 쫓아 서울 근교에 이르러 안현을 점거하게 되는데, 이것이 전세를 뒤집는 결정적인 계기가 된다. 이튿날 반군이 도성을 나와 안현을 향해 전진하였을 때는 험한 곳을 우러러보고 공격하므로 포탄과 화살이 적중하지 못해 크게 패해서 달아나게 된다. 이괄의 난은 안현이 도성을 지키는 데 있어 전략적 요충지임을 새삼 일깨우는 사건이었다. 이때 토벌군이 싸움에 이긴 안현 남쪽의 봉우리를 승전봉으로 부르기도 했다.

안산을 고려시대에는 기봉으로 불렀다. 고려 숙종 때(1101년) 김위제가 '도선밀기'에 의거 남경(한양)에 도성을 건설하고 옮기기를 청한다. 그렇게 시작하여 1104년 5월에 남경궁을 낙성하는데, 궁터는 경복궁 뒤편 지금의 청와대 자리였던 것으로 보인다. 이때 남경의 규모를 논한 기록이 『고려사』에 나오는데, 서쪽으로는 기봉(岐峰)을 경계로 삼는 것이다. 조선시대보다는 범위가 더 넓었다.

안산의 고려 때 이름인 기봉이 조선 개국 초에는 무악으로 바뀌어 자주 실록에 등장한다. 하륜이 줄기차게 '무악'이 도읍의 적지라고 주장하고 나선 것이다. 이른바 하륜의 '무악명당설'은 도읍의 주산을 안산으로 하고 궁궐을 연세대 자리쯤에 놓자는 주장이다. 이때 누가 왜 기봉을 무악으로 고쳐 불렀는지는 기록에 없다. 그러나 무악 천도를 처음부터 하륜이 제기하고 줄기차게 주장한 것으로 보아서는, 하륜이 무악으로 고쳐 부른 것으로 보인다.

태조 3년 8월 기사에 '무악이 좁기는 하나 비결에서 말한 곳이라는 것을 구체적으로 열거한 중추원 학사 이직의 논의'가 있다. 여기에서 이직은 '우리나라 비결에도 이르기를, 삼각산 남쪽으로 하라고 했고, 한강에 임하라 했으며, 또 무산(毋山)이라 했으니 이곳을 들어서 말한 것입니다.'라고 말한다. 비결에서 무산이라고 말한 곳이 바로 무악이라는 주장이다. 이직은 하륜과는 사촌동서지간이었고 보면 이러한 주장은 곧 하륜의 말이라고 보아도 무방할 것이다. 이렇게 보면 하륜이 풍수비결에 의거 '무악명당설'을 주장하면서 비결에서 말한 '무산'을 '무악'으로 고쳐 부른 것으로 짐작되는 것이다. 하륜이 무악명당을 주장한 근거는 『태조실록』 3년(1394년) 8월 12일 기사에 잘 나타나 있는데 다음과 같다.

> 우리나라 옛 도읍으로 국가를 오래 유지한 것은 계림[경주]과 평양뿐입니다. 무악의 국세가 비록 낮고 좁다 하더라도, 계림과 평양에 비하여 궁궐의 터가 실로 넓고, 더구나 나라의 중앙에 있어 조운이 통하며, 안팎으로 둘러싸인 산과 물이 또한 증빙할 만하여, 우리나라 전현의 비기에 대부분 서로 부합되는 것입니다. 또 중국의 지리에 대한 제가들의 산과 물이 안으로 모여든다는 설과도 서로 가까우므로, 전일 면대하여 물으실 때에 자세히 말씀드렸습니다….

무악이 나라의 중앙에 있고 조운이 통한다는 것 외에도 우리나라 전현의 비기와 중국의 지리설을 중요한 근거로 제시하고 있음을 볼 수 있다. 실제로 하륜은 풍수지리에 아주 밝았다고 한다.

태조는 3년 8월에 친히 무악 땅과 남경의 옛 궁궐터 두 곳을 살펴보고는 왕사 자초와 여러 신하들의 의견을 들어 한양을 도읍으로 정한다. 이때 왕사 자초(무학대사)에게 어떠냐고 물었는데 자초는 '여기(한양)는 사면이 높고 수려하며 중앙이 평평하니, 성을 쌓아 도읍을 정할 만합니다. 그러나 여러 사람의 의견을 따라서 결정하소서'라고 답한다. 무학대사는 어디를 강변하기보다는 신중한 자세를 보이는 것이 특이하다. 여러 재상들은 송도가 좋기는 한데 꼭 도읍을 옮기려면 이곳이 좋다고 답했다. 이때도 하륜만이 홀로 '산세는 비록 볼 만한 것 같으나, 지리의 술법으로 말하면 좋지 못합니다.'라고 답했다.

이렇게 해서 한양(경복궁 터)을 도읍으로 정하고 공사를 진행했는데, 다시 하륜이 무악 천도를 제기한 것은 태종 4년(1404년) 때이다. 이때는 제1차 왕자의 난이 있고 즉위한 정종이 개경으로 환도한 뒤이고, 제2차 왕자의 난이 있고 태종이 즉위한 뒤이다. 태종은 즉위한 뒤 개경에서 다시 한양으로 환도하는 문제를 놓고 고심하며 논의에도 부쳤는데 신하들은 의견이 다시 분분했다. 이때의 태종의 모습을 실록은 '임금이 신도(한양)는 태상왕께서 창건하신 땅이고, 구도(송도)는 인심이 편안하게 여긴다고 하여, 뜻이 결단되지 못하였다'고 기록하고 있다. 그러니까 한양이냐 송도냐를 놓고 고민했지 무악은 생각지도 않았던 것을 알 수 있다.

그러던 차에 최측근인 하륜이 다시 무악 천도를 주장하고 나선 것이다. 이것이 계기가 되어 한양으로 환도하는 문제가 다시 급부상하여 태종은 친히 무악으로 거둥하여 무악 땅을 살피게 된다. 그런데 뜻밖에도 무악이 태종의 마음에 들게 된다. 직접 살펴보니 도읍이 들어앉을 만하다는 것이다. 그런데 또 신하들은 의견이 분분하여 합치를 보지 못하였다. 그러자 태종은 드디어 결단을 하게 되는데 다름 아니라 점을 쳐서 결정하겠다는 것이었다(태종 4년 10월 6일). 종묘에 들어가 송도와 신도(한양)와 무악 세 곳을 고(告)하고, 그 길흉을 점쳐 길한 데 따라 도읍을 정하고, 도읍을 정한 뒤에는 비록 재변이 있더라도 이의가 있을 수 없다고 포고했다.

그리고는 신하들의 의견을 물어 척전(擲錢)의 방법을 택하는데, 척전은 동전을 던져서 점을 치는 것으로 흔히 돈점이라고 부르는 것이다. 중국에서도 있었고 고려 태조도 이 척전으로 도읍을 정했다고 한다. 척전은 한꺼번에 동전 셋을 던져 앞면과 뒷면이 나오는 경우의 수를 따지고, 모두 세 번 던져서 하나의 괘를 만들어 길흉을 판단했다고 한다. 어쨌든 새 나라의 도읍을 결정하는 '세기의 척전'을 한 결과 신도(한양)는 2길 1흉이었고, 송도와 무악은 모두 2흉 1길이었다. 이로써 조선의 도읍이 한양(한성)으로 확정되는데 최종적으로는 돈점에 의해서였다.

　돌아오는 길에 태종은 호종하는 대신들에게 '나는 무악에 도읍하지 아니하였지만, 후세에 반드시 도읍하는 자가 있을 것이다'라고 말했다 한다. 태종도 이 무악명당을 몹시 좋게 보았음을 알 수 있게 해주는 대목이다. 그런데 다름 아닌 그 아들 세종이 무악명당에 신궁(이궁)을 짓도록 명하는데 기록에 따르면 이는 곧 태종의 뜻이었던 것을 알 수 있다. 결국 태종은 아들의 입을 통해 무악명당을 실현하고야 만 것이다. 이 무악명당의 신궁이 곧 연희궁이다. 현재 연희궁 터 표지석은 연세대 정문 안쪽에 있다. 연희동 이름은 바로 이 연희궁에서 비롯된 것이다.

　이 무악은 『동국여지비고』(작자 연대 미상, 19세기로 추측됨)에서는 '모악(母嶽)'으로 쓰면서 민간의 풍수담을 소개하고 있다. 풀이하자면 부아암(북한산 인수봉)이 어린아이를 업고 집을 나가는 형세이므로 서쪽으로는 아이를 달래기 위하여 안산을 어미산 즉 모악이라 하고 그 아래쪽에 떡전고개(애오개, 아현)를 두었으며, 동쪽으로는 아이가 말을 듣지 않고 나가려 하면 벌을 주겠다는 뜻으로 벌아령(약수동 버티고개)이라고 했다는 것이다. 지명을 풍수지리적으로 해석한 이야기로 보이는데 어쨌든 민간에서는 무악을 어머니산 모악으로도 인식하고 있었음을 보여준다.

명필 이광사가 살았던 서대문 원교

둥그재

우 리나라에서 숨을 은(隱) 자 호가 크게 유행한 적이 있었다. 고려
말이다. 이른바 '여말삼은'으로 일컫는 이색, 정몽주, 길재를 보면
호가 목은(牧隱, 가축을 칠 목), 포은(圃隱, 채마밭 포), 야은(冶隱, 대장장이
야)이다. 길재 대신 삼은으로 꼽히기도 하는 이숭인의 호는 도은(陶隱,
질그릇 도)이다. 이들보다 조금 나이가 많은 이인복(이조년의 손자이자
이숭인의 당숙)의 호는 초은(樵隱, 땔나무 초)이었다.

이들의 공통점을 살펴보면 성리학을 공부하고, 과거에 급제하여 벼슬
일선에 있었으며, 호의 앞부분에 붙은 한자들이 전원의 일상생활이나
자연에 근거한다는 사실이다. 소를 치고(목은), 채소밭을 가꾸고(포은),
불무질을 하여 연장을 만들고(야은), 질그릇을 굽고(도은), 땔나무를 하는
(초은) 전원의 생활에 근거하는 것이다. 바로 앞선 세대의 호가 끝에
재(齋, 집 재)나 헌(軒, 집 헌), 정(亭), 암(巖, 庵) 등을 쓴 것에 비해 전혀
새로운 호로서 숨을 은 자가 유행처럼 쓰이게 된 것인데, 성리학이 본격적

으로 확산되기 시작하는 이색 때부터이다. 그것은 우리나라에 호가 본격적으로 사용되기 시작하는 것과 때(14세기)를 같이하는 것이기도 하다.

고려 말 신진사대부들은 대개 지방의 향리가문 출신이자 재향 중소지주라는 특징을 보이는데 그들의 일차적인 근거지가 도성이 아닌 향리(전원)라는 점도 호와 무관하지는 않을 것 같다. 은 자 호는 신진사대부 중에서도 특히 고려를 유지하려 했던 온건개혁파에 집중된다. 이른바 역성혁명파에 속하는 급진적인 인물들에서는 은 자 호를 거의 찾아볼 수 없다. 같은 이색의 문하이면서 조선의 건국에 적극적이었던 정도전의 호는 삼봉, 하륜의 호는 호정, 윤소종의 호는 동정, 권근의 호는 양촌, 조준의 호는 우재 또는 송당, 변계량의 호는 춘정이다. 참고로 조선의 개국공신(1등, 2등, 3등)들을 보면 은 자 호를 쓴 사람이 한 사람도 없다.

호라는 것이 흔히 이념이나 지향성 곧 그 사람의 아이덴티티를 가장 잘 드러내는 것이라고 볼 때, 위의 '은' 자 호를 쓴 사대부들에게서 공통적으로 드러나는 아이덴티티는 다름 아닌 유교적 은일사상이다. 때가 아니면 물러나 숨는다는 것이다. 지금의 세상이 나와 맞지 않으면 돌아와 숨는 것이다. 이때 숨는다는 것은 별다른 의미는 아니다. 벼슬을 포기하고 낙향하여, 학문을 연마하고 자기수양을 하면서 제자들을 가르치는 것이다. 그것이 유학의 본분이기도 하다. 도가적인 은일이 속세를 떠나 청산 속으로 들어가는 것이라면, 유교적 은일은 고향과 같은 일상의 전원으로 돌아가는 것이다. 서울이 아닌 시골, 관리가 아닌 유자(儒者)로 돌아가서 포의지사가 되는 것이다. 전원(자연)은 그가 어긋난 욕망을 제어하고 자기수양을 하기에 알맞으며 도를 궁구하고 문장을 다듬기에도 알맞은 곳이기 때문이다.

호는 고려삼은처럼 자신이 지향하는 뜻을 나타내 짓기도 하지만, 이에 못지않게 자신의 고향이나 거처하는 곳의 이름으로 호를 삼는 경우도 많다. '어디 사는 아무개'에서 '어디'를 그냥 호로 삼는 것이다. 지명과 사람을 동일시하는 개념으로 볼 수도 있다. 고향이나 거처하는 곳의 이름으로 호를 삼는 경우, 정체성을 드러내는 외에도 그곳에 대한 애정이나 자부심의 표현으로 볼 수 있어 의미가 깊다.

조선 후기 문인 서화가인 이광사(1705~1777)는 평생 과거를 보지 않았고 벼슬살이도 하지 않았다. 아니 하고 싶어도 할 수가 없었다. 그의 집안은 소론의 명문가였고, 아버지 이진검은 예조판서까지 지낸 소론의 핵심 인물이었다. 노론이 옹립한 영조가 즉위하고 소론이 실각한 뒤, 큰아버지 이진유는 추자도에 유배되었다가 다시 중앙에 압송되어 문초를 받다 옥사하고, 그의 아버지도 강진에 유배되어 끝내 그곳에서 죽었다. 집안이 폐족이 되면서 그 역시 젊은 나이부터 아예 벼슬길에 나갈 수 없는 처지가 되었다.

이광사의 불행은 단지 벼슬살이를 못한 것에서 그치지 않고, 51세 되던 해인 1755년(영조 31년) 소론 일파의 역모사건(나주 괘서사건, 을해 옥사)에 연좌되어 함경북도 부령에 유배되었다가 전라남도 신지도로 이배되어 그곳에서 일생을 마치는 지경에까지 이르게 된다. 말년 23년을 유배지에서 보내다가 생을 마감한 것이다. 그의 나이 일흔 셋이었다. 한편 이광사가 역모사건에 연루되어 옥에 갇혔을 때 그 부인 문화 류씨는 그가 더 이상 가망이 없음을 알고 남은 삼남매를 살리는 방편으로 자결을 택하게 된다. 이광사에게는 불행이 겹쳐서 닥친 꼴이었다. 유배지에서 그가 가장 먼저 쓴 것이 '도망'이었다고 한다. '내가 비록 죽어 뼈가 재가 될지라도 / 이 한은 결코 사라지지 않으리….' 그의 첫째 부인은 쌍둥이를 낳다 죽은 바도 있다.

둘째 부인 류씨와의 사이에서는 두 아들과 딸 하나를 두었는데, 두 아들은 이긍익과 이영익이다. 둘 모두 역경과 빈곤 속에서 벼슬은 단념하고 가학인 양명학의 전통을 계승했다. 이 중 이긍익은 『연려실기술』이라는 대작(역사서)을 남겼는데, 책 이름은 아버지 이광사가 휘호(글씨를

焫)한 것이라 한다. 연려실은 청려장을 태우는 서실이라는 뜻으로 이긍익의 호이기도 한데 중국의 고사에서 유래한다. 옛글을 교정할 때 태을선인이 청려장(명아줏대 지팡이)을 태워 불을 밝게 해주었다는 한나라 유향의 고사이다.

어쨌든 일생에 걸친 불운 탓에 이광사는 학문(강화학파의 양명학)과 서도에 더욱 매진했는지도 모른다. 정제두에게서 양명학을 배웠고, 윤순의 문하에서 필법을 익혔다. 시·서·화에 모두 능하였으며, 특히 그의 글씨는 원교체라 불리는 독특하고 독창적인 서체로 후대에 큰 영향을 끼쳤다. 추사 김정희(1786~1856)는 이광사가 죽은 뒤 10년 후에 태어났는데 다음과 같은 일화가 유명하다.

김정희가 제주도로 귀양 가는 길에 해남 대흥사에 들러 초의선사를 만났다. 김정희는 대흥사의 현판 글씨를 보고 '조선의 글씨를 다 망쳐 놓은 것이 원교 이광사인데 어떻게 안다는 사람이 그가 쓴 대웅보전 현판을 버젓이 걸어 놓을 수 있는가'라며 힐난하였다. 이때 초의는 할 수 없이 원교의 현판을 떼어내고 추사의 글씨를 달았다고 한다. 그러고는 제주도 귀양살이 7년 3개월을 끝내고 63세의 노령이 되어 서울로 올라가는 길에 다시 대흥사에 들른 김정희는 초의를 만나 '옛날 내가 귀양길에 떼어내라고 했던 원교의 대웅보전 현판이 지금 어디 있나. 있거든 내 글씨를 떼고 그것을 다시 달아주게. 그때는 내가 잘못 보았어'라고 했다는 것이다. 이래서 지금 대흥사 대웅전에는 다시 이광사의 '대웅보전' 현판이 걸리고, 그 왼쪽에 있는 승방에는 추사가 귀양 가며 썼다는 '무량수각' 현판이 걸려 있다. 7년이 넘는 귀양살이를 통해 김정희도 큰 변화를 겪은 것으로 보이는데, 김정희 또한 제주도 귀양살이를 통해 추사체를 완성한 것으로 평가받는다.

이광사의 글씨와 인물에 대해서는 정약용도 아주 좋게 시를 쓴 바 있다. '이도보(李道甫)가 쓴 백련사 액(현판)을 보고'라는 부제가 붙은

추사의 무량수각

칠언시이다. 이도보에서 도보는 이광사의 자이다.

삼한의 글씨들이 절작이 적은 편인데
근자에 도보 있어 세상에 이름났지
……
거룩할손 일개 포의로 귀양을 갔던 그는
우레 같은 명성이 백세를 울리고 있네
그가 쓴 백련사 액자를 볼라치면
꿈틀대는 용처럼 헌걸차고 기세 있지
……
대기(큰 그릇)가 영영 묻혀 바닷가에서 죽어갔으니
처량한 그의 유적 누가 본들 눈물 안 나리
　　　　　 ─「자유의 신수여주용홍사오화벽 운에 화답하다」,
　　　　　　　　 『다산시문집』 제5권, 한국고전번역원

강진 백련사는 대웅보전과 만경루가 이광사의 글씨다. 위의 시는 글씨가 꿈틀대는 용처럼 힘찰차고 기세 있다고 한 것으로 보아 만경루 편액을 보고 쓴 것인 듯하다. 백련사는 정약용이 유배생활을 했던 다산초당과 가까운 거리에 있고, 정약용은 당시에 백련사에 주석하고 있던 혜장법사와는 교분이 두터워 자주 왕래했던 것으로 보인다. 백련사는 1862년경 불탄 건물을 중건하는데 이때 신지도로 귀양 와 있던 이광사의 글씨를 받은 것으로 보인다.

이광사의 호는 원교(圓嶠)이다. 원교(圓嶠, 둥글 원, 고개 교)는 그가 살던 곳의 한자 이름으로 우리말로는 둥그재라 불렀다. 둥그재에 대해서 『서울지명사전』에는 '서대문구 충정로2가와 냉천동 뒤에 있는 산으로서, 산이 둥글고 곱다는 뜻에서 붙여진 이름이다. 금화산·원교라고도 한다.'고 되어 있다. 금화산은 안산에서 남쪽으로 뻗어 첫 번째 봉우리를 이룬 205m 고지로 애오개(아현)로 이어지는 산줄기에 있다. 그 서쪽에는 이화여자대학교가 자리하고 있으며, 동쪽으로는 독립공원과 금화아파트가 있는데, 이 두 지역은 금화터널로 연결된다. 한편 둥그재는 서대문구 냉천동 천연동과 북아현동 사이에 있던 고개를 가리키는 말로도 썼던 것 같다. 『대동여지도』(한성도 반송방)에는 원현(圓峴)으로 나온다.

이광사가 쓴 아내의 실기 「망처문화류씨기실」(『두남집』)에 따르면 이광사는 1735년 가을에 서대문 밖에 세 들어 살다가 그 이듬해 솔가하여 강화도로 들어간다. 그러고는 1737년에 다시 서울로 돌아왔는데 이때 서대문 밖 둥그재(원교) 아래에 집을 샀다. 그동안 떠돌아다니며 굶주리고 춥기 이미 심했었는데, 집을 산 바람에 전보다 끼니를 잇기도 어려워졌다고 적고 있다. 이광사는 33세에 둥그재에서 은거에 들어가 51세에 귀양 가기까지 18년여를 산 셈이다. 가난하지만 비교적 평탄했던 시기이기도 했다.

이때 상고당 김광수(1699~1770)와는 같은 둥그재에 살았는데 교유가 깊었다고 한다. 김광수는 문벌 있고 부유했는데 세상의 험난함과 관직의 화려함이 싫다며 벼슬을 버리고 예술에 심취하여 살았다고 한다. 특히 골동서화 소장가로도 유명했던 인물이다. 김광수는 이광사보다 여섯 살 위였는데 아예 내도재(來道齋)라는 집을 만들어놓고 이광사를 늘 초청하였다고 한다. 내도란 도보를 오게 한다는 의미이고, 도보는 이광사의 자(字)이니 이광사를 불러 머물게 하는 집이라는 뜻이다. 그들의 사이가 어느 정도였는지 짐작이 간다. 여기에 이광사는 '내도재기'라는 글을 써서 그를 칭송하기도 하였다. 박지원의 한문소설 『광문자전』에도 '아침 나절 상고당에서 사람을 보내어 나에게 안부를 물어왔네. 듣자니 집을 둥그재(원교) 아래로 옮기고 대청 앞에는 벽오동 나무를 심어 놓고…'라는 구절에 원교 지명이 나온다.

그런데 이광사가 원교라는 호를 쓴 데에는 자신이 거처하는 곳이라는 의미 외에 또 다른 숨은 뜻이 있어 보인다. 이광사는 둥그재를 한자로 쓰면서, 원교(圓嶠) 외에도 원교(員嶠)를 함께 썼던 것으로 보인다. 원래 '員(수효 원)'은 '圓(둥글 원)'의 옛 글자로, 둘은 서로 통해 쓴다고 한다. 『이광사 필적 원교법첩』에는 '원교은자(員嶠隱者)'라는 인영(인장)도 보이는데, 자신을 '원교에 숨어사는 은자'로 지칭하고 있다. 그런데 이 '원교'는 특별한 전고가 있는 말이다. 도가서인 『열자』의 「탕문편」에 나오는, 신선이 산다는 다섯 산 즉 대여, 원교, 방허(혹은 방장), 영주, 봉래 중의 하나인 것이다. 『열자』는 노자·장자와 함께 도가사상의 고전으로 널리 읽힌 책이다.

원교는 이른바 삼신산 이야기에 나온다. 발해의 동쪽, 몇 억만 리인지 모를 곳에 커다란 골짜기가 있고, 골짜기 속에는 다섯 개의 산이 있었다. 그 산들은 물 위에 둥둥 떠다녀서 거기에 사는 신선들이 안정할 수 없었다. 이에 상제가 큰 거북 열다섯 마리를 시켜서 등에 지고 있게 했다. 그런데 용백국의 거인이 거북이 여섯 마리를 잡아 자기 나라로 가서 거북의 껍데기를 태워서 점을 쳤다. 이에 지탱할 것이 없어진 '대여'와 '원교'의 두 산은 북쪽 끝으로 흘러가 큰 바다에 가라앉고 삼신산(방장, 영주, 봉래)만 남았다는 것이다. 이광사는 이 글에 착안해서 자기 호를 '원교'라고 했던 것으로 보인다. 살던 곳이 '둥그재'인 데다가, 당쟁으로 집안이 몰락한 것이 마치 '원교'가 바다 속에 가라앉은 것과 같다는 의미이다.

한편 이광사가 함경북도 부령에서 유배생활을 했을 때는 두남(斗南)이라는 호를 썼다. 부령이 북쪽 끝이어서 북두성의 남쪽에 있다는 뜻으로 두남이라 했다고 한다. 또한 전라남도 신지도로 이배되었을 때는 수북(壽北)이라는 호를 썼다. 수북은 수성의 북쪽이라는 뜻으로 보인다. 수성은 노인성, 남극성, 남극노인 등으로 불렸는데, 인간 수명을 지배한다고 해서 신격화된 별이다. 민간에서 북두는 사(死)를 맡고, 남두는 생(生)을 맡는다고 믿어왔다. 결국 '북두의 남쪽'이라는 '두남'과 '수성의 북쪽'이라는 '수북'이 그대로 대칭되는 의미를 갖는다. 북두칠성이나 수성(남극성)은 민간신앙의 하나로 숭배되었지만 일차적으로는 도교에 속한 것으로, 도교의 신 혹은 신선으로 분류된다. 이광사의 호는 원교를 포함해서 두남, 수북 등이 모두 도교적인 색채를 강하게 띠는 특징이 있는 것이다.

현대에 와서는 국어학자인 일석 이희승이 6·25 전후해서 서대문 둥그재 중턱에 살았었다. 그의 첫 수필집 『벙어리 냉가슴』(1956년)에는 '둥구재'라는 제목의 수필도 있다. 이 글에서 그는 둥글둥글한 산과 대비하여 자신의 성격이 탐탁치 못함을 언급하고 있다. 그러면서도 사람으로서는 차라리 이게 낫다고 위안을 삼는데 사람이 지나치게 둥글둥글한 것을 좋지 않게 본 것이다. 아마도 자신의 꼬장꼬장한 성격을 의식한 것이 아닌가 싶다.

둥그재는 '둥그'와 '재'로 분석되는데, '둥그'는 형용사 어간 '둥글-'에서 '르'이 탈락한 어형으로 보인다. '둥그-'는 '둥근-'이나 '둥글-'과 함께 지명에서 매우 활발히 사용되는 선행 요소로, 둥그배미, 둥그봉, 둥그산, 둥그샘, 둥그섬, 둥그재, 둥그터 등에서 볼 수 있다. 둥그재 지명도 많이 볼 수 있는데, 군산 임피면 월하리의 둥그재, 전북 남원시 산내면 중황리와 경남 함양군 마천면 창원리에 걸쳐 있는 등구재 등이 있다.

되놈이 넘어온 미아리고개

되너미고개·왜너미재

한국전쟁 당시 서울대 사학과 교수였던 김성칠(1913~1951)은 그가 보고 겪은 6·25에 대한 생생한 기록을 일기로 남겼다. 『역사 앞에서』가 그것인데 일기는 해방 직후인 1945년 12월부터 다음 해 4월, 50년 1월, 50년 6월부터 다음 해 4월 8일까지를 기록하고 있다. 철저한 중도적 입장에서 6·25 현실을 꿰뚫어본 역사가의 기록이라는 점에서 사료로서의 가치도 높은 것으로 평가받고 있다. 당시 그는 성북구 정릉리에 거주하고 있었는데, 6·25 당일은 시내에 들어갔다 나오는 가겟집 주인 강 군으로부터 '이북군'의 침공 뉴스를 전해 듣는다.

그러고는 다음 날 6월 26일은 아침 일찍 아무리 기다려도 버스가 오지 않아 결국 걸어서 학교에 가게 된다. 그가 걸어간 길을 추정해 보면 정릉리 집을 출발해 아리랑고개를 넘어 돈암동으로 나와서, 삼선평 (삼선교)을 거쳐 혜화동 로터리에서 왼쪽으로 꺾어 대학로 즉 옛 서울대학교 문리대 자리로 갔을 것이다. 그리고 그날 집으로 돌아오는 길에 목격한 거리 풍경에서 전쟁 발발을 실감하며 충격을 받는다. '집으로 오는 길에 보니 학교에서 느낀 이상으로 거리는 물 끓듯 하였다. 한길엔 되넘이고개를 향하여 질풍같이 달리는 군용차가 끊일 사이 없고, 언제 풀려 나왔는지 길가에 소학교 아동들이 성을 쌓듯 둘러서서 그 고사리 같은 손들이 아프게 박수로써 질주하는 군용차를 환송하고 있다.'

'한길'은 삼선교나 돈암동 대로일 것이다. 군용차들이 되넘이고개를 향해 달리고 있다는 표현을 보면 그렇다. 여기서 되넘이고개는 미아리고개를 가리키는데 6·25 무렵까지 미아리고개를 되넘이고개라고 부른 것을 알 수 있다. 6월 28일 일기에도 되넘이고개가 나오는데 '낮때쯤 하여 아이들을 앞세우고 돈암동을 떠나 집으로 향하였다. 거리에는 이미 붉은 기를 흔들며 만세를 부르는 사람이 있고, 학교 깃대엔 말로만 듣던 인공국기가 바람에 나부끼고 있다. 되넘이고개를 넘어서 동소문을 향하여 탱크며 자동차며 마차며 또 보병들이 수없이 많이 쏟아져 나오고 있다.'고 쓰고 있다. 그러나 같은 날 일기에 미아리고개라는 표현도 보여, 6·25 당시 되넘이고개와 미아리고개 두 지명을 함께 쓰고 있었음을 알 수 있다.

조선 후기 무가인 서울 재수굿의 '부정거리'(무당굿의 열두 거리 가운데 첫째 거리. 신들을 청하기 전에 부정한 것을 깨끗이 하는 것을 이른다) 중에는 '동으로는 되네미서낭 남으로는 우수재서낭 서쪽으로 무악재 사신서낭 북으로는 자문안 동락정서낭' 하면서 서낭(성황)을 열거하는 대목이 있다. 여기에서 동으로는 되네미서낭이라 했는데, 되네미는 지금의 미아리고개를 가리키는 것으로 보인다. 예전 되네미서낭은 미아리고개 정상 왼쪽 산마루에 있었다고 한다.

『도시민속조사보고서: 정릉3동』(국립민속박물관)에 실려 있는 토박이 노인의 증언에 따르면 "돈암동이라는 말은 그 후에 왜정시대에 이름이 지어진 거고 옛날에 이름이 되내미야. 되내미고개라고 미아리고개 있잖

아. 미아리고개가 되내미고개지. 미아리고개라는 이름도 없던 거야."라고 하여, 미아리고개 이름이 일제강점기 이후에 새롭게 불리게 된 것임을 알 수 있다. 물론 동네를 가리키는 미아리는 오래전부터 있었지만, 고개 이름은 되내미고개로 계속 불려 오다가 일제강점기 이후에 점차 미아리고개로 바뀐 것으로 보인다. 특히 6·25 때 북으로 끌려간 사람들의 모습과 남겨진 가족들의 한을 노래한 트로트곡 '단장의 미아리고개'(1956년)는 결정적으로 되너미고개를 미아리고개로 바꾸어 놓은 것 같다.

『서울지명사전』에서는 되너미고개를 '성북구 돈암동에서 미아리로 넘어가는 고개로서, 병자호란 때 되놈들이 이 고개를 넘어 서울에 침입했다고 전하는 데서 유래된 이름이다. 한자명으로 적유현이라고 하였다.'고 설명하고 있다. 또한 미아리고개 조항에서는 '원래 이 고개를 되너미고개라 하였다. 병자호란 때 되놈(胡人, 호인)들이 넘어왔다가 넘어갔다고 해서 붙인 이름으로 되너미재, 적유현, 호유현이라고도 했으며 돈암동고개, 돈암현이라고도 하였다.'고 설명하고 있다. 되너미고개를 돈암현, 돈암동고개라고도 하였다는데 돈암이라는 이름은 우리말 '되넘(되냄)'을 음차 표기한 것으로 보통 보고 있다. 돈암동 동네 자체를 옛날에는 그냥 되내미로 불렀다 한다. 그 되내미를 한자로 돈암(敦岩)으로 표기한 것이니 되너미고개와 돈암현은 같은 이름인 셈이다. 이 '돈암'은 1895년 한성부 동서 숭신방 동문외계 돈암리로 나온다.

되넘이고개를 지도에서 살펴보면 18세기 중엽으로 여겨지는 〈사산금표도〉에는 호유현으로, 겸재 정선이 그린 것으로 추측되는 〈도성대지도〉나 고산자 김정호의 〈수선전도〉 등 대부분 지도에는 적유현으로 표기되어 있다. 〈사산금표도〉는 '네 개의 산에 있는 금지된 표식을 나타내는 그림'으로 당시 도성의 안과 한성부 관할권에 들어가는 성저 10리 이내에서 소나무의 벌채와 묘지 조성을 못하게 세운 표석의 경계를 나타낸 지도이다.

적유현(狄踰峴, 오랑캐 적, 넘을 유, 고개 현)이나 호유현(胡踰峴, 오랑캐 호, 넘을 유, 고개 현) 지명은 되너미고개를 그대로 한자의 뜻을 빌려 표기한 것이다. 적(狄)이나 호(胡)를 현대 한자사전에서는 주로 오랑캐로 훈(뜻)을 달고 있는데, 『훈몽자회』(1527년)에서는 일찍부터 '되'로 훈을 달고 있다. 우리가 중국인을 낮잡아 되놈 혹은 뙤놈 할 때의 그 '되'이다. 국어사전에서 '되놈'은 '1) 예전에, 만주 지방에 살던 여진족을 낮잡는 뜻으로 이르던 말. 2) 중국 사람을 낮잡아 이르는 말.'로 풀이하고 있다. '되'의 어원에 대해서는 발해만 북부 지역에 살던 동이족의 한 갈래를 가리키던 '도이(島夷)'라는 말에서 비롯되었다는 설도 있고, 되 곧 뒤가 북쪽을 가리킨다는 설 등이 있다. 어쨌든 적유현이나 호유현의 우리말 이름은 되넘이고개로, '되가 넘어온(혹은 넘어간) 고개'라는 뜻이다.

그런데 이 되넘이고개의 '되'가 누구인지 다시 말하면 언제 어떤 '되'가 넘어와서 유래되었는지에 대해서는 오해가 많은 것 같다. 위의 지명사전도 그렇고 일반적으로도 되너미고개는 병자호란 때 되놈들이 넘어온 것으로 설명하고 있는데, 이것은 잘못된 것으로 보인다. 우선 병자호란 때 청군이 넘어온 것에서 유래하지 않았다는 사실은 『인조실록』이나 『병자록』 등 여러 기록에 보이는 청군의 침입로나 동선에서 확인이 된다. 병자호란 당시 청군은 대체로 의주로를 따라 침입한 것으로 보인다. 실제 청군은 전광석화처럼 진군해 왔는데 의주에서 서울을 5일 만에 주파했다고 한다. 그도 그럴 것이 청군의 선봉부대는 6천 명으로 편성된 철기병이었다. 안주, 개성, 양철평(지금의 은평구 녹번동), 홍제원을 거쳐 온 그들은 인조 14년(1636년) 12월 15일에는 한성을 우회, 뚝섬 쪽으로 진출해 신천나루를 건너 탄천(삼전도)에 도착하게 된다.

조선의 제1로였던 의주로는 서대문-무악재-파주-개성-봉산-평양-안주-의주를 잇는 길로 다른 어떤 길보다도 잘 닦여진 길이었다. 청 태종이 이끄는 본군도 우익군이 개성을 지나 문산에서 강화도로 침공한 것을 제외하고는 거의 의주로를 따라 한양에 입성한 것으로 보인다. 그들은 서쪽으로는 모화관(서대문구 현저동)에서부터 남관왕묘(남대문 밖)에 이르기까지 진을 치고, 또 동쪽으로는 동문 밖에 5~6개의 병영을 만들었다 하는데 살곶이 쪽이었던 것 같다. 살곶이에서 신천나루를 건너면 바로 탄천이기 때문이다. 어쨌든 『인조실록』의 인조 15년(1637년) 1월 1일 기사는 '청나라 한(汗)이 모든 군사를 모아 탄천에 진을 쳤는데 30만 명이라고 하였다.'고 적고 있다.

결국 인조는 1월 30일에 삼전도에서 세 번 절하고 아홉 번 머리를 조아리는 '삼배구고두' 항복의 예를 행하고는, 바로 다음다음 날인 2월 2일에 '청나라 한이 삼전도에서 철군하여 북쪽으로 돌아가니, 상이 전곶장에 나가 전송하였다.'고 실록은 적고 있다. 전곶장은 성동구 성수동 일대의 들판을 말하며 조선시대 목마장이 있던 곳이다. 살곶이, 살곶이벌(들), 뚝섬, 전교, 동교라고도 했다. 『병자록』은 '청국 군사가 이날 철수하였는데 임금이 동교로 나가 전송하였다. 청주(청 황제)는 살곶을 경유하여 양주로 향하고 익담령을 넘어서 서쪽 길로 갔으며, 나머지 군사들은 날마다 얼마씩 나누어 철수하였는데 13일에야 철수가 끝났다.'고 적고 있다. 철군할 때 청 태종은 살곶이에서 바로 의정부 쪽으로 북상하여 서쪽 의주로 쪽으로 향한 것이다.

이상의 기록을 통해 살펴본 바로는 청군의 주요 동선에 되너미고개 지역은 보이지 않는다. 되넘이고개의 '되'가 병자호란 때의 청군이 아니라는 것이다. 이러한 사실은 병자호란 훨씬 전에 이미 적유령 지명이 쓰였던 데에서도 확인할 수 있다. 병자호란보다 130여 년 전인 1504년 『연산군일기』에는 다음과 같은 기사가 있다.

'만약 모조리 큰길을 한계로 하면 그 사이에 인가와 토전이 많으므로 다만 보등사로부터 남으로 이회양의 무덤 뒤 산허리를 넘어 다야원·적유령

(狄逾嶺)을 거쳐 동소문 밖 길 위 북쪽 가까지 표를 세웠습니다.' 하니, 전교하기를,

'그곳에 사는 사람을 이제 내치지 않으면 자손이 번성하게 되어 뒤에는 반드시 금하기 어려울 것이며, 더구나 이제 철거할 때에 반드시 널리 헐어야 하리니, 큰길을 따라 표를 세우고 살하리(沙乙河里, 사을하리) 동리 어귀에 경수포를 만들어 사람의 왕래를 금하되…'

사냥과 군사 조련을 핑계로 금표를 세워 인가를 철거하고 왕래를 금하라는 내용이다. 연산군의 폭정을 엿볼 수 있는 기사이기도 한데, 이 기사에 나오는 적유령은 분명히 지금의 미아리고개 곧 되너미고개를 가리키는 것으로 보인다. 동소문 밖이라는 위치도 그렇고 살하리 동리라는 지명도 이를 뒷받침하고 있다. 살하리는 정릉동의 옛 이름으로 살하리 동리 어귀라면 지금의 길음동쯤으로 추정된다. 이렇게 연산군 때 되너미 고개를 적유령으로 표기한 것을 보면, 이 지명이 조선 전기부터 이미 쓰이고 있었음을 확인할 수 있다.

그렇다면 이 '되'는 도대체 누구일까. 조선 전기에 한성까지 침범한 뚜렷한 호란이 없었고 보면 이때의 '되'는 다른 '되'에서 찾을 수밖에 없다. 야인 곧 여진의 사신이 그들이다. 조선 전기의 대외관계는 중국(명나라)을 필두로 일본과 만주 지역의 여진족을 중심으로 이루어졌다. 그에 따라 각각의 사신들이 빈번하게 왕래하였는데 그들이 한양에 들어오는 경로나 그들을 대접하는 격식은 모두 달랐다. 이 중 여진의 사신은 제2로인 경흥로(관북로)를 이용하고 혜화문(동소문)을 통해 도성으로 들어와서, 동대문 옆 낙산 자락에 있던 북평관(초기에는 야인관으로 부름)에 머물렀다. 압록강 이북의 여진이나 두만강 이북의 여진이나 모든 여진은 반드시 경흥로를 이용하고 혜화문을 통해 입성하도록 통제했다. 그들은 역참을 따라 이동하고 역참의 여관에서 묵게 하여, 여염의 민가에서 묵는 것을

금하였다. 4군과 6진의 개척으로 북방이 안정된 후에도 여진은 늘 경계하면서 회유하는 대상이었기 때문이다. 제2로인 경흥로는 누원(의정부 다락원), 회양, 철령, 함흥, 북청, 경성을 지나 함경도 경흥 서수라까지 동북방으로 이어지는 길로 특히 국방 관계상 중시되는 길이었다.

여진의 사신은 대소 여진의 추장들이 개별적으로 교섭하는 이른바 '개별적 조공관계'였다. 여진인들이 조공을 하는 목적은 관직을 받고 그들이 필요로 하는 물화를 구하려는 데 있었다. 그러나 회사품을 내리는 등 모든 대접을 조선이 부담한 관계로 조정에서는 가능한 한 여진인들의 입조하는 인원수와 그 규모를 축소시키려고 노력하였다. 입조하는 야인의 규모가 많을 때는 50~60인이었으나 적을 때는 30여 인이었다고 한다. 나중에는 인원수도 규제하여 5~6인 정도로 줄기도 했다. 대개는 연산군 이전의 조선 전기에 건주여진을 비롯해서 여러 여진이 천여 회가 넘는 입조가 있었다고 한다.

여진은 함경도를 거쳐 경흥로의 역참을 따라 서울까지 들어왔다. 역참에서 입조하는 여진의 사절을 대접하였으며, 역마소에서 말을 지급하여 그들이 조공하는 짐바리를 운송하였다. 여진의 사신은 의정부 쪽에서 내려와 노원역에서 수유현(무너미고개)을 거쳐 마지막 고개인 되너미고개를 넘어 혜화문으로 들어온 것으로 볼 수 있다. 따라서 연산군 때에 이미 적유령으로 표기된 되너미고개는 조선 전기에 여진의 사신 행렬이 넘어온 고개로 보는 것이 맞을 것 같다. 여진의 조공은 연산군 이후에 끊겼다.

또 다른 적유령은 평안북도에 있다. 평안북도 내륙을 동서로 뻗어 내려가는 적유령산맥에 위치하여 관문 역할을 했던 고개로 국방상 아주 중요한 곳이었다. 고개 높이가 963m로 아주 높은데, 적유령산맥의 백산 (1,875m)과 증봉(시루봉 1,258m) 사이의 안부에 위치한다. 청천강 상류지역과 자강고원의 남부지역을 잇는 주요 교통로이기도 했는데, 행정적으로는 평안북도 희천군(동창면)과 평안북도 강계군(화경면)에 걸쳐 있다.
『신증동국여지승람』에 적유령은 평안도 희천군으로 소개되고 있는데
'적유령은 군의 북쪽 1백 50리에 있다. 강계부와의 경계에 있으며, 백산의
동쪽 등성이다.'라고 되어 있다. 또한 적유령 밑에 적유역이 있다고 적고
있다.

　희천의 적유령은 상당히 오래된 지명이다. 『해동역사』 '지리고'에서는
적유령을 다음과 같이 서술하고 있다.

　　『대청일통지』에는 다음과 같이 되어 있다.
　　『고려도경』을 보면, "삭주의 서북쪽에 적유령이 있는데, 조선에서는
　　그것을 서북의 웅관(雄關)이라고 한다." 하였다. ─삼가 살펴보건대, 적유령
　　은 강계부의 남쪽에 있다.

　『해동역사』 속편의 지리고는 특히 고증면에서 우수한 것으로 평가받고
있는데, 위의 적유령 지명도 『대청일통지』를 인용하고 있다. 그 『대청일
통지』(중국 청나라의 판도를 상세히 기록한 지리책, 1743년)는 또 『고려도
경』을 인용하고 있어 인용의 인용인 셈이다. 『고려도경』은 송나라 때
서긍이 1123년 고려에 사신으로 파견되어, 한 달 남짓 개성에 머물면서
보고 들은 내용을 돌아가 편찬한 것이다. 그렇게 보면 적유령 지명은
1123년 이전에 이미 있었다는 얘기다. 또한 '지리고'는 『고려도경』의
'삭주의 서북쪽에 적유령이 있다'는 잘못된 설명을 '강계부의 남쪽'이라고
바로잡고 있기도 하다. 더불어 함경남도에 있는 마천령은 동북의 웅관으
로 설명(『대청일통지』 인용)하고 있는데, 일찍부터 우리나라 사람들이
적유령을 서북의 웅관(우두머리 관문)으로, 마천령을 동북의 웅관으로
인식하고 있었음을 보여주고 있다.

　1123년 이전에 적유령 지명이 있었다면 이때 넘어온 '적'은 누구일까.

고려 전기 북방민족의 침입으로는 대표적으로 거란의 침입을 들 수 있다. 거란(요)은 3차에 걸쳐 고려를 침공하였는데 993년의 1차 침입에 이어 1010년에 2차 침입, 1018년에 3차 침입이 있었다. 유명한 서희의 담판은 1차 침입 때이고, 강감찬의 귀주대첩은 3차 침입 때의 일이다. 그러나 『고려사』 '지리지'의 청새진(옛 희천군) 건치연혁을 보면 '고종 4년(1217년)에 거란병을 방어한 공이 있어 위주 방어사로 승격하였다가, 뒤에 오랑캐에 투항하여 나라를 배반하였으므로 희주로 고쳐 부르고…'라고 하여 이 지역에 거란의 침입은 물론 오랑캐의 침입도 있었음을 알려주고 있다. 또한 거란병과 오랑캐를 구분하여 부르고 있는 것을 알 수 있는데, 원문 한자를 보면 거란은 단(丹)으로, 오랑캐는 적(狄)으로 표기하고 있다. 이로써 보면 적유령의 적은 거란이 아니라 당시 압록강 하류 지역에 부족을 이루며 살았던 서여진으로 보는 것이 맞을 것 같다.

1950년 10월 말께 쾌속으로 북진하던 국군 1사단은 운산에서 중공군과 맞부딪치게 된다. 그때 이미 중공군은 적유령 산맥 북쪽에 잠입해 진을 치고 있었다 한다. 6·25 때의 적유령은 바로 이 중공군이 넘어온 고개이기도 하다. 이 적유령은 김소월의 시에도 나오는데 「옷과 밥과 자유」(1925년)라는 특이한 제목의 시이다. 여기에 '초산(楚山) 지나 적유령(狄踰嶺)/ 넘어선다/ 짐 실은 저 나귀는 너 왜 넘니?'라고 해서 초산 지명과 함께 적유령이 나온다.

평론가들은 이 부분에서 고향의 터전을 빼앗기고 서간도로 넘어가는 유이민의 모습을 읽기도 한다. 그렇게 본다면 적유령은 오랑캐가 넘어온 고개가 아니라, 우리 민족이 오랑캐가 되어 압록강을 넘어가는 상황이 되는 것이다.

적유령은 일찍이 한자화된 탓인지 우리말 이름이 따로 전하는 것은 없다. 이 적유령 말고 우리말 '되너미고개' 이름은 북한 지역 여러 곳에 있다. 특히 평안도, 황해도 지역에 많은데, 대체로 북방에서 남쪽으로 내려오는 길목이거나 인접한 곳이다. 소지명이어서인지 되넘이, 되네미, 대넘이 등 우리말 이름만 전하고 한자 지명은 없다. 시기는 불분명하지만 대개는 '되(오랑캐)'가 넘어온 데서 유래한 것으로 짐작된다. 경기도 연천군 청산면 궁평리 되네미고개는 '되'를 병자호란 때의 청군으로 볼 수 있는데, 이곳 연천 지역은 병자호란 때 청군 우익군의 침입로상에 있었다. 실제 김화(백동)에서는 큰 전투가 벌어지기도 했는데, 연천 되넘이의 '되'는 청군일 가능성이 있다.

남쪽으로는 임진왜란 때 왜의 침입과 관련된 지명이 더러 있을 법한데 별로 보이지 않는다. 고개 지명으로는 단 한 군데 상주의 왜유령이 눈에 띈다. 『동여도』에 왜유령(倭踰嶺)으로 표기되어 있다. 김천 어모면과 상주 공성면의 경계를 이루는 고개로 여남재가 있다. 지역에서는 이 여남재의 원래 이름이 '왜넘이재'로 임진왜란 때 김천을 함락한 왜군이 이 고개를 넘어 북진했다 해서 붙여진 이름이라 한다. 그런데 이 왜넘이재, 왜유령은 고려 말 왜구가 이 지역에 침입했을 때 붙여진 이름으로 보는 것이 맞을 것 같다. 임진왜란 전인 1530년(중종 25년)에 편찬된 『신증동국여지 승람』(경상도 상주목)에 '왜유현(倭踰峴)은 주 남쪽 47리 금산군 경계에 있다.'고 나오는 것이다. 여기서 금산군은 지금의 김천이다. 또한 왜넘이재는 왜의 사신길(영남대로)에서도 비껴 있고 보면, 이 왜넘이재는 고려 말 왜구의 침입으로 거슬러 올라갈 수밖에 없다. 이때의 왜구는 서해안 금강 하구에서 상류인 옥천으로 올라와 영동 김천을 거쳐 상주까지 흘러 들어온 왜구들이었던 것으로 보인다. 그러니까 오래전 고려 말 왜구의 침입이 '왜너미재'라는 지명으로 흔적을 남긴 것이다.

화투장 6월에 핀 목단꽃

모란·모란공원·모란봉

모 란은 우리말일까 아닐까. 신문에도 자주 오르내리는 모란장(성남)
이니 모란공원(남양주)이니 모란봉악단(평양)이니 하는 이름들
을 보면서 '모란'이 우리말이 아닐 거라고 의심하는 사람은 별로 없을
것 같다. 오히려 모란을 우리말 중에도 아주 정감이 가는 말로 꼽는
사람도 있을 것이다.

그러나 화투장 중에서 6월 목단을 눈여겨본 사람 중에는 어, 이거
모란꽃인데 왜 목단이라 부르지 하는 의심을 품어본 사람도 있을 것이다.
더 나아가 목단을 한자어로 찾아본 사람 중에는 목단이 '牡丹(모단)'과
'牧丹(목단)' 두 가지로 표기되어 있어 혼란스러웠던 경험을 한 사람도
있을 것 같다. 결론부터 말하면 모란은 우리말이 아니다. 한자어 모단(牡丹)
이 변음되어 모란으로 바뀐 말인 것이다.

진태하 교수의 '모시와 모란의 어원고'에 따르면 '모란꽃도 꽃은 피지만
열매로 번식하는 것이 아니라, 뿌리로 번식하기 때문에 '牡(수컷 모)'를

취하고, 모란꽃은 여러 가지 색이 있지만, 붉은색 모란이 가장 아름답다 하여 '丹(붉을 단)'을 취하여 '牡丹'이라 칭한 것이다. 우리나라에서는 '丹'이 '란'으로 변음되어 본래 '牡丹(모단)'을 '모란'이라 일컫게 되었다.'고 한다. 그는 '단'이 '란'으로 변음된 것을 우리나라 자체에서의 속음화 현상으로 설명하고 있다. 또한 '牡(수컷 모)'를 '牧(가축을 칠 목)'으로 잘못 써서 '牡丹(모단)'을 '牧丹(목단)'으로 오기(誤記)한 것은 신라 때 당나라에서 선덕여왕에게 모란씨를 보내왔다는 『삼국유사』의 기록에서부터라고 한다. 『삼국사기』에는 모단(牡丹)으로 기록되어 있다.

정리해 보면 모란도 열매는 맺지만 주로 뿌리에서 새싹이 나와 이른바 무성생식을 하므로 수컷 모 자를 써서 모단이라 하던 것이 우리나라에 와서 모란으로 음이 바뀐 것이고, 목단은 『삼국유사』에서 오기되면서 비롯된 것으로 볼 수 있다. 이 모란은 중국이 원산지인데 우리나라에는 신라 진평왕(재위 579~632) 때 들어온 것으로 알려져 있다. 원래 모란은 중국 사람들로부터 가장 사랑받아온 꽃이자 가장 중국적인 꽃이라고 할 수 있다.

모란은 수나라 때(6세기)에 재배식물로 심기 시작해서 당나라 때(7~8세기)에 이르러 크게 유행하였다고 한다. 우리나라에서도 고려시대에는 귀족들이 다투어 정원에 심고 즐겼으며, 시문에도 모란이 자주 등장하고 상감청자 무늬에도 모란이 많이 새겨졌다. 조선시대에 들어와서는 선비들의 매화 사랑에 밀리기는 했지만 여전히 부귀의 상징으로 여겨져 신부나 귀한 신분의 여인들의 옷에는 모란꽃이 들어갔고, 가정집의 수병풍에도 모란은 빠지지 않았다. 또한 선비들의 책거리 그림에도 부귀와 공명을 염원하는 모란꽃이 그려지기도 했다. 『조선왕조실록』에는 특이하게도 여인네들의 이름으로 모란(牧丹)이 기록되어 있는 것을 볼 수 있는데, 이미지와는 다르게 주로 신분이 낮은 사람에게서 보인다. 여자들의 이름으로 모란이라는 이름이 비교적 흔히 쓰였던 것으로 보인다.

모란리 지명은 일찍부터 기록에 보이는데, 『고려사』(세가)에 '서도 모란리의 박광렴은 어머니가 돌아가신 지 이레에 갑자기 마른 나무를 보았는데, 완연히 어머니의 모습과 닮아 집으로 짊어지고 와서 예를 다해 봉양하였다.'는 기사에 처음 보인다. 천 년도 더 된 때의 이야기다. 여기서 서도는 평양을 가리킨다. 조선시대로 넘어와서는 『성종실록』(즉 위년 1469년 12월 21일)에 모란리 지명이 처음 보이는데, 두 곳 모두 원문은 목단리(牧丹里)로 나온다. 당시에는 아직 방리(면리)제가 정착되기 전이니 리(里)는 단순히 마을이라는 뜻으로 붙인 것으로 보인다. 지금으로 말하면 모란마을 정도로 불렀을 것이다.

전북 완주군 봉동읍 구만리에 있는 봉강서원의 원래 이름은 모란서원 (牡丹書院)이었다. 『한국민족문화대백과사전』에 의하면 '1754년(영조 30년)에 지방유림의 공의로 이방간의 학문과 덕행을 추모하기 위하여 완주군 용진면 모란리에 모란서원을 창건하여 위패를 모셨다.'는 것이다. 그것을 1852년(철종 3년)에 현재의 위치로 옮겨 세우고 봉강서원이라 개칭한 것이다. 『한국민족문화대백과사전』에서는 수컷 모(牡) 자를 써서 모단서원(牡丹書院)이라 쓰고 모란서원으로 읽고 있다. 모란서원은 '모란리' 지명에서 따온 것으로 보이는데 꽃 이름을 그대로 서원의 이름으로 삼은 것이 특이하다.

이곳 모란리는 모란꽃을 닮은 형상의 명당이 있다 하여 붙여진 이름이라고 하는데, 예로부터 모란반개형 또는 모란화심형 명당이 있는 곳으로 유명하다는 것이다. 모란꽃이 반쯤 피어 있는 또는 모란꽃의 중심 같은 모양의 묏자리가 있다는 것이다. 이 마을에 터를 잡고 살아온 사람들은 아직도 이 명당이 쓰여지지 않았다고 믿고 있다고도 한다. 모란리의 유래를 풍수지리에서 말하는 모란반개형으로 설명하고 있는 것이다.

모란반개형은 모란꽃이 반쯤 피어 있는 모양의 형국을 일컫는다. 모란은 부귀영화를 상징하는 꽃이다. 그러나 활짝 핀(만개) 모란꽃은 절정에 이르러 곧 시들어 간다는 의미가 있기 때문에 반쯤 핀 모란꽃을 더 선호한다. 그래서 모란반개형은 지속적으로 발전이 이어지는 형국으로 보는 것이다. 모란 형국은 주위의 산봉우리들이 모란꽃잎처럼 겹겹이 둘러싼 모양으로 가운데에 혈심(명당)이 위치한다.

보령시 모란공원은 시가 직영하는 공원묘지이다. 처음에는 보령공설 공원묘지였다가 후에 이름을 공모하여 보령모란공원으로 개명하였다 한다. 시에서는 '풍수지리의 대가 토정 이지함 선생께서 "팔모란의 명당이 있다"고 한 성주면 개화리에 자리 잡은 명당'이라고 소개하고 있다. 성주면 개화리에 있다고 하는데 꽃이 핀다는 뜻의 개화리 지명도 모란 명당과 관련이 있어 보인다. 이 지역의 성주산에는 팔모란의 명당이 있다는 전설이 토정 이지함과 관련해서 전해오고 있는데 모란공원 지명을 이와 관련짓고 있는 것이다. 한편 조선 후기의 풍수서인 『손감묘결』에도 이 지역에 목단형의 명당이 있는 것으로 나와 팔모란전설이 전혀 근거 없는 것은 아니라고 볼 수도 있다.

모란공원은 경기도 남양주시 화도읍에도 있는데, 보령의 모란공원보다 더 오래전에 만들어졌고 훨씬 더 이름이 나 있는 곳이기도 하다. 특히 1970년 전태일 열사가 이곳에 묻힌 이래로 많은 민주화 운동가나 노동 운동가들이 이곳에 묻혀 열사 묘역, 민주화 성지로도 이름이 난 곳이다. 이곳 모란공원의 '모란' 이름에 대해서는 전혀 알려진 바는 없는데, 이곳 모란 이름도 풍수지리와 관련이 있는 것으로 보여 관심을 끈다. 바로 위에서 언급한 『손감묘결』에 이 지역이 모란형의 길지로 설명되어 있는 것이다. 『손감묘결』에는 '양주 천마산의 동쪽 용맥에 목단형의 혈이 맺혔는데 화분안이다. 좌선수에 남향을 했는데 지명은 월길이다' 해서 길지의 지명까지 구체적으로 언급하고 있다.

남양주시 전래지명(남양주문화원) 월산리에는 월산을 '달봉 월봉 월길산 달기리산 등으로도 불린다'고 해서 월길 이름이 나온다. 이는 달기리를 한자로 표현해서 월길이 된 것으로 볼 수 있다. 인근 창현리에는 달길리(달기산, 월산리)라는 마을 이름이 지금도 쓰이고 있다. 모란공원의 현주소는 경기도 남양주시 화도읍 월산리 606-1이다. 모란공원은 사설공동묘지이다. 설립자가 왜 모란이라 이름 붙였는지는 알려져 있지 않은데 이곳에 『손감묘결』에 나오는 모란형 명당이 있다는 데에 착안해서 모란공원(묘지)이라고 이름 붙였을 가능성이 있다.

성남 모란시장의 모란은 좀 특이한 유래를 갖는다. 이곳 모란은 원래부터 이곳에 있던 땅이름이 아니라 다른 곳에서 따온 이름인 것이다. 원래는 광주군 돌마면 하대원리(현 성남동 일부)인 이 지역에서 1960년대 초반 예비역 육군대령인 김창숙이라는 사람이 주로 가난한 제대군인들을 모아서 황무지 개간사업을 시작했다. 농지 개간이 진척을 보이면서 사람들이 모여들어 자연적으로 마을이 형성되자 이곳을 모란으로 명명했다고 한다. 이때 김창숙은 평양에 두고 온 어머니를 그리며, 평양의 모란봉에서 '모란'이라는 이름을 따왔다고 한다. 성남 모란시장과 평양 모란봉은 유래가 같은 셈이다.

평양 모란봉은 워낙 유명한 산이라서 그런지 많은 이름을 파생시켰다. 모란봉극장(1946년 건립), 모란동(현 개선동), 모란봉구역, 모란시장, 모란봉경기장(현 김일성 경기장) 등과 모란봉악단, 모란봉체육단 등 아주 많다. 이 중 모란봉악단은 전자악단으로서 여성으로만 구성되어 있으며 2012년 7월 6일 첫 시범공연을 가졌다. 악단의 이름 모란봉은 김정은 위원장이 직접 지어준 것이라고 한다.

1530년에 편찬된 『신증동국여지승람』(평양부 산천)에는 금수산이 진산이라고 하면서 모란봉(원문 牧丹峯)이 금수산에 있다고 적고 있다. '고려 때 왕이 이 봉우리에 올라 시 구절을 부르기를…'이라는 대목을 보면 모란봉 이름이 고려 때부터 불리어졌음을 암시하고 있다. 또 명나라 사신 당고의 시 "모란이라는 신선 봉우리, 우뚝 솟아 이 나라의 진산되었네. 내가 부벽루에 왔다가 이 산 꼭대기에 오르니 흥이 그지없네."와 사도의 시 "말 들으니, 모란봉 위에 모란꽃이 벌써 늙었다네. 봉우리에 꽃 없다 한(恨)하지 마소, 봉우리 이름만으로 그대로 좋지 않은가."도 실어 놓고 있다.

〈북한지역정보넷〉에는 모란봉(牡丹峰)이 '평양시 중구역 대동강의 오른쪽 연안에 있는 산 예로부터 이름난 명승지이다. 제일 높은 곳은 최승대이며, 그 높이는 95m이다. 대동강 기슭을 따라 길게 놓여 있는 금수산에 최승대를 중심으로 서로 잇달려 둥글둥글하게 솟아 있는 산봉우리들의 모양이 마치도 금시 피어오르는 모란꽃을 방불케 한다 하여 모란봉으로 불린다. 함박메로도 불렸다.'고 설명되어 있다. 산봉우리에 대한 묘사가 상당히 구체적이고 사실적이다. 이로써 보면 지형이 모란꽃과 비슷해 모란봉으로 불렸다는 것이 수긍이 간다. 풍수지리를 말하지는 않고 있지만 모란 형국을 금방 떠올릴 수 있는 것이다.

그런데 모란봉이 함박메로도 불렸다고 하는데 의미가 깊어 보인다. 함박꽃은 모란과 꽃이나 잎사귀가 비슷해서 쉽게 구별이 되지 않는 꽃이기도 하다. 함박꽃은 한자어로는 작약이라 부르는데, 모란은 목작약으로 부르기도 했다. 평양의 모란봉은 이 함박꽃을 모란으로 미화해서 옮긴 이름으로 볼 수도 있다. 그러나 모란봉의 함박메는 또 다른 의미를 함축하고 있어 주목된다. 남한에도 함박산 또는 함백산이 여러 곳 있는데, 흔히 '한+밝'이 발음이 변화된 것으로 보아 원래 이름을 '한밝뫼(크고 밝은 산)'로 본다. 강원도 정선의 함백산은 『동국명산기』에 의하면 함박봉 곧 함박산(含朴山) 속칭 모란봉(牧丹峯)으로도 불리어졌다고 한다. 태백산도 함백산과 같은 '한밝뫼' 의미로 보는데, 태백산도 작약봉이라 불리기도 했다. 평양 모란봉은 높이는 낮지만, 고구려 동명왕과 관계된 여러 가지 전설이 전하는 것을 보면 신성한 산으로 여겨 '한밝뫼'라 불렸을 수도 있다. 그리고 이 한밝뫼가 함박메가 되고 모란봉이 된 것으로 볼 수 있는 것이다.

모란 지명은 지형이 모란꽃을 닮아 풍수지리적으로 붙여진 이름일 수도 있고, 평양의 모란봉같이 함박뫼가 변해서 된 이름일 수도 있다. 그러나 어원적으로는 '산의 안쪽'을 뜻하는 '몰안'에서 온 것으로 볼 수도 있어 흥미롭다.

전남 화순군 청풍면 한지리에는 목단동마을이 있었다(현재는 폐촌됨). 『화순군 마을 유래지』에는 '목단동마을은 산세가 목단꽃처럼 둘러 있어 마을명을 목단동이라 하였다'고 하면서도, 목단동의 원래 뜻은 모란으로 '몰안<모란<목단'으로 변하였는데 이것은 '산의 안동네'라는 의미라고 설명하고 있다. 모란을 '몰안'에서 온 말로 보고, 뜻은 '산의 안쪽'으로 본 것이다. 마을의 위치도 '남쪽과 북쪽은 깃대봉과 노적봉 줄기로 막혀 있고 마을은 동향으로 자리 잡고 있었다.'고 해서 이를 뒷받침하고 있다.

경북 상주시 화동면 반곡리의 자연마을 모란은 마을 유래(상주시청)에 따르면 '구터 서북쪽에 있는 마을로 마을 앞에 흐르는 냇가에 모래가 많아서 모래내, 또는 사천(沙川) 등으로 불리다가 모란이 되었다'고 하면서 어원적으로는 몰(山)안(內)=몰안→모란. 즉 '산 안쪽'의 뜻이라고 설명하고 있다. 모란을 '산의 안쪽'을 뜻하는 '몰안'으로 보았는데, 지역에서는 그것을 모래(내)로 이해하고 있다는 것이다.

연구자들은 '몰(아래 아)'을 산의 고어로 본다. '말'로도 많이 쓰였다. 꼭대기를 뜻하는 마루(산마루)나 머리·마리(머리 수) 등도 여기에서 비롯된 것으로 본다. 산의 고어로 많이 쓰였던 뫼(메)도 이 몰에서 비롯된 말로 본다(몰이→모이→뫼). 바로 이 이 몰에 안(內)이 붙어 몰안이 되고, 그것이 연철되어 모란이 된 것으로 보는 것이다. 이 모란에 골짜기를 뜻하는 골이 붙으면 산 안쪽의 골짜기를 뜻하는 모란골이 되고, 여울이 붙으면 산 안쪽을 흐르는 여울이라는 뜻으로 모란여울이 되는 것이다. 모래내의 경우도 '몰+안+내<모란내<모라내<모래내'로 전성된 것으로

보기도 하는데, 이때는 '산 안쪽의 냇물'이라는 뜻을 갖는다.

이뿐만이 아니다. 모란은 '모랭이(모퉁이)'에서 온 말로 보기도 하고, '물 안'에서 온 말로 보기도 해서 모란 지명의 다양한 면모를 볼 수 있다. 『춘향전』의 '팔풍정 화란 광정 모란(모로원) 공주 금강을 건너' 하는 대목에 나오는 모란(현 공주시 의당면 오인리에 속하는 자연마을)은 정안천의 안쪽을 뜻하는 물안(무란)에서 온 것으로 설명하고 있다. 또 대구시 달성군 구지면과 경남 창녕군 대합면 두 곳에 있는 목단리(행정적으로 시도를 달리하지만 길 하나를 두고 붙어 있는 마을로 원래는 한동네였던 것으로 보임)는 모란이가 모퉁이를 가리키는 지방말 모랭이에서 왔다고 설명하고 있다. 단양군 어상천면 연곡리의 모란은 연못의 안쪽을 뜻하는 못안에서 옮겨온 것으로 즉 '못안>모단>모란'으로 바뀌어 온 것으로 보고 있다. 모두 부귀를 상징하는 모란(꽃)에 대한 선호에서 비슷한 이름을 모란으로 바꾸어 부른 것으로 보인다.

사근내고을 큰 장승

사근내·사근절·사근다리

천하의 잡놈이자 색남인 변강쇠는 어떻게 죽었을까. 변강쇠는 천하의 색녀 옹녀를 만나 어떻게 어떻게 해서 지리산에 정착한다. 그러나 강쇠라는 놈은 평생 일을 해본 적이 없는 놈. 낮이면 잠만 자고, 밤이면 배만 타니 옹녀가 보다 못해 지게 지고 나무라도 해오라고 몰아세운다. 할 수 없이 길을 나서지만 나무는 안 하고 하늘에 별이 총총 이슬이 젖도록 낮잠만 자다가, 그래도 빈 지게 지고 가면 계집년이 방정 떨까 두려워 둥구마천 가는 길 산중에 장승 하나 빼어 지게에 짊어지고 집으로 돌아온다. 그걸 보고 옹녀가 깜짝 놀라 장승을 어서 지고 가 선 자리에 도로 세우라고 하지만 강쇠는 장승을 도끼로 꽝꽝 패어 군불을 많이 넣고, 부부 훨씬 벗고 사랑가로 또 농탕을 친 것이었다.

　함양 장승이 죄 없이 강쇠 만나 도끼 아래 조각나고 부엌 속에 잔재 되고 보니 원통해서 경기 노강(鷺江, 노량진) 선창 목에 대방 장승 찾아가서 억울함을 호소하게 되었다. 대방 장승이 크게 놀라 사근내(沙斤

乃)공원과 지지대 유사를 모셔오고, 전국의 장승을 모두 노강 선창으로 모이도록 통문을 띄운다. 그래서 전국의 장승이 하나도 빠짐없이 기약한 밤에 다 모였는데, 새남터에 배게(촘촘하게) 서서 시흥 읍내까지 빽빽했다고 한다. 공론 결과 고생을 실컷 하다 죽게끔 각 장승이 병 하나씩 지고 가 강쇠의 몸을 병으로 도배를 하기로 한다. 결국 강쇠는 만 가지 병에 걸려 죽게 되는데, 우뚝 일어서서 두 눈 부릅뜨고 장승같이 죽음을 맞게 된다. 이때에도 주장군(좆의 은어)은 뻣뻣했다고 원문은 적고 있다. 장승 동티가 난 것이다. 동티는 '땅, 돌, 나무 따위를 잘못 건드려 지신을 화나게 하여 재앙을 받는 일. 또는 그 재앙'을 뜻하는 말이다. 강쇠는 건드려서는 안 될 것을 건드린 것이다.

『변강쇠가』에서 장승은 사건 전개의 중요한 역할을 담당하고 있는데, 그중에도 대방 장승과 사근내공원 장승 및 지지대 유사 장승이 중요한 장승으로 등장하고 있다. 대방(大房)은 조선시대에 보부상 조직인 동몽청의 우두머리이고, 공원(公員)은 보부상 조합의 실무를 맡아보던 사람이며 유사(有司)는 단체의 사무를 맡아보는 직무를 뜻한다. 이를테면 이들 셋은 전국장승협회의 임원들인 셈이다. 회장인 대방 장승은 '경기 노강 선창 목'에 있다고 했는데, 노량진 부두 길목을 가리키는 것으로 보인다. 보통 전국 장승의 우두머리는 상도동 장승배기에 있는 장승을 가리키는 것으로 알고 있는데, 『변강쇠가』에는 노량진 장승으로 되어 있다.

사근내 및 지지대는 모두 의왕시와 의왕에서 수원으로 넘어가는 고갯길에 있는 지명으로 정조가 아버지 사도세자를 찾아가던 능행길에 있다. 『한국지명유래집』(중부편)에 따르면 지지대고개(遲遲臺-, 더딜 지)는 원래는 사근현이었는데 정조가 지지현으로 고쳤다고 한다. '지지'라고 한 것은 사도세자 능을 참배하고 돌아갈 때 사모하는 마음이 간절하여 이곳에서 한참 지체하였던 데서 비롯되었다고 한다. 정조는 이곳에 장승과 표석을 세웠다는데 지지대 장승이 바로 이 장승인 것으로 보인다.

사근내는 지금의 의왕시 고천동으로 의왕의 행정 중심지인데 정조 때는 사근행궁(현 고천동 주민센터)이 있던 곳이다. 사근내는『춘향전』에 변 사또가 기생 점고하는 대목에도 나오는데 '키는 사근내 고을 장승만한 년이 치맛자락을 훨씬 추켜 턱 밑에 딱 붙이고 무논의 백로 걸음으로 쩔룩쩔룩 껑충껑충 엉금 슬쩍 들어오더니 점고를 받는다.'가 그것이다. 우리 속담에도 키 큰 사람을 흉보는 말로 '사근내 장승만하다'라는 말이 있는데, 실제로 사근내 장승이 유별나게 키가 컸던 모양이다.

사근내라는 땅이름은 일찍부터 기록에도 보인다. 『신증동국여지승람』(광주목)에 '사근내원 주 서쪽 55리에 있다.'고 나온다. 또한『선조실록』선조 27년(1594년) 11월 19일 기사에는 '금천(시흥) 과천의 읍리와 수원의 사근도 역시 왕래하는 중요한 도로로 행려가 지숙(止宿)하는 곳이니 둔전을 개간하고 유민을 불러 모으는 것이 온당합니다'라고 해서 '사근'이 나온다. 『현종실록』현종 6년(1665년) 4월 18일 기사는 '인시에 과천을 출발하여 광주 사근천의 주정소에서 머물렀다.'고 기록하고 있다. 1750년대 초『해동지도』에는 사근천주막이라는 이름도 보인다. 『팔도군현지도』(영조 연간)에는 수원계와 과천계 중간 부분에 사근내(沙斤乃)로 적혀 있는 것을 볼 수 있다. 어쨌든 사근내는 일찍부터 교통의 중요 길목으로 기록에 자주 보인다.

『의왕시사』('사람과 물자의 이동')에 소개된 고천동 토박이 이찬수(남, 1930년생)에 따르면, 그가 20살 무렵인 약 55년 전에 사그내에는 주막이 열댓 개가량 있었다고 한다. 왕곡동 골사그내 토박이인 김흥성(남, 1920년 생) 역시 '벌사그내에 70여 호가 살 때 그중에 막걸리장사를 하는 집이 12집이었다'고 한다. 1950년대까지도 벌사그내의 주막은 모두 초가집이 었는데 막걸리와 맑은 술 두 종류를 팔았으며 술값으로는 돈뿐 아니라 좁쌀, 수수 등 곡식도 받았다고 한다. '돈이 있으면 거기 가서 술 먹고 놀고 그래서 돈이 삭아 없어진다고 해서 사그내'라는 말이 있을 정도로 이곳에는 사람들이 모였다고 한다. 또한 사람들이 이곳 주막에 모여 목을 축이고 지지대고개를 넘던 것은 아주 오래전부터의 관행이었다고 회고한다.

사근내는 오맥이, 왕림, 골사그내(왕곡동), 안골 등 사방의 물이 모여 이루어진 큰 내인데 마을 이름에 그대로 옮겨 붙여졌다. 조선시대에는 광주군 왕륜면의 평사천(벌사그내), 고정동, 고고리, 내곡동이었다가 1914년 수원군 의왕면 고천리로 되었다. 이 중 벌사그내가 중심 마을로 원래의 사근내이다. 한자로는 평사천(坪沙川, 벌 평)이라 썼다. 이에 비해 왕곡동의 골사그내는 곡사천(谷沙川, 골 곡)이라 썼는데 골짜기에 있는 사근내라는 뜻이다. 그러니까 이 지역에는 두 곳의 사근내가 있는데, 들판 쪽의 벌사그내와 골짜기 쪽의 골사그내가 그것이다. 골사그내마을 은 지지대고개 아래에 자리 잡은 마을로, 사근평행궁에서 출발한 어가는 골사그내에서 능행차 행렬을 정비하여 지지대고개를 넘었다 한다.

사근내는 ㄴ이 탈락하면서 사그내로 흔히 불렸다. 삭은내>사근내>사 그내로 변화한 것으로 보인다. 『의왕시사』에서는 이 내는 모래자갈이 유달리 많아 장마가 걷히면 물이 금세 마르는 내이므로 이에 근거하여 물이 쉽게 잦아든다는 의미에서 '삭은 내'를 한자화시킨 것이 '사근내'일 가능성도 있다고 유래를 설명하고 있다. 흔히 사근내를 모래로 덮인 내라고 설명하는 경우도 있는데 이는 한자 모래 사(沙) 자에만 주목한 것에 불과하다. 사근내는 내를 '이에 내(乃)' 자를 쓴 것에서도 알 수 있지만 전체적으로 음차 표기로 보아야 한다. 우리말 이름 사근내(삭은내) 를 한자의 음을 빌려 그대로 표기한 것이다.

이는 퇴락한 절(폐사) '삭은 절'을 '사근사(沙斤寺)'로 표기한 데서도 확인할 수 있다. 사근사는 모래 사 자를 썼지만 모래와는 아무 상관이 없는 것이다. 서울 성동구 사근동(沙斤洞) 이름은 『한국지명유래집』(중부 편)에서는 '사근동이라는 지명은 신라시대에 세워진 사근사(沙斤寺)에서 유래하였다. 이 절은 매우 낡아 '삭은 절'이라 불렸고, 이를 한자로 옮긴 것이 사근사'라고 설명하고 있다. 『세종실록』 지리지에는 사근사리(沙斤寺里)라는 이름이 보이기도 한다. 사근절이라는 지명이 많은데 유래는, 빈대가 많아 중들이 떠나고 절이 삭아서 사근절이 되었다는 이야기로 대부분 전해지고 있다.

'삭은' 이름은 의외로 아주 많은데 사근다리(사근다리)도 또 다른 예이다. 낡고 허술한 다리를 사근다리라 불렀다. 사근다리도 모래 사 자를 써서 사근교로 한자화되었는데, 이 역시 모래와는 아무 상관이 없다. 사근다리는 나무와 흙으로 엉성하게 지은 섶다리(흙다리)의 다른 이름이기도 하다.

경북 예천군 호명면 산합리에는 자연마을로 사근다리가 있다. 『두산백과』에 따르면 '사근다리는 마을 앞개울에 겨울마다 다리를 놓는데 해묵은 나무로 놓기 때문에 다릿발이 삭아서 늘 조심해야 견딜 수 있었다 하여 붙여진 이름이다.'라는 설명이다. 겨울마다 다리를 놓는다는 것으로 보아 전형적인 섶다리인 것으로 보인다. 가을 추수가 끝나고 갈수기에 흔히 나무와 흙으로 간단하게 섶다리를 놓았고 그것이 다음 해 장마 지면 그대로 떠내려가게 두었던 그 섶다리인 것이다. 섶다리는 흔히 흙다리로도 불렀다. 정읍시 산내면 두월리에도 자연마을로 사근다리가 있다. 『두산백과』는 '사근다리마을은 두월리에서 으뜸 되는 마을로, 삽다리(흙다리)가 있었다 하여 칭해진 이름이다.'라고 적고 있다. 섶다리(흙다리)를 그대로 적시하고 있다.

'삭다'는 '썩다'(고어는 '석다')와 한 가지에서 나온 말로 보이는데 기본적으로는 '물건이 오래되어 본바탕이 변하여 썩은 것처럼 되다'는 뜻을 갖는다. 그러나 '사위다'('불이 사그라져서 재가 되다'의 뜻도 있는데, 이와 관련지어 보면 '삭다'는 사그라지다 즉 삭아서 없어지다의 뜻으로 이해할 수도 있겠다. 우리나라의 작은 하천은 대개 여름에는 범람하는 내가 되지만 갈수기에는 물이 말라서 개울 바닥이나 냇가의 모래사장이 드러나는 것이 보통이다. 이를 두고 마른내(건천), 여우내(여위내, 여윈내), 모래내 등으로 불렀는데 사근내(삭은내)도 그중 한 이름인 것이다. 이 중에는 흐내라는 특이한 이름도 있는데, '비어있는 내' '허술한 내'라는 뜻으로 허내(虛川, 빌 허)라 부르던 것이 변해 흐내가 되었다고 한다. 흐내 냇가에는 자갈이 많이 있어서 물줄기는 장마나 큰물이 흐를 때만 지상으로 흐르고 평소에는 땅속으로 흘러 마른 내가 된다. 휴천(休川, 쉴 휴)이라는 이름도 있는데 물이 자주 말라붙어 흐르지 않는 때가 많아 내가 쉬어 흐른다는 뜻에서 그렇게 부르게 되었다고 한다.

사근내 이름으로 또 한 군데 유명한 곳은 경남 함양에 있는 사근내역이다. 『고려사』(참역 조)에는 산남도에 소속된 28개 속역 가운데 하나로 사근역이 나온다. 설치 시기는 명확하지 않으나, 고려의 역제가 정비된 995년(고려 성종 14)에서 1067년(고려 문종 21) 사이에 설치된 것으로 보인다. 그런데 같은 『고려사』나 『고려사절요』에는 사근역이 사근내역(沙斤乃驛)으로 나온다. 『고려사절요』에는 우왕 6년(1380년) 8월 '배극렴 등이 사근내역에서 왜구와 싸워 대패하다'라는 제목의 기사에 사근내역으로 나오는 것이다. 이로써 보면 현지에서 부르던 원래의 이름은 사근내인데 참역을 정비하면서 두 글자 이름으로 줄여 사근으로 기록했다고 볼 수 있다.

산골짜기를 흘러내린 작은 물줄기가 모여 도랑이나 개울을 이루고, 도랑이나 개울이 모여 내를 이루며 내가 모여 강을 이룬다. 이 중 도랑이나 개울에도 이름이 더러 붙는 경우가 있지만, 내의 경우 거의 모든 내에 고유한 이름이 붙어 있다. 이들은 대개 마을 이름으로도 같이 쓰였다. 이 중 뜻이 비교적 분명한 우리말 이름을 몇 개 소개하면 다음과 같다.

* 아우내 – 아울+내>아오내>아우내. '아울-'이나 '어울-' 및 '아울-'

은 '아우르다 / 어우르다' 또는 '합하다'의 뜻임. 아우내는 아우른 내 즉 합쳐진 내. 한자 지명은 병천(竝川).

두 물줄기가 만나 합쳐진 내를 아오라지 / 아우라지(정선), 두물머리(양수리), 모듬내, 두내바지(받이)라고도 함.

＊ 가르내 – 가르(分)+내. 물줄기가 갈라지는 내의 뜻. 갈내, 가리내라고도 함. 한자로는 쌍천(雙川)이 대응함.

＊ 비끼내 – 비끼+내. 비껴 흐르는 내. 빗내, 비스내라고도 함. 한자로는 '사천(斜川)'이나 '횡천(橫川)'이 대응함.

＊ 고드내 – 고드(곧은)+내. 곧게 뻗은 내. 고디내, 고지내라고도 함. 한자로는 직천(直川).

＊ 버드내 – 버드(버들)+내. 버드나무가 있는 내(버들내). 한자로는 유천(柳川). 그러나 버드내를 벋내나 버든내에서 온 것으로 보아 '곧게 뻗은 내'로 보기도 함.

＊ 너브내 – 너브+내(넓은 내). 너부내, 너븐내, 너분내, 너른내, 너린내, 너벅내, 너붕내라고도 함. 한자 지명은 광천(廣川).

＊ 가느내 – 가느+내(가는+내). 가늘고 좁은 내. 한자로는 세천(細川)이 대응함.

＊ 오목내 – 오목+내. 오목한 형상의 내. 한자로 오목(梧木)이 대응함.

＊ 가무내 – 감(검)+내. 내가 깊어 물빛이 검은 내. 감내, 검내, 거무내, 감물내라고도 함. 한자로는 현천(玄川)이나 흑천(黑川)이 대응함.

＊ 지프내 – 지픈(기픈)+내. 수심이 깊은 내. 한자로는 심천(深川)이 대응함.

＊ 까치내 – 까치+내. 까치내를 아치내(작은 내)의 변형으로 보기도 하고, 가지내의 변형으로 보기도 함. 한자로는 작천(鵲川) 혹은 지천(枝川)이 대응함. '앛-소(少).'

＊ 한내 – 'ㄴ'이 탈락해서 하내로도 쓰임. 큰 내의 뜻. 한자 지명은

대천(大川). 큰 내를 뜻하는 말에는 감내, 곰내, 말(마)내 등도 있음. 감, 곰, 말에는 크다(大)의 뜻이 있음.

  * 달내— 달+내. 달을 들(野)과 관련된 어형으로 보고 달내를 '들판을 흐르는 내'로 해석하기도 하고, 산(山)이나 높다(高)를 뜻하는 달로 보아 달내를 '산을 흐르는 내' 또는 '높은 지대를 흐르는 내'로 해석하기도 함. 월천(月川)이나 월계(月溪)로 한자화되거나 한자의 음을 빌려 달천(達川)으로 한자화됨.

  * 꽃내— 꽃(곶)+내. 곶은 '강이나 바다, 또는 평야를 향해 좁고 길게 뻗어 있는 땅'을 가리킴. 따라서 곶내는 '곶을 따라 흐르는 내' 또는 '곶처럼 좁고 길게 뻗어 있는 내'의 뜻임. 곶내, 고내라고도 함. 한자로는 화천(花川)이 대응함.

  * 솔내— 솔+내. 솔을 송(松)의 뜻으로 보고 소나무가 많은 내로 해석. 한자 송천(松川)이 대응함. 그러나 솔내의 '솔'을 형용사 '솔다(狹, 좁다)'의 어간으로 보아 좁은 내로 해석하기도 함.

  * 돌내— 돌+내. 돌아 흐르는 내. 한자로는 회천(回川)이 대응함. 돌을 돌(石)로 보아 돌이 많은 내로 보기도 함. 이 경우 독내로 부르기도 함.

  * 머내— 머(먼)+내. 멀리 떨어져 있는 내를 뜻함. 한자로는 원천(遠川)이 대응함. 머흘내>머흐내>머으내>머내로 보아 험한 내(냇가의 지형이 험하거나 물살이 세어 거친 내)로 보기도 함. 머흘다는 험하다의 고어. 험천(險川)이 대응함.

제2부

학다리고등학교

흙다리 · 섶다리 · 외나무다리

우리네 전통에는 순수한 선행으로서의 다리 놓기도 있었다. 월천 공덕이 그것이다. 넘을 월(越) 자 내 천(川) 자 말 그대로 내를 건네주는 공덕을 가리킨다. 공덕은 불가에서 많이 쓰는 말로 착한 일을 하여 쌓은 업적과 덕을 뜻한다. 상여가 나갈 때 요령을 흔들며 부르는 '향도가'에도 공덕에 대한 대목이 있다. '헐벗은 이 옷을 주어 구난공덕 하였는가. 굶주린 이 알곡을 주어 걸립공덕 하였는가. 깊은 물에 다리 놓아 월천공덕 하였는가. 병든 사람 약을 주어 활인공덕 하였는가.' 이로써 보면 배고픈 사람에게 밥을 주고, 병든 사람에게 약을 주어 살리는 공덕 못지않게 깊은 물에 다리를 놓아 사람을 건네주는 일이 큰 공덕이었음을 알 수 있다. 우리네 풍속에 입춘이나 대보름 전날, 공덕을 쌓아야 액을 면한다는 적선공덕의 풍속이 있었는데 그중에도 월천공덕이 있다. 그해 자기 운수가 좋지 않아 액땜을 해야 한다고 하면 밤중에 남몰래 냇물에 징검다리를 놓는 적선을 하였던 것이다.

이에 반해 월천(내 건네주기)을 직업으로 하는 사람들도 있었는데 월천꾼이 그들이다. 월천꾼은 다리를 놓아 사람을 건네주는 것이 아니라 등으로 업어서 건네주던 사람이다. 이들이 등장하게 된 배경은 우리나라의 옛길이 건너야 할 내나 여울이 많았기 때문이다. 나루나 포구라면 배가 있어서 쉽게 건널 수 있지만 내나 여울은 신을 벗고 건너야 했다. 그런데 옛날 양반이나 부인들은 신을 벗기 곤란하였으므로 직업적인 월천꾼에 업혀서 건널 수밖에 없었다. 특히 부녀자일 경우 남자들에게 맨발을 보이는 것은 금기였다. 발을 보인다는 것은 여인이 곁을 허락한다는 뜻으로도 통하던 시대다. 따라서 자기의 하인이 없을 경우 월천꾼의 등에 업힐 수밖에 없었다. 내나 여울목에는 두서너 사람의 월천꾼이 기다리다가 이렇게 신을 벗기 곤란한 사람들을 업어서 건네주고는 품삯을 받았는데 대개는 허우대가 장대한 근처 마을의 장정들이었다고 한다.

징검다리는 옛날 시골의 정취를 떠올릴 때 가장 먼저 머릿속에 떠오르는 것 중의 하나일 것이다. 황순원의 『소나기』에서도 소년과 소녀가 처음 만나는 곳이 개울가 징검다리이다. 소녀가 징검다리 한가운데 앉아서 물장난을 하고 세수를 하는 통에 소년은 개울둑에 앉아 기다리면서 만남이 시작되는 것이다. 징검다리는 규모가 작고 단순하면서도 가장 원초적인 다리의 형태이다. 처음에는 계곡이나 작은 시내에 흩어져 박혀 있는 돌들을 발판 삼아 징검징검 건너간 데서 비롯되었을 것이다. 그러다가 빠지는 부분에 다른 곳의 돌을 옮겨다 놓아 보폭을 맞추면서 징검다리 모양을 갖추게 되었다. 작은 시내나 개울의 경우 가장 힘을 덜 들여 설치하고 효과적으로 사용할 수 있는 시설물이 된 것이다.

이 징검다리에 놓은 돌을 징검돌이라 한다. 또한 물속이 아니라 땅바닥에 띄엄띄엄 놓아 땅이 질척질척한 날 디디고 다니게 한 돌도 징검돌이라 불렀다. 징검징검이라는 말도 있는데, 발을 멀찍멀찍 떼어 놓으며 걷는 모양을 가리킨다. 흡사 징검다리 건널 때의 모습이다. 이 징검다리는

무섬마을 외나무다리

비교적 작고 얕은 내나 개울에 놓았지만 바다에도 있었다. 주로 갯벌이 발달한 서남해 도서 지역에 많았는데 섬과 섬 사이를 이어주는 구실을 했다. 이때 갯벌 위에 길게 놓은 돌을 노둣돌이라 부르고 그렇게 낸 길을 노두 혹은 노둣길이라 불렀다. 노둣길은 대개 밀물 때 바다에 잠겼다가 썰물 때에만 물 밖으로 드러난다.

외나무다리는 돌은 쓰지 않고 나무로만 놓은 다리이다. 징검다리로는 감당이 안 되는 좀 더 깊고 넓은 내에 세웠다. 나무기둥을 강바닥에 박아 교각을 세우고, 그 위에 널판을 깔아 만든 형태이다. 널판을 깔았기 때문에 널다리라고도 불렀다. 교행이 안 되고 한 사람이 겨우 지날 수 있을 정도로 좁다. 원수는 외나무다리에서 만난다는 속담도 꺼리고 싫어하는 대상을 피할 수 없는 곳에서 공교롭게 만나게 됨을 이르는 말이다. 외나무다리는 재료도 부근 산야에서 쉽게 구할 수 있고, 설치도 비교적 간단해 옛날 시골에서 많이 세웠던 다리이다. 난간도 없고 아무 꾸밈도 없는 단순 소박한 다리인 탓에 흔히 향토적인 풍경을 대표하는 사물로 꼽히기도 했다.

외나무다리로 이름난 곳은 경북 영주시 문수면 수도리의 무섬마을이다. 이 마을도 안동의 하회마을이나 예천의 회룡포, 영월의 청령포와 같이 마을의 삼 면이 물로 둘러싸여 있는 대표적인 '물돌이(수회, 하회)'마을이다. 낙동강의 지류인 내성천이 마을의 삼면을 감싸듯 휘감아 돌아 마치 육지 속의 섬처럼 보인다 해서 이름도 물섬(무섬)이고, 이를 한자로 써서 수도(水島, 물 수, 섬 도)이다. 이 무섬마을과 강 건너를 연결시켜준 것이 외나무다리인데, 다리가 놓이기 전까지 무섬마을의 유일한 통로 역할을 했다. 이 외나무다리는 길이가 150m에 이르지만 폭이 좁아 긴 장대에 의지해서 건너기도 했다고 하는데, 장마철이면 불어난 강물에 다리가 떠내려가 해마다 새로 다리를 만들다시피 했다고 한다.

이 외나무다리 중 우리 뇌리에 깊이 남아 있는 것은 하근찬의 『수난이대』에 나오는 외나무다리일 것이다. 『수난이대』는 일제 말 징용에 끌려갔다가 한 팔을 잃은 아버지와 6·25전쟁에 참전했다가 한 다리를 잃은 아들의 이야기다. 이대에 걸친 수난의 이야기는 이 땅의 현대사가 겪어야 했던 비극을 상징적으로 보여주고 있다. 그러나 이러한 참담한 현실에 대해 절망하지 않고 다시 일어서는 모습을 보여주는 데서 이 작품의 장점을 볼 수 있다. "우째 살까 싶습니데"라는 아들의 말에 "목숨이 붙어 있으면 다 사는 기다"라는 아버지의 한마디는 밟혀도 다시 일어서는 풀처럼 강인한 생명력을 웅변하는 것이다. 이런 고난 극복의 의지를 보여주는 감동적인 행동의 배경이 되는 것이 외나무다리이다. 집으로 돌아가는 길에 마주친 외나무다리를 두 다리가 성한 아버지가 한 다리밖에 없는 아들을 업고, 두 팔이 성한 아들이 한 팔이 없는 아버지의 짐(고등어)을 들고, 두 몸이 한 몸이 되어 협력해서 건너가는 것이다. 작가는 이 광경을 우뚝 솟은 용머리재가 가만히 내려다보고 있었다고 끝을 맺었다.

외나무다리는 한자로 독목교(獨木橋, 홀로 독, 나무 목, 다리 교)라 썼다. 독목교라는 말은 일찍부터 쓰였는데 한시나 우리 시가에 더러 쓰인 것을 볼 수 있다. 매월당 김시습의 시에도 「독목교」라는 시가 있고, 송강 정철의 『성산별곡』에도 독목교가 나온다. 최경창, 백광훈과 함께 삼당시인으로 꼽히고, 『홍길동전』을 쓴 허균의 스승이기도 했던 손곡 이달은 나그넷길에 고향을 그리며 쓴 시에서 독목교를 써 넣고 있다.

> 집 가까운 청계에는 외나무다리[독목교] 하나
> 그 다리 끝 실버들엔 어린 가지 간들대고
> 양지쪽엔 햇볕 들어 남은 눈도 다 녹아서
> 아마도 잔디 뜰엔 작약 싹이 자랐겠지
> —「길에서 손곡의 옛집을 생각하며 고죽에게 보이다」

이달이 길을 가는 도중에 손곡(원주 손곡리)의 농막을 그리며 써서 고죽 최경창에게 보여준 시이다. 봄날 고향의 풍경 중에 푸른 시내에 걸쳐 있는 외나무다리를 제일 먼저 떠올리고 있다. 그만큼 외나무다리가 고향을 대표하는 풍경이었을 것이다.

섶다리 역시 가장 향토적이고 일반적인 다리 중 하나였다. 보통은 흙다리로 더 많이 불렸던 것 같다. 섶다리나 흙다리는 같은 종류의 다리를 달리 부른 이름들이다. 기본적으로는 나무다리이다. 나무기둥을 하천 바닥에 박아 교각을 세우고 멍에목을 가로지른 다음 길게 통나무를 놓아 상판을 만들고, 그 위에 섶을 깔고 흙을 덮어 마감을 한다. 그러니까 기본적인 구조물은 나무이고 마감재가 섶과 흙인 셈이다. 이때 섶에 더 주목을 하면 섶다리이고, 흙에 더 주목을 하면 흙다리가 되는 것이다. 옛날에는 잎나무, 풋나무, 물거리 따위의 땔나무를 통틀어 섶이라 불렀다. 섶다리 만들 때는 주로 생솔가지를 많이 썼다. 이 섶다리는 나무와 흙으로만 지어 친환경적이고, 초가집이나 바자울을 닮아 한국적인 정감을 불러 일으키는 향토적인 다리이다.

조선 후기 이 섶다리의 모습을 잘 보여주고 있는 그림이 김득신 (1754~1822)의 〈귀시도(歸市圖)〉이다. 제법 규모가 있고 튼실해 보이는 섶다리 위에 10여 명의 사람들을 그려 놓고 있다. 장에서 돌아오는 사람들 인데, 길마를 얹은 말 한 마리, 소 한 마리를 앞세운 보부상, 양반, 여염집 모자 등 10여 명이 섶다리를 건너가고 있다. 말과 소가 다니고 10여 명이 함께 다리를 건너가는 것을 보면 외나무와는 비교가 안 되게 규모가 있는 다리인 것을 볼 수 있다.

　섶다리로 유명한 곳은 영월 주천면 판운리이다. 섶다리는 나무와 흙으로 만든 다리라서 쉽게 무너지거나 해체해버려 전국적으로 남아 있는 것이 거의 없는데, 영월의 섶다리는 전통이 잘 보존되어 지금은 관광자원으로 한몫을 톡톡히 하고 있다. 판운리 섶다리는 매년 추수를 마치고 10월 말경이면 마을 사람들이 모여 며칠에 걸쳐 만들었다가, 이듬해 6월 장마가 시작되기 전에 거두어들였다고 한다. Y자 모양의 물푸레나무를 거꾸로 양쪽에 박아 교각을 세우고, 그 위에 굵은 소나무와 참나무 등을 얹어 다리의 골격을 만든 후, 솔가지로 상판을 덮고 그 위에 흙을 깔았다고 한다. 다리에는 못을 사용하지 않고 도끼와 끌로만 작업을 했다고 한다. 이로써 보면 이곳 섶다리는 일 년 내내 있는 다리가 아니었다. 가을 추수가 끝나면 가설했다가 다음 해 장마가 시작될 때쯤 철거하거나 홍수에 그냥 떠내려가게 두는 다리이다. 그리고 여름에 물이 많을 때는 줄배를 이용했다고 한다.

　옛날에는 한양 도성 안에도 섶다리가 많았는데 기록에는 토교(흙다리)로 나온다. 그중 『태종실록』(태종 9년 4월 13일자)에 '큰 비가 내려 물이 넘쳐서, 백성 가운데 빠져 죽은 자가 있었다. 의정부에서 아뢰기를, "광통교의 흙다리[토교]가 비만 오면 곧 무너지니, 청컨대 정릉 구기의 돌로 돌다리를 만드소서" 하니, 그대로 따랐다.'는 기록이 보인다. 정릉 구기는 태조의 제2비 신덕왕후 강씨의 능이다. 신덕왕후는 1차 왕자의 난 때

귀시도

태종 이방원이 살해한 태자 방석의 모후였다. 그러니까 태종이 그토록
미워했던 신덕왕후 능의 석재를 가져다 도성 안 많은 사람들이 밟고
지나다니는 돌다리로 만들어버린 것이다. 이 다리가 보신각 남쪽에 있었
던 광교(대광통교, 대광교)인데, 청계천의 많은 다리 중 가장 규모가
컸다 한다.

　섶다리에 대응하는 한자 지명으로는 신교(薪橋, 섶 신, 다리 교)나
토교(土橋)가 있다. 그러나 신교는 드물고 대부분은 토교이다. 영월 남면
토교리도 섶다리를 토교로 한자화한 이름인데, 통나무를 가로질러 놓고
그 위에다 청솔가지와 흙을 덮은 흙다리가 있어서 붙여진 이름이라고
설명한다. 평남 숙천군 해빛리 흙다리마을은 토교동이라고 했고. 평북
피현군 토교리는 흙다리가 있어서 토교마을이라고 불렀다.

그런데 이 흙다리 지명이 자연스러운 음운의 변화로 학다리로 바뀐 예를 많이 볼 수 있다. 흙의 옛말은 아래 아 자 흙(ᄒᆞᆰ)이었으니, 아래 아 자 흙이 학으로 변한 것이다. 전국의 많은 학다리 지명이 이 흙다리에 어원을 두고 있는 것으로 짐작된다. 평양시 중화군 명월리 회룡동 서쪽에 있는 학다리골은 옛날 골 안에 흙다리가 있어서 흙다리골이라고도 했다고 한다. 평북 정주시 신안리 남쪽 대송리와의 경계에 있는 고개는 학다리고개로 부르는데 예전에는 흙다리고개로도 불렸다 한다. 둘 모두 한자 지명은 없는 소지명이다. 황해북도 신계군 백곡리의 중심에 있는 마을로 학다리가 있다. '학이 다리를 편 것처럼 생긴 아래에 있다. 다른 설에 의하면 옛날 흙으로 만든 다리가 있었다 하여 학다리라 하였다고도 한다'(『조선향토대백과』)고 설명하고 있는데 후자가 훨씬 설득력이 있다. 흙으로 만든 다리가 있어 흙다리로 부르다가 학다리로 바뀐 것으로 보인다.

　충남 아산시 영인면 아산리의 자연마을 중에 학다리가 있다. 학다리는 마을 앞 내에 나무로 다리를 높게 놓았었는데, 마치 이것이 학의 긴 다리와 같다 하여 학다리마을이라 불렀다고 한다. 나무다리를 얼마나 높게 놓았는지는 몰라도 다리의 교각에서 학의 다리를 연상하기는 쉽지 않아 보인다. 이 설명도 학다리라는 이름에서 '학의 다리' 이야기를 후대에 갖다 붙인 것으로 보인다. 결국 나무다리가 있어서 학다리가 되었다고 보아야 하는데, 이 나무다리가 바로 흙다리로 짐작되는 것이다. 『해동지도』에는 아산리 뒤에 있는 산으로 학교산이 나온다. 학다리를 한자로 학교(鶴橋, 학 학, 다리 교)로 표기한 것이다.

　학다리 지명으로 유명한 곳은 함평군 학교면 학교리이다. '학교' 지명은 학다리마을의 다리 이름에서 유래되었다고 한다. 학다리는 마을의 형국이 학과 같다고 하여, 혹은 옛날에 마을 앞까지 물이 찼을 때 학이 많이 날아와서 유래되었다고 전해진다. 또한 장수하는 학을 으뜸으로 쳐서 붙여진 이름이라고도 한다. 상서로운 동물인 학과 연관 지어 여러 가지로 유래를 설명하고 있다. 그러나 학다리 이름도 다리 이름에서 비롯된 것이고 보면 흙다리에서 유래됐을 가능성이 크다. 달리 돌다리(석교) 이야기가 없는 것을 보면 더욱 그렇다. 오래도록 우리말 이름 학다리로 불리다가 한자 학교(鶴橋)로 쓰게 된 것은 일제강점기부터인 것으로 보인다.

학다리는 학다리고등학교 때문에 더 알려지게도 되었는데, 일찍부터 학교 이름을 우리말로 써서 아주 좋은 인상을 주었다. 이 학교는 해방둥이 학교로 1945년 12월에 개교했다. 그때 이름은 학교초급중학교였다. 학교중학교. 학교중학교. 좀 이상하지 않은가. 앞뒤로 학교가 두 번 붙어 헷갈린다. 그래서 1947년에 개명을 하는데, 이때 우리말 이름 학다리중학교로 바뀌게 된다. 그러고는 1951년에 학다리중학교와 학다리고등학교로 분리된다. '학교' 이름 탓에 학다리고등학교는 일찍부터 우리말 이름을 갖게 되었는데, 오히려 사람들에게 친근하고 신선한 인상을 주었다.

학다리와 비슷한 느낌을 주는 말로는 삽다리가 있다. '내 고향 삽교를 가 보셨나요 / 맘씨 좋은 사람들만 사는 곳 / 시냇물 위에 다리를 놓아 / 삽다리라고 부르죠…' 가수 조영남이 노래로 불러 유명해진 삽다리는 예산군 삽교읍 삽교리의 우리말 이름이다. 노래에서 '삽다리 정거장'은 장항선 삽교역을 가리킨다. 이 삽다리 이름도 '섶다리'에서 비롯된 것으로 보인다. 『신증동국여지승람』(덕산현)에는 신교(薪橋)나 신교천(薪橋川) 이름으로 나온다. 신(薪) 자는 섶(섶나무) 신 자로 '신교'는 '섶다리'를 한자의 뜻(훈)으로 표기한 지명이다.

『대동지지』(1861~1866)에는 '삽교(揷橋) – 동쪽으로 15리인 선화천 큰 길에 있는데, 고려 때는 신교천(薪橋川)이라 하였다'고 한 것으로 보아, 원래는 '섶다리'였다가 후대에 '삽다리(삽교)'로 바뀐 것을 알 수 있다. '삽(揷)'은 꽂다, 끼우다의 뜻을 갖는데, 여기서는 음을 빌려 표기한 것으로 볼 수 있다. 삽다리의 원마을을 지금은 구삽다리라 부르는데 교동(橋洞)이라고도 부른다는 것을 보면 '삽다리'는 '다리' 지명인 것으로 보인다. 학자들 중에는 '다리'를 '들'의 변화형으로 보아 '삽다리'는 '섶들(섶이 무성한 들)'을 뜻하는 것으로 보기도 하고, '삽다리'를 '삿다리'로 보아 '사이에 있는 들'로 보기도 하지만, 이곳 삽다리는 일찍이 섶 신 자 '신교(新橋)'로 한자화된 것을 보면 '섶다리'로 보는 것이 타당할 것 같다. 그렇게 보면 위의 학다리(흙다리)나 삽다리(섶다리)는 모두 같은 이름인 것을 알 수 있다.

고산자 김정호가 洞雀洞(동작동)으로 새겨 넣은 이유

골짜기·골적이

완판 〈춘향전〉(원명 『열녀춘향수절가』)에 보면 이몽룡이 암행어사를 제수 받고 남원으로 내려가는 대목에 이른바 '어사노정기'라 불리는 부분이 있다. 노정기는 여행할 길의 경로와 거리 등을 적은 기록을 말하는데, 〈춘향전〉의 '어사노정기'에는 삼남대로 옛길의 우리말 지명이 많이 쓰인 특색이 있다. 그중 첫날 점심때까지의 노정을 보면 다음과 같다.

부모전 하직하고 전라도로 행할새 남대문 밖 썩 나서서 서리 중방 역졸 등을 거느리고 청파역 말 잡아타고 칠패 팔패 배다리 얼른 넘어 밥전거리 지나 동적이를 얼핏 건너 남태령을 넘어 과천읍에 중화하고

밥전거리는 지금의 삼각지 근처로 밥을 파는 음식점 거리이고, '동적이'는 밥전거리에서 동부이촌동 모래톱을 지나 다다르는 한강의 동작나루를

가리킨다. 또한 〈흥보가〉에는 '제비노정기'라고 부르는 대목이 있는데, 흥보가 고쳐 준 제비가 보은표 박씨를 입고 중국의 강남에서 압록강을 거쳐 조선 땅 흥보집(경상도 함양과 전라도 운봉 두 어름)까지 찾아오는 노정을 묘사하고 있다. 한양에서 흥보집에 이르는 노정은 〈춘향전〉의 '어사노정기'의 앞부분을 차용한 것으로 보이는데, '남대문 밖 썩 나달라 칠패 팔패 배다리 건네 애오개를 얼른 지내 동적강을 월강, 승방을 지내여 남타령을 넘어, 두 쪽지 옆에 찌고 수루루 펄펄'로 되어 있다. 여기에서는 동작나루를 '동적강'으로 표현하고 있는 것을 볼 수 있다. 이 '동적강'은 김구의 『백범일지』에도 나온다.

김구는 1896년 2월 안악 치하포에서 일본인을 살해한 죄로 사형을 선고받고 인천 감리영에 수감되어 있다가 1898년 3월에 탈옥한다. 그는 서울에서 며칠을 머물다가 본격적인 도피 행각에 나서 삼남지방으로 향한다. 이때의 경로는 삼남대로 옛길이었던 것으로 보이는데 여기에서도 동작나루를 '동적강'으로 기록하고 있다. 위의 기록들에서는 '동작'을 모두 '동적(젹)'으로 표기하고 있어 흥미롭다.

『서울지명사전』에서 동작나루는 '조선 후기에 발달한 도선장으로, 예전에는 수심이 깊었다고 한다. 이곳은 남태령을 넘어 과천을 지나 수원으로 가는 길목이었다. 동작대교의 건설로 그 기능이 상실되었으며, 동재기나루터, 동작도라고도 하였다.'고 쓰고 있다. 동작나루를 동재기나루라고도 하였다고 하는데, 위치는 반포아파트 서편 이수천 입구쯤에 있었다고 쓰고 있다. 그리고 동재기고개는 동작동 동작파출소 부근에서 현충원 군악대가 위치한 곳으로 넘어가는 고개로서, 동적고개라고도 하였다고 한다. 이렇게 보면 동작, 동재기, 동적이 같은 이름인 것을 알 수 있다.

또한 동재기라는 말은 '한강변 일대에 검붉은 구릿빛 색깔을 띤 돌들이 많았던 데서' 유래되었다고 설명하고 있는데, 이러한 설명 탓에 일반적으로 '동작'은 '동재기'를 한자의 음을 빌려 표기한 것으로 보고, '동재기'의 '동'은 구리를 뜻하는 것으로 이해하고 있다. 그러나 동작 지명은 그리 간단하지 않은 것 같다.

행정지명으로 '동작'은 『호구총수』(1789년)에 과천현 상북면 동작리로 처음 나온 이후 계속 같은 이름으로 쓰였다. 그러나 '동작'으로 표기된 기록은 훨씬 일찍 나오는데 선조 때부터인 것 같다. 『선조실록』 26년(1593년) 10월 3일 기사에서 병조가 '한강의 나루 중에 남쪽의 길과 통하는 광진·한강·노량·양화나루는 모두가 대로이지만 그 나머지 삼전도·청담·동작(銅雀)은 소소한 나루터이니 폐기하고 통행하지 않아도 별로 해로울 것이 없습니다.'라고 아뢴 말에 나온다. 더 일찍 『세종실록』 '지리지'나 중종 때 편찬한 『신증동국여지승람』에는 노도진(노량진)이나 흑석진은 나와도 동작진은 나오지 않는다. 이로써 보면 동작은 조선 전기에는 소소한 나루터로 별 주목을 받지 못했던 것 같다.

『선조실록』에는 정유재란 때 동작강 이름으로 많이 나온다. 선조가 경리 양호와 함께 동작강을 건너 산 능선으로 올라가 지형을 살피기도 하는데 이때 동작강에 좁지만 주교도 설치하였던 것으로 보인다. 또한 선조가 명군의 진법 연습을 관람하거나 명군의 장수들을 위로하고 전별하는 장소로 동작강 사장(모래톱)이 여러 차례 나온다. 동작강 사장은 지금의 동작역 쪽이 아니라 건너편 동부이촌동에 있던 넓은 백사장을 가리킨다. 아마 명군의 주둔지가 가까운 용산 어디쯤에 있지 않았나 싶다. 그러다가 선조 다음 광해군 이후부터는 동작진 이름으로 본격적으로 쓰이기 시작한다.

선조 때부터 쓰인 동작 지명은 구리 동 자에 참새 작 자를 쓴 동작(銅雀)인데, 이는 이곳 지명을 표기하기 위해 새롭게 만들어 쓴 것이 아니라 아주 오래전부터 쓰여 온 한자 단어이다. 동작은 중국 후한 말기인 서기 210년에 조조가 업군(업성)의 서북쪽에 지은 누대의 이름이다. 땅에서 발굴된 구리로 만든 참새로 지붕 위를 장식했다고 해서 동작대라는 이름이 붙었다고 한다. 우리나라에서도 일찍부터 이 말을 알고 썼던 것 같은데, 『삼국사기』(신라본기 문무왕 조)에 문무왕이 죽으면서 남긴 조서(681년)에 '…종묘의 주인은 잠시도 비워서는 안 되므로, 태자는 곧 관 앞에서 왕위를 잇도록 하라. 또한 산과 골짜기는 변하여 바뀌고 사람의 세대도 바뀌어 옮겨가니… 위나라 임금의 서릉 망루는 단지 동작(銅雀)이라는 이름만을 들을 수 있을 뿐이다.' 해서 동작이라는 말을 쓰고 있다.

그런데 이 '동작' 지명에 앞서서 '동적'이라는 지명이 기록에 보여서 관심을 끈다. 한자로는 '동적(洞赤)'으로 나온다. 『중종실록』 34년(1539년) 4월 15일자 기사이다.

> 도승지 황기가 아뢰기를,
> "어제 한강에서… 종일 이런 놀이를 하면서 물길을 따라 내려가다가 노량에 못 미쳐서 양화도까지 얼마나 남았느냐고 묻기에 아직도 멀었다고 대답했더니, 두 사신은 동적(洞赤)에 이르렀다가 돌아왔습니다."

도승지가 어제 한강에서 중국 사신들을 접대하는 뱃놀이를 어떻게 했다는 것을 임금에게 보고하는 내용이다. 여기에서 '노량에 못 미쳐서'라고 한 것으로 보면 '동적'은 동작(진)을 가리키는 것으로 보인다. 선조 때의 '동작' 지명보다 50여 년을 앞선 때이다. 또한 한자 표기가 아주 특이한데 구리 동(銅) 자가 아닌 골 동(洞) 자에 붉을 적(赤) 자를 쓰고 있다. 이 '동적(洞赤)'에 대한 기록은 조선 중기의 은일사였던 허강(1520~1592)의 「서호별곡」에서도 찾을 수 있다. 이 작품은 명종 때 쓰인 것으로 보이는데 삼월 늦은 봄에 6~7인의 벗과 함께 배를 띄워 제천정(지금의 한남동), 동작, 용산, 마포, 서호(서강), 덜머리(지금의 절두산)로 내려오면서 보는 한강의 풍경을 노래한 서경가사이다. 여기에서 '동작'이

'동적(洞赤)'으로 쓰인 것을 볼 수 있다.

어쨌든 '동작' 지명 이전에 '동적' 지명이 먼저 사용된 것을 확인할 수 있다. '동적'의 한자 표기가 특이하다는 것은 앞서 밝힌 바 있는데 어순도 그러하다. 일반적인 지명의 한자 작명이라면 적동(赤洞)이 되어야 하는데 동적(洞赤)으로 되어 있는 것이다. 한문 어순에서 '수식어+피수식어' 형태에 어긋나는 것인데, 이로써 보면 '동적'은 이두식 표기라는 것을 짐작해 볼 수 있다. 우리말 어떤 이름을 한자의 음과 훈을 빌려 표기한 것으로 보인다는 것이다. 동(洞)의 훈이 골이고 적(赤)은 그대로 음을 표기한 것으로 보면, 결국 '동적'은 '골적'을 한자로 표기한 것으로 볼 수 있다. 이때의 '골적'은 현대어 '골짝'으로 보인다. 사전에는 '골짝'을 '골짜기'의 준말로 보는데 둘 다 표준어로 삼고 있다.

동(洞)은 지금은 행정지명으로 동네나 마을을 뜻하는 말로 주로 쓰지만, 원래는 골(짜기)을 가리키는 말로 쓰였다. 정약용은 『경세유표』에서 '동(洞)'이라는 말이 상말이고 잘못 쓰이고 있다면서 다음과 같이 지적하고 있다. '동(洞)이라는 것은 바위틈의 명칭이니 금강산 만폭동과 두류산 청학동은 오히려 가하지만 지붕과 담장이 연달아 있는 야촌을 어째서 동(洞)이라 이르는가?… 지금부터 공사간의 문부에 동(洞)이라는 글자를 죄다 없앤다면 또한 상말을 버리는 데에 하나의 도움이 될 것이다.' 왜 '동'이 상말인지 이유를 밝히고 있지는 않지만 원의가 아니라는 것만은 분명하다. '동'은 만폭동이나 청학동에서처럼 골짜기나 계곡에 맞는 말이라는 것이다.

또한 동(洞)을 같은(同) 물(水)을 마셔서 한동네라고 설명하는 것도 흔히 보는데 어원적으로는 그렇지 않다. 우리가 한 가지 동, 같을 동으로 알고 있는 동(同)은 원래 회합 즉 '모이다, 합쳐지다'라는 뜻을 갖기 때문에 동(洞)은 물이 합쳐지는 곳, 물이 모이는 곳의 뜻으로 골(짜기)을 가리키는 말로 쓰이게 된 것이다. 또한 골(짜기)은 비어 있으므로 '동'은 '비다,

공허하다'라는 의미를 갖게 됐고, 거기에서 굴(동굴)을 가리키는 말로도 쓰이게 된 것으로 보인다. 지금도 중국에서는 동(洞)은 동굴을 가리키는 말로 쓰는데, 장가계의 황룡동은 동네 이름이 아니라 동굴 이름이다. 정약용은 아마 '동'이 '굴'을 뜻하기 때문에 멀쩡한 마을 이름에 '동(굴)'을 붙이는 것이 못마땅했을지도 모르겠다.

'골(짜기)'을 뜻하는 '동(洞)'은 계곡 이름 외에도 많이 쓰였는데, '동리(洞里)' 같은 지명이 대표적인 예이다. '동'이나 '리'를 뜻하는 '동리'가 아니라, 마을 이름이 그대로 '동리'인 것이다. 이 지명은 '골말'을 한자의 뜻(훈)을 빌려 표기한 것인데, 골 동, 마을 리 해서 '동리'로 한자화한 것이다. '골말'은 '골짜기에 위치한 마을'이라는 뜻으로, '골(짜기)'을 그대로 '동(洞)'으로 옮기고 있는 것을 볼 수 있다. 이 '동리' 이름은 행정지명으로 그대로 등재되기도 했다. 영조 때 면·리의 지명이 처음 기록으로 보이는 『여지도서』에는 덕산(예산) 대오지면에 '동리(洞里)' 지명이 기록되어 있다. 이 밖에도 진안 일북면이나 영암(읍) 교동리에도 '동리' 이름이 있었고, 『1872년 지방지도』 '청산진지도'에도 '동리'가 표기되어 있다. 또한 제천 한수면 송계리에서는 산 이름으로 '골뫼'를 '동산(洞山)'으로 표기한 것을 볼 수 있다. 모두 '골(짜기)'을 '동(洞)'으로 바꾸어 쓴 것들이다.

이렇게 보면 가장 이른 시기에 보이는 '동적(洞赤)' 지명은 우리말 '골적(골짝)'을 이두식으로 표기한 이름으로 볼 수 있다. 이 '동적'에 접미사 '이'가 붙고, 동적이>동재기로 변형되면서 '동재기' 이름도 생긴 것으로 보인다. 아니면 '동작'에 '이'가 붙어 동작이>동재기로 바뀌었을 수도 있다. 어쨌든 동재기 이름이 순우리말 이름도 아니거니와 '동적' '동작'보다 더 먼저 생긴 이름이 아닌 것은 분명해 보인다. '동재기'도 '동'을 '골'로 대입하면 '골재기(골짜기)' 이름이 된다. 『서울지명사전』에서 '동재기고개'를 '동적고개'라고도 한다는 것은 이런 변화 과정을 반영하는 것으로 보인다.

구리 동 자 동작(銅雀) 지명은 이두식 표기인 동적(洞赤) 지명을 정식 한자 표기로 바꾸면서 지어진 것으로 볼 수 있다. 음이 비슷하고 이왕이면 화려한 전고(조조의 동작대)가 있는 '동작'으로 개명한 것이다. 또한 '동재기'의 지명을 한강변 일대에 검붉은 구릿빛 색깔을 띤 돌들이 많았던 데서 유래했다는 설명도 모두 후대에 '동작'의 구리 동 자에 의거해서 지어낸 것으로 볼 수 있다. 흑석동 일대는 관악산 지맥이 곧바로 한강으로 입수하는 지형이라서 퇴적지(둔치)가 거의 없다. 동작진이 예전에는 수심이 깊었다는 것도 이러한 이유에서이다. 또한 지질적으로도 동작동 부근은 화강편마암이 발달해 있어 '검붉은 구릿빛 돌'이 나올 가능성은 없다고 한다.

'동적(洞赤)' 지명에서 또 하나 특기할 만한 것은 고산자 김정호 (1804~1866 추정)의 『대동여지도』(1861년)에서 동작(진)이 골 동 자 '동작(洞雀)'으로 표기되어 있다는 사실이다. 작 자는 그대로 참새 작 자를 쓰고 있지만 앞에 동 자를 구리 동이 아닌 골 동(洞) 자를 살려 쓰고 있는 것이다. 조선 후기의 고지도들이 대부분 동작을 동작(銅雀) 혹은 동작진(銅雀津)으로 표기하고 있는데 비해, 김정호만은 『대동여지도』에서 골 동 자 동작진(洞雀津)이라고 쓰고 있다. 『대동여지도』 이전에 같은 김정호가 만든 것으로 보이는 〈수선전도〉(1825년, 수선은 수도 곧 서울을 뜻함)에서도 동작을 동작동(洞雀洞)으로 표기한 것을 볼 수 있는데 상당히 특이하다. 앞의 '동'은 골 동, 뒤의 '동'은 마을 동으로 쓴 것이다. 동 자를 두 번 써서 몹시 어색한 지명이 되었는데도 굳이 앞에 골 동 자를 살려 쓰고 있는 것이다. 조선시대에 가장 많은 지도를 제작하고, 가장 많은 지리지를 편찬한 최고의 지리학자였던 김정호가 구리 동 자 동작(銅雀)을 몰라 동작동(洞雀洞) 같은 어색한 지명을 썼을 리는 없다. 어색하면서도 굳이 골 동(洞) 자를 살려 동작동(洞雀洞)이라고 쓴 이유는 그것이 가장 본래의 이름이라고 판단했기 때문일 것이다. 김정호의 동작(洞雀)도

'골짝(골짜기)'을 이두식으로 표기한 것으로 볼 수 있다.

  겸재 정선의 그림 〈동작진〉은 지금은 동작대교가 놓여 있는 동작나루 일대를 건너편 동부이촌동 쪽에서 바라본 그림이다. 관악산, 우면산이 먼 산으로 그려지면서 국립현충원이 들어서 있는 동작동 일대가 그림의 중심을 이루고 있다. 큰 나루답게 마을 아래 강가에는 많은 배들이 정박해 있고, 방배천과 반포천이 합수하여 한강으로 흘러드는 이수교 일대와 흑석동 쪽 강변마을은 버드나무숲이 우거져 있다. 이때의 동작동은 서울 권세가들의 별장이 여럿 있었던 듯 나무들 사이로 번듯한 기와집들이 즐비하다. 한강을 앞에 두고 좌청룡 우백호의 뚜렷한 산세가 동리를 아늑하게 감싸고 있다. 삼태기 같은 아니면 앞으로 터진 V자 같은 넓은 골짜기에 들어서 있는 마을이 아주 평화로워 보인다. 풍수지리를 몰라도 명당이라는 느낌이 드는 지형이다. 실제로 그림에서는 보이지 않지만 이 골짜기 맨 위쪽에 창빈 안씨의 묘가 있는데 풍수가들에게는 명당자리로 알려진 곳이다. 창빈 안씨는 중종의 후궁이었는데 이곳으로 묘를 이장한 후 발복하여 손자가 임금이 되었다는 것이다. 그 손자가 바로 선조인데 조선왕조 끝까지 그 후손들이 왕위를 이었다고 한다. 어쨌든 이 골짜기가 '동적' 지명의 유래가 된 것이 아닌가 싶지만 확인할 길은 없다.

우면산 골짜기의 마을들

우마니·구마니

우면산은 옛날에는 과천현에 속해 현내면과 상북면 방배리의 경계
에 놓여 있었지만, 지금은 서울과 과천시의 경계를 이루고 있다.
관악산이 남태령을 건너 양재동까지 동쪽으로 길게 뻗어간 줄기가 우면산
인데 산의 남쪽이 과천이고 북쪽이 서울인 것이다. 이 우면산이 동쪽으로
내려가다 거의 끝자락쯤에서 남쪽으로 내려선 곳에 우면동이 있다. 지금
은 서울 서초구에 속하지만 옛날에는 모두 과천현에 속한 지역이었다.
이 우면동과 관련된 재미있는 기사가『정조실록』(11년 4월 20일, 1787년)
에 실려 있는데 내용을 정리하면 다음과 같다.

대궐문에 자물쇠를 잠글 때에 한 사나이가 군복을 입고 돈화문으로
달려 왔는데, 행동거지가 황급한데다가 하는 말이 황당해서 잡아다가 캐어
물었더니, 과천 주암리(현재 과천시 주암동)에 사는 백성 임말동이(林末同伊)
였다는 것이다. 그런데 그가 말하기를, '오늘 남문 안에서 땔나무를 팔고

집으로 돌아왔더니, 6~7호에 불과한 동네인데 남녀노소가 모두 도망해버리고 그의 어미와 아내만이 그가 돌아오기를 기다리고 있다가 함께 피하자고 재촉하기에 그 까닭을 물었더니, 우만리(牛萬里, 현재 서초구 우면동)에 사는 정대득, 김복금 등이 땔나무를 팔기 위해 의일촌(경기도 광주)에 갔다가 오랑캐의 기병이 갑자기 의일촌 앞 들판에 이르렀기 때문에 깜짝 놀라서 지레 돌아왔다고 하여 온 동네 주민들이 서로 알려 도망했다.'는 것이다. 그래서 임말동이는 어미와 아내가 만류하여 붙잡는 것을 돌아보지 않고 야윈 말을 타고 와서 알리는 거라는 것이다. 우선 그를 가두고 정대득과 김복금 두 사람에 대해서는 잡아다가 자세히 조사하여 유언비어를 지어내 군중을 미혹시킨 죄를 징계하기를 청한다는 것이다. 이에 대해 정조는 그렇게 하라고 윤허하면서도 임말동이에 대해서는 '어미와 아내가 만류하는 것을 돌아보지 않고 달려 와서 궁궐문을 두드린 일은 비록 매우 허황되지만 그 마음만은 가상하니' 특별히 포상하라고 하교한다.

봄날의 작은 소란을 적은 것인데 여기에서 1787년에 우면동을 우만리(牛萬里)로 표기한 것을 확인할 수 있다. 이 우만리를 『호구총수』(1789년)에서는 우면리(牛眠里)로 적고 있는데, 거의 비슷한 시기에 『조선왕조실록』과 행정관청의 표기가 다른 것을 볼 수 있다. 그러나 이때보다 더 앞선 시기에 우만리 기록을 찾을 수 있는데 우면동(형촌마을)에 묘소가 있는 성석인의 묘표에서이다. 성석인(?~1414)은 고려 말 조선 초의 문신으로 대제학과 판서를 역임하였다. 성석인의 가계는 『악학궤범』『용재총화』를 쓴 성현이 그의 증손이고, 율곡 이이와 쌍벽을 이루는 성리학자 우계 성혼이 그의 6대손이다.

성석인의 묘표에는 '과천 문발산 우만리(牛晚里) 뒤 술좌의 언덕에 장사 지냈다'라고 적혀 있다. 만 자가 일만 만 자가 아니라 늦을 만(晚)으로 되어 있다. 이 묘표는 원래의 묘표를 잃어버려 후손들이 숭정후재을사

(1725년) 11월에 세웠다고 한다. 그러니까 1410년대 원래의 묘표에도 우만리로 되어 있었는지는 확인이 되지 않는데, 묘표를 다시 세운 1725년에는 우면동을 우만리로 썼음을 확인할 수 있다. 그러나 묘표문을 재작성할 때에도 당시의 문중 기록에 의거하는 것이 보통이므로, 우만리 지명은 1410년대 이름으로 보아도 될 것이다. 또한 우면산을 문발산으로 표기한 것이 특이한데, 그것이 당시 지역에서 두루 부르던 이름인지는 알 수 없다. 아니면 그때까지도 산 이름이 없어 학문적으로 성공한 가계의 종조가 학문을 처음으로 폈다는 뜻으로 새롭게 문발산이라 이름 붙였을지도 모르겠다. 후자일 가능성이 크다. 이 성정승의 묘소도 풍수가들이 명당으로 꼽는 길지 중의 하나이다.

이 우만리는 지금까지도 우리말 이름이 전하는데 우마니(우만이)이다. 그러니까 성석인의 묘표에 나오는 우만리는 지역에서 부르는 이름 우마니를 한자의 음을 빌려 적은 것에 불과하다는 것을 알 수 있다. 이곳 우면동 토박이 노인들의 말로는 우마니는 우면동에서 온 말이 아니라 '움 안'에서 온 말이라는 것이다. 우면산 남쪽 기슭은 밖에서는 바람이 불고 날씨가 사나워도 이곳에만 들어서면 움 속처럼 따뜻하다고 해서 '움 안'이라고 불렀다고 한다. 또한 우마니는 지금의 우면동만을 가리키는 것이 아니라 우면산 남쪽 즉 말죽거리에서 남태령고개까지를 모두 우마니라고 했다는데 그것을 '열두 우마니'라고 불렀다고도 한다. 그러니까 우마니는 우면산 남쪽 골짜기에 자리 잡은 작은 마을 열둘을 모두 가리키는 말로 썼다는 것이다.

'움 안'에서 '움'은 지금도 쓰이는 말로 식물의 싹을 이르기도 하지만, 땅을 파고 구멍처럼 웅덩이를 만들어 화초나 채소를 넣어 두는 곳을 이른다. 이 '움'은 구멍을 뜻하는 '굼(구무)'에서 ㄱ이 떨어져 된 말로 보는데, '굼'은 구멍 외에도 굴이나 골짜기의 뜻도 있는 말이다. 그렇게 보면 우마니는 '움+안+이'에서 비롯된 말로 '골짜기 안에 자리 잡은 마을'이라는 뜻이 된다. 열두 우마니는 양재천을 앞에 두고 우면산 남쪽 자락 여러 골짜기에 자리 잡은 마을을 가리키는 것으로 볼 수 있다. 골짜기라고 해서 꼭 계곡만을 의미하는 것이 아니라 산 안쪽으로 들어간 지형도 모두 가리키는 것으로 볼 수 있다.

이 우마니 이름은 서울 우면동뿐만 아니라 전국적으로 여럿이 있다. 수원 팔달구에 우만동이 있고, 울주군 상북면 궁근정리에는 우만, 우마니 마을이 있다. 여주에는 우만이나루가 있었고, 하동 옥종면 청룡리에는 우마니들, '우마니 절터' 같은 지명이 있었다. 한자도 다르고 유래 설명도 제각각이지만 대체로 '움안이' 지명으로 짐작된다. 이 우마니 지명은 구마니(구만이) 지명이 더 많이 보이는데, 구마니는 우마니와 같이 '굼+안+이'에서 비롯된 말로 마찬가지로 '골짜기 안쪽 마을'을 의미한다. 가평군 묵안리에는 구마니골이 있고, 양평군 청운면 갈운리에는 구마니 길이 있다. 대전 대덕에는 구마니(구만니, 구만이) 마을이 있고, 춘천 남산면 광판리에는 구만리라는 마을이 있는데 보통 구마니라고 부른다. 구마니를 한자로 표기한 것도 다양한데 대표적인 것으로는 구만리(九萬里) 가 있다. 이 구만리 지명은 먼 거리를 가리키는 구만리로 해석하여 여러 가지 전설을 만들어내기도 했다. 한 처녀가 떠난 연인을 찾아 왔는데 목적지에 거의 다다른 사실을 모르고 주민에게 길을 물었다. 그랬더니 구만리 지나서 거기가 거기라는 말을 듣고, 이제까지 천리나 왔는데 앞으로도 구만리를 더 가야 한다는 말에 절망하여 자결하였다는 등의 이야기다.

이 우마니가 언제 우면리로 바뀌었는지는 확인할 길이 없다. 단지 1789년 『호구총수』에서 행정지명으로 처음 쓰인 것을 알 수 있을 뿐이다. 앞선 시기에 이미 민간에서 우만리 지명을 쓰고 있었는데 이것이 행정지명 '우면리(牛眠里)'로 바뀐 것이다. 어쨌든 모두 예부터 지금까지 쓰이고 있는 우리말 이름 우마니를 한자를 달리해 표기한 것으로 볼 수 있다.

또한 우면산 이름도 이 '우면리' 동네 이름에서 비롯된 것으로 볼 수 있다. 영조 때 전국 각 군현에서 편찬한 읍지를 엮어서 만든 지리지인 『여지도서』에는 우면산이 '과천현의 동북간 5리에 있는데 관악산 동쪽 기슭이 분맥하여 이루어졌다'고 나온다. 우면리와 거의 비슷한 시기에 이름이 붙여진 것을 알 수 있다.

우면리나 우면산은 모두 우마니에서 온 것으로 보이지만, 우면이라는 말이 단순히 우만(움안)을 음차표기한 말로는 보이지 않는다. 우면이라는 말은 오래전부터 일반명사로 써온 말로서 좋은 묏자리 곧 명당자리를 이르는 말이기 때문이다. 그러니까 우면은 우만과 음이 비슷하면서 좀 더 좋은 뜻을 가진 한자어를 선택하여 표기한 것으로 보아야 할 것이다. 『효종실록』 1권에 실린 '효종대왕 애책문'을 보면 우면이라는 말의 의미가 확연히 드러나는데 다음과 같다. 애책문은 왕이나 왕비 등의 생전의 업적과 덕행을 기리고, 죽음을 애도하는 내용의 글이다.

> 숲이 우거진 저 새로운 산등성이가 봉처럼 춤추고 용처럼 나는데, 성조에 의지하여 있음을 우러러 보니 제릉과 매우 가까웠다. 이는 실로 하늘이 만들어 보관해 두었던 길지이다. 산은 밝고 물은 맑아 그 기이함은 이미 우면(牛眠)임을 드러냈고 길한 징조는 귀서(점)에 들어맞았으니, 이야말로 성인의 참 유택인 것이며 진실로 한 번 얻어 길이 평안할 수 있는 자리이다.

조선 17대 효종의 능은 영릉(寧陵)이라고 하는데 여주시 능서면 왕대리에 있다. 여기에는 제4대 세종과 그 비 소헌왕후 능인 영릉(英陵)도 함께 있는데 두 개의 능은 700m 거리를 두고 있다. 같은 영릉이지만 한자가 다르다. 본문에서 '성조에 의지하여 있음을 우러러 보니 제릉과 매우 가까웠다'라고 한 표현은 두 능이 가까이 있음을 묘사한 것으로 보인다. 어쨌든 이 글에서 우면은 그대로 명당자리를 가리키는 말로 쓰인 것을 볼 수 있다.

이 우면이라는 말도 중국에 전고가 있는 말로 『진서』 '주방전'에 나온다. '도간이 어려운 때를 당해 장차 장사 지내려 할 때 홀연히 집안의 소를 잃어버렸는데 그 소재를 알지 못했다. 그러다가 한 늙은이를 만났는데 그가 "앞산(산등성이 혹은 언덕)에서 소 한 마리가 물구덩이 속에 엎드려 자고 있는 것을 보았는데, 만약 그곳에 장사를 지내면 지위가 인신의 극에 이를 것이다." 말하고는 홀연 사라졌다. 이에 도간이 소를 찾아 그 자리를 얻었다. 이로부터 3대가 모두 태수를 지냈다.'는 전설 같은 이야기인데 이 도간의 증손자가 「귀거래사」로 유명한 시인 도연명(도잠) 이다. 여기에서 장사의 길지(명당자리)를 가리키는 말로 우면이라는 말이 비롯된 것으로 보인다.

대만(남투현)에도 우면산이 있는데 그 뜻은 비슷한 것으로 보인다. 우리나라에서 우면은 우면지(牛眠地) 또는 면우(眠牛)라는 말로도 쓰였는 데, 지명에는 면우라는 말이 쓰인 예가 있다. 영양 입암면 금학리에 미누실이라는 마을이 있는데 한자로는 면우실(眠牛室)로 쓰는 것 같다. 산의 형상이 소가 잠자는 모습과 같다고 하여 면우실이라 부르던 것이 면우의 소리가 바뀌어 며누로, 다시 미누로 바뀐 것으로 설명하고 있다. 안동 임동면 망천리에도 면우실이 있는데 마을의 형국이 소가 누워 있는 형상이라고 하여 붙여진 이름이라고 한다. 그러나 마을 이름이나 산 이름에 면우가 아닌 우면이라는 말이 쓰인 것은 과천 우면리나 우면산이 유일한 것 같다.

보통 풍수의 형국을 말할 때는 와우형, 와우혈이라는 말을 더 많이 쓴다. 우면형이나 면우형이라는 말도 쓰긴 했는데 압도적으로 와우형이 많다. 그 까닭은 우면이나 면우는 명당자리 자체를 적시하는 뜻이 강한데 비해 와우는 산의 형세 곧 풍수에서의 형국을 설명하기에 적당한 말이었기 때문이다. 또한 한자 면(眠)이 눈을 감고 자다의 뜻이 강한데 비해 와(臥)는 엎드리다, 눕다의 뜻이 강하기 때문이다. 따라서 소가 엎드려 누워 있는 것 같은 산세를 표현하기에는 와우라는 말이 더 적절하다고 볼 수 있다. 와우형은 한국의 풍수 가운데 가장 흔한 이름이기도 한데, 이런 형국은 산이 높거나 험하지 않고 완만하면서 돌출된 바위도 없다. 시골 뒷동산과 같이 편안한 산세를 의미한다. 소는 성격이 온순하며 강직하다. 그리고 음식을 먹을 때 종종 누워 먹는다(되새김질). 그러므로 이 와우혈에 터를 잡으면 자손들이 대대로 누워 먹을 수 있는 복을 누린다고 한다.『영조실록』9년 3월 14일자에 다음과 같은 기사가 있다.

> 판윤 장붕익이 서강 광흥창 뒤 와우산에 경작을 금하고 소나무를 심게 할 것을 청하였다. 김재로가 말하기를,
> "와우산은 속담에 전해오기를, 성조(태조)께서 도읍을 정하실 때 무학이 내룡을 찾아 이곳에 와서 '이는 하늘이 만든 부국(富局)이다'라고 했으므로, 드디어 창고의 터로 정했는데, 그 뒤 천사(중국 사신)가 왕래할 때 멀리서 바라보고 손가락으로 가리키면서 말하기를, '저 산이 형양창의 뒷산과 비슷하니 그 산 아래 큰 창고가 있지 않으면 반드시 일국의 거부가 있을 것이다.' 하자, 그 아래 태창(광흥창의 별칭)이 있다고 대답하였더니, 탄식하기를, '조선에도 진짜 풍수를 아는 사람이 있구나.' 했다고 합니다. 당초에 창고를 설치할 적에 그 소중함이 이와 같았기 때문에 고로들이 서로 전하여 오고 있는 것입니다. 옛날에는 수목이 울창했는데 지금은 하나의 민둥산이 되어버려 내룡의 산맥이 잔파되었습니다…."

내룡은 풍수지리에서 쓰는 말로 종산에서 내려온 산줄기를 일컫는 말이다. 흔히 와우산은 무악(안산)에서 뻗어 내린 것으로 보니까 종산은 무악을 가리키는 것으로 보인다. 이 기사는 고로들의 속담(항간의 이야기)으로 전해온 이야기를 인용하고 있어서 사실 여부는 확인하기가 어렵다.

그러나 당시 사람들의 와우산에 대한 인식을 엿볼 수 있는데, 와우산을 부국이라 하고 큰 창고나 거부로 연결시키고 있는 것이다.

광흥창은 『신증동국여지승람』에는 '서강 북쪽'에 있는 것으로 나오지만 『동국여지비고』에는 '서부 서강방의 와우산 아래에 있다.'고 나온다. 광흥창은 조선시대 전 시기에 걸쳐 백관의 녹봉(월급)을 지급하던 관서 및 그 관할 창고를 가리키는 말인데, 지급하는 세곡은 조운(해운)으로 운송된 전라·충청도의 것이 대부분이었다고 한다. 따라서 한강의 조운을 이용할 수 있는 서강가에 위치한 것인데 와우산의 소로 말하면 밥도 먹고 물도 마실 수 있는 호적지라 할 것이다.

와우산, 와우리 지명은 우면산 우면리 지명과는 달리 전국적으로 많이 분포하는데, 모두 풍수지리에 기대어 배불리 먹고살기를 바라는 서민들의 소망이 반영된 지명이라 할 것이다.

말이 갑자기 뛰쳐나온 돌마

돌마·돌말·돌리

돌 마. 경기도 성남시 분당구 이매동에는 돌마고등학교(2001년 개교)
라는 특이한 이름의 학교가 있다. '돌마'라는 말을 들으면 대뜸
그게 무슨 뜻이냐는 질문부터 나오는 다소 생소하고 별난 이름이다.
우선 '돌마'가 순우리말인지 아니면 한자어인지부터 궁금해진다. '돌마'는
순우리말 이름이다. 그것을 한자의 음을 빌려 돌마(突馬)라고 썼다. 돌(突)
은 부딪치다, 갑자기 등의 훈을 갖고 있고, 마(馬)는 말 마 자이다. 그래서
돌마를 돌진하는 말이나 갑자기 나타난 말로 해석하기도 하는데, 돌마의
한자는 뜻과는 관계없이 음으로만 표기한 것이다. 돌마고등학교 교가를
보면 '남한산 정기 어린 영장 산록에 / 기마의 후예들이 여기 모였네 / 힘차
게 달리는 높은 기상은…'에서 '돌마'를 돌진하는 말(기마)의 기상으로
노래하고 있다. 그것이 아마 '돌마'라는 말의 가장 일차적인 이미지일
것이다. 그렇지만 한자사전에 보면 '적진을 향하여 돌진하는 기병'의
뜻으로 돌기(突騎, 말탈 기)라는 말은 있지만 '돌마'라는 말은 찾을 수

142

없다.

돌마는 원래 면 이름으로 꽤 넓은 지역을 지칭했다. 본래는 광주군 돌마면으로 지금으로 말하면 성남시 중원구 갈현동, 도촌동, 여수동, 하대원동과 분당구 야탑동, 율동, 이매동, 서현동, 분당동, 수내동, 정자동 등이 모두 돌마면이었다. 돌마면 이름은 1973년 성남시가 생기고도 돌마 출장소라는 이름으로 계속 쓰이다가 1988년도에 폐지되었다. 분당은 일제의 행정구역통폐합 때(1914년)는 돌마면 분당리로 나오는데, 이전에 있던 분점리와 당우리를 합성한 것으로 보인다. 지금은 거꾸로 분당리는 분당구라는 이름으로 살아남은데 비해 돌마면은 사라지고 말았다.

『여지도서』의 경기도 광주 방리조에 돌마면은 상동리, 하동리 2개 리에 495호 2,505명이 살고 있는 곳으로 나와 있다. 산천조에서는 탄천이 설명되어 있는데 용인읍에서 시작해서 대왕, 돌마, 낙생 세 면을 거쳐 삼전도진으로 흘러간다고 되어 있다. 일설에 돌마라는 이름은 '말이 갑자기 나타났다'는 뜻으로 붙여졌다고 한다. 병자호란이 끝난 뒤 매지봉의 남쪽 산속에서 수많은 말들이 갑자기 나타났는데, 이 말들은 충청감사 정세규의 군대가 낙생면의 험천(탄천의 지류인 동막천, 머흐내)에서 청나라 군사에게 패하자 그때 주인을 잃은 병마들이 산속에 있다 나타난 것이라고 한다. 그러나 사실과는 다른 것으로 보인다.

실제로 병자호란 때 이곳에서 큰 싸움이 있었던 것은 맞다. 역사는 '험천 전투'로 기록하고 있다. 『인조실록』(1636년)은 이 싸움을 '공청감사(충청감사) 정세규가 병사를 거느리고 험천(險川)에 도착한 뒤 산의 형세를 이용해서 진을 쳤다가 적의 습격을 받아 전군이 패몰했는데, 세규는 간신히 빠져나왔다.'고 기록하고 있다. '전군이 패몰했다'고 적고 있는 것을 보면 8천여 명의 근왕병 중 살아남은 사람이 드물었다는 얘기다. 그리고 그 이듬해 봄에서야 '예조가 사람을 모집하여 쌍령과 험천에 쌓인 시체를 거두어 묻고 관원을 보내 제사를 올리기를 청하니, 상이 따랐다.'는 기록이 있고, 이 위령제가 한참 후인 정조 때까지도 계속된 것을 보면 그 피해의 규모나 충격을 짐작할 수 있다. 이런 싸움에서 주인 잃은 군마들이 더러 산속에 살아남았다가 나중에 나타나 사람들을 놀라게 했을 수는 있을 것이다. 그러나 그것을 지명으로까지 표기하기에 는 적절하지 않은 것 같다.

'돌마'가 병자호란 때의 일로 비롯된 것이 아니라는 사실은 병자호란 이전에 이미 '돌마'라는 지명이 쓰였다는 점에서 확인이 된다. 성남시 분당구 율동에 있는 조선 초기의 문신 안구(?~1441)의 묘갈(무덤 앞에 세우는 둥그스름한 작은 비석)에 '영장산 돌마방(突馬坊) 율리 구봉하'라고 기록되어 있다. 돌마방의 방(坊)은 고을 방 자로 방리제의 그 방 자이다. 지금의 면에 해당한다. 또한 안구의 손자인 안호(1439~1503)의 묘도 같은 성남시 분당구 율동에 있는데 '광주 돌마 망월동'으로 기록되어 있다. 이로써 보면 '돌마'라는 지명의 표기는 조선 전기부터 있었던 것으로 보인다. 물론 이것은 행정지명은 아니다. 조선의 면리제는 후기에 정착되 었는데, 돌마면 행정지명도 『여지도서』(1757년~1765년)에 처음으로 보 인다. 조선 전기의 돌마방 지명은 민간에서 특히 양반 사대부들이 필요에 의해 한자로 지어 붙인 이름으로 보인다. 대개 개인적인 무덤의 묘비나 종중의 기록에서 볼 수 있다. 이럴 경우 전혀 새롭게 작명하는 경우는 드물고 대개는 현지의 우리말 이름을 한자의 훈과 음을 이용해 표기하는 것이 일반적이었다.

성남문화원 자료(서현동 지명유래)에 따르면, 1991년 정자동의 태안군 이팽(1520~1592, 성종의 친손자)의 부인 안산 김씨 무덤을 발굴해 이장 할 때에 출토된 묘지명에 '광주 동쪽 토을마리(吐乙馬里)'에 안장한 것으로 기록되어 있었다 한다. 이두식 표기에서 '乙(새 을)'은 ㄹ음을 표기할 때 흔히 쓴 것으로 '吐乙馬(토을마)'는 톨마 내지는 돌마를 한자 표기한 것으로 보인다. 여기에 마을을 뜻하는 '里(리)'를 붙였으니, '토을마리(吐乙

馬里)'는 '돌마리'를 한자의 음을 빌려 표기한 것으로 볼 수 있다. 이렇게 보면 '돌마'는 우리말이다. 이 '돌마'를 돌마(突馬) 혹은 토을마(吐乙馬)로 한자 표기한 것이다.

그렇다면 이 우리말 '돌마'를 어떻게 해석해야 할까. 한국학중앙연구원은 〈성남문화대전〉 '돌마면' 명칭 유래에서 '돌마'라는 명칭이 '말이 갑자기 나타났다'는 뜻으로 붙여진 이름이라고 하면서도, '대개 물이 돌아 흐르는 곳이나 마을이 산과 강으로부터 돌아앉아 있는 경우 석(石), 돌(突), 주(周), 도(島), 회(回), 곡(曲) 등의 이름이 붙으므로 탄천으로부터 돌아앉은 마을이라는 뜻에서도 유래되었다고 한다.'고 쓰고 있다. '돌마'를 '돌아앉은 마을'로 본 것이다. 또 '물이 돌아 흐르는 곳'이라는 여지도 남기고 있는데, 어쨌든 '돌진하다'나 '돌(石)'이 아닌 것은 분명하다.

지명에서 '돌'은 여러 가지 뜻으로 해석된다. 첫째는 '돌(石)'로 해석하는 것인데 지명의 선행요소로 많이 사용되고 있다. 돌고개, 돌다리, 돌말 등이 그 예이다. 둘째로는 '돌다(回)'의 어간 '돌'로 해석하는 것이다. 돌모랭이, 돌내, 돌목 같은 지명의 '돌'은 '돌다'의 뜻으로 사용된 것이다. 이 '돌다'의 뜻으로 해석할 수 있는 지명은 아주 많다. 셋째로는 드물지만 '들(野)'로 해석할 수 있다. 들을 뜻하는 옛말 '달'이 때로 '돌'로 교체되어 돌곳, 돌고지 등으로 나타나기도 한다. 성남의 '돌마'는 돌(石)과 관련한 어떤 특징이나 유래가 없는 것으로 보아 '돌다(回)'의 뜻으로 풀이하는 것이 타당하다고 본다. '마'는 마을을 가리키는 말로 볼 수 있는데 경상도 지명에 많이 보인다. 양지마, 중마, 아랫마, 웃마, 두둘마같이 쓰였다. 이 '마'는 말(마을)에서 ㄹ이 떨어져 나간 형태로도 볼 수 있다.

돌마리. 서울 송파구 석촌동의 옛 이름은 돌마리였다. 석촌동은 조선시대 말까지 경기도 광주군 중대면 송파동으로 불렸으며, 1914년 일제의 행정구역통폐합 때 광주군 중대면 석촌리가 되었다. 『여지도서』(1757

년~1765년)에 중대면에는 거여미동, 오금리, 장지리, 문정동, 가락동, 송파동, 삼전도리, 이동내(二洞內) 등 8개의 지명이 보인다. 그러던 것이 1914년 개편 때 마천리, 방이리, 석촌리가 추가되어 중대면은 11개 리로 형성되게 된다. 그전에 1911년 조선총독부 임시토지조사국 자료에도 경기도 광주군 중대면 석촌리로 나온다.

석촌리는 우리말 이름 돌마리를 한자화한 것이다. 돌마리는 돌말(돌마을)에 접미사 이가 붙어 된 말로 보이는데, 석촌(石村)은 '돌'은 석(石)으로, '말(마을)'은 촌(村)으로 각각 뜻을 빌려 한자화한 이름이다. 위의 '돌마' 지명은 '돌마(突馬)'로 음차표기되었지만 송파의 '돌말'은 '석촌(石村)'으로 훈차표기된 것이다. 『서울지명사전』에서는 '석촌동 동명은 이곳에 백제 때의 고분인 적석총을 쌓았던 돌들이 많이 흩어져 있어 돌마리라고 하던 것을 한자명으로 표기한 데서 유래되었다.'고 설명하고 있다. 석촌동 돌마리는 돌(石)과 관련이 깊은 지명이라는 것이다. 또한 그 돌도 보통 돌이 아니라 백제 때 적석총을 쌓았던 돌이라는 것이다. 본래 이곳은 한강과 탄천의 퇴적토로 이루어진 넓은 충적평야지대(광주평원)라 돌과는 별 인연이 없는 곳이다. 그렇기 때문에 다른 곳에서 가져와 쌓은 백제의 적석총 돌에서 그 유래를 찾는 것은 상당한 설득력이 있다.

석촌동 고분군은 '서울특별시 송파구 석촌동에 있는 백제시대 돌무지무덤(적석총)'으로 정의된다. 돌무지에서 '무지'는 '무더기로 쌓여 있는 더미'를 뜻하는 우리말이다. 백제 전기의 다양한 묘제 가운데 하나로서 고구려의 돌무지무덤에 기원을 두고 있다고 한다. 이는 백제 건국세력이 온조로 대표되는 고구려계 이주민이었음을 입증해주는 고고학적 증거가 되기도 한다. 3세기 중엽 경부터 백제 한성시대 최고 지배세력에 의해 수십 기가 축조되었지만 현재는 4기만 남아 있다. 1916년 가을 일제에 의해 이루어진 조사에서는 돌무지무덤이 66기가 보고되어 있다.

석촌동 언덕배기는 다섯 개의 돌무지가 작은 산처럼 쌓여 있어 오봉산으로 일컫기도 하였다는데, 이는 헐고 무너져 작은 봉우리처럼 보인 백제의 돌무지무덤이었다. 천오백 년 세월이 흐르면서 무덤들은 농지로 변해버렸고, 무너져 내린 돌무지 사이로는 민가가 들어서고 마을이 형성되면서 백제 고분군은 돌이 많은 마을이라는 돌마리 지명으로 남은 것이다.

돌무지가 작은 산처럼 쌓여 있던 이 일대는 지금 말 그대로 상전벽해가 되어버렸다. 잠실 석촌호수도 이 돌마리 석촌동에서 비롯된 이름이다. 석촌호수는 50여 년 전만 해도 물이 흐르던 강이었다. 본래 한강은 두 개의 물 흐름이 있었는데 본류는 지금의 석촌호수를 지나던 송파강이고, 지류는 지금의 한강 본류가 된 신천강이다. 그러던 것이 1925년 을축년 대홍수로 한강의 물길이 바뀌면서, 한강 본류는 자양동과 잠실도 사이의 신천강으로 바뀌고 송파강은 지류로 전락한다. 그리고 1971년 잠실지구 개발계획에 따라 물막이공사를 하고 송파강을 매립하면서 내륙 인공호수로 조성된 것이 석촌호수다. 예전에는 이곳에 송파나루가 있었고 송파장이 성시를 이루던 곳이다. 석촌호수가 송파나루공원이라고 불리는 이유도 이 때문이다.

돌말 지명은 돌마 지명이 있는 성남 분당구 구미동에도 있다. 구미동의 마을 중 '골안'은 넘말과 벌말 사이에 있는 마을로 골짜기 안에 있어 '골안'이라 불렀는데, 돌이 많아 '돌말(石村)'이라고도 하였다 한다. 현재 구미동에 위치한 근린공원도 석촌공원으로 이름 붙였다. 또 다른 돌말 지명은 인천 남동구 간석동에도 있었다. 간석동은 조선 말기에 인천도호부 주안면에 속해 석촌리와 간촌리라는 큰 마을이 있었다. 일제가 강점 직후에 조사 작성한 『조선지지자료』(1911)에는 마을 이름으로 석촌(石村, 돌말)과 간촌(間村, 샛말)이 나온다. 석촌의 우리말 이름이 바로 '돌말'이었던 것을 알 수 있다. 간석동은 간촌의 '간'과 석촌의 '석'을 합성한 이름이라고 한다. 돌말 지명은 북한지역에서도 찾을 수 있는데, 평남 북창군

신복리 된구단산 앞에 있는 마을 돌말은 돌이 많이 분포되어 있어 그렇게 불렀다 한다.

경기도 연천 진곡리 동말(東村)은 다른 지역에 비하여 돌이 많은 곳이 되어 '돌말'로 불렸던 것이 음이 변하여 동말이 되었다 한다. 돌을 방언으로 '독'이라고도 했는데 돌말(돌마을)이 독말로, 그리고 이 독말이 동말로 바뀌면서 동말을 한자표기한 것이 동촌이라는 것이다. 돌말, 독말이 상서로운 동녘 동 자로 끌려간 셈이다. 이러한 경우는 수원 화서1동 '동말'에서도 볼 수 있다. 마을에 돌산이 있었는데 이 때문에 이 지역을 '돌말'로 부르다가 후에 '동말'로 변했다는 것이다.

부여 규암면 외리의 돌말은 돌리(乭里)로 표기되었다. 예산 봉산면 사석리에도 돌리(乭里)가 있었다. 이 돌리 표기는 경남 창원 진해구 석동에서도 볼 수 있다. 석동은 마을 주변에 돌이 많아 돌리라고 부른 데서 유래되었다고 한다. 『호구총수』(1789)에 돌리(乭里)로 표기되어 있다. 돌리는 석리(石里)로도 표기하다가 시로 승격되면서 석동으로 바뀌었는데, 아직도 일부 주민들은 돌리라고 부르고 있다 한다. '돌(乭, 이름 돌)'은 중국에는 없는 국자(한국제 한자)로 사람 이름에도 많이 쓰였다. 구한말 평민 출신 의병장으로 이름이 높은 신돌석 장군의 이름 '돌석'은 '乭石(돌석)'으로 표기되었다. 돌이 두개인 셈이다. 그러나 그의 생가지로 알려진 영덕군 축산면 도곡리는 '돌(石)'과는 관계없다. 옛날 이 마을에서 독(항아리)을 구웠으므로 독골, 짓골 또는 도곡이라 하였다 한다. 독골이지만 돌(石)과는 관계없이 항아리 짓는 독골인 것이다.

석우에서 작별하고 떠난 유배길

돌모루·모롱이·모롱고지

지금은 '돌모루길'이라는 길이름으로만 남아 있지만 남대문 밖 돌모루는 꽤나 이름이 난 지명이었다. 돌모루를 고지도에서는 한자로 석우(石隅, 돌 석, 모퉁이 우)라고 표기하고 있다. 『서울지명사전』에는 '돌모루끝'으로 나오는데 '용산구 원효로1가 방향으로 청파동·남영동에서 돌아 들어오는 세거리길을 말하는데, 남영역사거리 원효로 입구에 해당된다.'고 설명하고 있다. 정약용은 「석우에서의 작별(石隅別, 석우별)」이라는 시를 남겨 놓았는데 시제에 제법 긴 설명이 덧붙어 있다. 여기에서 돌모루(석우촌)가 숭례문(남대문)에서 남쪽으로 3리 거리에 있다고 쓰고 있다.

가경 신유년(순조 원년, 1801) 1월 28일 내가 소내(소천)에 있다가 화기가 닥쳐오고 있음을 알고 서울로 들어가 명례방에서 거주하고 있었는데, 2월 8일 대각 논의가 발발하여 그 이튿날 새벽에 옥에 수감되었다가 27일

밤 2고에 성은으로 옥에서 풀려나와 장기현으로 정배가 되었다. 그리하여 그 이튿날 길을 뜨는데, 그때 제부·제형들이 석우촌(石隅村)에 와서 서로 작별하였다. 석우촌은 숭례문에서 남쪽으로 3리 거리에 있는 마을이다.

> 쓸쓸한 석우촌에서/가야 할 길 세 갈래로 갈리었네
> 장난하며 서로 우는 두 마리 말/어디로 가야 할지 모르나 보네
> 한 마리는 남으로 갈 말이고/한 마리는 동으로 달려야 할 말
> 제부들께선 머리와 수염 하얗고/큰 형님은 눈물이 턱에 고인다
> 젊은이들이야 다시 만날 수도 있겠으나/노인들 일이야 누가 알 것인가
> 잠깐만 더 조금만 더 하다가/해가 이미 서산에 기울었네
> 다시는 돌아보지 말고 가자꾸나/애써 다시 만날 기약을 하면서
> ─『다산시문집』(양홍렬 역, 한국고전번역원)

정조가 죽은 뒤 시작된 천주교 박해에 억울하게 엮이어 장기로 유배를 떠날 때의 참담한 상황인데, 이것이 이후 18년 긴 유배생활의 시작이었다. '한 마리는 남으로 갈 말이고/ 한 마리는 동으로 달려야 할 말'이라고 한 것은 형인 정약전은 전라도 신지도로 유배되고, 자신은 경상도 장기로 유배를 떠나야 하는 현실을 말에 빗대어 표현한 것이다. 형 정약전이 전라도 신지도를 갈 경우는 동작나루를 건너 삼남대로를 타야 할 것이고, 정약용이 경상도 장기로 갈 경우는 한남동 쪽 한강나루(한강도)를 건너야 했을 것이다. 실제로 정약용은 사평촌에서 하루를 묵고 새벽에 유배길에 오른 것으로 보이는데, 위의 「석우에서의 작별(石隅別, 석우별)」에 이어 지은 시 「사평에서의 이별(沙坪別, 사평별)」에서 이를 확인할 수 있다. 이번에는 숙부나 형이 아닌 처자와의 애절한 이별인데, '사평촌은 한강 남쪽에 있다'라는 설명을 붙여놓고 있다. 사평촌(사평리)은 한남동에서 강 건너편 지금의 강남구 신사동 쪽에 있던 마을이다. 이곳 나루를 사평나

루(사평도)라고 부르기도 했다.

돌모루는 〈춘향전〉의 '어사노정기'에서도 빠지지 않는데 '숭례문 밖 내달아서 칠패 팔패 이문동(서울역 근처에 있던 마을), 도제골, 쪽다리 지나 청파 배다리, 돌모루, 밥전거리, 모래톱 지나 동자기 바삐 건너'에서 청파 배다리와 삼각지 밥전거리 사이에 돌모루가 나온다. 한산거사가 지은 풍물가사인 「한양가」(1844년)에도 돌모루 지명이 나오는데 임금의 능행 행차 장면이다. '돌모로 지나셨다 노량을 당하였네'라고 하여 남대문 에서 노량진 사이에 단 하나의 지명으로 돌모루를 노래하고 있다. '택일은 삼월이라 능행도 하시면서 춘성경(春省耕) 하시련다'라는 표현도 보이는 데 '춘성경'은 임금이 봄에 농사를 살핀다는 뜻이다.

그런데 이 춘성경을 이곳 돌모루에서 했다는 기록이 『조선왕조실록』에 도 나온다. '임금이 석우에 거둥하여 농사 형편을 살펴보았다. 석우는 바로 남교(남쪽 교외)이다. 돌아오면서 관왕묘에 들러…'(영조 46년 7월 2일 기사) '임금이 석우에 행행하였다. 이때에 오래 비가 내리지 않자 임금이 가뭄을 걱정하여 전답을 직접 보려 한 것인데 왕세손(뒷날의 정조)이 수가하였다. 농민을 불러 농사 형편을 묻고…'(영조 49년 6월 29일 기사) 등 영조 때에 집중적으로 돌모루(석우) 지명이 나온다. 임금이 친히 농사를 지어 보이는 친경은 동교(지금의 제기동)에서 했는데, 농사를 살펴보는 성경은 남교의 이곳 돌모루에서 했던 것으로 보인다.

옛날에 이곳에는 만초천이 흘렀는데, 이 이름은 '덩굴내'의 한자식 표기이다. 안산과 인왕산 사이에서 시작되는 이 내는 현저동과 서대문, 서소문 일대를 거치고, 청파동을 지나 지금의 용산 전자상가 있는 곳을 거쳐 원효대교의 북단 근처에서 한강으로 들어간다. 이 내는 지금의 남영역 근처에 와서는 남산 쪽에서 내려오는 물줄기를 합해 물의 양을 크게 불린다. 이 냇줄기 양옆으로 논밭들이 제법 발달했던 모양인데 임금의 성경이 바로 이 들에서 이루어진 것 같다.

『서울지명사전』에서 '돌모루끝'을 '청파동·남영동에서 돌아 들어오는 세거리길'을 말한다고 했는데, 이로써 보면 '돌모루'의 '돌'은 '돌다(回)'에서 온 말일 가능성이 크다. 이곳이 농경지대이고 '돌(石)'과 관련된 어떤 특징을 보여주지 않는다는 점에서 더욱 그렇다. 이곳 원효로 입구의 돌모루는 '돌아가는 모퉁이' 정도의 뜻으로 해석하는 것이 맞을 것 같다. 전국에 돌모루 지명은 아주 많은데 대부분 석우(石隅)로 한자화되어 있다. 그리고 유래는 돌아가는 모퉁이에 돌이 많아서 또는 큰 바위가 있어서라고 설명하는 것이 보통이다. 그러나 돌(石)과 관련된 특징적인 사실을 확인하기 어려운 곳이 많다. 대개 석우를 한자의 뜻 그대로 해석한 경우가 많은 것이다. 그러니까 '돌이 많아서'라든지 '큰 바위가 있어서'라는 설명은 '돌(石)'을 의식해서 덧들어간 것이고, 원래는 그냥 '돌아가는 모퉁이'를 가리키는 말로 쓰인 경우가 대부분이다.

경기도 연천 왕징면 작동리의 돌모루(石隅里, 석우리)는 '산부리 끝을 돌아가는 모퉁이에 위치하여 '돌모루(回隅, 회우)'라 불리던 곳이 '돌(回)'이 '돌(石)'로 음차되면서 '석우리'가 된 것이다.'고 유래를 설명하고 있다. 산부리는 '산의 어느 부분이 부리같이 쑥 나온 곳'을 이르는 말이다. 그러니까 이곳 돌모루는 산부리를 돌아가는 모퉁이라서 돌모루라 했다는 설명이다. 경상북도 봉화군 물야면 두문리의 자연마을로 도리모팅이가 있는데, 이는 '도는 모롱이'에 있어서 붙여진 이름이라 한다. '돌아가는 모퉁이'의 뜻이 그대로 나타나 있다. 돌모루의 돌이 돌(石)과 관련이 있는 경우 돌팍모랭이(모롱이에 돌이 박혀 있다 하여 붙여짐)나 바머루(바위머루)같이 돌이나 바위를 밝혀 표현한 것을 볼 수 있다.

돌모루 외에도 '모루' 지명은 전국적으로 아주 많다. '모퉁이' 지형을 나타낸 이름이기 때문일 것이다. 백우리(白隅里)는 이천시 백사면 북동쪽에 있는 마을로 여주와 경계를 이룬다. 지형이 큰 모롱으로 되어 있어서 한모루, 한머루라 불렀다 한다. 이 한모루가 한자로 백우리로 표기된 것이다. 크다는 뜻의 우리말 '한'을 '흰'으로 읽어 흰 백 자를 써서 백우가 된 것이다.

　포천시 영북면 운천리에는 자연마을로 긴모루, 바머루 등이 있다. 긴모루는 긴 모롱이(산모퉁이의 휘어 둘린 곳)가 있다 하여 붙여진 이름으로 장몰, 장우라고도 하였다 한다. 바머루는 마을 어귀 모롱이에 바위가 있다 하여 붙여진 이름으로 암우동이라고도 한다고 한다. 긴모루는 긴 장 자 장우로 바모루는 바위 암 자 암우로 한자화된 것을 볼 수 있다. 바위의 고어는 바회인데 지명에서는 흔히 배, 바, 박 등으로 바뀌어 나타난다. 부천 범박동의 '암우' 지명은 우리말로는 배못탱이로 불렸다. 여기서 배는 바위를 뜻하는데, 현대어로 읽으면 바위모퉁이라는 뜻이다. 이 밖에도 벌모루, 산모루, 샘모루, 솔모루 등 아름다운 이름이 많다. 이 중 솔모루는 큰 소나무가 있거나 소나무가 많은 산모퉁이라는 뜻으로 해석하는데 '솔'이라는 말에는 소나무 외에도 '좁다'라는 뜻이 있어서 솔모루는 '좁은 모퉁이'로 읽는 경우도 있다.

　'모루' 지명은 산이나 능선 끝이 들이나 마을로 돌출된 지형에 많이 붙는다. 뜻으로는 '모퉁이'나 '귀퉁이'를 뜻하는 경우가 많은데 한자 '우 (隅)' 또한 같은 뜻이다. '모루'는 사전에는 없는 말이다. 대신에 '모롱이'라는 말이 나오는데 '산모퉁이의 휘어 둘린 곳'이라는 뜻으로 나온다. '산모롱이'가 같은 뜻으로 기술되어 있어 '모롱이'는 '산모롱이'를 가리키는 것으로 보인다. 또한 '모루'가 사전에 나오지 않는데 비해 '산모루'라는 말은 나온다. '산모루'는 '산모롱이'와 같은 말로 나온다. 그러니까 '모롱이' '산모롱이' '산모루' '산모퉁이'가 모두 같은 말로 쓰인 것을 알 수 있다. 대표말 '산모퉁이'는 '산기슭의 쑥 내민 귀퉁이'로 설명하고 있다.

　'모롱이'는 '모랭이' '모랑이' '모링이' '모레이' '모리이' 등으로 변음되어 나타나기도 한다. 또한 모롱이는 꽃밭모롱이, 솔모롱이, 돌모롱이, 숲모롱이, 띠밭모롱이 등 아름다운 이름들이 있다. 이 밖에도 배랑모랭이(벼랑모랭이), 참새모랭이(찬샘모랭이), 아홉모랭이, 솔모랑, 모랑이, 굴모렁이, 돌무렁이 등 우리말 이름들이 많다. 한편 모랭이와 비슷한 말로 모탱이(모팅이)도 소지명에 많이 쓰였다. 참나무모탱이, 고추모탱이(고지모탱이), 서당모탱이, 벼루모탱이(벼랑모탱이), 바우모탱이, 도라모탱이(돌아가는 곳에 있는 모퉁이), 한다리모탱이 등 아주 다양하게 불렸다. 이때의 모탱이(모팅이)는 모퉁이의 방언이다.

국어사전을 보면 모롱이와 모퉁이는 비슷한 것 같지만 다른 말인 것을 알 수 있다. '모퉁이'는 '구부러지거나 꺾어져 돌아간 자리' 또는 '변두리나 구석진 곳'을 말하지만, '모롱이'는 '산모퉁이의 휘어 둘린 곳'을 말하는 것이다. '모롱이'는 산모퉁이의 돌아간 곳을 뜻해 모퉁이보다는 훨씬 범위가 좁게 쓰인 말이다. 그러나 모퉁이와 모롱이가 붙은 땅이름의 경우 한자로 옮길 때는 모두 '우(隅)'로 표기하는 것이 일반적이다.

모롱이 땅이름 중 모롱고지라는 특이한 이름도 있는데 모롱(이)에 곶이 붙어 된 말로 보인다. 곶은 흔히 '고지'로 바뀌어 지명에 많이 쓰였는데, 부리 모양으로 길게(뾰족하게) 내뻗은 지형을 나타낼 때 쓰였다. 경기도 광주시 도척면 진우리 모롱고지마을(모롱리)은 모롱이에 위치한다 하여 이름 붙여지게 되었다고 한다. 세종시 송원리의 경우는 마을로 갈 때 새터로 돌아간다고 하여 '동천모랭이' 혹은 '모롱고지'라 이름 붙여졌다 한다.

평북 정주가 고향인 백석의 시에서도 '모롱고지'라는 말을 찾을 수 있다. 「구장로—서행시초 1」에서는 '山모롱고지 하나 도는 동안에'라고 표현해서 '산모롱고지'가 '산모롱이'임을 암시하고 있다. 또한 「동해」라는 시에서도 '제주 배 아즈맹이(아주머니) 언제 어느 모롱고지 이슥한 바위 뒤에서 혼자 해삼을 따다가'의 표현에서 모롱고지가 모롱이(모퉁이)의 뜻이라는 것을 암시하고 있다. 모롱고지는 영월군 문곡리의 경우에는 모랑가지로도 나타난 것을 볼 수 있다.

'모루' 또한 '모로' '머리' '모리' '무루' '머루' 등으로 변음되어 나타난다. 이 '모루'는 흔히 모퉁이 우(隅) 자로 뜻을 빌려 표기되었지만, 그냥 '모로(毛老)'로 음을 빌려 표기되기도 했다. 강화도에 딸린 섬으로 보문사라는 이름난 절이 있는 석모도(席毛島)는 이름이 특이하다. 자리 석 자에 털 모 자를 쓰고 있는데 도무지 해석이 불가능하다. 털이 난 자리? 그러나 석모도의 옛 이름인 석모로도(席毛老島)를 보면 해석의 실마리를 얻을 수 있다. '모로'를 음차표기로 보면, '모로'는 모퉁이를 뜻하는 '모루'를 한자 표기한 것으로 볼 수 있다. '석'은 돌 석(石) 자를 음이 같은 자리 석(席) 자로 바꾸어 표기한 것으로 보면 '석모로'는 결국 '돌모루'가 되는 것이다. 그러니까 돌모루의 '돌'을 한자 '석(石)'으로 바꾸어 석모루라 부르던 것을 이번에는 한자를 바꾸어 석모로(席毛老)로 표기한 것이다.

『대동여지도』(1861년)에 석모로로 표기되어 있는 이 지명은 더 일찍이 『여지도서』(1757년~1765년)에 석모로도(席毛老島)로 나온다. 『여지도서』에는 말을 방목하고 소금가마가 있다고 하면서 호수는 41호에 남자 96명, 여자 72명으로 기록하고 있다. 『한국민족문화대백과사전』에서는 석모로라는 지명을 '물이 돌아 흐르는 모퉁이' 혹은 '돌이 많은 해안 모퉁이'라는 뜻으로 설명하고 있다. '돌'이 '돌(石)'인지 '돌(回)'인지 확실치 않아 두 가지 모두로 설명하고 있는데, 기본적으로 모퉁이(모루) 지명인 것은 확실하다. 그렇다면 '돌(石)'보다는 '돌다' '돌아 흐르다'의 '돌(回)'일 가능성이 더 큰 것으로 볼 수 있다.

도라산과 한라산은 같은 이름

도라미·도리미·두리메

2000년 6·15 남북공동선언을 계기로 경의선 복구 사업의 일환으로 세워진 도라산역은 북으로 장단역 – 판문역 – 봉동역 – 손하역을 거쳐서 개성역에 다다르게 된다. 이정표는 평양 205km, 서울 56km를 가리키고 있다. 개념적으로는 경의선과 평부선의 종점이지만, 역의 공식 표어는 '남쪽의 마지막 역이 아니라 북으로 가는 첫 번째 역입니다.'이다. 평부선은 평양역에서 파주시 장단면에 있는 도라산역을 연결하는 철도 노선이다. 우리는 서울(경성)을 중심으로 경부선, 경의선으로 나누어 부르지만 북한은 평양을 중심으로 평부선(평양~부산), 평의선(평양~신의주)으로 나누어 부른다. 이 경의선과 평부선이 만나는 지점이 도라산역이다.

도라산 지명은 영조 대에 만든 전국 지리지인 『여지도서』에도 나오는데, 경기도 장단에 중서면 도라산리(都羅山里)로 나온다. 지금은 파주시 장단면 도라산리이다. 당시에는 69호 235명이 살았던 것으로 기록되어 있다. 그러나 행정지명이 아닌 도라산 지명은 훨씬 오래전 고려시대부터 나온다. 『고려사』(열전 35권)에 환관 최세연이 궁인 무비에 영합한 죄로 참수당한 기사에 도라산이 나온다. '궁인 무비(無比)는 태산군 사람 시씨(柴氏)의 딸이었는데, 선발되어 궁궐에 들어왔다. 왕이 도라산에 왕래할 때에는 반드시 데리고 가서 객지에 머무를 때의 즐거움으로 삼으니, 사람들이 무비를 '도라산'이라고 불렀다. 왕의 총애가 커지자 무비에게 붙은 자들이 안팎에서 제멋대로 포악하게 굴었으므로, 세자가 이를 몹시 미워하였다.'라는 기사이다. 여기서 왕은 25대 충렬왕(1274~1308)이고, 세자는 바로 뒤를 이은 충선왕이다. 결국 세자는 무비와 환관 최세연을 죽이고 그 무리 40여 명을 유배 보내게 된다. 어쨌든 사냥을 핑계로 한 충렬왕의 도라산 데이트가 얼마나 요란했으면 무비의 별명이 도라산이 되었을까 싶다.

도라산 유래담에는 고려 초까지 올라가서 경순왕 이야기가 전해지는데, 이것은 어디까지나 전설에 불과한 것으로 보인다. 신라의 마지막 왕인 경순왕은 송도까지 찾아와 고려 태조 왕건에게 귀순했다. 태조는 첫째 딸인 낙랑공주를 경순왕과 혼인하게 해주고 정승에 봉하는 한편 경주를 식읍으로 주는 등 극진히 예우하였다. 그러나 나라를 잃은 슬픔에 우울한 나날을 보내던 경순왕은 도라산 중턱에 암자를 짓고 머물렀는데, 경순왕이 조석으로 이곳 산마루에 올라 신라의 도읍을 돌아보며 눈물을 흘렸다 하여 도라산(都羅山)이라 호칭하게 되었다는 이야기다. 이는 도라산의 '도'가 도읍 도 자이고, '라'가 신라의 '라'와 한자가 같은 데에서, 또 '도라'가 우리말 '돌아(보다)'와 음이 같은 데에서 지어낸 이야기로 보인다.

여기에는 경순왕릉이 같은 장단군 장단면(현 연천군 장남면)에 있었던 것도 한몫 했을 것이다.

이 도라산 지명은 조선왕조 초기 『태조실록』에도 나오는데, 천도 후보지로 이름을 올린 것이다. 당시 천도 후보지로는 계룡산, 한양, 무악, 적성, 도라산, 송림 등의 지명이 보인다. 최종적으로는 태조 이성계가 신하들을 거느리고 무악과 한양을 직접 답사하고서 좌우의 의견을 물어 한양으로 결정하게 된다. 태조 3년, 1394년 8월의 일이다. 그렇게 한양으로 결정한 후 돌아오는 길에 태조는 무슨 생각에서였던지 후보지로 천거되었던 적성 광실원과 장단 도라산을 둘러본다. 적성 광실원(광수원)은 경기도 양주 감악산 지역인데 조운이 통하지 않아 퇴짜를 놓았다 한다. 그러고는 민중리가 말한 도라산 터를 둘러보는데, 이곳은 서운관에서 추천했던 것으로 보인다. 서운관은 천문과 택지 등을 담당하던 기관이었다. 태조는 도라산 터를 둘러보고는 '이렇게 더럽고 습한 곳이 어찌 도읍이 될 수 있단 말인가?'라는 말을 남긴다. 여러 후보지 중에 최악의 평인 셈이다. 도라산이 나지막한 산(해발 155m)인 데다 산 앞으로 임진강과 습지가 둘러져 있어서 그렇게 평했던 것으로 보인다.

『신증동국여지승람』(경기 장단도호부)에는 도라산이 임진 남쪽 25리에 있다고 하고, 신라 경순왕릉이 부의 남쪽 8리에 있다고 기록하고 있다. 도라산은 155m의 낮은 산이지만 임진강 하구의 넓은 들 가운데 있어 전망이 좋다. 조선 초기부터 봉수대가 있었는데 도라산 봉화가 기록에 나온다. 이곳 봉화는 남으로는 파주 대산을 거쳐 고양 소달산에 이르고, 북으로는 임강 천수를 거쳐 개성 송악산에 이른다. 도라산에 대한 한자 표기는 『조선왕조실록』『신증동국여지승람』 등의 문헌에 도읍 도 자 도라산(都羅山)으로 표기되어 있으나, 『증보문헌비고』『고지도』 등에는 길 도 자 도라산(道羅山)으로 표기되어 있다.

도라산의 우리말 이름으로는 도라미, 도리미가 전한다. 도라산은 도라미의 '도라'를 음으로 표기하고, '미'를 '뫼(산)'의 뜻으로 보아 '산'으로 훈차표기한 것으로 보인다. 도라미나 도리미는 '돌미'에 속격 '-아'나 '의'가 개재되어 도라미, 도릐미(도리미)가 된 것으로 볼 수 있다. '도라'는

'돌다(回)'에서 온 말로 보는데, '도리' '도래' '두리' '두루' 등의 비슷한 형태가 많다. '돌다'가 '두르다'나 '둥글다'와 관련이 깊은 까닭이다. 우리가 흔히 띠나 수건, 치마 따위를 몸에 휘감을 때 쓰는 '두르다'라는 말에는 '둘레를 돌다'나 '바로 가지 아니하고 멀리 돌다'의 뜻이 있기도 하다. 이런 말들은 돌아가는 지형이나 둥글고 원만한 산세의 땅이름으로 많이 쓰였다.

장단의 도라산은 평야에 우뚝 솟아 있다는 점에서, 어느 쪽으로 가든 돌아서 가게 되어 있어 도라산이라 부르게 되었다고 해석한다. 그러나 산세가 둥그렇고 원만하게 생겨서 도라산이라는 주장도 있다. 『조선향토대백과』에서는 도라산리를 '황해북도 판문군 삼봉리 등 영역에 있던 폐리. 본래 풍덕군 북면의 지역으로서 둥글게 생긴 도라뫼마을이 있다 하여 도라산리라 하였다.'고 설명하고 있다. '둥글게 생긴 도라뫼'가 있어 도라산이라는 설명이다. 실제로 장단 도라산은 높지 않으면서 둥글고 원만한 산세를 보이고 있기도 하다.

고양시 덕양구 도내동에 있는 도라산은 임진왜란 때 이신의 장군이 300여 명의 의병(향군)을 거느리고 왜군과 대치하면서, 아군이 많다는 것을 보여주기 위해 군사들과 며칠 동안 계속해서 산을 돌았다는 데에서 유래되었다고 한다. 또한 거기서 도래울이라는 마을 이름도 유래되었다고 한다. 그 도래울을 한자로 표기하면서 도내동이 된 것이다. 이신의 (1551~1627)는 조선 중기의 문신으로 호가 석탄(石灘, 돌여울)이었는데, 도내동 서촌마을에 이신의의 묘소가 있고 동촌 도라산 기슭에는 '이석탄 장대비'가 세워져 있다. 이곳과 장단의 도라산은 그리 멀지 않은데, 가까운 곳에 도라산 지명이 또 있다는 것이 특이하다. 이곳 도라산은 한자는 전하지 않는데, 여러모로 '돌다'에서 온 말일 가능성이 크다.

평택 포승읍 희곡리의 도라말은 마을이 남서쪽으로 돌아앉았다고 해서 붙여진 이름이라고 한다. 진안 안천면 백화리 도라실은 주위가 모두 산으로 둘러싸여 있고 산에서 내려다보면 마을이 복숭아 형상이라 도라실이라 불렀다 한다. 한자로는 도라곡(挑羅谷)으로 썼다고 하는데, 우리말 '도라'를 한자의 음을 빌려 표기한 것으로 보인다. '복숭아 형상' 이야기는 '복숭아 도 자'를 우선 연상해서 붙인 것으로 보이고, 이곳 '도라'는 주위가 모두 산으로 둘러싸인 지형에서 비롯된 것으로 볼 수 있다. 대전 대덕구 용호동 도라뜸(도라뜸이)은 '들' 이름이다. 산모퉁이를 돌아서서 들이 있다고 하여 도라뜸이라 하였다 한다. 이 밖에도 '도라' 지명으로 도라재(돌아가는 고개), 도라모탱이(돌아가는 곳에 있는 모퉁이) 등을 찾아볼 수 있다.

예산 광시면 대리의 도리미는 '대동 동쪽에 있는 동그란 산을 말하며, 산이 둥그렇게 생겼다고 해서 도리미산이라 부른다'고 한다. 인천 서도면 볼음도리의 도리미도 '당 아래 앞에 있는 산으로 동그랗게 생겨' 도리미로 부른다는 것이다. 단재 신채호의 고향은 대덕군 산내면 도리미(현 대전시 중구 어남동)였다. 그는 이곳에서 8살 때까지 살았는데, 도리산 아래에 있어 도리뫼라고 불렀다고 한다. 곡성 옥과면 합강리는 도리산이라고도 하는데 이는 사방이 산으로 싸여 있기 때문이라고 한다. 이에 비해 세종시 전동면 도리말은 큰말 옆 산을 돌아가서 자리한 마을이라 도리말이라 부른다. 산을 돌아서 마을이 있다 하여 도리말이라 불렀다는 것이다.

〈춘향전〉의 '어사노정기'에서 '천안읍에 중화하고, 삼거리 도리티(도리 치) 짐게(금제) 역말 갈아타고'에 나오는 도리티는 흔히 도리티고개라 부르는데, 천안 삼거리에서 목천읍으로 넘어가는 고개이다. '굽이가 많이 지고 가파른 고개라 돌아간다는 뜻에서 도리티'라고 유래를 전한다. 『해동지도』의 천안군 지도에는 목천 경계에 도리치(道里峙)로 표기되어 있는데, 같은 『해동지도』 목천현 지도에는 천안계에 회치(回峙)라 나와 있다. 같은 이름을 하나는 한자의 음으로 표기하고 하나는 뜻으로 표기한 것인데, 이 지명이 '돌다(回)'에서 비롯되었다는 것을 알 수 있다.

도래는 둥근 물건의 둘레를 가리키는 말이다. 보통 '돌다'에 명사를 만드는 '애'가 붙어 이루어진 말로 본다. 『표준국어대사전』에 도래샘은 '빙 돌아서 흐르는 샘물'로 나온다. 도래떡은 옛날 초례상에 놓는 큼직하고 둥글넓적한 흰떡을 가리키는 말이다. 갓도래는 갓의 둥근 테두리이다. 지명에는 둥글게 돌아가는 지형을 가리키는 말로 흔히 쓰였다. 또한 둥그스름한 산이나 봉우리에 도래, 도리라는 말이 흔히 붙는 것을 볼 수 있다. 충북 제천시 봉양읍의 도래미(동산저)는 들 가운데에 있는 산의 봉우리가 동그랗고 낮아서 붙여진 이름이라 한다.

김천 지례면 도곡리는 우리말 이름 도래실, 도로실로 불렸다. 옛날부터 마을 입구에 수백 년 묵은 느티나무와 큰 돌다리가 있고 그 옆에는 큰 바위가 있어, 사람들이 길을 갈 때면 이 바위를 돌아서 간다고 하여 도래실 또는 도로실이라 불렀다 한다. 이 도래실이 도곡리로 한자화되었다. 포항시 남구 동해면 공당리의 도래말은 마을의 형세가 본동인 공당에서 돌아서 위치한다고 하여 불리게 된 이름이다. 한자로는 회동(廻洞)으로 썼다. 화성 우정읍 조암리 도래말은 석천(石川)으로 한자화되었는데, 흔히 냇물이 돌아드는 곳에 '돌내'나 '도내'의 지명을 많이 사용하는 것으로 보아 이 '돌내'가 석천으로 한자 표기된 것으로 볼 수 있다. '도래' 지명은 전국적으로 아주 많다. 도래울, 도래말(도랫말), 도래실, 도래뜸, 도래골, 도래재, 도래미 등 아름다운 이름들이 많다.

봉우리가 둥글고 원만한 산 이름으로는 두리봉, 두루봉 등의 지명이 많이 쓰였다. 이는 도라, 도리, 도래 지명과도 관련이 깊다. 두리봉, 두루봉은 흔히 둥글 원 자 원봉(圓峰)이나 두루 주 자 주봉(周峰)으로 한자화된 것을 볼 수 있다. 두리, 두루는 일반명사로도 많이 쓰이던 말이다. 여럿이 둘러앉아 먹을 수 있는, 크고 둥근 상을 두리반이라 했거니와 둥근 재목을 두리목이라 불렀다. '돌려가며 둡는다'는 뜻의 두레도 이 두리에서 비롯된 말로 보기도 한다. 또한 가로로 길게 이어

돌돌 둥글게 만 종이를 두루마리라 했는데 이때 두루는 '둥굴게'의 뜻이다. 두루마기는 터진 곳이 없이 사방이 두루 막혀 있다는 뜻에서 나온 옷의 이름인데, 한자로는 두루 주 자 주의(周衣) 또는 주차의(周遮衣)로 썼다.

『표준국어대사전』에 보면 두리는 '둘레'의 뜻도 있으면서, '둥근 것' 또는 '둥근 그릇의 하나'라는 뜻으로 쓰인 옛말이라고 설명하고 있다. 결국 두리, 두루는 '둥근 것' 또는 '둘레'의 뜻으로 많이 써왔던 말임을 알 수 있다. 두리봉이나 두루봉은 산마루가 둥그스름하거나 어느 마을을 두르듯 둥글게 휘어 돈 산을 가리키는 이름으로 읽을 수 있다. 경남 거창 가북면 용암리에 있는 두리봉(1,133m)은 거창과 합천 그리고 경북 고령의 경계를 이루는 높은 산이다. 두리봉이라는 이름은 봉우리가 둥글게 생겨 붙여진 것이라 한다. 한자로는 두리봉(頭利峰)으로 썼는데, 한자의 음을 빌려 그대로 표기한 것이다.

충북 청주 상당구에 있는 두루봉(74m)은 잔구 형태의 아주 낮은 산이다. 산이 마을을 감싸고 있다는 뜻에서 지명이 유래된 것으로 추정하고 있다. 『한국지명유래집』(충청편)에서는 '두루는 두르다의 어간 '두르'(휘감아 싸다)가 변한 것으로 지명에서 두루는 원(圓)의 의미를 포함하고 있는 것으로 해석되고 있다. 두루봉은 지역에 따라 두로봉, 두리봉으로 불리기도 한다.'고 설명하고 있다. 신안군 안좌면 소곡리 두리마을은 둥글게 생긴 산 아래에 있다 하여 두루메라 불렀다 한다.

대한민국(남한)에서 제일 높은 산인 한라산(1,950m)을 옛날에는 둥글 원 자 원산(圓山)이라고도 썼다. 제주말로는 원산을 '두리메'로 읽는다 한다. '둥근 산'이라는 뜻이다. 『세종실록』 지리지(제주목)에서는 '진산은 한라이었다. 주의 남쪽에 있는데, 일명 두무악(頭無岳) 또는 원산(圓山)이라 한다. 그 고을 관원이 제사를 지내는데, 둥그스름하고 높고 크며, 그 꼭대기에는 큰 못이 있다'고 해서, '원산'이라는 이름과 함께 '둥그스름하고 높고 크다'는 특징을 설명하고 있다. 이와 같은 설명은 『신증동국여지승람』도 마찬가지이다. '한라산은 주 남쪽 20리에 있는 진산이다. 한라(漢拏)라고 말하는 것은 운한(은하수)을 나인(拏引, 끌어당김)할 만하기 때문이다. 혹은 두무악이라 하니 봉우리마다 평평하기 때문이요, 혹은 원산이라고 하니 높고 둥글기 때문이다.'라고 해서, 원산이라고 한 이유를 '높고 둥글기 때문'이라고 설명하고 있다.

'한라(산)'라는 이름은 '은하수를 끌어당길 만큼 높은 산'이라는 뜻의 개념적인 이름이다. 이에 비해 '원산'은 구체적인 산의 형태에 근거한 이름이다. 이 '원산'을 우리말로는 '두리메'로 읽었는데, 이때 '두리'는 '둥글다' '둥근 것'의 뜻을 지닌 옛말이다. 제주시 연동 남쪽 한라산 북사면에 위치한 측화산인 큰두레왓(1,630m)은 두리오름으로도 불렀다. 『제주군읍지』의 '제주지도'에는 '두리봉(斗里峯)'으로 표기했다. 이 오름이 둥그스름한 오름이라 두리오름이라 불렀다 한다.

한편 한라산의 또 다른 이름인 '두무악(頭無岳)'을 『신증동국여지승람』에서 '봉우리마다 평평하기 때문'이라고 설명하고 있는 것도 새겨볼 대목이다. '두무악'을 보통 '머리가 없는 산'으로 해석하고, 재미있는 전설을 전하기도 한다. 옛날에 한 사냥꾼이 산에서 사냥을 하다가 잘못하여 활 끝으로 천제의 배꼽을 건드렸는데, 이에 화가 난 천제가 한라산 꼭대기를 뽑아 멀리 던져버렸다고 한다. 이 꼭대기가 던져진 곳이 지금의 산방산이며, 뽑혀서 움푹 팬 곳은 백록담이 되었다고 한다. 그러나 이것은 머리 두 자, 없을 무 자 '두무'라는 한자 표기에 근거해서 지어낸 이야기로 보인다. 이 이상한 한자 '두무'는 우리말 '두무'를 단지 한자의 음을 빌려 표기한 것으로 보면 생각이 달라진다. 우리말 '두무'는 '두모'의 이형태로 보는데, '두모(둠)'는 어원적으로 '둥그런 원' 혹은 '둘러싸인 형태'의 의미를 갖고 지명에 많이 쓰인 말이다. 그렇게 보면 '두무악'은 '원산'의 우리말 이름으로 볼 수 있을 것이다.

우리에게 광야는 있었을까

알뜨르·뒷드루·징게맹게 외에밋들

연암 박지원(1737~1805)이 요야(遼野, 멀 요 들 야, 요동벌)에 처음
다다른 것은 1780년(청 건륭 45년, 정조 4년) 그의 나이 44세
때였다. 불혹을 넘긴 나이라면 많은 인생 경험을 하고 다녀볼 곳은 거의
다 다녀본 나이일 텐데 그런 그도 일망무제 드넓은 요동벌을 처음 마주쳐
서는 '눈앞이 아찔해지며 눈에 홀연 검은 공(흑구) 같은 헛것들이 오르락내
리락하였다'고 쓰고 있다. 그러면서 '나는 오늘에서야 비로소 사람이란
본디 어디에 붙어 의지할 데 없이 다만 하늘을 이고 땅을 밟은 채 다니는
존재임을 알았다.'면서 저 유명한 '호곡장론(好哭場論, 좋을 호, 소리 내어
울 곡, 마당 장)'을 개진하고 있다. 그는 드넓은 요동벌이 '좋은 울음터'라면
서 한바탕 울어볼 만하다는 호연지기를 풀어 보이는 것이다.

박지원은 사람들은 단지 슬플 때만 우는 것으로 알지만 '희로애락애오
욕' 칠정이 모두 지극하면 울게 된다면서 답답하고 울적한 감정을 확
풀어버리는 것으로는 소리쳐 우는 것보다 더 빠른 방법은 없다고 말한다.

그는 기발한 비유를 제시하는데 '갓난아이(赤子)가 어미 태 속에 자리 잡고 있을 때는 어둡고 갑갑하고 얽매이고 비좁게 지내다가 하루아침에 탁 트인 넓은 곳으로 빠져 나오자 팔을 펴고 다리를 뻗어 정신이 시원하게 될 터이니, 어찌 한번 감정이 다하도록 참된 소리를 질러 보지 않을 수 있으리오. 그러므로 갓난아이의 울음소리에는 거짓이 없다는 것을 마땅히 본받아야 하리이다.'면서 울음의 진정한 의미를 얘기하고 있다.

물론 이 비유는 단순하게 읽히지는 않는다. 답답한 조선 땅덩어리를 벗어나 광활한 중국의 평원을 만난 감격의 표현으로 읽을 수도 있지만, 안으로는 숭명사대나 사색당쟁에서 벗어나지 못하는 우물 안 개구리 같은 조선의 정치 현실이나 수레 다닐 길 하나 없는 낙후된 사회 경제적 현실, 고루한 문화 풍습을 벗어나야 한다는 웅변으로 읽을 수 있는 것이다. 어떤 학자는 이 호곡장론을 보이지 않는 『열하일기』의 숨은 서문이라고 말하고 있는데, 말하자면 『열하일기』를 통해서 답답한 조선사회를 일깨우는 참된 소리를 질러 보겠다는 암시로 읽을 수 있다는 것이다.

박지원은 요동벌을 '오늘 요동 벌판에 이르러 이로부터 산해관 일천이백 리까지의 어간은 사방에 도무지 한 점 산을 볼 수 없고 하늘가와 땅끝이 풀로 붙인 듯, 실로 꿰맨 듯, 고금에 오고 간 비바람만이 이 속에서 창망할 뿐'이라고 묘사하고 있다. 또 「요야효행—새벽에 요동벌을 가다」 같은 시에서는 '요동 벌판은 언제나 끝나나 / 열흘 내내 산 하나 보지 못했네 / 새벽별은 말머리 위에 떠 반짝이고 / 아침 해는 밭 사이에서 솟아오르네.'라고 쓰고 있다. '요동 벌판은 언제나 끝나나'에는 사실 지루한 감정도 묻어난다. 열흘 동안 산 하나도 없고 지평선만 보이는 벌판길을, 그것도 말을 타고 또는 걸어서 가자면 눈이 지칠 법도 했을 것이다.

『연산군일기』 5년(1499년) 7월 7일 기사에 보면 '군사에 쓰는 작은 유마를 김응문이 제작하여 올리다'는 제목의 기사가 있다. '목우유마'는 중국 삼국시대에 제갈량이 식량을 운반하기 위하여 말이나 소의 모양으로 만든 수레인데, 기계 장치를 만들어 움직이게 하였다는 것이다. 이 유마를 놓고 신하들이 의논하는 내용인데 신승선이 '지금 유마를 보옵건대, 옛날 제도와 합치하는 것 같으니, 교장으로 하여금 이 양식대로 조작하여 시험하게 하는 것이 온당합니다. 다만, 우리나라는 산천이 구불구불하여 중국의 평원광야의 땅과 같지 아니하므로 행용하지 못할 듯하옵니다.'라고 말한 대목이 나온다. 우리나라의 '구불구불한 산천'에 비해 중국의 땅을 '평원광야'로 표현한 것을 볼 수 있다. 신승선은 연산군의 장인으로 영의정을 지낸 인물인데, 사신으로 명나라를 두 차례나 다녀왔다. 여기에서 '평원광야'는 신승선의 사신 경험으로 미루어보면 요동벌을 가리킨 표현으로 보인다.

사실 우리에게는 평원광야는 없었다. 이육사의 「광야」도 배경 면에서는 드넓은 만주벌(판)에 빚진 것이다. '다시 천고의 뒤에 / 백마 타고 오는 초인이 있어 / 이 광야에서 목놓아 부르게 하리라' 할 만한 광야는 조선 땅에는 없었던 것이다. 위의 신승선의 말대로 우리는 수레를 사용하기 어려운 '구불구불한 산천'을 가졌을 뿐이다. '구불구불한 산천'은 상당히 정확한 지적이다. 산이 많으면 골이 많고, 내가 많을 수밖에 없다. 그리고 그 내는 산을 돌고 돌아 구불구불 흐를 수밖에 없다. 우리는 그 '구불구불한 산천'이 만들어낸 작은 평지나 분지 그리고 골짜기에 터전을 잡을 수밖에 없었다. 『대동여지도』 지명의 분석' 자료에 따르면 전체 자연계 지명 6,671개 가운데 산지 지명이 3,017개, 고개 지명이 1,326개, 하천 지명이 1,028개로 압도적이다. 평야 지명은 106개에 불과하다.

평야에 해당되는 지명에는 坪(평), 野(야), 伐(벌)·火(불) 등이 있다. 조선시대에는 평야라는 말은 쓰지 않았다. 평야는 고원, 분지, 만 등과 같이 현대에 와서 지리학 용어로서 쓰기 시작한 것 같다. 평야를 나타내는 말로는 '펑'이 압도적으로 많이 쓰이고, '야'나 '벌·불'이 더러 쓰였던 것을 알 수 있다. 이 중 '伐(벌)·火(불)'은 우리말 '벌·불'을 한자의 음으로 또는 훈의 음으로 표기한 것이다.

한자로 평촌(坪村)이라는 지명을 보면 곳에 따라서는 들말로 부르는 곳도 있고 벌말로 부르는 곳도 있다. 들말, 벌말 이름은 전국에 아주 많다. 그렇게 보면 평야를 가리키는 우리말로는 우선적으로 '들'이나 '벌'을 들 수 있겠다. 어원적으로 '벌'은 '사벌' '서라벌'의 '벌(伐)'에서 온 것으로 보는데, 이는 백제어 '비리·부리'와도 통하며 달리 '불(火)' 등으로도 표기되었다. '벌'은 평야의 뜻 외에 도읍이나 나라의 뜻으로도 쓰였던 것으로 보인다. 뜻의 범위가 간단치 않고 크다. 평양의 옛 이름은 부루나, 불노(부노), 벌나 등으로 추정하는데, 뜻은 평평한 땅, 벌판의 땅으로 본다.

'들'의 어원은 확실치는 않지만 대체로 '달'로 보는 것 같다. '–달(達)'은 현대어의 '양달' '응달' 등에까지 남아 있는 대표적인 고구려 지명어소이다. 대체로 높다, 크다, 넓다의 뜻을 가지면서 곳(장소), 터를 이르는 말로도 쓰였다. 한자 지명이 되면서 달(月, 達), 덜(切, 寺), 돌(突, 石) 등으로 변하기도 했다.

> 고맙게 잘 자란 보리밭아,
> 간밤 자정이 넘어 내리던 고은 비로
> 너는 삼단 같은 머리를 감았구나. 내 머리조차 가뿐하다.
>
> 혼자라도 가쁘게나 가자.
> 마른 논을 안고 도는 착한 도랑이
> 젖먹이 달래는 노래를 하고, 제 혼자 어깨춤만 추고 가네.

나비, 제비야, 깝치지 마라.

맨드라미, 들마꽃에도 인사를 해야지.

아주까리기름을 바른 이가 지심 매던 그 들이라 다 보고 싶다.

내 손에 호미를 쥐어 다오.

살진 젖가슴과 같은 부드러운 이 흙을

발목이 시도록 밟아도 보고, 좋은 땀조차 흘리고 싶다.

　　—이상화, 「빼앗긴 들에도 봄은 오는가」 5~8연, 『개벽』(1926. 6월호)

넓은 벌 동쪽 끝으로

옛이야기 지줄대는 실개천이 휘돌아 나가고,

얼룩백이 황소가

해설피 금빛 게으른 울음을 우는 곳,

──그 곳이 참하 꿈엔들 잊힐리야.

질화로에 재가 식어지면

뷔인 밭에 밤바람 소리 말을 달리고

엷은 졸음에 겨운 늙으신 아버지가

짚벼개를 돋아 고이시는 곳

──그 곳이 참하 꿈엔들 잊힐리야.

　　—정지용, 「향수」 1~2연, <조선지광>(1927. 3)

　1926년, 1927년 비슷한 시기에 발표된 두 시에서 '들'과 '벌'의 쓰임을
볼 수 있는데 '들'과 '벌'이 별 차이가 없는 것으로 보인다. 물론 이상화의
'들'은 '빼앗긴 들'로서 일제에 빼앗긴 국토의 의미를 내포하고 있고,
정지용의 '벌'은 상실한 고향으로서 그리움의 대상이 되고 있지만, 두

시가 그려내는 '들'의 모습은 비슷한 점이 있다. 우선은 그것의 규모가 그리 커 보이지 않는다는 것이고, 다른 하나는 사람들의 생활과 밀접해 보이는 말하자면 삶의 터전이라는 것이다. '착한 도랑이 젖먹이 달래는 노래를 하고'와 같은 표현이나 '옛이야기 지줄대는 실개천이 휘돌아 나가고' 같은 표현에서는 적당하거나 작으면서 정감이 가는 들을 떠올리게 된다. '큰 강물이 비로소 길을 여는' 이육사의 '광야'의 모습과는 거리가 있다. 그리고 두 들 모두 향토적인 색채가 짙으면서 삶의 터전으로서의 모습을 보인다는 것이다. '아주까리기름을 바른 이가 지심 매던 그 들'이라든지 '얼룩백이 황소가/해설피 금빛 게으른 울음을 우는 곳' 같은 표현이 그것이다. 이상화의 시에서는 대지의 모성성을 엿볼 수도 있는데 어쨌든 두 시 모두 광대하고 거친 광야의 모습과는 거리가 있다.

이 '들'의 옛말(중세 국어)은 '드르ㅎ'이다. 『훈몽자회』에는 '坪(드르 평)'으로 나온다. '드르'가 현대어 '들'로 바뀐 것인데 상대적으로 외진 지역에서는 옛 형태를 유지하고 있는 것을 볼 수 있다. 제주도나 강원도, 함경도나 평안북도 등에는 '들'을 가리키는 말로 '드르(뜨르)' '드루(뜨루)' '드리(뜨리)' '두루' 등이 남아 있는 것이다.

알뜨르는 제주특별자치도 서귀포시 대정읍 상모리·하모리에 있는 들판 이름이다. '알+뜨르'로 분석되는데 '알'은 제주도 말로 아래를 뜻하고 '뜨르'는 들을 뜻한다. 그러니까 알뜨르는 '아래(쪽) 들'이라는 뜻이다. 알뜨르에 대응하는 말로는 웃뜨르가 있는데 위쪽 들을 가리킨다. 위쪽은 제주도 지형으로 보아서는 바닷가 쪽이 아닌 한라산 쪽인데 웃뜨르는 흔히 제주도 중산간 지역을 통틀어 일컫는 말로 쓰인다. 제주도는 용천수가 나오는 해안가를 중심으로 발달했기 때문에 웃뜨르는 상대적으로 척박한 삶의 무대이기도 했다.

알뜨르가 위치한 하모리의 옛 이름은 모실개 또는 하모실개(알모실개)로 불리다가 하모슬리를 거쳐 19세기부터 하모리로 표기했다. 앞의 두 글자만 따면서 '슬'이 슬그머니 빠져버렸다. 상모리의 옛 이름은 상모실개(웃모실개)였고 상모슬리를 거쳐 상모리로 표기했다. 모실개의 원말은 모살개로 보이는데 모살은 모래의 제주도 말이다. 그러니까 모실개는 모래가 있는 포구(개) 정도의 뜻인데 지금의 모슬포이다. 그러니까 모실을 한자의 음을 빌어 표기한 것이 모슬(摹瑟)인 것이다. 모슬포는 현재는 항구의 이름으로만 남았는데 모슬포항이 그것이다. 우리나라 국토의 최남단 마라도로 건너갈 때 이 항구를 이용한다.

모슬포는 한국전쟁 중에 육군 제1훈련소(강병대)가 있던 곳으로도 유명한데, 일제강점기에는 오무라 병사(大村兵舍, 대촌병사)가 있던 곳이다. 오무라 병사는 알뜨르에 일본 해군항공대 비행장을 건설하면서 상모리 일대(속칭 절왓)에 대규모로 건설된 병영이다. 항공대원 2,500명이 주둔하다가 1945년 2월 미군이 일본 본토 공격 가능 예상지역으로 제주도를 설정하자 일본군 12,000명이 파견되면서 규모가 확대되었다. 해방 후 1946년에는 국방경비대 9연대가 막사로 사용하였고 1951년에는 육군 제1훈련소 본부로 사용하다가 현재는 해병부대가 주둔하고 있다고 한다.

알뜨르는 넓은 들이기 때문에 일제가 해군 비행장을 설치했던 곳이다. 현재는 '알뜨르 비행장'으로 불리고 있다. 일제는 1930년대 중반 모슬봉 아래 바다와 마주한 이 들판에 비행장을 완공하고 중국 대륙을 폭격하기 위한 중간기지로 활용했다. 그러니까 중일전쟁 때 일본 나가사키 오무라 해군항공기지에서 출격한 비행기들이 중국 난징을 폭격하고 귀환하는 도중에 알뜨르 비행장에서 연료를 보충하는 중간기지 역할을 한 것이다. 모슬포는 제주도에서도 서남단에 위치한 지역으로 중국 대륙과 가장 가까운 지역이다. 그러고는 얼마 지나지 않아 일제가 상해를 점령한 뒤 오무라항공대가 상해로 이전한 후에는 오무라항공대의 지원 및 훈련 시설로 이용되었다. 알뜨르 비행장은 2006년 등록문화재(근대문화유산) 제39호로 지정됐다.

태평양전쟁 말기에 이르러서 일제는 일본 본토 사수를 위한 대미 결전의 최후 보루로 제주를 지목하고, 섬 전체를 요새화하면서 알뜨르 비행장 외에 새로운 비행장들을 건설한다. 제주 시내 서쪽에 정뜨르 비행장(육군서비행장), 동쪽 조천읍에 진드르 비행장(육군동비행장), 그리고 교래리에 비밀 비행장이 그것이다. 모두 드르, 뜨르 지명이 붙은 넓은 들판에 건설됐다. 말하자면 일제에 '빼앗긴 들'의 대표적인 모습이었던 것이다. 정뜨르는 넓은 활터 즉 사정이 있던 곳이라 정뜨르로 불린 것으로 추정되며, 진드르는 긴 들판을 뜻하는 말이다. 정뜨르 비행장은 지금의 제주국제공항이며, 교래리 비행장은 지금 대한항공 소유의 정석 비행장으로 추정된다. 진드르 비행장은 일부는 일주도로에 편입되고 농경지로 변형되어 옛 흔적을 찾기 어렵다.

강원도 동해시 북평(동)의 우리말 이름은 뒷드루(뒷드르, 뒷드리)이다. 북평은 또한 장으로도 유명했는데, 북평장을 뒷드루장으로 불렀다. 뒷드루는 지금의 말로 하면 '뒤에 있는 들'이라는 뜻이 될 텐데 옛날 말로 하면 '북쪽에 있는 들'이라는 뜻이다. 그래서 북평으로 한자화되었다. 원래 북쪽을 우리말로 '뒤' 혹은 '높' 등으로 나타냈는데, 뒷개를 북포, 뒷샘골을 북천동으로 표기하고, 북풍을 높바람이라 부른 것이 그 예이다. 반면에 남쪽은 '앞' 혹은 '마'로 나타냈는데 남산을 앞산으로 부르고 남풍을 마파람이라 부른 것이 그 예이다. 서울 남산의 옛 이름에는 마뫼도 있다. 조선시대 한자 학습서인 『훈몽자회』(최세진, 1527)에는 南(남)을 '앒 남'으로, 北(북)을 '뒤 북'으로 풀이하고 있다.

예부터 우리들의 공간 지각은 남향 중심이었다. 집도 남향집이었고 묘터도 양지 녘이었다. 좌동우서라는 방위개념으로 공간을 지각하는 것도 남향 중심이다. 남쪽을 앞에 두고 보아야 왼쪽이 동쪽이 되고 오른쪽이 서쪽이 되는 것이다. 북쪽은 자연히 뒤가 되는 것이다. 조선시대는 모든 제도가 임금이 있는 한양을 중심으로 정해졌다. 각도의 행정 구역도 현재처럼 남북도로 나눈 것이 아니라 국왕을 기준으로 좌도와 우도로 나누었다. 왕은 남쪽을 바라보며 주석하였기 때문에 이 기준으로 좌동우서가 적용되었다. 예를 들어 경상좌도와 경상우도는 1407년(태종 7년) 군사 행정상의 편의를 위하여 경상도를 둘로 나눌 때 낙동강 동쪽을 경상좌도, 서쪽을 경상우도라 하였던 것이다. 좌우 개념은 존숭의 개념으로도 나타났는데 좌를 더 높이고 우를 낮추어 보기도 했다. 좌의정이 우의정보다 서열이 더 높았고, 문반을 왕의 왼쪽, 동쪽에 배치한 것이 그렇다.

동해시 북평은 조선 인조 때 전천(箭川, 살내)을 경계로 북쪽은 북평리, 남쪽은 박곡리로 정한 데서 비롯되었다. 전천은 태백산맥의 청옥산, 두타산 등에서 발원한 무릉계곡의 소하천과 신흥천이 합류하여 동해로 흘러드는 하천인데, 전천으로 동해시의 시가지가 남북으로 나뉜다. 원래 북평은 삼척부에 속했는데 삼척부의 북쪽 끝이기도 했다. 1945년 광복이 되면서 북평읍으로 승격하였다. 그러고는 1980년 삼척군 북평읍과 명주군(현 강릉시) 묵호읍을 합쳐 동해시를 신설하게 되는 것이다.

요동벌 같은 광야는 아니더라도 우리나라 들 이름 중에 그래도 가장 큰 것은 '징게맹갱 외에밋들'일 것이다. 징게는 김제, 맹갱은 만경을 가리키고, 외에밋들은 외배미들로 들판이 전체가 한 배미로 탁 트여 있다는 뜻이다. 배미는 논두렁으로 둘러싸인 논의 한 구역을 가리키는 말이다. 징게맹갱 외에밋들은 김제 만경의 너른 들을 가리키는 말로 곧 김만평야(김제 만경평야)이다. 이 들은 한반도에서 유일하게 지평선을 볼 수 있는 곳으로 우리나라의 최대 곡창지대이기도 하다. 그런 탓에 일제의 가장 중요한 수탈 지역이기도 했는데, 조정래의 대하소설 『아리랑』의 주요 무대이기도 했다. 아이러니컬하게도 이 지역을 수평선까지 넓힌 것은 일본인 농장주들이었다. 그들은 대규모 간척사업을 벌여 그 넓혀진 땅을 모두 독차지하였다. 해방이 된 후 1949년에 신설된 면 이름은 들판이 광활해서 광활면이라 했다. 지금 이 지역의 축제 이름은 지평선축제이며, '지평선'은 이 고장 농특산물의 브랜드이기도 하다.

특별시도 보통시도 아닌 기지시

도투마리·베틀재·틀모시

장자못 설화는 시주 받으러 온 중의 바랑에 쇠똥을 퍼담아 준 장자(부자)가 벌을 받아 집터가 못이 되었다는 내용의 이야기다. 여기에 흔히 장자의 악행을 부끄럽게 생각하여 몰래 쌀을 시주한 며느리가 구제받을 뻔했으나 중이 제시한 '뒤돌아보지 말라'는 금기를 어겨 바위가 되었다는 이야기가 덧붙어 있다. 이 장자못 설화 중 황해도 장연에 전하는 '용소와 며느리바위'(『한국구비문학대계』 1-1) 이야기에는 중이 며느리보고 '당신 집에 인제 조금 있다가 큰 재앙이 내릴 테니까, 집으루 들어가서 평소에 제일 귀중하게 생각하는 것 두세 가지만 가지구서 저 불타산을 향해서 빨리 도망질하라구.' 말하는 대목이 있다.

그때 며느리가 선택한 것은 무엇일까. 중의 말은 살림하는 여자에게 가장 중요한 것 세 가지가 무엇이냐 물은 격인데, 며느리는 '방 안에 뉘어서 재우든 아이를 들쳐업구, 또 명지를 짜던 그 명지 도토마리를 끊어서 이구 나오다가, 또 자기네 집에서 귀엽게 기르던 개를 불러 가지구

174

서 나와서는' 해서 '아이'와 '명주 도투마리'와 '개'를 선택한다. 이들은 단순한 듯하면서도 각각 어떤 상징성이 있어 보이는데, 미래의 삶을 담보할 수 있는 것이기도 하다. 아이는 본능적으로 선택하게 되는 피붙이이기도 하지만 대를 이을 수 있는 후손을 상징하기도 한다. 개는 고된 시집살이 속에서 유일하게 마음으로 의지하던 동물로서 애완의 의미도 있지만, 인간의 삶에 필요한 가축이라는 상징성이 있다. 또한 명주 도투마리는 의복의 의미로, 인간 생활에 꼭 필요한 '의식주' 중에 '의'에 해당하는 것이다. 명주 도투마리는 옛날 여인네들에게 가장 중요한 일이었던 길쌈을 의미하면서, 동시에 명주는 재물(돈)이라는 상징성이 있다.

도투마리는 베(무명, 명주, 삼베, 모시 등)를 짜기 위해 날실을 감아 놓은 틀을 가리킨다. 이 도투마리를 베틀 앞다리 너머의 채머리 위에 얹어 세로로 날실을 풀어낸다. 이때 씨실은 꾸리로 절어서 북(배 모양을 한 나무통) 속에 넣고 가로로 날실의 틈으로 왔다 갔다 하면서 옷감을 짠다. 대개 도투마리 가운데 부분에다 한 필 분량의 날실을 감아 베틀에 올려놓고 짰다고 한다. 도토마리는 옛말이고 현대어에서는 도투마리가 표준어이다.

도투마리는 呂(여) 자 모양을 한 소나무 널빤지이다. 물론 呂 자에서 양쪽의 사각형 모양은 똑같은 크기로 대칭을 이룬다. 길이는 약 1m 정도이고 양쪽 사각형의 폭은 30cm 정도이다. 우리 속담에 '도투마리 잘라 넉가래 만들기'라는 말이 있는데 아주 하기 쉬운 일을 뜻한다. 도투마리의 모양이 한쪽을 자르면 영락없는 넉가래 모양이 된다. 넉가래는 곡식이나 눈 따위를 한곳으로 밀어 모으는 데 쓰는 기구로 넓적한 나무 판에 긴 자루를 단 모양이다. 도투마리집은 전통 한옥집의 하나로 부엌을 중앙에 두고 좌·우측에 방이 달린 형태의 집을 말한다. 평면의 형상이 마치 베틀의 도투마리와 같이 생겼다 하여 붙여진 이름이다.

도투마리는 베틀의 부속품으로 우리 주변에서 쉽게 볼 수 있었던 생활 용구이면서 모양이 특징적인 탓에 지명에도 많이 써왔다. 거제 일운면 망치리 구조라는 도투마리처럼 마을 가운데가 잘록하게 들어갔다고 하여 도투마리동네라 한다. 가운데가 잘록하게 들어갔다는 설명이 도투마리의 특징과 부합한다. 안동 정상동의 도투말은 마을 지형이 동서는 높고 중앙이 낮아서 마치 베틀의 도투마리처럼 생겼다 하여 붙여진 이름이라고 한다. 역시 양쪽이 높고 중앙이 낮다는 지형이 도투마리의 특징에 부합한다. 하남시 새마을(성지촌)의 도투마리고개는 감일동과 서울 마천동 사이 산등성이로 도투마리같이 생겼다 하여 붙여진 이름이다. 고개 지형에도 흔히 가운데가 우묵하게 파인 모양이 많은데 이도 도투마리의 특성에 부합한다고 할 수 있다. 그 밖에도 도투마리골, 도투마리봉, 도투마리산, 도투마리암, 도투마리섬 등 도투마리 지명이 많이 있는데 대개는 베를 짤 때 쓰는 도투마리 형상이라서 그렇게 부르게 되었다고 설명하고 있다.

경북 구미시 해평면에 위치한 베틀산은 산은 그리 높지 않으나, 산세가 아기자기하고 암릉과 해식굴(큰상어굴, 작은 상어굴, 베틀굴)이 산재하고 있어 재미를 더해주는 산이다. 금산마을 입구에서 보면 정면에 베틀산(324m), 오른쪽으로 우베틀산(332m), 왼쪽으로 좌베틀산(370m)이 뾰족이 솟아 있다. 베틀산은 예전에 조계산으로 불리었다고 한다. 『구미시지』에는 문익점의 손자 문영이 경상북도 구미시 해평면에 자리 잡고 할아버지의 뜻을 받들어 베 짜는 기계 만들기에 고심하다 이 산의 모양을 본떠 베틀을 만들어서 베틀산이라는 이름을 얻었다고 기록하고 있다. 그 밖에도 민간에서는 어느 선비가 과거를 보러 한양으로 가는데 산 위에서 여인의 베 짜는 소리가 들려왔다거나, 임진왜란 때 많은 사람들이 베틀굴에 피난하여 베를 짰다는 전설 등이 전해진다.

그러나 문익점의 손자 문영이 조계산의 모양을 본떠 베틀을 만들어서 베틀산 이름을 얻었다는 이야기는 사실이 아닌 것으로 보인다. 『고려사』(열전 제24권) '문익점'에서는 목면의 종자를 얻어 돌아온 것은 문익점이지만 그것을 심어 번식시킨 것은 그의 장인 정천익이며, 취자차(목화씨를 빼내는 기구, 씨아)와 소사차(실 뽑는 기구, 물레)를 만든 것도 정천익이라고 기록하고 있다. 또한 『태조실록』(7년 6월 13일, 1398년)의 '문익점의 졸기'에는 중국의 중흥원이 정천익의 집에 머물며 실 뽑고 베 짜는 기술을 가르쳐주고 또 기구까지 만들어준 것으로 기록되어 있다. 단지 문영과 관련된 사실은 그가 문익점의 손자면서 이곳 선산부사를 역임했다는 것과 그의 묘소가 인근 월호리(어리게마을)에 있다는 것뿐이다.

최현이 쓴 『일선지』에는 조계산(베틀산) 석봉 중에서 가장 가파른 것이 월출봉인데 봉의 서쪽에 석굴이 있으나 돌벼랑이어서 줄을 매어 굴에 들어가야 하며 이 굴속에는 직포기(베틀)가 있었다고 전한다는 기록이 있다. 난(임진왜란)을 피해 산속으로 숨어든 여인들이 굴속에서 살면서 베를 짜 생계를 삼았다고도 하는데 모두 화를 면하지 못했다고 한다. 『일선지』는 1618년(광해군 10년)에 최현이 편찬한 경상도 선산군(지금의 구미시) 읍지이다. 이에 따르면 조계산 6봉 중에 가장 가파른 것이 월출봉이라 했는데, 월출봉은 지금의 좌베틀산을 이른 것으로 보인다. 이 좌베틀산이 조계산의 주봉으로 6봉 중에서 가장 높다.

〈구미문화대전〉에 따르면 이 좌베틀산은 갓대봉(깃대봉)이라고 했는데, 선녀가 베를 짠 곳(일명 베틀굴)이 있었다 하여 베틀산이라고도 한다고 되어 있다. 또한 서쪽은 암봉이 급애를 이룬다고 해서 『일선지』의 기록과 일치하는 것을 알 수 있다. 이로써 보면 베틀산은 원래는 월출봉 곧 지금의 좌베틀산을 이른 것이고, 그 근거는 베틀굴에 있음을 알 수 있다. 여인들이 이곳에 피난하여 베를 짰다는 전설이나 산 위에서(혹은 조계산 중턱 안에서) 여인의 베 짜는 소리가 들려왔다는 이야기까지 있고 보면 더욱 그렇다.

여기에서 중요하게 의문이 드는 것은 왜 석굴 이름에 베틀을 갖다 붙였느냐는 것이다. 석굴과 베틀은 전혀 어울리지도 않고 또 유사성이 쉽게 찾아지지 않는다. 그런데 왜 베틀굴이라고 부르게 되었을까. 굴속에 직포기(베틀)가 있었다든지 여인들이 굴속으로 피난해서 베를 짰다든지 하는 이야기는 베틀굴 이름에 근거해서 지어낸 것이지, 먼저 전설이 있고 거기에 근거해서 이름이 생겨난 것으로 보이지는 않는다. 그러면 왜 하필 굴 이름에 베틀 이름을 갖다 붙였을까. 이 의문에 대한 해답은 위의 『일선지』에서 말한 석굴의 위치에 있다. 최현은 『일선지』에서 '봉의 서쪽에 석굴이 있으나 돌벼랑이어서 줄을 매어 굴에 들어가야 하며'라고 해서 굴이 돌벼랑에 위치해 있다는 것을 밝히고 있다.

상주시 이안면 흑암리 베틀굴은 대가산 상봉 밑에 있는 굴로, 옛날 난리 때 이 굴에서 베틀을 놓고 베를 짰다고 하는 유래담을 똑같이 전하고 있다. 그런데 지명에 대한 해석은 다른데, 베틀굴을 '비탈굴(비탈진 굴)'로 보고 있다. '비탈+굴(窟)=비탈굴→비틀굴→베틀굴'로 변화된 것으로 본 것이다. 상주지역에서는 베 짜는 기구인 '베틀'을 '비틀'이라고 불렀다고 하면서, 이 '비틀'과 '비탈'이 발음이 비슷하여 '비탈진 굴'을 '베틀굴'이라 한다고 설명하고 있다.

비탈은 '빗(斜, 비낄 사)'과 '달(地, 땅 지)'이 합쳐 이루어진 '빗달'이 변한 말로 보통 보고 있다. '빗'은 비탈 또는 벼랑을 뜻하는 옛말로 비스듬 하다, 빗기다의 그 '빗'이고, 달은 땅이나 산을 뜻하는 옛말로 양달, 음달의 그 '달'이다. 빗달은 빗달>비딸>비탈로 변한 것이다. 이 '빗'은 중세어에서 '벼랑'을 뜻하는 '별(崴)'과 함께 여러 가지 이형태를 갖고 있다. 이 '빗'이나 '별'은 주로 비스듬히 기울었거나 비탈진 곳의 땅이름에 많이 사용됐다. 단양 영춘면의 베틀재에 '별티'라는 또 다른 이름이 있는데, '별티'는 '비탈진 고개' 혹은 '벼랑 같은 고개'라는 뜻이 된다. 전국적으로 베틀 지명은 주로 산이나 봉우리, 고개 그리고 바위나 굴의 이름으로 많이 쓰였다. 모두 비탈지거나 벼랑진 지형이 가능한 곳들이다.

구미 해평면 금산리의 베틀산은 기산(機山)으로 한자화되었는데, 『1872년 지방지도』(선산)에 처음 나온다. 창원 마산합포구 진북면에 위치한 베틀산은 한자로는 기산이라고 했다. 『조선지지자료』(1911년))에 기산으로 나오며 한글로 '베틸산'을 병기하였다. 베틀산의 베틀을 한자로 표기할 때는 흔히 기(機) 자를 썼다. 기 자는 보통 '베틀 기'로 훈을 새기지만, '틀'이나 '기계'의 뜻도 있다. 포천시 일동면 기산리는 지형이 베틀처럼 생겼다고 하여 기산이라 했다 하는데 우리말 이름은 틀미이다.

지명에서 기(機) 자는 베틀이 아니라 그냥 '틀'의 뜻으로 쓰인 경우가 많다. '틀못'을 '기지(機池, 틀 기, 못 지)'로 표기한 경우가 그런 한 예이다. 포천시 신북면 기지리는 산 모양이 베틀처럼 생기고 그 밑에 못이 있어서 틀못, 틀모시, 틀무시라 부르고 이를 한자로 기지라 하였다고 한다. 산 모양이 베틀처럼 생겼다는 설명은 잘못된 것으로 보이는데 어쨌든 틀못을 기지로 표기한 것은 분명하다. 기지 지명은 전국적으로 많이 있는데 대개 우리말로는 틀못(틀모시, 틀무시)으로 불렸던 것 같다.

당진시 송악읍의 소재지인 기지시리(機池市里)는 이름이 특이한데 기지리에 '시' 자가 더 들어간 형태다. 이 시 자 때문에 시청이 있는 시로 오해하기도 하지만, 시 자가 덧붙어서 네 글자의 상당히 특이한 이름이 된 것이다. 여기에서의 '시'는 도시의 '시'나 시장을 뜻하는 '시'가 아니라 그냥 음을 표기하면서 덧붙은 것으로 보인다. 이 이름은 조선 후기 실학자인 서유구의 『임원경제지』에 '기지시장(機池市場)'으로 처음 보인다. 그리고 『1872년 지방지도』(면천군)에도 보이는데 '기지시장'으로 표기되어 있다. 『조선지지자료』(1911년)에는 시장명으로 '기지시'가 나오는데, 우리말(언문)로는 '틀모시장'으로 병기하고, 승선면 기지리에 있는 것으로 밝히고 있다.

전통적으로 우리는 시장을 장 또는 장시로 많이 불렀다. 송파장, 김천장, 안동장 하는 식으로 지명에 '장' 자를 붙인 것이다. 그렇게 보면 기지시장이나 틀모시장은 '기지시+장', '틀모시+장'으로 분석할 수 있다. 이를 통해 '기지시'는 '틀모시'를 그대로 한자 표기한 것을 알 수 있다. '틀모시'는 '틀못'에 어조사 '이'가 붙어 된 말(틀못+이)로 이것이 연음되면서 '틀모시'가 된 것이다. 그러니까 '기지시'의 '시'는 '틀모시'의 '시'음을 살려 '市(시)'로 표기한 것뿐이다. 기지시는 줄다리기가 아주 유명한데, 이 기지시줄다리기를 틀모시줄난장이라고 불렀다고 한다. 동원 인원이 아주 많고 특히 줄의 크기가 어마어마한 것으로 유명하다. 암줄, 수줄 모두 길이는 200m 정도 되고, 직경은 1m, 둘레는 1.8m에 달한다.

이 틀모시(기지시) 지명도 '틀'을 '기(機)' 자로 쓴 탓인지, 유래담도 흔히 '베틀' 혹은 '길쌈'이야기가 빠지지 않는다. 그러나 '틀못'은 '베틀'과는 아무 관련이 없고, '물건의 테두리나 얼개가 되는 물건'을 뜻하는 '틀'과 관련이 깊다. 문틀, 창틀, 수틀 할 때의 '틀'이다. '틀못'은 '틀+못'으로 분석할 수 있는데, '틀(좁은 둑)로 둘러싸인 저수지'로 설명하기도 하고 '틀에 물을 공급하는 저수지'로 설명하기도 한다. 논두렁이나 밭두렁을 따라 난 꼬불꼬불한 좁은 길을 '논틀밭틀'이라고 말하는데, 이때의 '틀'은 좁은 길(둑)을 나타낸다는 것이다. 또한 '틀'이 들, 뜰과 같은 의미로 논과 밭을 나타낸다고 보기도 한다.

그러나 '틀못'은 단순히 '좁은 둑(틀)으로 둘러싸인 저수지(못)'나 '논(틀)에 물을 공급하는 저수지'의 의미보다는 더 적극적인 인공적 조형의 의미가 있어 보인다. 서산시 해미면 기지리의 지명유래를 보면 '고로들의 증언에 의하면 기지리 1리 너머말에 있었던 논에 두레 열 개로 퍼도 마르지 않게 물이 잘 나서 백 마지기 이상의 논에 안전 관개할 수 있었던 이름난 샘이 있었다고 한다. 이 샘의 둘레에 무너져 내리지 않게 하기 위해서 나무로 빈지를 쌓았던 연유로 이 샘 이름을 기지(機池)라 하였고 마을 이름도 이에서 유래되었다고 마을에서는 주장한다'고 하여 이런 생각을 뒷받침해 준다. '샘의 둘레에 무너져 내리지 않게 하기 위해서

나무로 빈지를 쌓았다'는 진술이 '틀'의 뜻에 부합하는 것이다. 빈지는 널빈지와 같은 말로 한 짝씩 끼웠다 떼었다 할 수 있게 만든 문을 뜻한다. 나이 든 사람들은 옛날에 가게 문을 옆으로 한 짝씩 한 짝씩 여러 짝을 끼워 닫던 문을 기억할 것이다. 기지의 빈지는 위에서 아래로 끼워 넣었을 텐데 어쨌든 인공적인 설치로 벽을 만든 것으로 보인다. 빈지의 어원은 판자로 본다. 이곳 해미의 '기지' 지명은 당진의 '기지시'보다 오래된 것으로 『여지도서』와 『호구총수』(1789년)에 기지리가 나오고, 『조선지지자료』에는 기지리와 함께 틀모시가 병기되어 나온다.

파주시 야당동은 들 가운데 못이 있어서 야당(野塘, 들 야, 못 당)이라 했다고 하는데, 이는 한자화된 지명을 해석한 것에 불과하다. 야당은 '틀못'을 '들못'으로 이해하고, 한자 들 야 자와 못 당 자로 쓴 것으로 보인다. 이 '야당'에도 우리말 이름 '틀모시'가 전하는데 유래담이 '틀못'의 원래의 뜻에 부합한다. '옛날 이곳에 큰 부자가 살아 정원 앞에 사방집 모양의 나무 밑창으로 섶을 댄 연못을 만들었다고 한다.'는 유래담은 이 못이 인공적인 설치물로 만들어졌음을 보여주고 있다. 이런 예로 보면 '틀못'은 흙이 무너져 내리지 않도록 나무판자 같은 것으로 벽을 세우거나 덧댄 못을 가리키는 것으로 볼 수 있다. 인공적으로 '틀'을 만들어 조성한 연못인 것이다.

대홍수의 오랜 기억 여항산

고리봉·배맨바위·배넘이산

달래고개전설은 한국설화로서는 드물게 근친상간 모티프를 가지고
있는 광포전설의 하나이다. 또한 달래고개, 달래내, 달래강, 달래
산 등 많은 '달래' 지명의 유래담으로 전하는 지명 전설이기도 하다.
소나기를 맞아 물에 젖은 누이의 나신을 보고 '부자지'가 일어선 오라비가
자신의 그것을 돌로 짓찧어 죽는다는 이야기. 그걸 보고 누이동생은
'달래나 보지' 울부짖으며 따라 죽었다는 이야기. 남매는 본능적인 욕구와
근친상간이라는 윤리적 금기 사이에서 자살이라는 극단적인 선택을 한다.
이 달래고개전설은 어느 한 시대에 돌출한 이야기가 아니라 깊은 뿌리를
갖고 있는데, 그 원형으로 보이는 것은 남매혼 신화이다. 1923년 민속학자
손진태가 함경도 함흥에서 채록한 다음 이야기는 달래고개전설과 이야기
구조는 같지만 이야기 전개나 결말은 사뭇 다르다.

옛날 이 세상에는 큰물(홍수)이 져 세계가 모두 바다로 변하고 한 사람의

생존자도 없게 되었다. 그때에 어떤 남매만 겨우 살아 백두산같이 높은 산의 상상에 표착했다. 물이 다 빠진 후에 남매는 세상에 나와 보았으나 어디에도 인적이 없었다. 만일 그대로 있다가는 사람의 씨가 끊어질 수밖에 없었지만 그렇다고 남매가 결혼할 수도 없었다. 남매는 생각하다 못해 각각 마주 서 있는 두 산봉우리에 올라가 계집아이는 암망(구멍 뚫린 쪽의 맷돌)을 굴려 내리고 사내는 수망을 굴려 내렸다. 그리고 그들은 각각 하늘에 기도를 했다. 암망과 수망은 이상하게도 산 끝 밑에서 마치 사람이 일부러 포개놓은 것같이 합했다. 남매는 여기서 하늘의 뜻을 짐작하고 결혼하기로 서로 결심했다. 사람의 씨는 이 남매의 결혼으로 인하여 계속하게 되었다. 지금 많은 인류의 조선(조상)은 실로 옛날의 그 두 남매라고 한다.

달래고개전설에서 소나기 혹은 강물의 범람이라는 위기는 '남매혼 신화'에서는 천지개벽이라는 대홍수로 나타난다. 또한 달래고개전설은 두 사람의 자살이라는 비극적 결말이지만 남매혼 신화는 세상에 남매 단 둘만 남게 된 위기 상황에서 하늘의 뜻을 물어 결혼을 하고 더구나 그들이 우리 인류의 조상이 되었다는 신성한 결말을 보여주고 있다. 그렇게 보면 남매혼 신화는 선악 시비 이전의 자연시대의 이야기이고 달래고개전설은 근친상간 금지라는 윤리 규범이 생긴 이후 문화시대의 이야기인지 모른다. 이 남매혼 신화(넓게는 홍수신화에 넣기도 함)는 우리나라를 비롯한 동아시아 여러 민족 사이에 널리 퍼져 있는 이야기이기도 하다. 대표적으로는 중국의 여와(여신)와 복희(남신) 두 남매에 의해 인류가 창조됐다는 신화를 꼽을 수 있다. 중국의 남매혼 신화에서는 대홍수의 원인이 신들의 갈등 관계로 자세하게 이야기되지만 기본적인 골격은 같다. 단지 남매가 하늘의 뜻을 묻는 방법이 다른데 중국은 남매가 각각 연기를 피워 올려 하늘에서 합쳐지는가를 보았다. 손진태의 분석에 의하면 한국의 남매혼 신화는 중국의 남매창세신화에서 직접적으로 영향을 받은 것으로 본다.

이러한 남매혼 신화는 홍수라는 커다란 재앙으로 세계가 멸망하고 그 혼돈 속에서 인류가 재창조되는 과정을 이야기하고 있는데, 넓게 보면 인류창조신화에 속한다고 할 수 있다. 이러한 인류의 재창조신화는 전 세계에 분포해 있는데 가장 널리 알려져 있는 것은 성경에 나오는 노아의 방주(Noah's Ark) 이야기일 것이다. 성경을 보면 하나님이 타락한 인간들을 벌주기 위해 홍수로 모두 물에 빠져 죽게 했으나, 착한 노아 가족에게만은 미리 알려줘 방주를 만들어 살아남게 한다. 어쨌든 세계와 인류의 창조는 한번으로 완결되지 않았다. 이때 재창조를 위한 파괴 곧 커다란 재앙으로 제시되는 것이 대홍수인 것은 공통적이다.

우리나라의 홍수 설화 중 대표적인 것으로는 고리봉전설이 있다. 고리봉전설은 아득한 옛날 천지가 개벽할 때 온 세상이 다 물에 잠겼는데, 높은 산인 고리봉의 꼭대기만 물에 잠기지 않아 배에 탄 사람이 고리를 달아 배를 매고 살아남았다는 전설이다. 남원의 고리봉(1,304m)은 운봉읍과 산내면, 주천면이 접하는 곳에 높이 솟은 산인데 그 아래 운봉읍 주촌리에는 배말(배멀, 배몰, 배촌)이라는 마을도 있다. 배말 곧 배마을을 한자로 표기한 것이 주촌(舟村)이다. 옛날 운봉이 큰 호수로 있을 때 고리봉에 배를 매고 고기잡이하고 살았다 해서 배말, 뱃몰이라 부르게 되었다 한다. 또한 지형이 바다에 떠있는 배의 형국이기 때문에 배 주(舟)자를 넣어 주촌이 되었다고도 한다. 배너미재는 운봉이 호수일 때 배가 넘나들었다고 이야기하는 고개이다. 그러니까 고리봉, 배마을(주촌리), 배너미재가 모두 대홍수 때 배와 관계된 지명이다.

지리산 서북능선에 있는 고리봉은 큰 고리봉과 작은 고리봉이 있다. 큰 고리봉(1,304m)은 운봉읍과 산내면, 주천면과의 경계에 있으며, 작은 고리봉(1,248m)은 전남 구례 산동면에 속해 있다. 작은 고리봉에도 옛날 산봉우리에 박혀 있는 고리에 배를 매었다고 전해온다. 남원 금지면과 대강면 경계에 있는 또 다른 고리봉(708m)은 진안 팔공산에서 서쪽으로 갈래진 산줄기가 마령치에 이르러 남진하다가 섬진강에서 꼬리를 감추기 직전 치솟은 산이다. 남원 금지벌(평야)에서 바라보면 거대한 장벽처럼 느껴질 정도로 절벽단애로 이루어져 있고, 피라미드 형상으로 우뚝 솟구친 고리봉 정상은 지리산 100리 주능선을 한눈에 바라볼 수 있는 조망대 역할을 해주고 있다. 골산의 전형을 보여주는 고리봉은『한국지명총람』에는 천지개벽 때 봉우리에 박혀 있는 고리에 배를 매었다는 이야기를 수록하고 있다.

고리봉의 한자 지명은 환봉산으로 고리 환(環) 자를 쓰고 있다. 대강면 사석리에서 전해 내려오는 지명담에는 옛날 고리봉 주변에 큰 홍수가 나서 대강면 일대가 모두 물속에 잠겼다 한다. 그래서 고리봉과 광동리(현 생암리)에 고리를 달고 배를 매서 왕래를 했다고 하는데, 광동리에는 그때 고리를 맨 흔적이 남아 있는 바위가 있지만 고리봉에는 흔적을 찾을 수 없다고 한다. 홍수가 나서 바위에 고리를 매고 배를 타고 왕래했다는 것이 특이하다.

충북 옥천군 군북면 환평리 소재 고리산(古利山, 580m)은 고리 환(環) 자를 써서 지도에는 환산으로 표기되어 있으나 주민들은 고리산으로 부르고 있다. 고리산은 배를 붙들어 맬 고리가 있는 산이라 하여 불리던 것인데 후일 대청호가 조성되어 그 설을 뒷받침하고 있다고 한다. 고리산의 또 다른 이름은 옛날 대홍수로 모두 물에 잠겼을 때 이 산봉우리가 고무신 크기만큼만 남아 있었다 하여 고무신산이라고도 한다고 한다. 환산은 오래된 지명으로 조선시대 초기부터 문헌에 기록된 산이다. 『세종실록』지리지나『신증동국여지승람』에 산천과 봉수조에 환산을 기록하고 있다. 일제강점기『조선지지자료』에는 환평산(環坪山)[언문: 골이산]으로 기록되어 있고, 『한국지명총람』에는 이칭으로 고니산(古尼山)과 함께 환산 중턱 바위에 '고리' 자국이 있는데 옛날에 이곳이 바다가 되어서 배를 매었다는 전설을 소개하고 있다.

이런 고리봉은 말하자면 『구약성경』 창세기에 나오는 노아의 홍수(Noah Flood)설화에서 노아 가족이 탄 배가 머무른 아라라트산으로 볼 수 있을 것이다. 그러나 고리봉전설은 대부분의 우리나라 홍수전설처럼 홍수의 원인이 없으며 상황 설정도 아주 간략하고 구체적이지 않다. 또한 후일담도 없는 것이 공통적이다. 그러니까 고리봉전설은 실제 그곳에 대홍수가 있어서 만들어진 이야기가 아니라, 특정 지명에 대해 후대에 유래담으로 지어 붙인 이야기로 보인다는 것이다. 산 이름 유래담에 '홍수 때 산정이 ○○만큼 남아서 산 이름이 ○○산이 되었다'라는 식의 이야기도 마찬가지이다. 되만큼 남아서 승봉산(升峰山)이 되고, 말만큼 남아서 두봉산(斗峰山)이 되고, 닭 한 마리가 서 있을 만큼의 땅만이 물에 잠기지 않아서 닭지봉이 되고, 쌀을 이는 조리만큼 남게 되어 조리봉이 되었다고 한다. 옛날 천지개벽할 때 매가 앉을 만큼 남아 매봉이 되고, 오소리가 앉을 만큼 남아 오소리봉이 되고, 갈매기가 앉을 만큼 남은 봉우리라 갈미봉이 되었다는 식이다. 아무런 필연적인 관계를 찾기 어렵고, 단지 '대홍수'의 기억만 상기시키는 정도이다.

고리봉(산) 지명의 실체는 아무래도 전설보다는 '고리'라는 말 자체에서 찾을 수 있을 것 같다. '고리'는 문고리같이 쇠나 끈으로 동그랗게 만든 물건을 이르는 말이다. 한자로는 환(環) 자로 표기되는데 이 환에는 '고리'라는 뜻 말고도 '둘러싼다'는 뜻도 있다. 그러니까 '고리' 지명은 흔히 지형이나 지세가 고리같이 둥글거나 산으로 둘러싸인 곳에 붙인 이름이다. 순천 주암면의 고산은 산줄기가 고리처럼 에워싼다 하여 고리매, 환곡으로 불리다 1914년에 고산으로 개칭되었다 한다. 익산의 동산동은 구리 동(銅) 자를 쓰고 있지만 이곳에 있는 봉술뫼의 형국이 둥그런 반원 모양으로 되어 있어 고리뫼라 불린 데서 유래했다고 한다. 고리뫼의

'고리'가 음변해 '구리'가 되었으며 이에 따라 한자화하는 과정에서 동산(銅山)으로 바뀐 것이다. 대전 괴곡동의 고리골도 마을의 지형이 고리같이 둥그렇게 둘러싼 것 같다 하여 생긴 이름으로 전하고 있고, 부천 고강동의 고리울도 한울타리 내에 있는 마을로 해석하고 있다. 고리봉은 무엇을 붙들어 매기 위해 있는 고리가 아니라, 생김새(지형)가 둥근 고리 같아서 이름이 붙여진 것이다.

고리봉 외에도 대홍수 때 바위나 봉우리에 직접 배를 매었다는 지명이 많이 있다. 고창 선운산의 배맨바위는 멀리서 바라보면 거대한 바위가 밧줄을 둘러매기에 알맞은 모양을 하고 있다. 영동 민주지산의 배걸이봉 또한 대홍수 때 배를 걸었다 해서 배걸이봉이라 부르게 되었다고 전한다. 배거리산은 영월 북면에도 있다. 인제 방태산의 '배달은석'(1,416m)은 '배를 매달은 석(돌)'이라는 뜻인데, 옛날 대홍수 시절에 이 산의 바위에 배를 매달아 놓았었다는 전설이 있다고 한다. 선암사가 있는 조계산의 장군봉에 있는 배바위는 배맨바위라고도 하는데 이 바위에 배를 맸다는 전설이 있다. 이 배바위는 한자에 따라 유래를 달리 하는데 배 선(船)자 선암으로 쓸 경우에는 이 바위에 배를 매서 살아났다는 이야기이지만, 옛날에 신선들이 이 바위에서 바둑을 두었다는 전설을 이야기할 경우에는 신선 선(仙) 자 선암으로 쓴다는 것이다. 어쨌든 이 선암에서 선암사(仙巖寺)가 유래했다는 이야기가 있다. 대개 배를 매었다거나 걸었다는 이름은 바위나 산의 형상이 밧줄을 묶어 매기에 적당해 보이는 데서 유래한 것으로 보인다. 거기에 대홍수의 기억이 덧붙여진 것으로 생각할 수 있다.

또한 대홍수 때 배가 어디로 넘어갔다는 지명도 많이 있다. 주로 고개(재)에 많이 붙여진 이름인데 흔히 '배너미(배넘이)'로 표현된다. 괴산 감물면 구월리 주월마을은 '배너미'라고 부른다. 옛날 대홍수 때 배가 마을을 넘어갔다 해서 '배너미'라 부르게 됐다고 하는데 한자로는 주월(舟

越, 배 주, 넘을 월)이다. 또한 마을에 있는 산 이름은 주월산이고, 산을 넘어가는 고개는 배너미고개로 불렸는데 한자로는 주월령이라 했다고 한다. 또한 '배너미'는 풍수지리적으로도 풀이하는데 마을의 지형이 배의 형국이고 마을의 느티나무를 배의 돛대로 알았다고 한다. 전남 보성 겸백면 주월산은 옛날 득량면 앞 바닷물이 홍수로 밀려와 배가 이 산을 넘어갔다고 구전한다. 우리말 이름은 따로 전하지 않는다. 주월산 지명은 『신증동국여지승람』에도 '보성군의 동쪽 17리에 있다'라고 나오는데, 꽤 일찍부터 한자화된 이름으로 보인다.

경북 군위에는 옛날에 비가 많이 내려 천지개벽이 났을 때 배가 넘어왔다고 해서 배넘이산이라 부르는 산이 있는데, 산꼭대기에 쌍봉이 마주보고 있는 사이로 배가 넘어와 이곳에 배를 매었다는 전설이 내려오고 있다. 『신증동국여지승람』 의성현 산천조에 선암산(船巖山)이 현 남쪽 50리인 의흥현 경계에 있다고 하여 오래전부터 배바위 지명이 있었던 것을 알 수 있다. 경남 함안 칠원읍에도 배넘이고개가 있다. 천지개벽 당시 온 천지가 물에 잠겼을 때 작대산(청룡산)은 작대기만큼 남았다고 하여 작대산이 되었고, 무릉산은 물레 정도가 남아 물레산이라고 했다가 무릉산으로 고쳐 불렀다는 것이다. 그리고 작대산과 무릉산 사이에 고개가 있어 천지개벽 때 배가 넘나들었다고 해서 배넘이고개라고 불렀다 한다.

전국적으로 '배너미' 지명은 아주 많다. 배내미, 배나들이, 배넘기, 배냉개, 배너리 등 이형태도 많다. 상황 설정은 조금씩 다르지만 대부분 산이나 고개로 배가 넘어 다녔다는 내용이다. '배너미' 이름이 이렇게 많고 보면 사실성을 의심할 수밖에 없는데, '배'가 '물'과 관계되는 것이 아니라 '산과 관계되는 것이 아니냐'는 것이다. 실제 상주 공성면 신곡리의 배너미고개는 '배'를 산의 옛말인 '받(받)'에서 온 말로 보고, '배 너미'를 '산 너머' '산 넘어'로 해석하고 있다. 연구자들도 '받'은 원래 '머리'를 뜻하는데, 머리는 꼭대기이므로 '받'에서 산이라는 뜻도 파생된 것으로 보고 있다. 음은 받>박>배로 변화된 것으로 보이는데, 박>배는 '박달'이 '배달'로 변화된 것과 같다. 이렇게 보면 '배너미고개'는 '산 너머 고개' 혹은 '산을 넘어가는 고개'의 뜻이 된다.

함안의 진산인 여항산(艅航山, 770m)은 한자 이름이 특이하다. 『신증동국여지승람』에 '여항산(餘航山)은 군 서남쪽 15리 지점에 있으며 진산이다'라고 나온다. 지금의 여항산 한자와 비교해서 '여' 자가 다른 것을 볼 수 있다. 지금은 배 이름 여(艅) 자를 쓰는데, 옛날에는 남을 여(餘)자를 썼던 것이다. 이에 대해서는 『함주지』(1587년, 함주는 함안의 옛 이름)에 '여항산의 '여(餘)'자는 방언에 '월(越)'이라 한다'라는 기록이 있다. 그러니까 남을 여(餘)자를 민간에서는 넘을 월(越) 자 곧 '넘을'로 불렀다는 말이다. 거꾸로 짚어 보면 민간에서 '넘을'로 말하는 것을 한자로는 '남을 (餘)'로 썼다는 것이다. 일종의 훈음차표기다. 항(航) 자도 배 또는 배로 건너다는 뜻을 가지니까, 여항산은 '배넘을' 산이 된다. 지금도 이 여항산을 우리말로는 배넘기산이라고도 한다.

여항산(艅航山)이라는 지명은 1588년(선조 16년) 함주 도호부로 부임한 정구(1543~1620)가 여항산의 지형이 풍수 지리적으로 반역의 기가 있으므로 남쪽을 '낮아서 배가 넘어갈 수 있다'는 뜻으로 배 여(艅), 배 항(航)자를 써서 '여항산'이라 이름 붙였다고 전해지고 있다. 이 말은 정구가 처음 작명한 것이 아니라 남을 여 자 여항산을 배 여 자 여항산으로 한자를 바꾼 것으로 이해해야 할 것이다. 이 산에도 천지개벽할 때의 이야기가 전하는데, 물이 산꼭대기까지 차올라 정상에 각(곽) 하나를 놓을 자리만큼만 남았다는 데서 각데미산(곽데미산)이라 부르기도 한다는 것이다.

각호산은 아가리째진산

쌀개봉·볼씨·장수궁디바우

쌀개라는 개가 있다. 아니 있었다. 우리나라 토종개의 하나로 보기도
하는데 지금은 멸종되고 없다고 한다. 그러나 말의 뜻으로 보면
지금도 있다. 개의 종이라기보다는 일반명사처럼 쓰이고 있다. 『표준국어
대사전』에는 쌀개가 '털이 짧고 보드라우며 윤기가 흐르는 개'라고 되어
있다. 적어도 이 뜻대로라면 쌀개는 지금도 있다. 진돗개도 이 뜻에
부합한다고 볼 수 있다. 이에 비해 삽살개는 털이 복슬복슬 많이 나
있는 개이다. 최세진의 『훈몽자회』에서는 개 견(犬) 자를 '가히 견'으로
풀고, 민간에서는 '삽살가히'로 부르는데 락사구(絡絲狗, 이을 락, 실 사,
개 구)를 이른다고 설명하고 있다. '가히'는 개의 옛말이다. 삽살개를
'락사구'라고 했는데 '락' 자는 잇다, 두르다, 둘러싸다 등의 뜻이 있다.
그러니까 락사구는 실을 두른 듯이 긴 털이 많이 나 있는 개를 뜻한다.
쌀개와 삽살개(발음은 삽쌀개)가 어원적으로 어떤 관련이 있는지는 모르
겠지만 쌀개는 털이 짧은 개, 삽살개는 털이 긴 개를 대비적으로 이르고

있다.

『물명고』(1820년대)에서 유희는 모두 9종의 우리 개를 소개하고 있는데 이 중 우리말 이름의 개는 삽살개, 더펄개, 바독개, 발발이 등이 한글로 표기되어 있다. 쌀개는 이름이 없다. 모두 일제강점기를 거치면서 멸종된 개들이다. 『물명고』 당시에는 생물의 종개념이 없던 때라 위의 개 이름들을 특정의 종으로 볼 수는 없을지 몰라도 일정한 부류를 가리키고 있는 것만은 분명해 보인다. 그러던 것이 지금은 모두 멸종되고 이름만이 일반명사화되어 전하고 있다. 이 이름들은 개의 겉모습이나 행동의 특징을 단적으로 표명해서 인상적이다. 더펄개(사자구)는 긴 털이 더펄거려서 더펄개, 바독개(바둑이)는 얼룩덜룩 바둑무늬가 있어서 바독개, 발발이(발바리)는 작은 몸에 짧은 다리로 발발거리며 돌아다녀서 발발이인 것이다. 발발이를 한자로는 방구(房狗)라 썼는데, 방에서 키우는 개라는 뜻이다. 방구는 개 중 가장 작은 것으로 속칭 발발이라고 불렀다 한다.

쌀개는 지명에도 많이 쓰였는데 이때의 쌀개는 그 뜻이 다르다. 사전에 쌀개는 '털이 짧은 개'와 함께 '디딜방아, 물레방아 따위의 허리에 가로 맞추어서 방아를 걸 수 있게 만든 나무막대기'로 나와 있다. 이 중 지명에서의 쌀개는 방아와 관계된 이름이다. 쌀개는 산봉우리나 바위 이름에 많이 쓰였는데, 대개 V자 지형에 붙여졌다. 대전시와 공주시, 논산시, 계룡시에 걸쳐 있는 계룡산은 주봉인 천황봉(845m)과 관음봉, 연천봉, 삼불봉 등 모두 20여 개의 봉우리로 이루어져 있다. 이 중 쌀개봉(828m)은 천황봉 다음으로 높은데 디딜방아의 받침대, 즉 쌀개를 닮았다 해서 이름이 붙여졌다고 한다. 알고 보면 쌀이나 개와는 아무 상관이 없는데 처음 들을 때는 쌀이나 개 같은 친숙한 말이 들어 있어서 매우 호감이 가는 이름으로 꼽히기도 한다. 계룡산 쌀개봉은 방아와 관계있는 지명으로, 봉우리가 V자형으로 생긴 데서 유래되었다.

방아는 통방아(물방아), 물레방아, 연자방아 등도 있지만 우리나라

방아 가운데 가장 흔한 것은 디딜방아이다. 지방에 따라 '디딜방아(방애)' '딸각방아' '발방아' '손방아' 등으로 불리는 디딜방아는 이름 그대로 발로 방아다리를 밟아서 방아를 찧는다. 디딜방아에는 한 사람이 디디는 외다리방아와 두 사람(혹은 네 사람)이 디디는 양다리방아가 있다. 중국을 비롯해서 다른 나라는 모두 외다리방아인데 우리나라만 양다리방아가 있다고 한다. 우리도 중국에서 디딜방아가 들어온 초기에는 외다리방아를 썼다. 이에 관한 가장 오랜 증거는 황해도 안악에서 발견된 고구려 무덤의 벽화(347년)인데, 이 그림의 방아가 외다리방아이다. 방앗간에서 한 사람은 외다리방아를 찧고 다른 한 사람은 찧은 곡식을 고르기 위하여 키에 담아 까부르고 있다. 그것이 언제부터 양다리방아로 바뀌었는지는 알 수 없지만 양다리방아는 우리의 독특한 발명품인 셈이다.

　우리 조상들은 방아를 흔히 사람의 몸체로 인식했는데 방아의 각 부분을 방아머리 방아허리 방아다리 방아가랑이라고 부른 것이 그것이다.

사람의 행동을 놓고 코방아 입방아 엉덩방아라고 부르는 것도 같은 맥락이라고 한다. 양다리방아는 줄기가 Y자 모양으로 뻗은 큰 나무로 만든다. 방아머리에는 박달나무나 쇠뭉치로 공이를 끼우고 밑바닥에는 돌확을 묻는다. 양쪽으로 갈라진 방아다리는 두 사람이 발로 디디는데 위쪽 천장에는 새끼줄을 늘어놓아 그것을 잡고 방아를 밟도록 했다. 앞쪽에 나무를 가로로 놓아 손잡이처럼 잡고 하도록 된 것도 있다. 방아허리 즉 갈라진 두 줄기가 만나는 바로 윗부분에는 구멍을 파고 굵은 나무를 가로질러 지렛대 역할을 하도록 했는데 이것이 쌀개이다. 이것을 기둥처럼 양쪽에 박혀 있는 볼씨에 얹어서 시소처럼 지렛대 역할을 하게 한 것이다.

볼씨는 나무나 돌로 방아허리 양쪽에 기둥처럼 단단히 박아놓은 것으로, 윗부분을 V자로 홈같이 파서 쌀개를 얹기 좋도록 만든 것이다. 그러니까 방아의 몸체에 구멍을 파서 쌀개를 꿰고 이를 좌우에 세운 볼씨에 얹어 방아머리와 방아다리가 시소를 하게 만든 것이다. 서울 아차산 3보루에서는 고구려시대의 돌로 만든 볼씨(한 쌍)가 방아확과 함께 발굴되어 화제가 되었었는데 우묵하게 파인 모양은 쌀개를 걸치기 좋게 생겼다.

바로 여기에서 의문이 하나 생긴다. 쌀개봉은 대개 두 개의 산봉우리 혹은 바위 사이가 V자형으로 파인 지형 곧 볼씨를 닮은 지형인데 이름은 쌀개라는 것이다. 다시 말하면 쌀개를 걸치기 좋게 생긴 V자형(혹은 M자형)이라면 볼씨봉이라고 해야 맞는데 쌀개봉(바위)이라 부르고 있다는 것이다. 계룡산 쌀개봉을 동학사 쪽에서 보면 산릉이 V자로 선명히 파여 특징적인 것을 볼 수 있다. 산악인들은 이곳을 쌀개 직벽으로 부른다. 멀리서 보면 V자 형상이 가까이에서는 깎아지른 절벽인 것이다. 그런데 쌀개봉의 지명유래를 보면 '산봉우리가 두 개인데, 디딜방아의 받침대 즉 쌀개를 닮았다 해서 이름이 붙여졌다고 한다.'고 쓰고 있다. 받침대라면 쌀개보다는 볼씨이고, 두 개의 산봉우리 얘기도 볼씨에 가까운 모양새다. 모양은 볼씨에 가까운데 이름은 쌀개봉이니 지명유래를 설명하는 사람들조차 헷갈리고 있는 것이다.

의왕시 청계동 국은봉은 일명 쌀개봉이라 부르기도 하는데, 이곳의 설명은 '방아허리에 가로 맞추어서 방아가 걸려 있도록 마련한 나무막대기인 쌀개처럼 봉우리가 생겼기 때문이다.'라고 되어 있다. 쌀개에 대한 설명은 맞는데, 봉우리가 쌀개처럼 생겼다는 말은 맞지 않다. 도대체 '나무막대기'처럼 생긴 산봉우리를 상상이나 할 수 있는가. 이곳 쌀개봉도 볼씨 모양으로 생긴 봉우리를 쌀개봉으로 부른 것임에 틀림없다. 전국의 모든 쌀개 지명이 모양은 볼씨인데 이름은 쌀개이기 때문이다.

그렇다면 왜 볼씨같이 생긴 지형을 쌀개라고 부르게 되었을까. 그 이유는 정확히 알 수가 없다. 단지 추리해 보면 쌀개가 얹히는 볼씨의 윗부분 즉 쌀개와 볼씨의 접합점도 통상 쌀개로 인식하지 않았나 하는 것이다. 방아 몸체가 제구실을 하기 위해서는 쌀개가 볼씨 위에 걸쳐져야 하는 만큼 그 접합 부분을 쌀개의 연장으로 생각하지 않았나 하는 것이다. 또 다른 가능성은 지형이 쌀개를 얹으면 좋게 생겼다 해서 그냥 쌀개라고 불렀을 수도 있겠다는 것이다. 먼저 떠오른 생각이 그대로 이름이 되어버리는 것이다. 일종의 초두효과같이 '쌀개 걸기 좋겠다'는 인상적인 지각이 그대로 쌀개 이름이 되었을 수도 있겠다는 것이다.

각호산(1,176m)은 충북 영동군 용화면과 상촌면 경계에 있는 산이다. 충북 영동군, 전북 무주군, 경북 김천시 등 3개도가 만나는 삼도봉(1,177m)을 시작으로 서북능선으로 석기봉(1,200m), 민주지산(1,241m 민두름산), 각호산 등 해발고도 1,000m 이상의 산들이 연이어 웅장한 산릉을 이루고 있으며, 동쪽 각호골 아래 물한리계곡은 여름철 피서지로 인기 있는 곳이다. 각호산의 정상은 두 개의 암봉으로 되어 있고, 멀리 동쪽과 서쪽에서 바라보면 M자형을 이룬다고 한다. 『한국지명총람』에는 각호산의 다른 이름으로 '쌀개봉'과 '아가리째진산'을 기록하고 있다. 그러면서 '산에 있는 바위가 뿔 또는 쌀개처럼 생겼으며, 그 아래에 호랑이가 살았다'고 각호산의 지명유래를 소개하고 있다. 『대동여지도』에는 '뿔이 큰 산'이란 뜻으로 '각괴산(角魁山)'이라 표기하였는데, 언제부터인지 '뿔 달린 호랑이'라는 뜻의 '각호산(角虎山)'으로 바뀐 것이다.

'아가리째진산'이라는 이름이 아주 상스러운 것 같으면서 인상적인데, 산의 형상이 어떠하리라는 것이 금방 머릿속으로 온다. 두 개의 암봉이 V자 혹은 M자 모양으로 생긴 것을 직접적으로 묘사해서 '아가리째진'으로 이름 붙인 것이다. '쌀개봉'이 방아의 부속물인 쌀개에 빗대어 비유적으로 표현했다면, '아가리째진산'은 직서적으로 표현해 즉물적인 느낌을 강하게 준다.

안동시 길안면 고란리에는 '장수궁디바우'라는 재미있는 지명이 있다. 고란리는 주위에 높은 산으로 둘러져 있어서 분지형을 이루고 있는 마을인데, 이 마을을 개척할 때 골짜기 안에 마을이 있다고 하여 골안(고란)이라는 이름이 붙여졌다고 한다. 이 원고란에서 조금 떨어진 아랫미내(하미천) 마을에 '장수궁디바우'라는 이름의 바위가 있다. '궁디'는 궁둥이의 방언형이다. 그러니까 장수궁디바우는 일정 형상을 빗댄 이름인데 그 상상력이 재미있다. 바위의 모습이 움푹 들어간 모습인데, 이것을 어떤 장수가 엉덩방아를 찧어 그렇게 생겼다고 표현하고 있는 것이다. 이 '장수궁디바우'를 '쌀개바우'라고도 했다는데, 바위의 모양이 방아의 쌀개처럼 생겨 그렇게 붙여졌다는 것이다. 이 경우는 움푹 들어간 바위의 형상을 쌀개(실은 볼씨)에 빗댔는데 보다 직접적이다. 똑같이 움푹 파인 형상을 '쌀개바우'는 사물의 형상에 직접 빗대고 있는 반면에 '장수궁디바우'는 상상력에 의한 이름인 것이다.

상주 화남면 동관리의 쌀개박골도 쌀개바위에 근거한 것으로 보인다. '박'은 바위의 방언형으로 쌀개박골은 쌀개바위가 있는 골짜기라는 의미이다. 영월군 하동면에도 살개골이라는 지명이 있는데, 그 지형이 디딜방아의 살개처럼 생겨서 살개골이라 부르게 되었다 한다. '쌀개'의 고어는 아래 아 자 '살게'였다. 포항시 남구 연일읍 우복리 살게실(마을)은 지형이 방아의 살게처럼 생겼다 하여 붙여진 이름이라고 한다. 팔공산에는 돌봉우리 두 개가 토끼의 두 귀같이 솟아 있는 곳이 있는데 예부터 방아쌀개덤이라고 불렀다 한다. 방아라는 말을 넣어 쌀개의 의미를 보다 확실하게 한 것이 남다르다. 여기에서 '덤'은 바위의 경상도 방언이다.

V자형 혹은 M자형 지형 특히 산봉우리나 바위에 붙인 이름 '쌀개'는 사실적으로는 '볼씨'라 불러야 마땅하지만, 무슨 이유에서인지 모두 '쌀개'로 부르고 있음을 살펴보았다. 그런데 극히 예외적으로 원래 방아의 볼씨에 맞게 '볼씨' 지명을 쓰고 있는 데가 있어 특이하다. 밀양 상동면 가곡리(일명 가실) 길곡 마을에 있는 '볼수바위'가 그것인데, 볼수는 볼씨의 사투리라고 한다. '볼수바위'는 보두산 남쪽의 가곡리와 산외면 엄광리의 경계 지점에 우뚝 솟은 바위의 이름이다. 마을에서 쳐다보면 마치 디딜방아의 몸통을 바치고 있는 볼수처럼 생겼다 하여 생긴 이름이라고 한다. 이 암봉은 고려시대 효심(1193년 민란을 일으킨 우두머리)의 농민군이 은거하며 관군의 움직임을 살피는 초소 역할을 했다고도 전해지는데, 마을에서 바라본 볼씨 모양의 바위를 그대로 '볼수바위'로 명명한 것이다. 아주 드문 예인데 사물의 형상에 맞게 표현한 지명이 오히려 특이한 경우이다. 경주 안강읍 강교리의 '뒤치기바우'도 '모양이 디딜방아의 뒤치기(볼씨)처럼 생긴 바위로 어림산에 있다'고 하여 볼씨와 관련이 있음을 밝히고 있다. 왜 볼씨를 뒤치기라 했는지는 몰라도 바위 모양을 볼씨로 인식했음을 알 수 있다.

쌀개, 볼씨 등의 부속물 외에 방아 자체를 지명으로 삼은 '방아' 지명은 아주 흔하다. 방아다리, 방아고개, 방아재, 방아봉, 방아골, 방아논, 방아미, 방아샘, 방아실 등 전국적으로 아주 많다. 그리고 대부분 '방아'를

'곡식을 찧거나 빻는 기구'로 이해하여 지형, 지물이 방아 형국을 하고 있어서 붙여진 이름이라 설명하고 있다. 이때의 방아는 디딜방아로 대개 양다리방아이다. 양다리방아는 방아다리가 두 갈래의 발판으로 된 구조로 전체적으로는 Y자 형상이다. 특정의 지형, 지물이 양다리방아처럼 Y자 모양을 하고 있는 경우에 방아 지명이 적극 사용된 것이다. 물론 물방아골, 물레방아골 같이 실제 방아가 있어서 붙여진 지명도 있지만 이 경우는 규모가 큰 특정의 방아가 있는 경우이다.

이렇게 보면 방아논은 Y자 형상의 논이 되고, 방아골(실)은 Y자 형상의 골짜기가 된다. 그런데 방아다리의 경우는 해석에 신중을 요한다. 방아다리처럼 Y자 모양을 하고 있는 다리(橋)가 거의 없을 뿐더러 '다리'가 '들(野)'의 뜻으로 쓰이는 경우가 아주 많기 때문이다. 전국에 방아들이라는 들 이름이 많고, 지역에 따라서는 방아달, 방아드리로 나타나기도 한다.

국어학자들은 대개 방아다리를 방아들(방아달, 방아드리)에서 변한 어형으로 본다. 그렇게 보면 방아다리는 다리가 아니라 Y자 모양의 들을 가리키는 것이다.

고기 잡으며 숨어 산 마을 어은리

느린골·느러리·느리울

어은리(충남 논산군 연산면 어은리)에 산 적이 있다. 계룡산 갑사에서 처사 생활을 육 개월가량 하고 이어 절 아래 동네에 방 하나를 세 얻어 살고 있을 때였다. 갑사 원주스님이 연산 쪽 어은리에 토굴이 하나 비었는데 가 있지 않겠느냐는 것이다. 갑사 위의 대자암 스님 한 분의 것인데 스님이 제주도로 가게 되어서 비어 있단다. 토굴, 토굴 하길래 의아해서 어떻게 생겼느냐 물으니 그냥 살 만하단다. 시골 농가란다. 더러 스님들이 절에서 보시 받은 돈을 모아두었다가 개인적인 수행처 겸 휴식 공간으로 시골에 농가를 사 놓고 가끔씩 출입하는 그런 집을 토굴이라 이른 것이었다.

찾아가서 보니 꽤 쓸 만한 집이었다. 작지만 방 두 칸에 부엌 한 칸 말 그대로 초가삼간인데 지붕은 새마을 슬레이트였다. 쪽마루에는 유리문을 해 달고 자그마한 싱크대와 냉장고까지 들여놓았다. 부엌에는 기름 보일러를 설치했고 마당 수도는 모터펌프로 뽑아 올리는 자가수도였다.

화장실만 마당 한 끝에 독(항아리)을 묻고 널빤지를 걸친 재래식 그대로였
는데 나지막한 돌담에 마당도 꽤 넓은데다 뒤꼍에는 두어 평 텃밭도
있는 모든 것이 구비된 집이었다. 더구나 생활도구며 하다못해 스님이
자시던 쌀까지 남아 있어 몸만 들어가면 당장에라도 살 수 있는 그런
집이었다.

배낭에 옷가지 몇 개 넣고 그다음 날로 옮겨간 것은 물론이다. 나로서는
난생처음 해보는 전원생활이자 독거 생활이었으니 흥분과 감동의 연속이
었다. 뒤꼍의 대숲이며 앵두나무며 돌담 위에 앉아 울던 딱새며 모든
것이 새롭고 신기한 것이었다. 그렇게 하루 이틀 지나고 차츰 안정이
되면서는 주변 지형이나 지리에 대해서도 눈이 가게 됐는데 가장 특이한
것은 바깥 즉 찻길에서 바라보면 이 마을이 전혀 눈에 띄지 않는다는
것이었다. 신기했다. 사방이 산으로 둘러싸여 있으면서 출입구에 해당하
는 쪽이 나지막한 산자락으로 둘려 있어 밖에서는 전혀 보이지를 않는
것이었다. 찻길에서 다리(어은교)를 건너 개울을 따라 이십여 분을 걸어
들어가도 마을의 모습은 보이지 않다가, 야트막한 언덕을 오르면 저수지
(어은지)가 나타나고 그 안쪽 산 밑으로 집들이 보이는 것이다. 말하자면
분지형이다. 앞자락에는 동네 사람들이 먹고살 만한 꽤 넓은 논밭이
펼쳐져 있고 그 안쪽 느티나무 정자는 이 마을이 꽤나 오래되었다는
것을 일러주는 고즈넉한 마을이었다.

밖에서는 보이지 않는 마을인 데다가 마을 이름이 어은리라는 것이
계속 새겨졌다. 한자는 훨씬 뒤에야 확인했지만 물고기(魚)가 숨었다는
뜻일까, 고기 잡으며(漁) 숨어 산다는 뜻일까 되새기면서 어쨌든 은 자는
숨을 은 자일 것이라는 점은 조금의 의심도 없었던 것이 밖에서는 전혀
보이지 않는 숨어 있는 동네이기 때문이었다. 내가 사는 동네가 밖에서는
보이지 않는다는 사실에 아늑함 같은 것이 느껴진 것도 사실이었다.
숨을 은(隱) 자는 그렇게 신비한 매력을 은근히 내비친 것이었다.

바깥에서는 보이지 않는 마을, 물고기가 숨은 마을 아니면 물고기를 잡으며 숨어 사는 마을. 나중에 지도에서 확인해 본 바로는 어은리는 고기 잡을 어(漁) 자 어은리(漁隱里)였다. 어은리는 찻길 건너편까지 포괄하는 꽤 넓은 지역을 가리키는 동리 이름이었고, 그중에서도 내가 사는 분지형 마을은 한자 없이 그냥 은골로 표시되어 있었다. 어은리 중에서도 자연마을 이름으로 은골이었던 것이다.

지자체의 지명유래는 '옛날 이 마을에 연못이 있었는데 내수어가 많이 있어서 어지러운 세상을 등지고 낙향한 선비들이 이 연못에서 낚시를 즐겼다 하여 어은 또는 은곡이라 하였고, 변하여 은골 또는 어은동이라 했다.'고 되어 있었다.

연산 어은리가 실제 은둔의 지명으로 드러난 예는 성주도(都)씨 문중의 기록에 있다. 고려 말 충신 도응의 부친은 도길부라는 사람인데 그는 최영 세력에 밀려 이인임 일파(염흥방, 임견미 등)가 도륙될 때 이인임 일파로 몰려 가족과 함께 참변을 당했다. 이때 도응은 왜구 토벌에 공이 많았던 장인 우인렬의 구명운동으로 가까스로 목숨은 건져 곤장을 맞고 유배되었다가 충남 홍성 홍북면 노은동으로 은둔한다. 그러고는 성명 안보에 불안을 느낀 나머지 네 아들을 전국 각처에 은둔시키는데 그중 큰아들 도사면을 연산 어은리로 은둔을 시키는 것이다(둘째 아들 도사심은 괴산으로, 셋째 아들 도사민은 함양으로, 넷째 아들 도운봉은 군위로 은둔시켰다 함). 도사면은 고성이씨 입향조인 이민의 사위가 되면서 홍주 노은동에서 연산 어은리로 은둔하였다고 전하고 그의 묘가 어은리 일음골에 있다고 한다.

이 어은리에 대한 '은둔'의 환상은 어은리 지명이 전국적으로 많고, 고기 잡을 어(漁) 자와 물고기 어(魚)가 뒤섞여 쓰이고 있는 것을 알고는 많이 사라져버렸다. 그러다가 결정적으로는 북한지역에서 어은리를 '늘 어(於)' 자로 많이 쓰고, 대개 늘어 있거나 느릿하게 내뻗은 지형에 이름 붙인 것을 알고는 환상은 완전히 사라지고 말았다. 평양시 용성 구역에 있는 어은동(扵隱洞)은 한자가 고기 잡을 어(漁) 자가 아니라 '늘 어(扵)'를 쓴다. 이 어은동은 원래 평안남도 순안군 서리였는데, 1960년 '늘어진 골짜기에 위치한 마을'이라 하여 어은동으로 개칭하였다. 개칭한 이유는 밝혀진 바는 없으나 개칭하면서 지명의 근거가 분명해졌는데, '늘어진 골짜기에 위치한 마을'이라서 '어은동'이라는 것이다.

이곳은 특히 김정일 때문에 유명해졌다. 김정일은 김일성종합대학 재학시절인 1962년(8. 20~10. 4)에 용성 구역 어은동에서 군사야영훈련을 받았는데, 지금은 '어은혁명사적지'로 지정이 되어 있다. 북한은 김정일이 이곳에서 야영훈련을 받으며 어은금(扵隱琴) 제작을 발기했다고 선전하기도 하는데, 어은금은 바로 이 어은동에서 명칭이 유래된 것이다. 어은금은 기타와 만돌린의 장점을 살려 만든 이른바 '개량 악기'로서, 평양음악무용대학을 비롯하여 각 예술대학 등에 '어은금학과'를 신설하고 대대적으로 보급 교육한 바 있다.

이 어은리 지명은 다른 데에서도 보이는데, 일반 화물 속에 무기를 숨겨 운반했을 가능성이 제기되었던 화물선의 이름이 어은청년호였다. 당시에 보도된 남포시 수리공장에 정박 중인 배의 사진에 '어은청년호 (Oun Chong Nyon Ho)' 이름이 선명하다. 북한 상선의 이름은 대부분 북한 내 지역이나 산, 강의 이름 곧 지명을 딴 것이 특징이다. '령군봉호'의 령군봉도 김정일의 '어은혁명사적지'에 있는 봉우리 이름이다.

평안남도 대동군 팔청리 어은동은 '늘어진 골짜기에 위치해 있다 하여 유래된 지명인데, 늘어진 골을 한자로 옮기면서 늘 '어(扵)' 자, 숨을 '은(隱)' 자를 써서 어은동(扵隱洞)이라 하였다'(『조선향토대백과』)고 설명하고 있다. 평안남도 양덕군 추마리 어은동은 '깊숙하고 느릿한 골 안에 위치해 있다. '느린골'을 한자로 옮기면서 늘 '어(扵)' 자와 받침의 '니은(ㄴ)' 대신 '은' 자를 쓴 것이다.'라고 하여 '숨을 은' 자의 쓰임에 대해서도 설명하고 있다.

황해남도 재령군 봉오리에 있는 어은동(魚隱洞)은 '늘어진 골 안에 위치해 있다 하여 어은동이라 하였다. 늘어질 '어' 자를 음이 같은 물고기 '어' 자로 표기하였다.'고 되어 있다. 또 다른 북한 지명으로는 강원도 통천군 구읍리에 있다가 현재는 폐리된 어은리가 있는데 이곳은 어은리(漁隱里)로 표기되어 있다. 유래에 대해서는 '길게 늘어져 있는 마을'이라서 어은리라고 했다고 밝히고 있다. 이번에는 물고기 어(魚) 자가 아닌, 고기 잡을 어(漁) 자를 쓰고 있다. '어은'의 우리말 이름으로는 '느린골'이 보이는데, 평안남도 남포시 항구 구역 어호리의 어은마을이다. 본래 진남포부 원당면에 소속된 리였는데, 1914년에 리가 폐지되면서 마을 이름으로 이용되고 있다고 한다. 이 어은마을을 느린골이라고도 불렀다 한다.

위의 북한 지명들을 보면 어은동(리) 이름은 '늘어진 골짜기' '느릿한 골' '늘어져 있는 마을'에 붙은 것을 알 수 있다. 모두 '늘어진' '느릿한' 지형에 공통적으로 이름이 붙은 것이다. 우리말 이름으로는 드물지만 '느린골'을 확인할 수 있다. 이 어은동 지명의 한자로는 주로 '늘 어(於)' 자가 많이 쓰였고, 더러 음이 같은 '물고기 어(魚)'나 '고기 잡을 어(漁)' 자가 쓰인 것을 볼 수 있다.

두 글자 중에서는 어(於) 자가 어(漁) 자보다는 더 고형으로 보인다. 어(於) 자는 지금은 어조사 어 자로 새기지만, 향가나 이두식 표기에서는 '늘'의 음으로 많이 쓰였다. 『구황촬요』(1554년)를 보면 느릅(늘읍)나무를 '於乙邑(어을읍)'으로 표기하고 있다. '늘 어'에 '새 을(乙)' 자를 썼는데, '을'은 끝소리 덧붙이기로 들어간 한자이다. 읽을 때는 그대로 '늘(을)읍'으로 읽으면 된다. '어전(於田)' 지명도 아주 많은데, 우리말로는 늘밭, 늘앗, 느랏, 널밭 등이 대응되어 있는 것을 본다. '늘밭'은 음운변화에 의해 늘밭>늘앗>느랏으로 바뀌었다. 지명유래를 보면 '늘어진 밭' 즉 '긴

밭 '넓은 밭' 등으로 설명하고 있다. 고개 이름인 '어치(於峙)'는 우리말로는 느랏재, 느르재 등으로 불렀고(정선 신월리), '늘어선 산' 이름인 '어흘(於屹)'은 느러리, 느느리 등으로 불렀다(강릉 성산면).

어은동(리)의 '은(隱)' 자도 '숨다' 뜻으로 쓰인 것이 아니라 음을 표기한 것이다. 차자 표기에서 '은'은 흔히 우리말 어미 '은'이나 '-ㄴ'의 음가자로 쓰인 것이다. 이렇게 보면 '어은(於隱)'은 우리말 '늘은'의 한자 표기로, 뜻으로는 '늘어진' '넓은' 정도의 뜻이 된다.

전남 신안군 지도읍에는 어의리(於義里)가 있다. 어의리는 섬인데 우리 말 이름으로는 느리섬, 느리이다. '어'가 '늘'로 새겨졌으며 '의'는 음으로 표기되었다. 마을의 형상이 늘어진 모양이므로 느리섬, 느리라 부르다가 한자 표기시에 어의리로 개칭하였다 한다.

같은 신안군 하의면 어은리(於隱里)는 평양시 용성 구역 어은동과 똑같 은 한자 표기이다. 그런데 신안군 홈페이지의 어은리 지명유래를 보면 '마을의 형태가 고기 모양이라 하여 언굴, 언동, 어은동이라 부르다가 이후 어은이라 개칭하였다.'고 되어 있다. 한자 지명은 '늘 어(於)' 자인데, 지명유래는 '물고기 어(魚)'로 이야기하고 있는 것이다. 어은리 지명에 대한 선입견 즉 우선적으로 물고기를 떠올리는 오해를 보는 것 같다. 그보다는 하의면 어은리도 하의도 전체에서 흔히 보이는 '늘'(넓은 혹은 늘어진)계 지명으로 보는 것이 훨씬 설득력이 있다.

대표적으로 웅곡리 전광(前廣)과 후광리(後廣里) 지명을 들 수 있다. '전광'은 마을 앞에 넓은 들이 있다 해서 '앞너리'라고 부르다가 전광으로 개칭하였다는 것이고, 후광리는 너리섬의 뒤쪽에 마을이 위치하므로 '뒷너리섬'이라 부르다가 이후 후광이라 개칭하였다는 것이다. 지금은 모두 육지로 이어졌지만 후광리는 너리섬(광도, 황도)에 있었다고 한다. 이때의 '너리'는 한자로 '넓을 광' 자로 표기되어 '전광' '후광'으로 개칭된 것이다. '광(廣)'은 훈(넓다)의 음(널)을 빌려 쓴 한자이다. 지도읍의 '느리'

나 하의면의 '너리'는 모두 '늘'계 지명으로 볼 수 있는데, 뜻은 '늘어진' '넓은'의 뜻을 가진 것으로 보인다. 후광리는 김대중 전 대통령의 고향이기도 한데, 고향의 이름을 그의 아호 후광으로 삼은 것을 알 수 있다. 후광은 뜻으로 보면 '뒤가 넓다'라고 해석할 수도 있어, 아주 의미심장한 호가 된 것이다.

우리말 지명 '늘'에 대응하는 한자는 위의 '넓을 광' 외에도 아주 다양하다. 대표적인 것으로는 '누를 황(黃)' 자를 들 수 있다. 첫머리에서 이야기한 연산(면)도 '누를 황' 자에서 비롯되었다.

연산은 본래 백제의 황등야산군이었는데 신라 경덕왕 때(757년) 황산군으로 고쳤고, 고려에 들어서서(940년) 연산으로 고쳐 굳어졌다. 이런 과정을 보면 '황'과 '연'이 대응하는 것을 볼 수 있는데, 둘 모두 우리말 '느르'를 한자를 달리해 표기한 것임을 알 수 있다. 즉 '황(黃)'은 훈의 음을 빌려 표기한 것이고, '연(連)'은 훈을 빌려 표기한 것이다. 현대의 훈으로는 황은 '누를 황'이고, 연(련)은 '잇닿을 연' '연결할 연'이다. 도수희 교수에 따르면 '산형이 가옥의 용마루처럼 생긴 36여 개의 작은 산봉우리들이 6km가량이나 길게 남쪽에서 북쪽으로 뻗어났으므로 느러리재(누르기재, 느르뫼)라 고유명으로 속칭되었고, 한자어로는 황산, 연산으로 호칭되었다.'고 한다.

이곳은 황산벌로도 유명한 곳인데 신라의 김유신과 백제의 계백이 최후의 일전을 벌였고, 후백제의 신검(견훤의 아들)이 이곳에서 왕건에게 패하였다. 지금도 연산면 신암리에는 '느르' 이름의 흔적이 남아 있다. 신암리 누르기(마을)는 '누르기재 밑에 있는 마을로 신암 동남쪽에 위치하고 있으며 누리기 또는 황령이라고도 부른다.'고 한다. 또한 누르기재(고개)는 '연산에서 벌곡면 한삼천으로 넘어가는 고개로 황령, 황령재, 황령티라고도 한다. 천호산의 줄기로 백제 때까지는 누르기재에 의하여 황산이라 하였고, 고려 태조 왕건이 후삼국 통일 후 천호산이라 개칭 오늘에

제3부

울자 내 사랑 꽃 피고 저무는 봄

개여울·개울

가장 많은 시가 노래로 만들어진 시인을 꼽자면 김소월이 제일
먼저 꼽힐 것이다. 우리나라 전체 가곡의 20%가 소월의 시로
만들어진 것이라는 통계도 있다. 소월의 시는 가곡뿐 아니라 대중가요로
도 많이 만들어졌는데 '진달래꽃'을 비롯하여 '부모' '못 잊어' '세상 모르고
살았노라' '개여울' '실버들' '엄마야 누나야' 등 셀 수 없을 정도이다.
이 중 이화여대 서양학과 출신의 정미조가 불러 히트한 노래로 '개여울'이
있는데, 김소월 시를 널리 알린 공이 컸다. 특히 제목이 여울의 이름이라
많은 사람들이 인상 깊게 기억하기도 했다.

당신은 무슨 일로
그리합니까?
홀로이 개여울에 주저앉아서

파릇한 풀포기가
돋아나오고
잔물은 봄바람에 해적일 때에

가도 아주 가지는
안노라시던
그러한 약속이 있었겠지요

날마다 개여울에
나와 앉아서
하염없이 무엇을 생각합니다

가도 아주 가지는
안노라심은
굳이 잊지 말라는 부탁인지요

—김소월, 「개여울」 전문

　이 시에 드러난 시적 화자의 행위는 '주저앉아서'와 '하염없이 생각합니다' 두 가지이다. '주저앉다'는 '서 있던 자리에 그대로 힘없이 앉다'는 뜻의 말로, 흔히 앞부분에 '털썩 (주저앉다)'이나 '맥없이 (주저앉다)' 같은 말이 붙는 말이다. 따라서 '홀로이 개여울에 주저앉아서'라는 구절은 그리움도 지쳐 체념적인 심리상태를 보여주는 행동 표현으로 볼 수 있을 것이다. 그리고 이러한 행동은 '하염없는 생각'으로 이어지는데 그것은 끝내 잊어야 하는 것이 아닌가 하는 상념으로 귀착되는 듯이 보인다. 이별할 때의 '가도 아주 가지는 안노라시던' 약속이 결국 다시 못 오더라도 잊지는 말아 달라는 부탁이었다는 것을 깨닫는 것이다. 이 시의 계절적인 배경은 '파릇한 풀포기가 돋아나오는' 봄이지만 드러나지 않는 마음의 바탕은 울음이다. 그리고 그 울음의 객관적인 상관물이 개여울인 것이다

김소월의 시에서는 위의 「개여울」 외에도 여러 편에 개여울이 등장하는데, 「개여울의 노래」, 「무심」, 「배」 등이 있다. 이 중 「배」라는 시는 개여울이 상징적인 의미로 부각되는 특징을 보인다. '개여울에 닻 준 배는/내일이라도/순풍만 불말로 떠나간다고//개여울에 닻 준 배는/이 밤에라도/밀물만 밀말로 떠나간다고//물 밀고 바람 불어/때가 될말로/개여울에 닻 준 배는 떠나갈 테지'(「배」 전문). '~말로'는 '~며는' 정도로 해석된다. 이 시에서 개여울은 여성을, 배는 남성을 상징하는 것으로 보이고, '닻'을 준다는 것은 정을 준다는 의미로 해석된다. 그러니까 남성은 여성에게 정을 주었다가도 순풍이 불거나 밀물이 밀어오면 떠나간다는 다소 통속적이고 상투적인 남성의 방랑성을 바탕에 깔고 있는 것이다. 어쨌든 그런 과정에서 짧은 만남(사랑)과 긴 이별의 드라마는 펼쳐지는 것인데, 여기에서 개여울은 이별의 공간적 배경이자 홀로 남아서 이별의 정한을 되새김질하는 여성의 정착성을 상징하는 공간이 되어버리는 것이다.

김소월 시에 쓰인 개여울은 일반명사로 읽힌다. 특정 지역에 대한 언급이 없기 때문에 전국 어디서나 볼 수 있던 그 개여울이다. 국어사전에 개여울은 '개울의 여울목'으로 나온다.

그러니까 개여울은 '개+여울'로 분석할 수 있고, 이때의 '개'는 '개울'로 볼 수 있다. '여울'은 '강이나 바다의 바닥이 얕거나 폭이 좁아 물살이 세게 흐르는 곳'을 가리키는데, 옛말은 '여흘'이다. 바닥이 얕다는 것은 수심이 낮다는 것과 같다. 우리나라의 하천은 수심이 깊은 곳과 수심이 낮은 곳이 교대로 나타나는 특징이 있다. 전통적으로 수심이 깊은 곳에는 주로 '소(沼)'나 '연(淵)'이라는 이름을 붙였고, 반대로 수심이 낮은 곳은 '탄(灘)'이나 '여울'이라는 이름을 붙였다. 따라서 여울은 수량이 많아지는

하류에는 잘 형성되지 않는다.

여울이 수심이 낮은 것은 상류에서 운반되어 온 퇴적물이 쌓여 있기 때문이다. 여울에 쌓여 있는 퇴적물은 대체로 자갈돌이거나 조금 큰 돌덩이들인데 여울돌이라 부른다. 이 때문에 여울은 물소리가 제법 큰 특징이 있다. 생육신의 한 사람인 원호의 다음 시조에도 여울의 이런 특성이 잘 나타나 있다.

> 간 밤의 우던 여흘 슬피 우러 지내여다
> 이제야 생각하니 님이 우러 보내도다
> 져 물이 거스리 흐르고져 나도 우러 네리라

초장의 '여울의 울음'이 중장에서는 '임의 울음'으로, 다시 종장에서는 '나의 울음'으로 슬픔의 정서가 심화되고 있다. 여울도 울고 임도 울고 나도 울고. 슬프고 안타까운 심정이 여울에 의탁해서 잘 드러나 있다. 원호는 1457년(세조 3년) 단종이 영월에 유배되자 벼슬을 버리고 낙향하여 영월 서쪽에 집(관란재)을 짓고, 아침저녁으로 단종 계신 쪽을 바라보며 눈물을 흘리면서 임금을 사모하였다고 한다. 단종에게 사약이 내려질 때 책임을 맡은 의금부도사였던 왕방연의 시조 '천만리 머나먼 길에 고운 님 여의옵고 / 내 마음 둘 데 없어 냇가에 앉았으니 / 저 물도 내 안 같아서 울어 밤길 예놋다.'에서도 냇물이 울면서 밤길을 간다고 한 것으로 보아 이 냇물도 청령포 어디쯤의 여울일 가능성이 크다. 실제 『장릉지』에는 이름이 밝혀지지는 않았지만 금오랑(금부도사)이 밤에 굽이치는 여울의 언덕 위에 앉아 슬퍼하면서 이 노래를 지었다고 나온다. 여울이 그대로 울음의 강이 돼버린 것이다.

경북 문경시 호계면 견탄리는 오정산 바로 앞의 평지에 자리한 마을로 낙동강의 지류인 영강이 남서쪽으로 흐르는 곳이다. 개여울 옆이 되므로 개여울 또는 개열이라 불리다가 변하여 견탄리(犬灘里)가 되었다 한다. 개여울의 '개'를 기르는 '개(犬)'로 이해하고 견탄리로 한자화한 것이다. 유래담 또한 여울 한가운데 개와 같이 생긴 바위가 있어 개여울, 개열이라 불렀다고도 하고, 개들이 헤엄치고 놀았다 해서 개여울, 개열이라고 부르게 되었다고도 한다. 개들이 헤엄치고 놀았다 해서 개여울이라 했다는 설명이 유머러스하기까지 한다. 후대에는 견탄을 아름다울 가(佳)자를 써서 가탄이라 하고 가열이라 부르기도 했다고 한다.

이 문경의 개여울은 일찍이 한자화되어 견탄으로 썼는데, 고려 중기의 이규보(1168~1241)의 시에도 견탄이라는 이름으로 나온다. '밤은 깊고 달이 밝았는데, 빠른 여울이 돌을 치니 푸른 산이 물결에 잠기고 물은 극히 맑아 물고기가 뛰고 게가 달아나 숨는 것을 셀 수 있다'고 해서, 이곳이 경승지였음을 알려주고 있다. 또한 이곳 견탄리에는 고려시대부터 견탄원이라는 원집(여행자 숙소)도 있었는데, 조선 초의 문신 권근(1352~1409)은 '견탄원 기문'에서 견탄에 이르는 길을 다음과 같이 묘사하고 있다.

경상도는 남쪽에서 가장 크며, 서울에서 경상도로 가려면 반드시 큰 재(문경새재로 보임)가 있는데, 그 재를 넘어서 약 백리 길은 모두 큰 산 사이를 가야 한다. 여러 골짜기의 물이 모여 내를 이루어 관갑(串岬)에 이르러 비로소 커지는데, 이 관갑이 가장 험한 곳이어서 낭떠러지를 따라 사다릿길로 길을 열어서 사람과 말들이 겨우 통행한다. 위에는 험한 절벽이 둘러 있고, 아래에는 깊은 시내가 있어 길이 좁고 위험하여 지나는 사람들이 모두 떨고 무서워한다. 몇 리를 나아간 뒤에야 평탄한 길이 되어 그 내를 건너는데, 그것이 견탄(犬灘)이다. 견탄은 호계현의 북쪽에 있으며, 나라에서 제일가는 요충지요 경상도에서 가장 험한 곳이다.

관갑은 지금은 '토끼비리'로 많이 알려져 있는데 대한민국 명승 제31호이다. 경치도 뛰어나지만 '토끼비리'라는 특이한 이름 때문에도 사람들이 많이 찾는 곳이다. '토끼비리'는 톳재이비루, 텃재이배리, 토천, 토잔, 관갑천 등 여러 이름을 갖고 있다. 톳재이, 텃재이는 토끼의 방언으로 보이며 비리는 벼랑을 가리킨다. 부산 동래에서 낙동강을 따라 대구와 구미를 거쳐 문경에 이르는 영남대로 구간에서 가장 험한 천도(하천변의 절벽을 파내고 건설한 길. 벼랑에 만들어진 길. 잔도)로 명성이 높았다. 전해오는 이야기에 의하면 고려 태조 왕건이 남정할 때에 이곳에 이르러 길이 막혔는데 마침 토끼가 벼랑을 타고 달아나면서 길을 열어주어 진군할 수 있었으므로 토천이라 불렀다고 한다. 문경 외에도 견탄 지명은 함경도 온성에도 있고, 경상도 선산(현 구미시)에도 있었다. 한자 지명만 전하는데 모두 우리말 이름은 개여울이었을 것으로 추측된다.

또 다른 개여울은 충주 동량면 포탄리에 있다. 이번에는 견탄이 아니라 포탄이다. 얼핏 들어서는 무시무시한 대포알을 떠올리기 쉬운 이름인데, 우리말 이름은 개여울, 가여울이다. 만약 김소월의 시에 '개여울'이란 말 대신 '견탄' '포탄'이라는 말을 썼다면 이게 무슨 시냐고 했을 것이다. 여울의 서정성이 전혀 무시된 이름인 것이다. 포탄리는 원래 청풍군 한수면에 속했던 지역인데 지금은 대부분 충주호에 수몰된 곳이다. '개(포)' 앞에 여울이 있어 개여울, 가여울 또는 포탄이라 했다고 전한다. '개'를 한자로 포(浦)라 적어 포탄이 되었는데, 포는 '개 포' 자이다. 이 '포'는 우선적으로 '포구'를 떠올리기 쉬운데 반드시 그런 것은 아니다. '물가'의 뜻으로도 많이 쓰였다.

충주 동량면 포탄리는 포탄나루터가 있었고, 수석애호가들에게는 수석의 산지(오석, 미석)로도 유명했던 곳이다. 포탄에 수만 평의 돌밭이 있었다 한다. 여울의 특성에 맞게 여울돌이 밭을 이룬 곳이었다. 포탄나루터는 『신증동국여지승람』(충청 충주목 진도)에 포탄진으로 나온다. 나루진(津) 자를 쓰고 있다. 『여지도서』에는 '포탄진은 현의 동쪽 이십리 청풍 경계에 있다. 근원이 강원도 오대산에서 나와 영춘, 단양, 청풍을 지나온다'고 나와 있다.

이번에는 술탄이다. 견탄, 포탄, 술탄이다. 경기도 연천군 백학면 노곡리에는 임진강 여울 중 하나인 가여울이 있다. 개여울이라고도 했으며 한자로는 술탄(戌灘)이라고 했다. '술'은 '자축인묘…' 하는 십이지지 중 열한 번째로 짐승으로는 개를 가리킨다. 그래서 개여울이 술탄이 되었다. 이 개여울은 강물이 이곳에 이르러 넓게 흐르면서 얕은 여울을 형성하는데, 개도 걸어서 건널 수 있을 정도로 얕다 하여 지어진 이름이라고 설명한다. 이 여울에는 6·25 전까지도 강화, 서해안 등지에서 올라온 새우젓, 소금배들이 정박하며 물물교환을 했던 포구가 있었다 한다.

이 가여울이 있는 노곡리는 강변에 갈대가 무성히 우거져 있으므로 '갈울' 또는 '노곡'이라 하였다고 한다. 그런데 이 지역이 갈대와 관련해서 어떤 특징도 보이지 않는다는 점에서 '노곡(蘆谷, 갈대 로, 골 곡)'은 '갈울'의 훈음차표기로 보는 것이 맞을 것 같다. 노곡의 '노' 자가 갈대와 상관없이 '갈' 음을 표기하기 위해 쓴 한자로 보인다는 것이다. 이때 '갈울'은 '갈여울'이 줄어 된 말이고, '갈'은 강이나 물을 뜻하는 옛말이다. 방언으로 '내'를 '냇갈'이라고도 부르는데 이때의 '갈'도 같은 것으로 본다. '갈'은 모음이 교체되며 '걸'로도 쓰였는데 『표준국어대사전』에도 '걸'은 '개울의 방언(경북, 평안)'으로 나온다. 개울 안쪽 마을을 '거란말(걸 안말)'이라고 부른 것도 한 예이다.

이 '갈'은 갈>갈이>가이>개로 변화한 것으로 보는데, 가여울이나 개여울의 '가'나 '개'도 모두 이 변화 과정에서 비롯된 것으로 본다. 사전도 '개여울'을 '개울의 여울목'으로 풀이하였거니와 개여울의 '개'는 그대로 '개울' 또는 '시내'의 뜻으로 쓰인 것이다. 물론 '개'에는 '갯벌'과 같이 바다의 물가를 가리키는 뜻도 있지만, 내륙 곳곳의 지명에 쓰인 '개'는 개울이나 물가의 뜻으로 쓰인 경우가 많다. 마을 이름으로 '개건너'(영양 일월산마실권역)는 그대로 개울 건너 마을이란 뜻이다.

한편 연천군 백학면 노곡리에서 가여울(개여울)을 사이에 두고 강 건너편 동네인 파주시 적성면 가월리(佳月里)도 가여울을 한자의 음을 빌려 표기한 것으로 보인다. 지역에서는 감악산 북쪽 자락이 임진강가 칠중성에 이르러 반달모양을 하고 있으며 이곳에 있는 돈대에서 옛 군사들이 파수를 볼 때 강물에 비친 달이 너무 아름답다 하여 붙은 이름이라고 하는데, 그것은 아름다울 가 자에 달 월 자를 쓴 한자에 얽매인 해석으로 보인다. 가월리는 우리말로 '가룰' '가루리' '갈을' '갈월'이라고도 했다는데, 노곡리의 '갈울'과 마찬가지로 읽을 수 있다. 강을 사이에 두고 두 마을이 같은 지명을 쓰는 일은 흔한데, 후대에 이르러서는 차별성을 두기 위해 약간씩 변형되는 것이 일반적이다. 노곡리와 가월리는 같은 이름으로 모두 개(갈)여울에서 온 것이다.

이 연천군 백학면 노곡리와 파주시 적성면 가월리 사이에 다리(비룡대교)가 놓이기 전에는 나룻배를 이용하고, 갈수기에는 걸어서 여울을 건너 다녔다 한다. 조선시대에는 두 동네 모두 같은 적성현에 속했다. 영조 때의 관찬 지리지인 『여지도서』(적성현 방리조)에는 북면에 노곡이 관문으로부터 북으로 십삼 리에 있다고 나오고, 산천조에는 술탄 지명이 보인다. 이 지역의 개여울(술탄)은 임진강에서 도보로 도하할 수 있는 가장 하류의 여울이라고 한다. 삼국시대는 말할 필요도 없고 6·25전쟁 당시에도 중공군이 도하한 지역으로도 알려져 있다.

살구꽃잎 비처럼 내리던 행주산성

살구나무골·행화촌

청명 날에 비는 어지럽게 흩날리고
길 가는 나그네의 마음은 착잡하구나
주막이 어디에 있느냐고 물으니
목동은 손을 들어 멀리 살구꽃 핀 마을을 가리킨다

—두목, 「청명」

두목(803~852)은 당나라 후기의 시인이다. 청명은 『역서』에 '춘분
후 15일을 청명이라 하니, 이 시기 만물이 맑고 청명해진다.'
하여 청명이라 불리게 되었다고 한다. 청명 때는 기온이 오르고 비도
적절히 내려 청명 전후로 파종을 하기도 하였다. 또 청명은 조상의 묘를
찾아 성묘를 하고 제례를 올리는 날이기도 하다. 이 시를 보면 청명(양력으
로는 4월 5일 무렵)에 살구꽃(행화)이 만발한 것을 알 수 있는데, 날씨는
엉망이다. 비가 부슬부슬 오면서 분분(紛紛, 어지러울 분)한 것을 보면

바람까지 부는 궂은 날씨이다. 그것은 조상의 무덤도 돌보지 못한 채 객지를 떠도는 나그네의 괴로운 심정과 맞아 떨어져, 시인은 차가운 몸과 마음을 녹여줄 따스한 술 한잔을 찾고 있는 것이다.

이 시로 인해 '행화촌(杏花村, 살구꽃 핀 마을)'이 술집이 있는 마을 더 나아가 아가씨가 술을 파는 거리를 가리키는 말로 쓰이게 되었다. 〈춘향전〉에서 이 도령이 춘향의 집을 물으니, 춘향이 "소녀 집을 찾으려 하시거든 청룡방 행화촌 부용당을 찾으소서"라고 대답한다. 그랬더니 이 도령이 "옳다, 그것 내 알겠다. 청룡방은 동방이요, 행화촌은 술거리요, 부용당은 초당이라. 어느 때 찾아가랴"(고대본 〈춘향전〉)고 응수한다. 행화촌을 술거리로 말하고 있는 것이다.

현대 시조시인 이호우는 '살구꽃 핀 마을'이라는 작품에서 살구꽃 핀 마을은 어디나 고향 같다고 노래하고 있다. 살구꽃 핀 마을은 그대로 행화촌을 연상시킨다. 아동문학가 이원수가 열다섯 나이에 지은 시에 홍난파가 곡을 붙였다는 1920년대의 동요 〈고향의 봄〉에도 살구꽃이 나온다. '나의 살던 고향은 꽃피는 산골 / 복숭아꽃 살구꽃 아기진달래…' 남북한이 함께 부르는 민족동요로까지 일컬어지며 고향과 어린 시절에 대한 향수를 강하게 불러일으키는 이 노래에서도 복숭아꽃, 진달래꽃과 더불어 살구꽃이 고향의 봄 풍경을 대표하고 있는 것을 볼 수 있다.

또한 살구꽃은 시골 마을에만 흔한 것은 아니었던 것 같다. 자하 신위의 시에 '대저 왕성(한양성) 십만 호가 / 봄이 오니 온통 살구꽃 천지(행화촌) 로다'라고 한 것을 보면 한양 도성에서도 집집이 살구나무를 많이 심었던 것을 알 수 있다. 그런 한양에서도 살구꽃은 특히 필운대가 유명했다. 유득공은 서울의 세시풍습을 기록한 책 『경도잡지』(유상조)에서 '필운대 의 살구꽃, 북둔(성북동)의 복사꽃, 동대문 밖의 버들, 서대문 밖 천연정의 연꽃, 삼청동과 탕춘대의 수석을 찾아 시인 묵객들이 많이 모여들었다.'고 기록하였다.

그런 만큼 '살구' 지명은 전국적으로 아주 많다. 살구몰, 살구말, 살구골, 살구둑, 살구재, 살구나무골, 살구나무촌, 살구징이, 살구정이, 살구나무쟁이 등이 있고 한자 지명으로는 살구 행(杏) 자를 쓴 행촌, 행동, 행현, 행정(杏亭), 행당동 등이 있다. 행화촌 지명도 여러 곳 있는데 행정지명으로 쓰인 예는 없고 자연마을 소지명으로 쓰였다. 대개는 마을에 살구나무가 많고 살구꽃이 만개하여 아름다운 경치를 이루었으므로 그런 지명이 붙게 되었다는 설명이다.

이 중 지금의 행주산성이 있는 행주동에도 행화촌 지명이 있어 관심을 끈다. 행주동주민센터의 '행주동 이야기'에는 여러 자연마을들이 소개되어 있는데, 그중 '행주외동 서원촌마을 이야기'에 '행화촌'이라는 자연마을 이름이 나온다. '행화촌'에 대해서는 '행주서원 서쪽에 있는 마을 이름으로 다른 이름으로는 갬배말이라 부르기도 한다'고 설명하고 있다. 한강 부근 갯벌에 있는 마을이라 그렇게 불렀다고 하는데, '갬배'는 갯벌을 이르는 이곳 말이라고 한다. 그러니까 우리말 이름으로는 갬배말이 전하고, 한자 이름으로는 행화촌이 전하는 것이다.

행주동에 거주하는 노인들은 예전 행주나루터는 황포돛배가 정박하고 출항하는 강변 나루로서 활기가 넘치는 곳이었고, 수십 년 전까지만 해도 덕양산 자락에 살구나무가 아주 많았다고 전한다. 덕양산은 행주산성이 있는 산 이름이다. 또한 이곳에 있는 서원 이름이 살구나무 행자 '행주서원(杏洲書院)'이어서 주목된다. 행주서원은 1842년 헌종의 명에 따라 행주대첩에 공이 있는 권율의 사당으로 세워진 것인데 현판이 '杏洲書院'으로 되어 있다. 예로부터 행주산성이 있는 덕양산에 살구나무가 많아 살구 행(杏) 자를 쓰고, 이곳의 지형이 섬 모양을 하고 있어 섬 주(洲)로 쓴 것이라는 설명이다. '주(洲)' 자는 꼭 섬이 아니라도 물가나 모래톱의 뜻으로도 많이 쓰인 한자이니, 행주는 '살구나무가 많은 물가(강변)'라는 뜻으로도 읽을 수 있을 것이다. 어쨌든 이곳 행주나루터 행화촌이 살구나무와 아주 관련이 깊은 것을 알 수 있다.

정선의 『경교명승첩』에 〈행호관어(杏湖觀漁)〉라는 그림이 있다. 살구 행 자, 호수 호 자를 쓰고 있다. 행호는 현재로 말하자면 대략 방화대교와 신행주대교 사이의 한강을 가리킨다. 1753년에 편찬된 것으로 보이는 '행호팔경도'에는 '행호는 곧 행주인데 살구나무가 많으므로 행호라고 이름 지었다'고 되어 있다. 정선의 그림 〈행호관어〉는 '행호에서 고기잡이 하는 것을 본다'는 뜻인데, 1741년 봄에 그려진 것으로 보인다. 앞쪽의 모래섬과 행주나루 사이에는 웅어(위어)를 잡는 것으로 보이는 어선 14척이 그려져 있다. 행주는 음력 3~4월이 임금께 진상하는 황복과 웅어잡이 철이었다고 한다. 이 그림은 강 건너편 양천 현아 뒷산인 성산에 올라서서 행호를 내려다본 시각으로 그린 것인데 행주외동 일대 강변의 경치가 잘 드러나 있다. 덕양산은 솔숲으로 가득 찼으며 강변으로 이어지는 앞마당가에는 버드나무가 줄지어 서 있다. 특히 덕양산 앞자락으로는 사대부가의 별서(별장)들이 소나무 사이에 들어서 있는 모습을 볼 수 있다.

원래 한강변에는 동호(금호동)를 비롯한 용호(용산강), 서호(서강)지역 에 많은 누정과 별서가 조선 초기부터 지어지기 시작했다. 그러던 것이 임진왜란 이후에는 행주산성 일대의 행호 부근에 누정과 별서가 들어서기 시작한 것이다. 이곳에는 약 22개소의 누정과 별서가 자리 잡고 있었다고 하는데, 모두 임진왜란과 병자호란 이후에 지어진 것으로 추측된다고 한다. 말하자면 한강 하류 행호 일대가 조선 후기에 들어서면서 문인들의 새로운 문화공간으로 자리 잡았음을 보여주는 것이다.

연구자들에 따르면 〈행호관어〉 그림의 오른쪽 집은 죽소 김광욱 (1580~1656)의 별서인 귀래정이었다고 한다. 정선의 『양천팔경도』에는 〈귀래정〉이 따로 그려져 있기도 하다. 이 그림을 그릴 당시에는 김광욱의 후손 김시민(1681~1747)의 소유였다. 김광욱은 조선 중기 명문가의 후예

행호관어

로 정치가와 시인으로서 이름이 높았던 인물이다. 그는 광해군 때 인목대비 폐모론이 제기되자 이를 반대하다 삭직되어 행주로 물러 나와 10여 년간 은거했다. 이 무렵 17수로 구성된 연시조 「율리유곡」을 짓는데, 바로 이 행주의 별서에서 창작된 것으로 추정된다. 그중 열다섯 번째 작품은 다음과 같다.

세버들 가지 꺾어 낚은 고기 꿰어들고
주가를 찾으려 단교로 건너가니
그 골에 행화(杏花) 날리니 아모된 줄 몰라라

낚은 고기를 가는 버들가지에 꿰어 들고 주가(술집)를 찾아가던 화자가 마주친 봄 풍경이다. '율리유곡'의 '율리(밤골)'는 귀래정이 있는 마을 이름인데, 작자는 지금 나루터에 있는 주가(술집)를 찾아가다 살구꽃잎 흩날리는 골에서 '아모된 줄(어딘 줄)' 모를 정도로 마음을 빼앗기고 있는 것이다. 여기서 단교 건너 행화 날리는 골이 살구나무가 지천이었다는 행주(행화촌)를 가리키는 것으로 보인다.

이 살구꽃잎 날리는 풍경을 특이하게 호로 삼은 인물이 있는데, 김광욱보다 100여 년 위인 남효온(1454~1492)이다. 남효온의 호는 행우(杏雨)인데, 직역한다면 '살구꽃 비'이다. 살구꽃잎이 지면서 떨어져 내리는 모습을 비에 비유하여 '행우'라 부른 것이다. 그냥 풍류 시인의 운치 있는 자호로 볼 수도 있지만, 남효온의 '행우'는 이곳 행주의 살구꽃과 관련이 깊은 것 같다. 생육신의 한 사람인 남효온은 단종의 생모 현덕왕후 소릉의 복위를 상소하였으나 뜻을 이루지 못하고 '미친 선비' 소리를 듣게 되자, 지금의 고양시 행주나루에 은거하였다. 그의 시문집 『추강집』(부록 시장)에는 이때의 일을 '간혹 무악에 올라가 통곡하고 돌아왔다. 몸소 행주(杏洲)에서 농사지었다. 겨를이 있으면 도롱이를 쓰고 낚싯대를 잡고서 남포에서 고기 잡았고, 혹은 둔한 나귀를 채찍질하여 압도를 찾아 갈대꽃을 태워서 물고기와 게를 굽고 운자를 내어 시를 짓다가 밤을 새운 뒤에 돌아왔다'고 적고 있다. 행주의 하류에 있던 '압도(오리섬)'는 지금의 일산 호수공원 일대에 있었다. 이곳은 서울 난지도와 함께 갈대가 매우 무성하여 국가(선공감)에서 직접 관리하기도 했다고 한다.

남효온은 김종직의 문인으로 김시습과도 친교가 있었으며, 세속에 뜻을 두지 않고 방외인으로 평생을 살았다. 또한 그는 풍류와 산수를 좋아하여 뜻 맞는 벗들과 행주강가에서 시작을 즐기고, 틈만 나면 전국의 명승지를 답사하기도 했다. 이런 그이고 보면 행주의 살구꽃 지는 봄 풍경이 그의 마음을 사로잡았을 것이고, 그것을 호 '행우'로 마음속에 묶어두었을 것 같다. 그는 39세의 젊은 나이에 세상을 뜨는데, 고양 대장리(현 고양시 덕양구 대장동) 유좌의 등성이에 안장되었다. 그는 고양시 문봉동에 있던 문봉서원에 제향되었고, 지금 행주산성 아래 행주강(한강)이 내려다보이는 행주나루터에는 남효온을 기리는 시비가 서 있다.

또한 고양8현의 한 사람으로 꼽히는 민순(1519~1591)은 조선 중기 유학자로 호가 행촌(杏村)이다. 화담 서경덕의 문하에서 수학하였다. 효행으로 천거되어 토산현감 등을 지냈으나 이후 관직을 버리고 행주 향리에서 학문과 교육에 전념하였다고 한다. 73세를 일기로 행주리 자택에서 별세하였는데, 집에서 가까운 덕양구 현천동 거무내(가무내)마을 뒷동산에 묘소가 있고 저서로는 『행촌집(杏村集)』이 남아 있다. 그가 살았던 때는 임진왜란 전인데 이때도 마을 이름이 행촌(살구나무골 혹은 살구골)이었던 것으로 보인다. 옛날이나 지금이나 자신이 살고 있는 동네 이름을 자신의 호로 삼는 경우가 많기 때문이다. 더구나 마을을 뜻하는 '촌(村)' 자가 들어가는 경우 거의 그렇다고 보아야 할 것이다.

영조 때 관찬 지리지인 『여지도서』(『고양군여지승람』)를 보면 본문 내용은 모두 '행주(幸州, 다행 행, 고을 주)'로 쓰고 있지만, 맨 앞의 지도(강계)에는 '행주(杏洲, 살구 행, 물가 주)'로 표기되어 있다. 조선 후기 지도에서 김정호의 『대동여지도』는 행주(幸州)로 쓰고 있지만, 『1872년 지방지도』는 '행주리(杏洲里)'로 쓰고 있는 것을 볼 수 있다. 이 밖에도 『경기지』(1842년) 지도는 행주진(杏洲津, 나루 진)으로 표기하고 있고, 『경기읍지』나 『고양군여지승람』 지도에도 모두 살구 행 자, 섬 주 자, 행주로 표기하고 있다. 그리고 앞서 말한 행주서원(1842년) 역시 행주(杏洲)로 쓰고 있는 것이다.

현재 고양시 행주동은 한자로는 여전히 행주동(幸州洞)으로 쓰고 있다. 행주산성 역시 이 한자를 쓰고 있다. 『세종실록』 지리지(경기 양주도호부 고양현)에 보면 '행주는 본래 고구려의 개백현인데 신라가 우왕(遇王)이라 고쳐서 한양군의 영현으로 삼았으며, 혹은 왕봉현(王逢縣)이라고도 한다. (김부식이 이르기를 한씨의 아름다운 딸이 안장왕을 맞은 곳이므로 이름을 왕봉이라 하였다고 하였다) 고려가 행주(幸州)로 고쳤다.'고 되어 있다. '우왕'의 '遇(만날 우)'나 '왕봉'의 '逢(만날 봉)'이 모두 만난다는 뜻으로,

'우왕'이나 '왕봉'은 모두 임금을 만난 곳이라는 뜻이다. 『삼국사기』에서 한씨의 아름다운 딸이 안장왕을 맞은 곳이라고 했는데, 안장왕은 고구려 22대 왕이다.

이 '우왕'을 고려시대에 '행주'로 고쳤는데 뜻은 같은 것으로 볼 수 있다. '행주'의 '후(다행 행, 거둥 행)'도 지금은 행운의 뜻으로 많이 쓰이지만, 옛날에는 '행행(行幸)'으로 임금이 대궐 밖으로 거둥한다는 뜻, 곧 임금의 행차를 뜻하는 말로 많이 쓰였다. 따라서 행주는 '임금이 거둥한 고을(임금을 만난 고을)'이라는 뜻을 일관되게 가졌던 것으로 보인다. 이 지명은 조선시대에도 행정적인 지명으로서 지속적으로 쓰였다.

정리해 보면 행주(幸州) 지명은 '왕을 만난 곳'이라는 유래가 분명하고, 고려 때부터 행정적인 지명으로 지금까지 쓰고 있는 이름이다. 고려 때 덕양이라는 별칭이 있기도 했는데, 가리키는 지역은 지금의 고양시 덕양구 지역으로 꽤 넓었던 것으로 보인다. 이에 비해 '살구나무 물가'의 뜻인 행주(杏洲)는 조선 후기 좁은 지역 즉 행주나루터(현 행주동) 부근을 가리키는 이름으로 쓰였던 것으로 보인다. 살구나무가 많았던 곳이라 그런 지역 특성을 반영해 한자를 살구 행(杏) 자로 바꾸어 쓰고 또한 한강가라는 지리적 특성을 반영해 '고을 주(州)'에서 '섬 주(洲)'로 바꾸어 쓴 것이다. 지금은 한자 지명은 모두 다행 행 자 행주(幸州)로 통일되어버리고, 살구 행 자 행주(杏洲)는 행주서원 현판 글씨로만 남았다.

봉사꽃 유달리 고운 북쪽나라

오랑캐고개·오랑캐꽃

히 북방의 시인으로 알려져 있는 이용악의 대표시 중에 '전라도 가시내'라는 남방 지명을 제목으로 한 시가 있어 눈에 띈다. 이용악은 시 속에서 '북쪽' '북쪽나라' 같은 시어를 많이 쓰기도 했는데, 그런 그가 남쪽의 대명사 같은 전라도를 시어로 쓴 것이다. '가시내'라는 말도 '여자아이'를 뜻하는 전라도 사투리이다. 그러니까 '전라도 가시내'는 전라도라는 지명에 그 지방 사투리까지 넣어 제목으로 삼은 것이다.

이 시의 배경은 북간도 술막이다. 술막은 주막을 뜻한다. 가시내는 남쪽 전라도에서 두 낮 두 밤을 걸려 이 술집에 팔려온 서러운 신세. 나는 가시내를 한없는 연민의 정으로 바라보고 위로도 하지만, 사실 나 역시 가시내의 처지와 별반 다르지 않다. 나는 발을 얼구며 '무쇠다리(철교. 이 시에서는 두만강철교를 가리키는 것으로 보임)'를 건너온 함경도 사내로 날이 밝으면 얼음길 눈보라 휘감아 치는 벌판으로 자국도 없이 사라질 사람이다. 그러니까 둘 모두 식민지 조선에서조차 뿌리 뽑힌

225

채 떠도는 삶을 살아야 하는 유랑민의 처지에서 다르지 않은 것이다.

이 시에서 '전라도 가시내'와 '함경도 사내'의 대비가 인상적인데, 가시내와 사내의 대비는 그렇다 쳐도, 전라도와 함경도는 대비적으로만 읽을 수 있는 지명은 아니다. 함경도는 우리나라의 최북단, 전라도는 우리나라의 최남단. 둘 다 중심지로부터 거리가 멀어 상대적으로 소외되고 천대받던 지역이라는 점에서 동질적이다. 두 지역 모두 조선시대에는 유배지로서도 많이 이용되던 지역인데 그만큼 변방이며 험한 곳으로 인식되기도 했다. 그런 두 지역 남녀의 만남은 대비적인 것이 아니라 동질감의 확인이라 해야 할 것이다. 많은 사람들이 유랑민으로 떠돌아야 했던 당대 식민지 조선의 민족 현실을 가슴 아프게 확인하는 장면이기도 하다.

이용악은 '함경도 사내'라는 자기 인식이 투철했다. 함경도는 함흥과 경성의 머리글자를 합하여 만든 지명이다. 경성은 이용악의 고향이기도 하다. 이 함경도는 관북 지방으로도 불리었는데, 고려시대에 설치된 '철령관'이라는 관문의 북쪽 지방이라는 뜻이다. 관북은 마천령을 기준으로 다시 남북으로 구분하기도 했는데 북쪽을 북관, 남쪽을 남관이라 하였다고 한다. 일반적으로는 함경도 전체를 관북으로, 그중 함경북도를 북관으로, 함경남도를 남관으로 써왔던 것 같다. 북관은 지형, 산업, 풍속 등에 있어 남관과 큰 차이가 있어 조선시대에도 두 지역을 확연히 구분하여 인식하고 있었던 것으로 보인다. 조선 후기 홍의영의 『북관기사』를 보면, '남관만 해도 산천과 풍물이 기전(畿田, 경기)과 대동소이하나, 일단 마천령을 넘으면 산은 더욱 높고 험준하며, 들판은 더욱 황량하고 넓으며, 민물(民物)과 풍속도 판이하다.'라고 적고 있다.

김진형은 「북천가」에서 배소에서 본 북관민의 삶을 한마디로 압축적으로 묘사하고 있는데 '개가죽 상하착은 상놈들이 다 입었고 조밥 피밥 기장밥은 기민의 조석이라'가 그것이다. 다른 북관 기행문이나 북관의 풍속지에도 보면 남자들의 의복은 모두 '붉은 개가죽(赤狗皮)'으로 나오는데 이 지역의 특색이다. 밥도 쌀밥이 없고 조, 피, 기장밥이 주식이었다. 이중환은 『택리지』에서 '함흥 이북은 산천이 험악하고 풍속이 사나우며 날씨가 춥고 땅이 메마르다. 곡식은 조와 보리뿐이며 벼는 적고 면화는 없다. 지방 사람들은 개가죽을 입고 추위를 막으며 굶주림을 견디는데 여진족과 똑같다'고 쓰고 있다.

이러한 북관 사람들의 삶의 모습을 엿볼 수 있는 근대문학작품으로는 김동환의 장편서사시 「국경의 밤」이 있다. 두만강변의 작은 마을을 공간 적인 배경으로 하고 있는 이 작품은 여주인공 '순이'가 소금실이 밀수출마 차를 끌고 두만강을 건너간 남편의 안전을 걱정하며 불안해하는 이야기로 시작하고 있다. '순이'는 재가승으로 불린 여진족의 후예로 설정되어 있는 것도 특이하다. 이들 여진족들은 소수이지만 두만강변의 여러 마을 에 집단을 이루고 자신들의 풍습을 지키며 살았던 것으로 보인다. 소금 밀수출은 당시 국경 마을들의 주된 업이었던 같은데, 이용악의 부친도 이러한 일에 종사했던 것으로 전해진다.

이용악의 또 다른 대표작으로 「낡은 집」이 있다. 앞부분에서는 털보네 일곱 식구가 겨울에 집을 버리고 떠나게 된 서글픈 내력을 사실적으로 그려내고, 이어서 털보네의 이향과 '낡은 집'의 현재의 모습을 그리고 있다. 이 시는 구체적인 실례로써 일제의 억압과 착취에 의한 농촌의 황폐화와 그에 따른 유민 현상을 생생하게 고발한 작품으로 높이 평가받는 다. 털보네의 고난사는 한 가족만의 문제가 아니라 일제 치하에서 고통당 하는 우리 민족의 문제였던 것이다. 그런 점에서 '낡은 집'은 바로 일제에게 모든 것을 빼앗긴 '우리나라'를 상징하는 것으로도 볼 수 있다.

이 시에서 털보네 가족이 오랑캐령이나 아라사로 갔으리라고 이웃들은 짐작하고 있는데, 두 곳 모두 유이민과 관련이 깊은 곳이다. 여기서 아라사는 러시아 곧 연해주를 가리킨다. 오랑캐령은 오랑캐의 땅을 뜻하 는 말이 아니라 오랑캐고개를 뜻하는 말이다. 오랑캐고개는 만주유이민의 역사에서 북간도로 넘어가는 첫 관문이자 경계의 상징으로 중요하게 인식되었던 고개이다. 연변 쪽 지명지에는 나오지도 않고, 주로 조선족들만이 부르던 이름이라고 한다.

오랑캐령은 함경북도 회령으로부터 두만강 건너편 마을인 삼합에 이른 다음 거기서 오랑캐령을 넘어 용정으로 가는 주요 통로에 위치하고 있다. 회령은 조선인의 만주이민사에서 일찍부터 핵심적인 관문 역할을 해온 국경도시이다. 지리적으로 두만강 건너편 중국의 삼합과 머리를 맞대고 있어서 일찍부터 청인들과 문물교역이 성행한 곳이며 청조 때(1638년)는 회령개시가 설치되기도 했다. 삼합은 이름 그대로 3개의 마을을 합친 데서 붙인 이름이라고 한다. 바로 이 회령에서 두만강 건너 삼합, 오랑캐령을 거쳐 드넓은 용정벌로 직통하는 길이 만주유이민의 가장 확실한 이주 통로였던 것이다.

1925년 『조선문단』에 발표된 최서해(1901~1932)의 「탈출기」라는 단편소설에도 오랑캐령이 나온다. 이 작품은 1920년대 우리 민족의 비참한 삶의 모습을 작가의 생생한 체험을 바탕으로 그린 빈궁문학의 대표작으로 꼽힌다. 특히 북간도 곧 연변지역에 살던 우리 민족의 비참한 삶을 사실적으로 그려내고 있다. 이 중 가족들을 데리고 두만강을 넘어 북간도로 이주하는 대목에서 '두만강을 건너고 오랑캐령을 넘어서 망망한 평야와 산천을 바라볼 때 청춘의 내 가슴은 리상의 불길에 탔다. 구수한 내 소리와 헌헌한 내 행동에 어머니와 안해도 기뻐하였다.'고 쓰고 있다. 오랑캐령을 넘어갈 때 새로운 터전에 대한 기대감으로 부풀어 있는 모습을 볼 수 있는데, 이 기대감은 북간도에 정착하여 생활하면서 여지없이 깨지고 만다. 실제로 최서해(본명 최학송)는 함경북도 성진에서 출생하여 1917년 간도로 이주하는데, '탈출기'는 이때의 체험을 바탕으로 한 것으로 알려져 있다.

연변의 조선족 소설가 림원춘의 장편소설 『오랑캐령』은 1931~1933년을 시대적 배경으로 하고, 용정(용천골)이라는 조선족 주거지를 공간적 배경으로 설정하여 질곡과 환난의 조선족 역사(이주사)를 탐구한 작품으로 알려져 있다. 여기에서 그는 아흔아홉 굽이 오랑캐령을 '오르며 20리 내리며 20리, 40리 길을 동강내며 한숨과 한탄으로 부풀어 오른 오랑캐령, 헐벗고 굶주린 겨레들의 굽 빠진 초신짝과 동강난 나막신으로 높아만 지는 오랑캐령'으로 묘사하고 있다. 그러면서 오랑캐령을 한마디로 이별의 고개, 원한의 고개, 한숨의 고개로 표현하고 있다. 가곡 '선구자'의 작사자로 알려진 시인 윤해영은 1938년 『만주시인집』에 발표한 '오랑캐 고개'라는 시에서 오랑캐고개를 '두만강 건너 북간도 이사꾼들의 아람찬 한숨의 관문이었다'고 표현하면서 밀수꾼 젊은이들의 공포의 관문이었다고도 쓰고 있다.

조선족 유이민의 애환이 가득 서려 있는 이 오랑캐고개에는 다음과 같은 전설이 전해지고 있다.

이곳에는 원래 이좌수라는 사람이 살고 있었는데, 나이가 찬 딸이 하나 있었다. 밤마다 정체 모를 사나이가 처녀의 방에 들어와서 자고 갔다. 얼마 후 처녀는 태기가 있어 아버지에 문초를 당하였다. 처녀는 자기가 당한 사실을 그대로 아뢰었다. 이좌수는 딸에게 밤에 찾아오는 사나이의 옷단에 명주실을 꿴 바늘을 꽂으라고 명하였다. 사나이가 다녀간 다음 날 아침 명주실을 따라가 보니 실마리가 늪에 들어가 있었다. 늪의 물을 다 퍼내고 보니 그 안에 바늘이 꽂힌 수달이 누워 있었다. 처녀는 만삭이 되어 아들을 낳았는데 수달의 자식이라 하여 노라치라 불렀다.

수달은 워낙 짐승의 노린내가 나서 입과 네 발톱에 다섯 개의 주머니를 씌웠다. 그런 까닭으로 수달 부자가 드나들던 고개를 오랑(五囊)캐령이라 불렀다고 한다.

―야래자형설화, <모바일 세계한민족문화대전>

오랑캐고개에 대한 지명설화(전설)이면서 오랑캐라는 말의 어원을 알려주고 있다. 노라치는 만족어로 수달을 뜻한다고 한다. 이와 비슷한 이야기가 함경북도 회령에도 전해오는데 '노라치전설'이 그것이다. 그런데 회령 지방의 이야기는 수달의 정체를 알고는 수달을 때려죽이고 명당자리에 그 뼈를 모셨고, 처녀의 아들은 미인과 혼인해 세 아들을 두었는데 그중 셋째가 자라서 청나라의 태조 곧 누르하치가 되었다는 것이다. 말하자면 노라치(수달)의 손자가 누르하치라는 누르하치 탄생설화가 된 것이다. 노라치와 누르하치의 음이 비슷한 것에 주목한 것이다.

어쨌든 오랑캐고개전설은 수달이 워낙 노린내가 심하여 입과 네 발톱에 다섯 개의 주머니를 씌웠기 때문에 '오랑(五囊, 다섯 오, 주머니 낭)캐'라 불렸고, 그 오랑캐가 드나들었던 고개라 '오랑캐령'이라 했다는 내용이다. 그러니까 오랑캐라는 말은 '다섯 개의 주머니를 낀 개'라는 뜻이 된다. 또 다른 오랑캐설화에는 수달이 개로 등장하기도 한다. 여기에서는 개가 밤마다 딸을 핥고 물고 할퀴자, 괴로움을 참다못한 딸은 개의 네 발목과 입에 각기 주머니를 씌웠다. 그래서 이 개는 '오랑(五囊)을 낀 개'가 되고 말았다. 그 개와 딸이 자식을 낳자 북쪽으로 쫓겨나 후손을 퍼뜨려 오랑캐가 되었다는 이야기이다.

모두 오랑캐의 오랑을 다섯 주머니로 해석해서 지어낸 이야기로 보인다. 원래 오랑캐라는 말은 개나 주머니와는 아무 상관없이 한자어 올량합(兀良哈)에서 온 말이다. 『조선왕조실록』에는 여진족에 兀狄哈(올적합, 우디거), 兀良哈(올량합, 오랑캐), 斡朶里(알타리, 오도리), 토착 여진 등 네 종류의 족명이 나타난다. 『정종실록』(1년 1월 19일 기사)에는 올량합족과 오도리족의 근거지가 나오는데 올량합족은 수주(함경북도 종성의 옛 이름), 오도리족은 오음회(함경북도 회령의 옛 이름)였던 것으로 보인다. 이 중 올량합을 오랑캐로 읽은 기록이 『용비어천가』에 나온다. 3장의 본문 주석 '야인조'에 '兀良哈 오랑캐'라고 기록되어 있는데, 오랑캐의 최초 한글 발음표기이다. 그러니까 세종 때 올량합을 우리 식으로는 '오랑캐'로 읽은 것이다. 이를 뒷받침하는 표기가 『세종실록』(22년 7월 27일 기사)에도 보이는데, 올량합을 '오랑개(吾郞介)'로 쓰고 있는 것이다. 여기에서 '오랑개'는 오랑캐를 한자의 음을 빌려 표기한 것이다.

오리앙카이(우리얀카이, 우량카이, 우량하이)는 중세 몽골고원의 유목민들이 알타이 우량카이, 투바인, 야쿠트인 등의 삼림민들을 가리키던 말이라고 한다. 이 말을 중국에서 음차표기한 것이 바로 올량합(兀良哈)이다. 또는 오량해(烏梁海)로 쓰기도 했다. 이 말이 시대에 따라 그 의미가 확장되어 단순히 자신들보다 미개하다고 생각되는 집단을 일컫는 말처럼 사용되었다. 명나라에서는 여진도 우량카이라고 불렀다고 한다. 이 말이 우리나라에도 전해져서 여진의 일파를 올량합이라고 일컫다가 이 말을 우리말로 오랑캐라 부르게 된 것이다.

이용악의 대표작 중에 '오랑캐꽃'이라는 시가 있는데, 일제강점기에 우리땅에서 쫓겨나 이국땅으로 떠도는 우리 민족의 비극적 삶을 오랑캐꽃을 통해 상징적으로 그려내고 있다. 옛날에는 우리가 오랑캐를 쫓아냈는데 이제는 우리가 오랑캐처럼 쫓겨나는 상황을 오랑캐꽃에 의탁해서 형상화한 시이다. 여기서 오랑캐꽃은 제비꽃을 달리 부르는 이름이다. 오랑캐꽃 이름의 유래에 대해서는 꽃이 필 무렵 오랑캐가 자주 쳐들어와서 붙여졌다는 설과 꽃의 뒷모양이 머리채를 드리운 오랑캐의 뒷머리와 닮아서 그렇게 부른다는 설이 있다. 실제로 보면 제비꽃의 뒷모양은 아주 특이하게 생겼는데, 이 모양에서 청나라 사람(오랑캐)의 변발을 연상한 것이 수긍이 간다.

현재는 오랑캐령을 길림성 연변조선족자치주 용정시 삼합진 강역촌에 있는 고개로 정의하고 있다. 최고 해발은 1,085.7m이다. 오랑캐령은 삼합 해관(세관)을 지나 북한으로 가는 주요한 영마루로서 도로는 모두 아스팔

트로 포장되어 있다. 이 구간은 송이버섯이 많이 자생하여 송이버섯 고향(송이지향)이라고도 불린다. 용정시 정부는 해마다 송이버섯 축제를 연다고 한다.

남신의주 유동 박시봉방 백석

여우난골·가즈랑고개

1 987년 해금조치 이후 비로소 일반에 공개된 백석의 시들은 지금에는 김소월, 윤동주를 능가할 정도로 성가가 높아졌다. 그는 월북시인으로 함께 묶여 오랫동안 금지되었던 것인데, 사실 그는 재북시인이었다. 고향이 북한이어서, 해방이 되고 만주에서 귀국하여 그대로 북한에 머문 것뿐이었다. 그는 초기시부터 평안도 방언을 보편적인 시어로 시를 써서 일약 문단의 주목을 받았고, 1930년대 후반을 대표하는 시인으로 자리 잡았다. 애초에 그는 정치적인 이념과는 거리가 있는 시인이었다. 그런데도 남쪽에서는 오랫동안 금기로 묶이었고, 고향 북한에서도 빛을 보지 못하고 박대를 받았다. 북한에 살면서는 주로 번역문학과 아동문학에 종사하다가, 1959년에 숙청되어 삼수군 관평리의 협동농장으로 내려가 양치기 일을 했다고 한다. 삼수는 갑산과 함께 조선시대에도 악명 높은 오지이자 유배지였다. 그는 그곳에서 1996년 84세의 나이에 생을 마감한 것으로 알려져 있다.

백석은 필명도 개성적이고 특이한데 우리말로 바꾸면 '흰돌'이다. 그의 본래의 이름은 백기행이지만 작품을 발표하면서는 백석 이름을 썼다. 1930년 〈조선일보〉 신춘문예에 당선된 소설 「그 모(母)와 아들」에 '白石(백석)' 이름을 썼다. 그가 오산고보를 졸업한 지 얼마 안 된 때로 열아홉 나이였다. 흰 백 자, 돌 석 자 백석(白石)은 한자도 획수가 적고 쓰기가 아주 쉽다. 단순하면서도 인상적인 한자이다. 수없이 많은 돌 중에 유독 눈에 띄는 '흰돌'. 유명한 국어학자 이희승은 키가 작고 왜소한 탓에 자신의 호를 '일석(一石)'이라 했는데, 이때의 일석은 '작은 돌멩이'의 의미이다. 그러나 백석은 앞에 흰 백(白) 자가 붙음으로써, 돌 중에서도 아주 특별한 돌 '흰돌'이 되어버린 것이다.

백석은 예로부터 귀한 대접을 받은 돌이기도 하다. 옥이 아니면서 옥 같은 대접을 받았던 돌이다. 백석으로 만든 돌 등잔을 옥등이라고 불렀는데, 중국과의 교역에서도 상당히 중요한 물품으로 취급받았다. 실록에도 임금이 중국 사신에게 백석등잔을 선물로 준 기록이 여러 차례 나온다. 또한 여러 지역의 토산 중에 백석을 기록하고 있는데, 이 백석으로는 주로 석등잔을 만들었던 것으로 보인다. 또한 선비들의 호에도 '백석'이 많이 쓰였는데, 백석의 단단하고 변함없으면서도 흰색의 고아한 기품을 높이 산 때문인 것으로 보인다.

백석도 자신의 성이 백(白) 씨인 탓에 쉽게 백석이라는 이름에 착안했을 것으로 보인다. 백석은 '흰색의 시인'이라 할 정도로 시에서 흰색 이미지를 즐겨 쓰기도 했는데, 자신의 이름인 '흰 돌' 이미지와도 무관하지는 않은 것 같다. 그의 대표작 「나와 나타샤와 흰 당나귀」의 흰 당나귀나 「박각시 오는 저녁」의 하이얀 바가지꽃(박꽃)과 같은 이미지가 그렇다. 여기에서 흰색은 밤을 배경으로, 소박하고 친근하면서도 은근히 눈에 띄는 색감으로 표현된 것을 볼 수 있다.

백석은 1936년 첫 시집으로 『사슴』을 선보이는데, 이 시집으로 그는 일약 문단의 총아가 되었다. 이에 대해 김기림은 〈조선일보〉에 실은 평문에서 '시집 『사슴』의 세계는 그 시인의 기억 속에 쭈그리고 있는 동화와 전설의 나라다. 그리고 그 속에서 실로 속임 없는 향사[시골 선비]의 얼굴이 표정한다'고 썼다. 백석의 시가 주로 유년시절의 체험이나 향토적인 풍경에 바탕을 두고 있는 것을 지적한 평인 것 같다. 사실 『사슴』은 자신의 고향인 평안북도의 사투리를 그대로 시어로 활용하면서 향토적이고 토속적인 세계를 그려내고 있는 데에 특징이 있다.

백석 시에 두드러진 향토성은 사투리와 구체적인 인물(토착민) 그리고 토속적인 음식 등 여러 가지에 의해 구현되는데, 그중 땅이름도 중요한 한 축을 이루고 있는 것으로 보인다. 『사슴』에는 제목만으로도 '가즈랑집' '여우난곬족' '여우난골' '오금덩이라는 곳' '국수당 넘어' '정주성' '통영' '삼방' '성외' '정문촌' 등의 지명이 확인된다. 이 가운데 '여우난골' 지명은 우리말 이름이면서 백석의 고향이라는 점에서 아주 의미가 깊다.

여우난골은 큰집이 있는 곳이자 바로 백석의 고향이다. 여기서 큰집은 큰아버지(백부)가 사는 집이 아니라 할아버지가 사는 집이다. 평북 말로는 할아버지를 큰아버지로 부른다고 한다. 연보에 따르면 백석은 1912년 7월 1일 정주군 갈산면 익성동 1013번지에서 태어났다. 당시 오산고보가 익성동 940번지였다고 하니 그 인근이었던 것으로 보인다. 시에서는 명절이나 제삿날에 할아버지 할머니가 있는 큰집으로 갔던 것으로 보이는데, 그곳이 여우난골이다. 이 마을은 백석의 본관인 수원백씨 집성촌이었다고 한다. 백석의 시 「목구」에는 '수원백씨 정주백촌'이라는 표현이 나오는데, 이 '여우난골'을 이르는 말로 보인다. '정주백촌'은 정주의 백씨들이 모여 사는 마을이라는 뜻이다. 그러니까 한자 지명으로는 '백촌'이라 불렀을 가능성도 있는데, 우리말 이름으로는 '여우난골'이다. 산짐승이 자주 출몰하는 전형적인 산골마을이었던 것이다.

'여우난골'은 자연지명으로 여러모로 특이하다. 여우라는 동물 이름을 넣은 것도 그렇지만, '여우가 나오는'과 같이 주어 서술어를 갖추고 있는 것도 그렇다. 모두 지명의 원초적인 형태로 보인다. '범난골' '도야지둥그러죽은골' '사심이뿔빠진골' '말새끼난골' '깔미똥눈방우(갈매기가 똥 눈 바위)' 등의 땅이름도 그러한데, 아무 수식이나 개념의 개입 없이 직서적인 형태 그대로 지명화된 것이다. 단순하고 즉물적인 성격이 강해 원시적인 느낌까지 준다. '여우난골'은 말 그대로 여우가 많이 혹은 자주 출몰하는 지역의 특성을 그대로 지명화했고 그것이 변함없이 오랫동안 유지되어 온 것으로 볼 수 있다. 야생적인 지역 생태를 암시하면서 '호랑이 담배 피우던 시절' 같은 예스러운 이미지를 함께 보여주고 있다.

백석의 시에서 '여우난골'은 두 작품에서 쓰이고 있다. 하나는 그대로 '여우난골'을 제목으로 하고 있고, 다른 하나는 '여우난곬족'을 제목으로 하고 있다. '여우난곬족'에서 '곬'의 ㅅ은 사이시옷으로 '의'의 뜻이고, '족'은 족속(친족)의 뜻이다. 그러니까 '여우난곬족'은 여우가 나오는 골짜기(고을)의 족속이라는 뜻이다. 그냥 '여우난골'에 비해 거기에 사는 사람들에 더 초점이 맞추어졌다는 것을 알 수 있다.

먼저 '여우난골'을 보면 전형적인 산골마을의 가을 풍경이 아주 정겹게 그려져 있다. 그리고 그 풍경은 그냥 아름답기만 한 것이 아니라 우리네 옛 풍습과 노동이 배어 있는 향토적인 풍경인 것을 볼 수 있다. 할아버지와 손자가 박을 따러 지붕 위에 오르고, 또 아래에서는 그 박을 삶고 있다. 속이 잘 파지고, 곰팡이가 피지 않고, 그리고 마른 후 노랗게 단단해지라고 삶아서 바가지를 만들었다. 또 마을에서는 삼굿을 하고 있다. 삼은 대마로 삼베를 짜는 재료다. 굿은 무당의 굿이 아니라 구덩이를 뜻하는 옛말이다. 삼굿은 삼 껍질을 잘 벗겨내기 위해 구덩이에 넣고 쪄내는 일로 대개 마을의 공동작업으로 이루어졌다. 그리고 어린 나는 노란 싸릿잎이 한 불 깔린 토방에서 햇츩방석을 깔고 앉아 호박떡을 먹고 있다. 햇츩방석은 햇칡방석으로 그해에 새로 난 칡덩굴로 엮어 만든 방석을 가리킨다.

노란 싸릿잎이나 햇칡방석, 호박떡 등은 아름다운 가을색의 색감을 보여주고 있기도 하다.

또한 시인은 마지막 연에서 '여우난골'을 '어치라는 산(山)새는 벌배 먹어 고읍다는 골'로 묘사하면서, 산골마을에 풍성한 자연물의 풍경을 그려 보이고 있다. 어치는 예로부터 산까치라고도 불렸던 새인데 깃털색이 아주 다양하고 아름답다. 벌배는 '배'가 들어 있어 배 모양을 떠올리기 쉬운데 실제는 그렇지 않다. 벌배나무는 팥배나무로 많이 불렸는데 물앵두나무라고도 불렀다. 꽃은 5월에 배꽃같이 흰색으로 피며 열매는 9~10월에 빨간색으로 익는다. 열매가 붉은 팥알같이 생겨 팥배나무라고 불렀다고 하는데 이미지로는 팥알보다는 앵두에 가까운 열매로 겨울철 산새들의 주요 먹잇감이다.

또 아이들이 돌배 먹고 아픈 배를 띨배 먹고 나았다고 해서, '벌배'에 이어 '돌배' '띨배'를 등장시키고 있는데, 사람의 배와 함께 모두 배, 배, 배이다. 이 중 우리가 먹는 배 모양을 한 것은 돌배뿐이고 나머지는 배 모양과는 별 상관없는 붉은색의 열매들이다. 돌배나무는 우리나라 산속 어디서나 만날 수 있는 흔한 나무로 작은 야생배가 달리는 나무이다. 그런 배를 대개는 덜 익은 것을 많이 따먹고 배가 아플 수 있었을 것이다. 그때는 띨배를 먹고 나았다고 했는데, 토속적인 처방이다. 띨배는 흔히 찔배로 불렸는데 찔배나무(찔광나무, 아가위나무, 산사나무)의 열매이다. 가을에 붉은빛으로 익는데 한방에서는 산사자(山査子)라고 하여 건위제, 소화제, 정장제로 썼다. 어쨌든 시인은 어치라는 새와 벌배, 돌배, 띨배 같은 야생의 자연물을 통해 산골마을의 가을 풍경을 풍성하게 그려내고 있다.

「여우난곬족」은 「여우난골」과 함께 시집 『사슴』에 수록되어 있다. 두 작품 중 어느 것이 먼저 쓰였는지는 알 수 없다. 다만 시의 기법이나 세련도로 보아서는 '여우난곬족'이 나중에 지어진 것으로 짐작된다. 두

시 모두 어린 시절의 체험을 바탕으로 하고 있는데, 앞서 얘기한 대로 '여우난골'은 풍경에, '여우난곬족'은 인물에 좀 더 초점이 맞추어져 있다고 볼 수 있다.

「여우난곬족」은 1연에서 설 전날 엄매, 아배 따라 할머니, 할아버지가 있는 큰집으로 가는 상황을 제시하면서 시작하고 있다. 우리 집 개가 나를 따라 함께 큰집으로 가는 모습이 인상적이다. 그리고 2연에서는 인물들이 등장하는데 큰집에 모인 친척들 모두가 상세히 묘사된다. 개별 인물의 특징과 삶의 역정에 이어 그 자식들까지 모두 나열하고 있다. 그리고 이어서는 이들과 함께 먹은 각종 음식물과 아이들끼리 함께했던 각종 놀이를 자세하게 그려내고 있다. 이로써 친족공동체의 명절 풍경을 풍성하게 재현하면서 공동체에 내재하던 행복한 원체험의 기억과 정서를 환기하고 있다. 물론 이러한 친족공동체의 분위기를 재현하는 데에는 백석의 다른 시처럼 평안도 방언이 크게 기여하고 있고, 더불어 토속적인 지명이 효과적으로 사용되고 있는 것을 볼 수 있다. 그럼으로써 작품의 사실성과 함께 향토성을 높이고 있는 것이다.

'여우난곬족'에는 제목 이외에도 여러 지명이 등장하는데 친족들 각각의 현재 거주지로 제시되고 있다. 그들 모두는 어릴 적에 이곳 '여우난골'에 함께 살았지만, 지금은 각기 가정을 이루어 각각의 거주지로 퍼져 살고 있다가 명절날 고향집에 한데 모인 것이다. 그중 제일 먼저 언급한 것은 둘째 고모가 살고 있는 신리이다. 신리는 여우난골로부터 벌 하나 건너에 있다는 것으로 보아 가까이 위치하고 있는 것을 알 수 있다. 신리는 새 신(新) 자, 마을 리(里) 자를 쓰고 있는데 전국적으로 아주 흔한 이름이다. 새로 생긴 마을이라는 뜻으로 우리말로는 새말(새마을), 새실이다. 전혀 새롭게 개척한 경우도 있지만 큰 마을에서 가지를 쳐 새롭게 생긴 경우도 많다. 신리는 '새말'이라는 원의를 그대로 함축하고 있는 점에서는 토속적인 지명으로 볼 수 있을 것 같다. 백석보다 이십 년 앞서 태어난 춘원 이광수의 출생지가 정주군 갈산면 광동동 신리로 되어 있는데 이곳 신리일 가능성이 있다. 광동동은 같은 갈산면에 백석이 태어난 익성동과 가까이 위치하고 있다.

그다음은 셋째 고모가 사는 토산이다. 일반명사로 토산은 '돌이나 바위가 없이 대부분 흙으로만 이루어진 산'을 뜻하는 말인데, 우리말로는 흙메이다. '흙메'와 '토산'은 모두 표준어이다. 지리에서는 산지 구분으로 흙산(土山)과 돌산(石山)이라는 이름을 쓴다. 풍수지리에서는 살 육(肉) 자를 써서 육산이라고도 한다. 토산도 흙메를 단순하게 한자화하면서 원의가 살아 있어 토속적인 느낌이 든다. 또한 토산이 예수쟁이 마을 가까이 있었다고 했는데 예수쟁이 마을도 행정적인 지명은 아니고 그 마을 사람들 중에 기독교인들이 많아 근동에서 그렇게 편의적으로 부른 이름으로 보인다. 그런데 토산 고모가 그렇게 멀리로 시집간 것이 아니라면 이 예수쟁이 마을은 오산학교를 설립한 남강 이승훈이 세운 용동촌을 가리키는 것으로 볼 수도 있다. 용동촌은 이승훈이 기독교적인 이상촌으로 구상했던 곳이다. 이때 용동마을의 남녀노소 모두가 교회에 나갔다고 하는데 예수쟁이 마을은 이 용동마을을 가리키는 것으로 보인다. 전통적인 향촌사회에서 기독교인들을 예수쟁이로 낮잡아 부른 것을 알 수 있다.

세 번째로 '큰골 고모'에서 '큰골'도 아주 낯익은 땅이름이다. 큰골은 흔히 대촌(大村)으로 한자화되었는데 전국적으로 아주 많다. 주변 동네보다 상대적으로 호수도 많고 중심이 되는 동네를 가리키는 이름이다. 한편 삼촌은 '먼 섬에 반디젓 담그러 가기를 좋아'한다고 했는데, 여기서 '먼 섬'은 정주 앞바다에 있는 애도(艾島, 쑥 애)를 가리키는 것으로 보인다. 애도는 우리말로는 쑥섬이라 불렀는데 섬에 쑥이 무성하여 불린 이름이라고 한다. 이 쑥섬은 예로부터 수산업으로 유명했는데, 삼촌이 반디젓(밴댕이젓) 담그러 가기를 좋아한 섬이 바로 이 쑥섬인 것으로 보인다.

「여우난골」「여우난곬족」외에도 토속적인 지명으로 제목을 삼은 작품으로는 「가즈랑집」이 많이 알려져 있다. 가즈랑집은 택호같이 쓰였는데 가즈랑고개 밑에 있는 집을 가리키는 말이다. 여기에서 가즈랑고개는 여우난골에 비해 훨씬 무섭고 험한 곳으로 그려져 있다. 승냥이(이리와 비슷함)가 새끼를 치고, 쇠매(쇠로 된 메, 묵직하고 둥그스름한 나무토막이나 쇠토막에 자루를 박아 무엇을 치거나 박을 때 쓰는 물건)를 든 도적이 출몰했던 깊고 험한 산골이다. 가축을 잡아먹으러 내려온 산짐승을 쫓기 위해 꽹과리 소리를 울리고, 멧돼지는 이웃사촌쯤으로 지내는 곳이다. 거기에다 '가즈랑집' 할머니는 귀신의 딸(단골무당)이라 어린 화자에게는 이 산골 풍경이 더 무섭게 느껴졌는지도 모른다.

그러나 무서운 풍경만이 있는 것은 아니다. 토끼도 살이 오른다는 때 아르대즘퍼리에서 제비꼬리, 마타리, 쇠조지, 가지취, 고비, 고사리, 두릅순, 회순 같은 산나물을 하는 가즈랑집 할머니를 따라다니며 나는 여러 가지 맛있는 산골 음식을 머릿속에 떠올리기도 하는 것이다. 여기에서 '아르대즘퍼리'라는 특이한 땅이름은 '아래쪽에 있는 진창으로 된 펄'이라는 뜻의 평안도식 지명이라고 한다. '아르대+즘+퍼리' 정도로 분석한 것 같은데 '아래쪽+진+펄'의 뜻으로 이해된다.

가즈랑고개는 정주군 덕언면 내동과 백미동 사이에 있는 고개라고 하는데 확인하기가 어렵다. '가즈랑'이라는 말도 그 뜻이 무엇인지 쉽게 확인이 되지 않는다. 다른 예도 없거니와 의미 파악이 어렵다. 가즈랑의 '가즈'를 '가지'에서 온 말로 보고, 가즈랑고개를 길이 갈라진(가지 친) 고개로 볼 수 있는 가능성이 있지만 확실하지는 않다. 또한 가지런하다의 사투리 가즈런하다에서 비롯된 것으로 볼 수도 있지만 이 역시 추측일 뿐이다. 어쨌든 '가즈랑'이라는 말은 뜻은 불분명한 채 아주 토속적인 어감으로 읽히는 이름이다.

백석의 또 다른 대표작 「남신의주 유동 박시봉방」은 「여우난골」과 여러 가지로 대척점에 있다. 「여우난골」은 초기의 작품이고, 「남신의주

유동 박시봉방」은 남한에서 그가 발표한 마지막 작품이다(1948년). 「여우
난골」이 아무 고민 없이 행복했던 어린 시절의 체험을 재현하고 있다면,
「남신의주 유동 박시봉방」은 젊은 시절 신산한 유랑의 끝에서 후회와
절망을 노래하고 있는 점에서 대척에 있다. 생애에 있어 가장 행복했던
시절과 가장 절망적인 시절을 대비해 볼 수 있다. 또한 지명에 있어서도
전자가 향토적인 순우리말 이름이라면, 후자는 도시적인 한자 지명인
점에서 대비적이다. 전자는 고향이고 후자는 떠도는 객지인 것이다.

　「남신의주 유동 박시봉방」은 제목부터 특이하다. 편지 봉투의 발신인
주소를 그대로 제목으로 삼은 것이다. 방(方)이라는 말은 남의 집에 세를
얻어 살거나 하숙을 하고 있을 때 집주인 성명 밑에 붙여 쓰던 말이다.
그러니까 박시봉방은 박시봉 씨네 혹은 박시봉 씨댁 정도의 뜻이다.
그렇게 방(方)이라는 말을 붙여 제목으로 삼은 데에는 어떤 의도가 있어
보인다. 즉 자신이 아직 정처가 없이 남의 집에 임시로 붙어살고 있다는
것이고, 자신이 아직도 고단한 유랑의 도중에 있음을 암시한 것으로
볼 수 있다.

　신의주는 원래 의주(조선시대 의주부)에서 새로 생겼다 해서 새 신(新)
자를 넣어서 생긴 지명이고, 남신의주는 신의주가 확장되면서 신의주의
남쪽 구역을 가리키는 말로 생겨난 것이다. 의주→신의주→남신의주
과정으로 생겨난 말이다. 신의주는 압록강을 사이에 두고 중국의 단둥(옛
지명 안동)과 마주보고 있는 국경 도시로, 일제가 대륙 침략을 목적으로
경의선을 부설하면서부터 새롭게 개발된 곳이다. 경의선은 1906년에
완공되는데, 1911년 압록강 철교가 완성되고 남만주철도(만철)와 연결되
면서 신의주는 봉천(선양), 신경(장춘, 만주국 수도) 등 만주 곳곳으로
연결되는 아주 중요한 거점 도시 구실을 하게 된다.

　유동 또한 1939년 행정구역확장 때 의주군에서 신의주부에 편입되었다
는 것을 보아 신의주가 확장을 거듭하면서 새롭게 도시에 편입된 지역으

로, 도심에서는 먼 변두리 지역으로 볼 수 있는 곳이다. 그렇게 새롭게 개발되고 확장되는 도시의 변두리, 유동의 어느 목수(박시봉)네 집 헌 삿자리(갈대를 엮어서 만든 자리)를 깐 방에 들어앉아서 백석은 어느 먼 산 바우섶에 외로이 서서, 어두워 오는데 하얗게 눈을 맞을 굳고 정한 갈매나무를 생각하는 것이다.

천년을 노란 우산 펼쳐 든 동리

은응뎅이 · 은행나무골 · 행자나무골

우리 속담에 '은행나무도 마주서야 연다'는 말이 있다. 은행나무의 수나무와 암나무가 서로 바라보고 서야 열매가 열린다는 뜻으로, 남녀가 결합하여야 자손이 생기고 집안이 번영한다는 뜻으로 쓰이기도 한다. 은행나무는 암수딴그루인데 바람으로 꽃가루받이를 한다. 접촉하지 않고 바라보기만 해도 열매를 맺는 나무인 것이다. 꽃가루 속에는 움직일 수 있는 정자를 가지고 있다고 한다. 동물이나 가진 것으로 알고 있는 정자를 은행나무가 갖고 있는 것이 특이하다. 열매는 수나무에는 없고 암나무에만 달린다. 은행나무도 꽃이 있는데 제때에 유심히 살펴보지 않으면 잘 보이지 않는다. 대개 5월 초순에 꽃이 피는데, 암꽃은 녹색이고 수꽃은 연한 노란색이다. 은행나무의 암수 구별은 묘목일 때는 어렵고, 15년 이상 자라야 꽃과 열매로 구별할 수 있다고 한다. 그래서 은행나무를 달리 일컬어서 공손수라고도 한다. 나무를 심으면 열매가 손자 대에나 열린다는 뜻이다.

여러모로 신비한 나무가 은행나무인데, 가장 특이한 것은 은행나무가 중생대 쥐라기 이후부터 현재까지 살아온 가장 오래된 식물의 하나라는 사실이다. 이른바 '살아있는 화석(living fossil)'이다. 메타세쿼이아, 소철과 함께 지질시대의 원시식물로 꼽힌다. 지금 종의 은행나무 화석은 1억 9,000만 년 전인 쥐라기 초기 때의 것부터 발견된다고 한다. 그 시기에는 공룡도 번성했으니, 은행나무는 공룡과 함께 살았던 나무이다. 더구나 연구자들은 초식성 공룡이 가장 많이 먹던 먹이가 은행나무잎이었을 것으로 추정하고 있다. 은행나무 앞에 서면 공룡이 은행나무잎을 뜯고 있는 태고 자연의 거대한 풍경이 눈앞에 그려진다.

중국(절강성 천목산)이 원산지인 은행나무는 우리나라에 삼국시대에 전래된 것으로 보고 있다. 물론 기록에는 없다. 삼국시대에 관한 본격적인 기록인 『삼국사기』나 『삼국유사』에도 은행나무 이름은 없다. 『삼국사기』에 구황식물로는 소나무, 느릅나무, 밤나무, 참나무, 유실수로는 복숭아나무, 자두나무, 매화나무, 배나무 등의 이름이 보이지만 은행나무는 없다.

신라 진성여왕(887~897, 재위) 때 최치원이 함양태수로 있으면서 조림한 '함양 상림'(천연기념물 154호)은 가장 오래된 인공림의 하나인데, 학자들은 신라 때 임상을 그대로 보존하고 있는 남한의 유일한 숲이라고 말한다. 그런데 이 상림의 고유 수종 목록에 느티나무는 보여도 은행나무는 보이지 않는다. 그러나 우리나라에서 가장 오래된 용문사 은행나무가 1,100살 정도인 것을 보면 고려 이전에 유래된 것만큼은 분명해 보인다. 용문사가 창건된 것이 신라 신덕왕 2년(913년)이라 하니 대략 비슷한 시기이다.

은행나무에 관한 기록은 『고려사』부터 보이는데 많지는 않다. 1219년 6월 8일 기사에 '연기 같은 어떤 기운이 곽정궁 은행나무에 발생하다'라고 하여 자못 신기한 현상을 기록하고 있는데, 자세한 내용은 알기 어렵다.

또 다른 기록으로는 120여 년 뒤인 1339년 6월 4일 '대관전의 은행나무가 저절로 넘어지다'가 있다. 그런데 두 기록에서 은행나무를 가리키는 한자 이름이 다르다. 앞의 기록은 '압각수'로 쓰고 있고 뒤의 기록은 '은행수'로 쓰고 있다. 압각수(鴨脚樹, 오리 압, 다리 각, 나무 수)는 우리말로 풀면 '오리발나무'인데, 은행나무잎의 모양을 보고 중국인들이 붙인 이름이다. 은행나무잎이 넓적하게 두 갈래로 갈라진 특이한 모양을 오리발에 빗댄 것이다. 중국은 송나라 이전까지는 은행이라는 이름 대신 압각수로 불렀다 한다. 지금도 중국에서는 은행이라는 말보다는 압각수라는 말을 더 많이 쓴다고 한다.

은행이라는 이름은 북송(960~1127) 초 즉 10세기 중엽부터 사용했다고 하는데, 이 나무의 열매를 조공으로 바치면서 생겼다고 한다. 아마 그때까지도 은행은 그렇게 널리 알려지지는 않았던 모양이다. 그러니까 지방(강남)의 토산품을 처음 중앙에 조공으로 바치면서, 널리 잘 알고 있는 과일인 살구의 행(杏) 자를 빌려 은행이라고 이름 지은 것이다. 은행(銀杏)은 말 그대로 '은빛이 나는 살구'라는 뜻이다. 실제로 은행은 색깔이나 모양이 작은 살구와 비슷하고, 표면은 은빛 나는 흰 가루로 덮여 있다.

조선시대에는 대개 '은행'이라고 썼다. 『세종실록』 지리지에 충청도 청주목의 토공으로 은행을 기록하고 있다. 토공은 지방에서 바치는 공물 또는 공물로 바치는 토산물을 뜻한다. 아마 그 시절에 청주에서는 은행이 토산물로 꼽히었던 것 같다. 다른 지역에서는 그 예가 보이지 않는다. 같은 『세종실록』 지리지(평안도 의주목 용천군)에는 '용호사가 성내에 있다. 절 동쪽에 은행나무가 있는데, 마른 지 이미 5~6년이 되었으나, 우리 태종 갑오년에 성을 쌓고 인물이 다시 성하게 되니, 그 나무도 다시 살아났다'는 기록이 있다. 여기서 은행나무는 원문에는 '은행목(銀杏木)'으로 되어 있다.

은행나무는 오래 살며 수형이 크고 아름답다. 천년 나이를 먹은 것도 수두룩하다. 또한 병충해가 거의 없으며 넓고 짙은 그늘을 제공한다는 점에서 정자목이나 풍치목으로 많이 심었다. 특히 절이나 서원, 향교, 재사 등지에 많이 심었다. 오늘날까지 전해져 천연기념물로 지정된 노거수 중에 은행나무가 가장 많은 것도 위와 같은 특성에 기인한다.

충남 아산시 배방면 중리에 있는 맹씨행단(孟氏杏壇)은 조선 전기 명재 상이자 청백리로 유명한 고불 맹사성(1360~1438)이 살던 집 이름이다. 일반 백성이 살던 집 즉 민가 중에서는 가장 오래된 건물이라고 한다. 원래 최영 장군의 집이었는데 맹사성이 물려받았다. 맹사성은 바로 최영 장군의 손녀사위였다. 맹씨행단 경내에는 두 그루의 은행나무 노거수가 있는데 맹사성이 1380년경에 심은 것이라 한다. 수령이 640년 되는 셈이 다.

맹사성이 은행나무를 심을 당시 나무를 보호하기 위해 축대를 쌓고 단을 만들었는데, 뜻있는 사람들과 강학하던 자리라는 뜻으로 이곳을 행단이라 칭하였다 한다. 강학하면 학생들을 모아 놓고 가르치는 모습을 떠올리기 쉬운데, 강학은 원래 '학문을 닦고 연구함'의 뜻을 가진 말이다. 그러니까 행단이라 칭했다면 자신이 거처하는 곳을 학문을 닦고 연구하는 곳으로 삼겠다는 의미이고, 은행나무는 그러한 의미를 상징하고 있다고 보아야 할 것이다. 행단은 사전을 보면 '학문을 닦는 곳을 이르는 말'로 '공자가 은행나무 단에서 제자를 가르쳤다는 고사에서 유래한다.'고 되어 있다. 이런 탓에 성균관, 향교, 서원 등 유교 관련 건물 주변에 은행나무를 심고 행단이라고 불러왔다. 나주향교 등 조선 전기부터 세워진 향교에도 하나같이 은행나무 노거수를 볼 수 있는데 모두 행단을 표상한 것들이다. 같은 조선 전기의 맹씨행단도 이런 선상에서 보아야 할 것이다.

이에 비하면 서울 성균관의 은행나무는 조금 늦게 심어졌다. 『신증동국 여지승람』에 따르면 조선 중기 대사성(조선시대 성균관의 기관장으로 정3품 직위)을 역임한 윤탁(1472~1534)이 행단 제도를 모방하여 손수

맹씨행단 은행나무

문행(文杏) 두 그루를 강당 앞뜰에 심었다고 한다. 지금 성균관대학교 명륜당 앞뜰에 있는 수령 500년이 된 은행나무 두 그루는 윤탁이 심은 것으로 추정된다고 한다. 우리나라 최초의 사액서원(사액이란 임금이 현판을 하사했다는 뜻임)인 소수서원은 1543년(중종 36년) 풍기 군수였던 주세붕이 세웠는데(초기의 이름은 백운동 서원), 서원 앞 500년 된 은행나무는 서원의 역사와 함께하고 있다. 이로써 보면 고려 말 조선 전기 성리학이 확산되면서부터 성리학적인 공간에 상징수로서 은행나무를 심었던 것을 알 수 있다. 이는 모두 공자의 행단 고사에 근거한 것으로 보인다.

그런데 공자의 행단에서 '행(杏)'이 은행나무가 아니라 살구나무라는 주장은 일찍부터 꾸준히 있어왔다. 중국에서는 행단의 '행'을 살구나무로 알고 있는데, 우리나라에서만 은행나무로 알고 문묘에 은행나무를 심는다는 것이다. 정약용은 『아언각비』에서 중국 시인의 시에 행단에 붉은 꽃이 피어 있는 것을 증거로 제시하면서 은행나무라면 어찌 이런 꽃이 있겠느냐고 묻고 있다. 이유원은 『임하필기』에서 중국의 '행단도' 그림을 증거로 제시하였는데, 그림 속의 꽃이 연분홍으로 선명하고 아름답게 피어 장관을 이루고 있다는 것이다.

'행단'이라는 말은 『논어』 등 공자와 직접 관련된 그 어떤 책에도 나오지 않는다. 다만 『장자』 「어부편」에 '공자가 치유의 숲속에서 노닐며, 행단 위에 앉아서 쉬고 있었다. 제자들은 글을 읽고 공자는 거문고를 타며 노래를 불렀다'라는 구절에 '행단'이 나오는데, '행단'이 어디인지 무슨 나무인지 아무런 구체적인 진술은 없다. 단지 그것뿐인 것을 송나라 때 공자의 45대손인 공도보가 조묘를 증수하며 벽돌로 단을 쌓고 살구나무를 둘러 심어, 『장자』의 '행단'이라는 말을 가져다가 이름을 붙이면서 행단이라는 말이 쓰이기 시작했다는 것이다. 실제로 현재 중국의 행단(산동성 곡부현 공자묘)에는 은행나무 노거수는 찾아볼 수 없다고 한다. '행단'에 대한 안내문에도 '행'을 'apricot tree(살구나무)'라고 표기하고 있다.

그렇다면 이러한 오해는 어떻게 생겨난 것일까. 연구자들은 행단의 '행'을 은행나무로 해석한 것을 의도적인 선택으로 보기도 한다. 성리학의 이념에 은행나무가 더 어울린다고 보았다는 것이다. 은행나무의 품격이나 덕성이 살구나무보다는 더 성리학적이라고 보았다는 얘기다. 은행나무는 아주 오래 살아 위엄과 어떤 신성까지 느껴지는 나무다. 또한 산야에 자연 분포하지도 않고 벌레가 꾀지도 않는 깨끗한 나무다. 더구나 암수가 달라 남녀유별인 데다 속씨는 하얘서 백과라고 부른다. 그에 비해 살구나무는 오래 살지 못하고 아름드리로 크게 자라기도 어렵다. 또한 살구나무의 살구꽃은 시문에서는 심미적인 소재로 많이 쓰였는데, 분홍빛 요염한 이미지를 갖고 있다. 이런 여러 가지 이유로 이왕에 은행에도 행자를 쓰고 있다면 행단의 행을 은행나무로 의도적으로 선택했을 수도 있다는 것이다.

은행나무는 중국에서 전래된 나무여서인지 따로 우리말 이름으로 전하는 것은 없다. 땅이름에서도 대개는 한자어 '은행'으로 이름 붙여졌다. 마을의 은행나무가 천연기념물(406호)로 지정된 경남 함양군 운곡리 자연마을은 이름이 '은행징이'다. 지금은 은행정 또는 은행마을로 부르는 것 같다. '은행징이'는 '은행정(이)'에서 변이된 이름이다. 따로 정자가 있어서 은행정이 아니고, 은행나무를 마을의 정자나무(동수)로 여겨서 정자 정 자를 붙인 것으로 보인다. 마을 입구에 있는 은행나무는 나이가 800살 정도 된 것으로 추정한다. 경남 도내에서는 가장 오래된 나무이다. 높이가 38m, 둘레가 8.75m의 크기로 땅에서 1m 지점에서 줄기가 2개로 분리되었다가 3m 지점에서 다시 합쳐져 5m 부분에서 5개로 갈라지는 신기한 모습을 보인다.

이 은행나무는 운곡리 은행마을이 처음 생기면서 심은 나무라고 하는데 구체적인 증거는 없다. 나무 앞을 지날 때 예를 갖추지 않으면 그 집안과 마을에 재앙이 찾아든다는 속설이 전해지고 있다. 일제강점기 때는 마을 사람들이 은행나무를 베려고 한 이후부터 밤마다 상엿소리가 나는 등 마을에 흉사가 그치지 않아 나무에 당제를 지낸 뒤부터는 평화가 찾아왔다고 한다. 매년 정월 대보름날이면 마을의 평안과 풍년을 기원하는 농악을 울리며 고사를 지냈는데, 이를 은행나무당산제로 불렀다. 한편 풍수지리설에 의하면 이 마을은 배의 형상인데, 은행나무는 배의 돛대 역할을 하는 나무로 마을을 지키는 수호목으로 소중히 보호되어 왔다고 한다.

대전의 대전천 바로 서쪽 지역에는 으능정이, 으능젱이라 부르던 자연마을이 있었다. 영조 때에는 공주(목) 산내면 목척리에 속했다. 1914년 일제의 행정구역통폐합 때 대전군 대전면 은행리가 되었다. 그러다가 대전면이 대전읍으로 승격되면서는 일본식 이름인 '춘일정2정목'으로 바뀌었다. 해방이 되면서 비로소 은행리 옛 이름을 되찾아 은행동으로 개칭되었는데, 지금은 도심공동화에 따라 과소동을 통합하면서 행정동으로는 '은행선화동'이 되었다. 인근의 선화동과 합쳐진 것이다. 시대에 따른 지명의 변화가 실감이 나는 이름이다.

으능정이는 총독부 자료인 『조선지지자료』(1911)에 '은웅뎡이'로 기록되어 있다. 으능정이는 '은행정(이)'의 변이형으로 보이는데, 은은뎡이, 은은정이, 으능정이, 으능쟁이, 은행쟁이, 으능정, 으능지 등 변이형이 많다. 현재 대전의 '으능정이'는 마을 이름의 근거가 된 은행나무는 사라지고 없다. 물론 관련 기록도 없다. 워낙 이 지역이 일제강점기부터 대전의 도심으로 개발되어서인지 은행나무에 대한 기억도 자취 없이 사라지고 없다. 단지 땅이름만이 남아 흔적을 전하고 있다.

그런 으능정이 지명이 기억 속에서 사라져가다 다시 되살아나고 있어 흥미롭다. '으능정이 문화의 거리'가 그것인데, 젊은이들이 많이 찾는 곳으로 '대전의 명동'이라는 별명이 붙어 있기도 하다. 대전의 은행동은 80년대까지만 해도 중부권의 행정과 상권의 중심지였다. 그러다가 둔산 신시가지가 개발되면서 점차 쇠락의 길로 접어들게 되자, 그에 맞서 상권을 잃지 않으려는 의도로 조성되었다고 한다. 또한 거리를 더욱 활성화시키고자 이곳을 차 없는 거리로 지정하기도 했다. 점차 잊혀져가는 거리를 되살리려고 잊혔던 옛 이름을 되살려 쓴 점이 역발상같이 느껴지기도 하지만 반응은 괜찮았던 것 같다. 애초 문화의 거리를 표방한 바에는 그럴 듯하게 여겼던 것이다. 어쨌든 터 잡은 땅의 세력이 성쇠함에 따라 땅이름도 부침하는 것을 볼 수 있다.

은행나무골은 서울 구로구 천왕동에 있다. 마을에 약 300년 정도 되는 큰 은행나무가 있어서 은행골, 은행나무골이라 불렀다 한다. 한자 이름은 행촌(杏村)이다. 서울 종로구 행촌동에도 은행나무골이 있었다. 행촌동은 1914년 일제의 행정구역통폐합 때, 조선시대부터 이곳에 있던 동리인 은행동과 신촌동에서 각각 '행(杏)' 자와 '촌(村)' 자를 따서 붙인 이름이다.

이 중 은행동은 현재 행촌동 1번지에 있는 수령 420년 된 큰 은행나무 때문에 붙여진 이름인데, 예전에는 은행나무골이라 불렀다 한다. 이 나무는 권율 장군(1537~1599)이 심었다고도 전해지는데, 지금 이 은행나무 앞에는 '권율 도원수 집터'라는 표지석이 세워져 있다. 은행나무골 지명은 전국에 아주 많은데, 살구 행 자 행촌, 행정으로 한자화된 경우가 많다.

오래전 지역신문 기사에서 '우리 행자나무님 좀 보살펴 주이소'라는 타이틀을 본 적이 있다. 기사는 경남 고성군 대가면 척정리 관동마을(행정 마을)에 있는 800년 된 은행나무가 천연기념물로 지정되어 더 잘 보호받기를 바라는 마을 사람들 이야기였다. 마을 사람들은 이 나무를 '행자나무님'이라 부르며 제사도 지내고, 지신밟기도 하며 신령스러운 나무로 추앙하는데, 가끔 무당들이 몰래 와서 굿을 하거나 아이를 못 낳는 여인네들이 유주(乳柱)를 잘라 간다는 것이다. 그런데 여기서 은행나무를 '행자나무님'으로 부르는 것이 특이하다. 은행나무를 '행자목'으로 일컫기도 했는데, 그 '행자목'을 '행자나무'로 바꾸어 부르고 '님' 자를 붙여 존칭한 것이다. '행자나무님'은 존칭이면서도 푸근하고 정겹게 느껴지는 이름이다.

원래 행자(杏子)는 살구 열매를 가리키는 말인데, 거기에 나무 목(木) 자를 붙여 은행나무를 가리키는 말로 쓴 것이다. 지금도 『표준국어대사전』에 '행자목'은 '은행나무의 목재'로 나오고 비슷한 말로 행목(杏木)·행자(杏子) 등을 들고 있다. 고성의 행정마을에서 은행나무를 행자나무로 부르고 있는 예를 보았는데, 이 말은 지명에도 더러 보이기도 한다. 전남 완도군 고금면 세동리에는 자연마을로 행자나뭇골이 있고, 순천시 낙안면 동내리에는 행잣골이 있다. 행잣골마을은 행자나무가 많았다 하여 붙여진 이름이라고 한다.

아직도 젊은 느티나무

느티울·느티나무골·느티나무께

　　그에게서는 언제나 비누 냄새가 난다.

　　강신재의 소설 「젊은 느티나무」(『사상계』, 1960)는 이렇게 시작한다. 작품의 첫 문장이 아주 감각적이면서 도발적이다. 여기에서 '그'는 오빠인 현규다. 오빠라고는 하지만 배도 다르고 또 씨도 다르다. 그래도 오빠다. 그들은 재혼한 부부가 각각 데리고 온 아들과 딸이다. 그래서 오빠는 이현규이고 나는 윤숙희이다. 성도 다르고 핏줄로 보아도 아무 관계가 없다. 그러나 재혼한 부부 사이의 엄연한 오빠이고 여동생이다.

　　그런데 이 오누이가 사랑에 빠진 것이다. 말하자면 사랑해서는 안 될 사람을 사랑하게 된 것이다. 22살의 수재 소리를 듣는 물리학과 대학생 오빠와 '미스 E여고'에 당선되기도 한 18살 여고생 동생의 사랑…. 첫 문장 외에도 이 작품은 '젊은 느티나무'라는 제목이 독자들에게 강한 인상을 심어주었다. 느티나무에 '젊은'이라는 관형어를 얹음으로써 느티나무를 생생한 사람으로 만들어버린 것이다. 이 작품에서 '젊은 느티나무'

한재초등학교 느티나무

는 바로 오빠인 현규와 동일시되는 대상이다. 젊은 느티나무는 바로 현규이자 또한 두 사람의 순수하고 싱그러운 사랑을 상징하는 나무가 된 것이다.

강신재의 '젊은 느티나무'에 비해 고재종의 시 「담양 한재초등학교의 느티나무」는 늙은 느티나무 이야기이다. 그것도 600살이나 먹은 노거수이다. 시인은 어른 다섯 아름이 넘는 교정의 느티나무가 그 그늘 면적이 전교생을 다 들이고도 남는다면서, 그 둥치에 기어 올라가 노는 아이들을 사랑스럽게 그리고 있다. 가지 사이의 까치집을 더듬는 아이도 있고, 매미 잡으러 올라갔다가 수업도 그만 작파하고 거기 매미처럼 붙어 늘어지게 자는 아이도 있다. 늙은 느티나무에 기어올라 노는 아이들의 모습이 마치 할아버지 품을 비비적대며 기어오르는 어린 손자의 모습 같아 정겹기 그지없다. 느티나무 노거수에 매달린 아이들이 느티나무의 영원한 생명력을 상징하는 것 같기도 하다.

현재 한재초등학교 운동장 한편에 서 있는 이 나무는 천연기념물

제284호로 지정되어 있다. 정식 명칭은 '담양 대치리 느티나무'다. 대치(큰 대, 고개 치)는 우리말 이름 한재(한은 '큰'의 뜻이므로 한재는 큰 고개를 가리킴)를 한자화한 이름이다. 대치리는 한재골로 불렀다 한다. 한재초등 학교에 있는 이 느티나무는 우리나라의 느티나무 가운데서도 키가 가장 큰 것으로 알려져 있는데 키가 무려 34m나 된다고 한다. 도시의 일반 건축물에 견주어 보면 무려 12층에 달하는 어마어마한 높이이다. 600살이 넘으면서도 생육 상태가 아주 건강하다고 한다. 이 느티나무에는 태조 이성계가 전국을 순방하면서 명산을 찾아 공을 들이러 다닐 때 이곳에서 공을 들이고 그 기념으로 손수 심은 것이라는 이야기가 전해지고 있는데 그렇게 본다면 620살이 넘는 게 된다.

한재초등학교 느티나무는 키로서 수위를 다투지만 나이로는 최고가 아니다. 삼척 도계리 긴잎느티나무(천연기념물 제95호)는 수령이 1,000년 인 것으로 추정된다고 한다. 높이 30m, 둘레 약 9.10m이다. 마을 사람들은 이 나무를 서낭당 나무로 섬겨왔다. 제주 성읍리 느티나무 및 팽나무군(천 연기념물 제161호)의 느티나무도 나이가 1,000살 정도로 추정되며, 높이 는 20.5m, 둘레는 4.30m이다. 이 밖에도 강원도 삼척시 근덕면 교가리에 있는 '교가리느티나무'는 2,200살로 추정하기도 하는데 확인된 것은 아닌 것 같다. 느티나무는 은행나무, 주목과 함께 3대 장수나무로 꼽히기도 한다.

이문구의 연작소설집 『우리 동네』에 실린 「우리 동네 황씨」(1977)에는 '으악새 우는 사연'이란 부제가 달려 있다. 여기서 으악새는 '억새'의 방언이다. 농민을 억새에 빗대고 있다. 이 소설은 1970년대의 농촌 현실을 풍자적으로 그려내고 있는데 배경이 남면의 느티울마을로 되어 있다. 그곳이 어디인지 또 왜 느티울마을인지에 대해서는 언급이 없지만 남면 느티울마을을 전형적인 농촌마을로 그리고 있다. 아마 느티울이라는 마을 이름이 그만큼 흔하고 친숙하게 느껴졌기 때문에 선택한 것이 아닌가 싶다. 실제로 지금의 군포시 금정동에는 조선시대에 과천군 남면 괴곡리(槐谷里)라는 동리가 있었는데, 큰 느티나무가 있었다 하여 느티울이라 불리었다고 한다. 위 소설 속 남면 느티울마을과 같은 것이다. 지금은 이곳에 있는 근린공원 느티울공원으로 이름을 남기고 있다. 느티울에서 '울'은 황새울, 가재울같이 골(굴)에서 온 말로 마을을 뜻하는 말이다

괴산군 괴산읍 대덕리에도 느티울이 있다. 느티여울가에 있던 마을인데 현재는 이 말이 괴강을 지칭한다고 한다. 『한국지명유래집』(충청편)에 따르면 달천을 '괴산군을 남에서 북으로 가로질러 흐르는 괴산군 최대의 하천'으로 설명하고 있다. 이 내는 지역에 따라 부르는 이름이 다른데, 괴산군 청천면 부근에서는 청천강, 괴산읍 부근에서는 괴강(槐江, 느티나무 괴) 또는 괴탄(槐灘)으로, 충주시 달천동에 이르러서는 달래강으로 불린다고 한다. 괴탄은 느티여울이라는 이름으로도 불리는데, 괴산읍 대덕리 동쪽에 있는 여울로서 과거 느티나무가 있었다고 한다.

느티울과 같은 말로 느티골이라는 이름도 있다. 평양시 중화군 물동리 남쪽에 있는 골짜기마을로 느티골이 있다. 느티나무가 많이 자라고 있어 느티골이라 부른다고 한다. 괴동 또는 와전되어 느치골이라고도 한다고 한다. 김천시 응명동 자연마을 중 느티골은 옛날 이 마을에 큰 느티나무가 있었는데 느티나무가 있는 골짜기라고 해서 느티골로 부르게 되었다 한다. 느티골을 너투골이라고도 불렀는데 한자론 괴동(槐洞)이라 했다.

느티나무골 이름도 많다. 경북 고령군 대가야읍 내상리에는 자연마을로 느티나무골이 있는데 느티나무가 많은 곳이라 하여 붙여진 이름이라 한다. 강원도 창도군 추전리 느무골은 지난날 골 어귀에 큰 느티나무가 있었기 때문에 이름 붙여진 것인데 느티나무골이라고도 한다고 한다. 강원도 철원군 하식점리 느대나무골은 느티나무가 자라고 있는 골짜기인데 느티나무골이라고도 한다고 한다.

서울 마포구 염리동에는 느티나무배기라는 마을이 있었는데, 느티나

무가 언덕 위에 있던 데서 마을 이름이 유래되었다. '배기'는 '박혀 있는 곳'이라는 뜻으로 '박이'가 변한 말로 보인다. 느티나무배기는 금천구 독산동에도 있었는데, 옛날에 느티나무가 있던 곳으로서 지금은 소로인 느티나무길이 있다고 한다. 인제읍 합강리에는 느티나무께라는 마을이 있는데 수령이 500여 년이 넘는 보호수가 있다고 한다. 시간이나 공간을 나타내는 말에 붙어 '그때 또는 장소에서 가까운 범위'의 뜻을 더하는 접미사 '께'를 붙여 '느티나무께'라는 자연스럽고 품이 넓은 땅이름을 만들었다.

느티나무는 일찍부터 땅이름에 많이 쓰였는데 모두 한자 이름으로 전해진다. 가장 이른 기록은 255년인데 지금으로부터 1,760여 년 전이다. 『삼국사기』에 백제가 쳐들어오자 괴곡(槐谷)의 서쪽에서 맞아 싸우다가 장수 익종이 전사했다고 되어 있다. 괴곡에서 괴는 느티나무 괴이고 곡은 골 곡 자이니, 괴곡은 지금으로 말하자면 느티골 정도로 읽을 수 있는 이름이다. 또한 278년과 283년 기록에도 백제 군사가 괴곡성을 쳐들어왔는데 이때는 각각 신라 장군 정원과 양질이 막았다고 되어 있다. 앞의 기록은 괴곡으로 나오고 뒤의 기록은 괴곡성으로 나오는데 같은 곳을 이르는 말로 보인다.

괴곡성은 3세기대 신라 변경지대에 있었던 대백제 방어성인데, 그 위치는 분명하지 않으나 여러 설이 있다. 그중 괴곡성이 충북 제천시 수산면 괴곡리, 원대리, 다불리 등지의 접경인 두무산, 옥순봉, 청풍호반의 주능선에 소재하는 것으로 보는 견해(위키백과)가 있어 주목된다. 그렇게 본다면 수산면의 괴곡리는 이 괴곡성과 어떤 연관이 있지 않을까 싶은 것이다. 지명이라는 것이 쉽게 바뀌지 않는 성질이 있고, 더구나 일찍이 한자화된 지명은 더욱 그렇다는 점에서 보면 수산면의 괴곡은 신라 때부터 이어져온 지명으로 볼 수 있는 가능성이 있다. 제천문화원에 따르면 괴곡리는 '원래 청풍군 원남면에 속했던 지역으로 오래된 느티나무가 있었으므로 '괴실' 또는 '괴곡'이라 하였다.'고 한다. 괴실에서 실은 골짜기의 옛말이니 괴실과 괴곡은 같은 말로 볼 수 있다. 〈향토문화전자대전〉에서는 '조상거리에 있는 이 느티나무는 수령 1,200살로 추정되며 마을의 수호신 구실을 하고 있다.'는 말을 덧붙이고 있다. 조상거리(중동)라는 마을 이름도 눈에 띄지만 1,200살을 먹었다는 느티나무도 의미심장하다. 괴곡리는 1985년 충주댐 건설로 대부분 지역이 수몰되었는데 수몰되기 전까지는 느티나무를 신체로 모시고 동고사(동제)를 지내왔다고 한다.

한편 괴곡성을 충북 괴산군 일대로 보는 견해도 있는데 괴산의 괴도 느티나무 괴 자를 쓰기 때문에 유력하게 보는 것 같다. 신라시대 경덕왕이 757년에 개명한 괴양군(槐壤郡)이 곧 지금의 괴산군이기 때문에 '괴곡'과 '괴양'을 같은 지명으로 보아, 괴곡을 충북 괴산군 괴산읍 일대로 비정하기도 한다는 것이다(『한국민족문화대백과사전』). 느티나무와 관련해서는 255년의 기록보다 훨씬 후인 611년의 기록에 나오는 가잠성도 괴산 일대로 보는 견해가 있는데, 지역에서는 괴산의 지명유래와 관련해서 많이 언급하는 기록이기도 하다. 그것은 『삼국사기』 열전 해론조에 나오는 신라 장수 찬덕 이야기이다.

611년 신라의 장수 찬덕이 가잠성을 지키고 있었는데, 백제의 대군이 침입하여 100여 일을 포위, 공격하였으나 끝내 항복하지 아니하였다. 나중에 양식이 다하고 물도 떨어지자 시체를 뜯어먹고 오줌을 마시며 싸웠는데 봄 정월이 되자 사람들은 이미 지쳤는지라 형세가 회복될 수 없는 지경이 되었다. 이에 찬덕은 하늘을 우러러 "원컨대 죽어서 악귀가 되어 백제인을 다 물어 죽여 이 성을 되찾게 하겠다"고 부르짖으며 '팔뚝을 걷어 부치고 눈을 부릅뜨고 달려가 느티나무(槐樹, 괴수)에 부딪쳐 죽었다.'고 한다.

뒤에 태종 무열왕은 이 소문을 듣고 찬덕의 높은 뜻을 기리기 위하여 이곳을 괴양(지금의 괴산)으로 부르게 하였다고 전한다. 장수가 머리를 부딪쳐 죽을 정도면 작은 느티나무는 아니었을 것이다. 아마 수령이 이삼백 년은 족히 되는 거목이었을 것이다. 어쨌든 느티나무에 머리를 부딪쳐 자결한 찬덕의 높은 뜻을 기려 지명을 괴양이라 부르게 하였다는 것이다. 이 괴양이 고려 때는 괴주로 불렸다가 조선 태종 때에 들어와 괴산으로 바뀌었는데 내내 느티나무 괴 자는 변함이 없어 느티나무와의 깊은 인연을 보여준다.

괴곡이나 괴양을 느티나무 지명으로 보지만 유의할 것은 있다. 당시의 한자 표기 방식이 꼭 한자의 훈(뜻)으로만 표기된 것이 아니라는 사실이다. 그러니까 괴곡이나 괴양의 괴(槐)가 느티나무를 가리키는 것이 아니라 지형상 늘어지다는 뜻을 가진 '늦'을 표기한 것이라고 볼 수 있다는 것이다. 이 지역이 신라 때 괴양으로 바뀌기 전 고구려 이름이 잉근내(仍斤內)였는데, 연구자들은 이 잉근내를 '늦내'로 읽기도 한다. 잉(仍)은 고유어 '느' 또는 '너'를 한자 표기로 옮길 때 흔히 사용되던 글자이고, 양은 '내(川, 壤)'를 표기할 때 흔히 쓰던 한자이다. 『울산지역문화연구』에 따르면 굴화리 굴화마을의 괴정(槐亭)마을 이름을 어원적으로는 '늦댕이'로 추정하고 있다. 그렇게 보면 괴곡이나 괴양은 느티나무와 관계없이 골짜기나 산의 지형이 늘어진 곳에 붙이던 한자 지명으로 볼 수 있는 것이다.

지명으로 괴곡 외에 느티나무에 대한 기록은 아주 일찍부터 보인다. 백제 제2대 다루왕(온조왕의 맏아들) 때의 기록이다. 다루왕 21년(서기 48년) 봄 2월에 '왕궁 뜰에 있는 큰 느티나무가 저절로 말라 죽었다.'는 기록이 『삼국사기』에 나온다. 원문에는 대괴수(大槐樹)로 나온다. 대 자를 붙인 것으로 보면 아주 크고 오래된 느티나무였을 것으로 보인다. 또 백제 의자왕 19년(659) 9월에는 궁중의 괴수(槐樹)가 울었는데 사람이 우는 것과 같았고, 밤에는 귀신이 대궐 남쪽 길 위에서 울었다는 기록에도 나온다. 백제 멸망을 암시하는 흉조였던 셈이다.

이러한 기록에서 보이는 괴수를 회화나무로 보는 학자들도 있으나 필자는 느티나무로 보는 것이 맞다고 생각한다. 고유수종인 느티나무에 비해 중국에서 도입된 외래수종인 회화나무가 서기 48년에 벌써 도입되었을지도 의문이고, 더욱 당시에 이미 대괴수라면 상당히 나이를 먹은 나무일 텐데, 그렇게 보면 나무를 심은 것은 기원전으로 한참 올라가니 더욱 그렇다. 『삼국사기』에는 '육두품은 안장에 자단, 침향, 회양목, 괴목(원문 槐), 산뽕나무 등을 사용하거나, 금, 은을 사용하거나 구슬다는 것을 금한다.'는 기록이 있다. 또한 천마총(6세기 초)이나 복천동 가야분의 관재가 느티나무였다는 것을 보면 위 기록들에서 괴수는 오래전부터 생활 속에 목재로도 귀하게 쓰인 느티나무로 볼 수 있다. 박상진 교수는 나무의 재질로 볼 때 회화나무보다는 느티나무가 훨씬 우수하여 자단 침향 등의 우량재와 같은 용도로 쓰일 수 있는 점 등을 보아 『삼국사기』의 괴(槐), 괴수(槐樹)를 느티나무로 보는 것이 타당하다고 쓰고 있다 ('삼국사기에서 본 옛 나무'). 이 느티나무는 고려시대에도 중요한 목재로 쓰였던 것으로 보이는데, 우리나라에서 가장 오래된(13세기로 추정) 목조 건축물인 부석사 무량수전의 배흘림기둥은 모두 느티나무로 만들었다고 한다.

괴(槐)는 한자 사전에는 홰나무 괴로 나온다. 지금도 논란이 많은 한자이다. 『표준국어대사전』에도 괴목은 회화나무와 느티나무 두 가지로 나온다. 회화나무 혹은 홰나무는 예로부터 중국에서는 상서로운 나무로 매우 귀한 대접을 받았던 나무이다. 선비를 상징하는 나무이자 벼슬(입신출세)을 상징하는 나무였다. 선비나무, 정승나무로도 불렸다. 한자로는 괴목이라 쓰고 그 꽃을 괴화라 하는데, 괴의 중국 발음이 회이므로 회화나무 혹은 회나무로 불리게 되었다고 한다. 우리말 이름이 따로 없는 것을 보면 중국에서 이름과 함께 유입된 나무라는 것을 알 수 있다. 우리나라에서는 유교 또는 성리학의 확산과 더불어 주로 궁궐이나 문묘, 향교, 서원 같은 곳에 주로 심었고, 이름난 양반 마을의 지킴이 나무로도 심었다. 말하자면 유교적인 상징성이 강한 나무였다.

이 괴(槐)를 우리나라에서는 느티나무로 인식했는데 그것을 일종의 문화변용으로 얘기하기도 한다. 원지에서는 그렇게 부르지 않는 것을 받아들이는 땅에서는 자기 땅의 비슷한 것에 이름을 붙였다는 것이다. 말하자면 중국에서 회나무(괴목)라 부르는 것을 우리는 느티나무에 그 이름을 갖다 붙인 것이다. 지금까지 우리나라에서 회화나무를 느티나무로 수용한 이유를 알려주는 자료는 없다. 다만 실증적으로 확인할 수 있는데 충남 아산시 맹씨행단의 구괴정(九槐亭) 같은 것이 그렇다. 이곳은 한자 이름은 '괴'를 썼지만 조선 전기 맹사성을 비롯한 세 사람의 정승이 각각 세 그루의 느티나무를 심어서 생긴 이름이다. 지금은 그 느티나무들 중에 한 그루만 남아 있다고 한다. 경북 성주의 회연서원이나 경기도 파주의 자운서원에는 상징수로 회화나무가 아니라 느티나무가 심어져 있다.

느티나무는 『훈몽자회』(1527년)에는 누퇴나모로 나오고, 『역어유해』(1690년)에는 느틔나모로 나온다. 느티나무의 어원에 대해서는 여러 설이 있다. 늦게 움이 튼다는 뜻의 늦틔나무에서 바뀐 것이라는 설과 버금의 뜻인 늦과 회화나무 회와의 합성인 늦회의 변음 느퇴나무라는 설과 또 황색을 뜻하는 '눌-/눈-'에 회가 붙은 눈회나무에서 비롯되었다는 설 등이 있다. 그러나 위에서 얘기한 대로 느티나무가 회화나무가 유입되기 전부터 우리나라에 자생하고 있었다면 회화나무에 근거해서 어원을 말하는 것은 설득력이 없어 보인다. 필자 생각으로는 느티나무의 고유의 특성을 반영하고 있는 첫 번째 '늦틔'가 가장 설득력이 있어 보인다. 실제로 느티나무를 잘 관찰해 보면 봄에 새잎이 가장 늦게 달리는 것을 볼 수 있다. 예로부터 느티나무 잎에 대한 관심은 아주 많았다. 봄에 일제히 싹을 틔우면 풍년이 들고 그렇지 않으면 흉년이 든다거나, 위쪽에서 먼저 싹이 트면 풍년이요, 아래쪽에서 싹이 트면 흉년이라는 한 해 농사를 점치는 역할까지 한 것이다. 또한 느티나무 어린잎은 먹기도 했는데 무독하고 향이 좋다고 한다. 느티나무 어린잎을 쌀가루와 버무려 떡을 찌기도 했는데 그것을 느티떡이라 불렀다.

느티나무는 우리 민족과 함께 살아온 나무라고 해도 과언이 아니다. 어쩌면 우리 국민에게 가장 친숙하고 정겨운 나무인지도 모른다. 우리 고유의 나무이면서 마을마다 정자나무 역할은 물론 당산나무로서 오랫동안 마을을 지켜온 나무이기도 하다. 느티나무는 열악한 환경에서도 잘 살며 수관폭이 넓고 거목으로 자라 오래 살기 때문에 자연히 그런 덕성스러운 역할이 주어졌을 것이다. 우리나라 전역에 보호수로 지정된 나무는 13,801본(2016년 12월 기준)인데 이 중 느티나무가 7,216본(회화나무는 371본)으로 절반이 넘는다고 한다. 천연기념물로는 느티나무가 18그루(회화나무는 5그루)가 지정되어 있다.

경북 영주시 풍기읍 수철리에는 자연마을로 느티정이가 있다. 느티정이는 마을에 느티나무 정자가 있다 하여 붙여진 이름이다. 제천시 산곡동 자연마을로는 괴정이 있는데 일명 느티정, 느트정이라 부른다 한다. 느티정이 혹은 느티쟁이는 대개는 자연마을 이름으로 남아 있고, 행정적인 지명으로는 한자 지명 괴정(동)을 쓰고 있다. 느티나무 한자 지명으로는 괴동, 괴리, 괴촌, 괴곡동(리), 괴정동, 괴목동 등이 쓰이고 있다. 물론 이 한자 지명 중에는 회화나무를 뜻하는 '괴'도 있다.

구름에 잠긴 마을 몰운리

구름밭·구루물·구루미

황동규의 시에 「몰운대행」이라는 시가 있다. 한여름 고물 프레스토 승용차를 몰고 몰운대를 찾아가는 여정과 함께 몰운대에 올라 앉아 느낀 감상을 그려낸 시이다. 시인은 몰운대를 신선하고 기이한 뼝대라고 말하면서, 꽃가루 하나가 강물 위에 떨어지는 소리가 들릴 정도로 고요한 절벽으로 그리고 있다. 뼝대는 바위로 이루어진 높고 큰 낭떠러지를 가리키는 강원도 방언이다.

몰운대는 강원도 정선군 화암면 몰운리에 있는 경승지다. '몰운대!! 왜 모른대?'라는 낙서도 있는 곳인데, 이름이 특이하다. 몰운대(沒雲臺)의 '몰' 자는 침몰, 수몰 등으로 해서 별로 안 좋은 이미지를 주기 쉬운데, 구름 운 자와 결합하면서 아름다운 말로 변신한 것이다. '몰'은 가라앉다, 잠기다의 뜻을 가지니까 몰운은 '구름에 잠긴'이라는 뜻이 된다. 대(臺)는 산지에서 흔히 높으면서도 평평한 위치를 말할 때 쓰는 한자다. 그러니까 몰운대는 '구름에 잠긴 높은 대'를 가리키는 말인 것이다. 아름다우면서도

262

신비로운 분위기가 느껴진다. 몰운대는 산간 깊은 계곡을 끼고 높다란 절벽이 늘어서 있어 절경을 자랑하는 곳이다. 또한 몰운대가 있는 마을 이름도 몰운리여서 일체감을 준다. 구름에 잠겨 있는 마을. 기록에는 몰운대와 몰운리 지명 중에 몰운대 이름이 먼저 보인다. 『여지도서』(정선 산천조)에 몰운대 이름이 보이고, 또한 면의 이름이 된 화암(그림바위)이 보이는데 기암절벽의 경관이 그림 같다고 소개하고 있다.

몰운대 이름은 남쪽 바닷가 부산에도 있다. 부산 몰운대는 산간 계곡 절벽에 있는 대가 아니라 해안 절벽 위에 위치한 대이다. 해운대, 태종대와 함께 부산의 3대 중 하나로 꼽힌다. 마찬가지로 빼어난 경승지로 이름난 곳이다. 몰운대 이름도 낙동강 하구에 안개와 구름이 끼는 날에는 이 일대가 구름 속에 잠겨 보이지 않는 데서 비롯되었다고 한다. 지형적인 조건에 부합하면서 아름다운 분위기를 연출하는 이름이다. 『중종실록』에는 몰운도와 몰운대 지명이 거의 비슷한 시기에 같이 나온다. 모두 왜적에 대한 방비에 관한 기사인데, 이곳이 그렇게 낭만적인 곳이 아니었음을 보여준다. 몰운도는 몰운대가 있는 섬인데 낙동강 상류에서 운반된 토사의 퇴적으로 다대포와 연결되어 육계도가 되었다.

해운대 역시 소나무숲과 모래사장 그리고 동백나무로 유명한 동백섬 등이 조화를 이루는 경승지이다. 예로부터 시인 묵객들이 많이 찾아들기도 했다. 해운대란 신라 말기 최치원이 동백섬 일대를 거닐다가, 이곳의 절경에 심취하여 동백섬 남쪽 암벽에 자신의 자인 해운(海雲)을 따서 '해운대'라는 세 글자를 새긴 데서 비롯된 이름이라고 한다. 그러나 최치원의 자필이라는 기록은 없다. 최치원의 또 다른 자는 고운(孤雲)이었다. 외로운 구름을 뜻하는 고운이나 바다의 구름을 뜻하는 해운이나 이래저래 최치원은 구름을 사랑했던 시인이었던 것 같다. 해운대는 『동국여지승람』(1481년, 동래현 고적조)에 '현의 동쪽 18리에 있다. 산의 절벽이 바닷속에 잠겨 있어 그 형상이 누에의 머리와 같으며, 그 위에는 온통 동백나무와 두충나무, 소나무, 전나무 등으로 덮여 있어 싱싱하고 푸르러 사철 한결같다. 이른 봄철이면 동백꽃잎이 땅에 쌓여 노는 사람들의 말굽에 차이고 밟히는 것이 3~4치나 되며, 남쪽으로는 대마도가 아주 가깝게 바라다 보인다.'고 되어 있다.

구름재는 전북 장수군 산서면 백운리에 있는 고개이다. 동으로 팔공산, 서로 영태산, 남으로 개동산(묘복산), 북으로 성수산 등의 산줄기가 모이는 지점에 위치한 재이다. 한자 지명은 없고 우리말 이름으로 그냥 구름재이다. 왠지 높아 보이는 느낌이 먼저 든다.『조선지형도』(장수)에는 '구름재'가 표기되어 있으며, 남쪽으로 마령재, 동쪽으로 진안군 백운면의 중고대마을이 기재되어 있다.『한국지명총람』에는 매우 높아서 구름이 잘 낀다고 하여 붙여진 이름으로 기록되어 있다. 이곳 장수는 무주, 진안과 함께 '삼남지방의 개마고원'이라 불리는 곳이다. 세 군의 머리글자를 따 '무진장'으로 부르기도 하는데, 모두 해발 평균 500m 진안고원에 자리하고 있다. 영월 상동읍 내덕리는 해발 500m의 고지대로 마을 뒤쪽에는 1,267.6m의 매봉산이 있다. 이곳에 있는 구름재는 항상 안개가 자욱한 고개로 이곳을 지나는 사람들은 구름을 뚫고 산을 넘어 다녔으므로 구름재라 불렀다 한다. 또는 구름도 쉬었다 넘는다고 구름재라 불렀다고도 한다. 두 곳 구름재 모두 지형상 구름이 자주 끼는 곳이어서 구름 이름이 붙은 것으로 볼 수 있다.

몰운대, 해운대, 구름재 등의 지명은 실제의 구름과 직접 관련하여 붙여진 이름으로 보인다. 그러나 구름 지명 중에는 비유적인 의미로 붙여졌거나 음이 구름과 비슷한 탓에 아예 구름으로 바꾸어 붙여진 이름들이 많다. 오히려 구름과 직접 관련된 지명은 아주 소수인 것으로 보인다. 구름은 비, 바람과 함께 우리에게는 아주 친숙한 자연현상이자 자연물이다. 그런 탓에 우리 생활과 정서를 표현하는 데 있어서도 다양한 비유로 많이 쓰였다. 사람들이 구름같이 모여들었다는 말은 한꺼번에 많이 모여

드는 구름을 빗댄 것이다. 조선시대 한양의 중심 상가였던 종로(종루) 네거리는 운종가(雲從街)로도 불렸는데, 사람들이 구름처럼 몰리는 거리라는 뜻이다. 청운의 꿈은 입신출세하려는 꿈을 나타내는데 이때의 청운은 높은 지위나 벼슬을 가리키는 말이다. 이에 비해 백운(흰 구름)은 순수하고 고결한 이미지를 갖는다. 자유자재나 속세를 벗어난 경지를 비유적으로 나타내기도 한다.

불국사 대웅전과 극락전을 오르는 길에는 청운교와 백운교가 있다. 다리 아래 일반인의 세계와 다리 위로 부처의 세계를 이어주는 상징적인 의미를 지닌다고 한다. 둘 모두 '운교(雲橋)'를 쓰고 있는데, 운교는 우리말로는 '구름다리'이다. '구름다리'는 길이나 계곡 따위를 건너질러 공중에 걸쳐 놓은 다리를 뜻한다. 옛날에는 교각이 반원형을 이루게 만든, 요즘말로 하면 아치교를 부르던 이름이다. 아마 높다랗고 아름다워서 그렇게 이름 붙였던 것 같다. 또한 이 '구름다리'는 교각의 아치형이 둥근 무지개 모양을 닮아 '무지개다리'라고도 불렸는데, 한자로는 홍예(교)라 했다. 홍예(虹蜺)는 무지개를 가리키는 말이다. 대개는 돌로 만든 이 '구름다리'는 조형미도 뛰어나지만, 고도의 기술과 공력 그리고 재력이 요구되는 구조물이다. 대개는 궁궐이나 사찰지역을 중심으로 홍예교가 많이 축조되었고, 현존하는 옛 다리로는 가장 많이 남아 있다.

지명이 아니라 그냥 일반명사로 '구름밭'이라는 말이 있다. 사전에는 '산꼭대기에 높이 있는 뙈기밭'이라고 되어 있다. 뙈기밭은 큰 토지에 딸린 조그마한 밭을 가리킨다. '구름밭'은 산 높은 곳에 있는 조그마한 밭을 이르는 말인데, 여기서의 구름은 높은 곳을 비유적으로 표현한 말로 보인다. 그러나 실제 지명에 있어서 '구름밭'은 '높다'라는 의미보다는 '넓다' '크다'라는 의미로 많이 쓰인 것을 볼 수 있다. 평북의 운전(雲田)이나 함흥의 운전은 우리말로 읽으면 '구름밭'인데 '높다'라는 의미보다는 '넓다'라는 의미로 우선 읽힌다.

〈북한지역정보넷〉에 따르면 평북 운전군은 '이 지역에 벌(운전벌)이 무한하게 전개되어 있어 지평선이 구름과 잇닿아 있는 듯한 고장이라는 데서 비롯되었다.'는 것이다. 운해 즉 구름바다를 연상케 한다. 『민족문화대백과』에서는 운전평야를 '청천강과 대령강에 의하여 운반된 토사가 두껍게 쌓여 있고, 비옥하며, 동서의 길이가 40km에 이르므로 '백리운전평야'라고도 불리운다.'고 명칭 유래를 설명하고 있다. 운전군은 1952년 정주군과 박천군의 일부 지역을 분리하여 신설하였는데, 운전 지명은 정주군 대전면 운전동에서 이어진 이름이다. 대전면의 '대전'도 '큰 밭'을 뜻하는 이름이기도 하다. 운전군 지역의 대부분은 넓은 평야지대인 벌과 구릉지대, 낮은 산지로 되어 있고 특히 남부에는 광활한 운전벌이 전개되어 있어 평안북도의 곡창지대를 이룬다고 한다. 우리말 지명이나 유래가 전하지 않아 단정하기 어려우나 운전은 '큰 밭'을 뜻하는 '굼밭(→구름밭)'에서 비롯되었을 가능성이 크다.

함흥의 운전은 태조 이성계의 함흥본궁이 있던 곳으로 유명했다. 『동국여지승람』에 '의릉—우리 도조[태조의 할아버지] 공의성도대왕의 능이다. 운전사(雲田社)에 있다.' 해서 운전 지명이 나온다. 운전사의 '사'는 지금의 면에 해당하는 행정단위이다. 함흥본궁은 이성계가 왕이 되기 전 잠룡 때에 살던 옛집으로 북쪽을 순행할 때 늘 거처하던 곳이다. 또한 이곳에는 격구정이 있었는데 『대동지지』에는 '동쪽으로 15리에 있으며… 사초가 평평하고 넓게 있어 10여 리나 되어 속칭 송원이라 했다. 태조가 어릴 때 여기서 격구하였고…'라고 나온다. 〈북한지역정보넷〉에서는 '밭에서 구름이 이는 고장이므로 운전면이라' 부르게 되었다고 한다. 그러나 함흥평야의 일부인 이곳을 '운전평'으로 부르고, 논농사가 활발하다는 것을 보면 운전 지명도 넓은 밭, 넓은 들과 관련된 것으로 짐작된다.

남쪽에도 구름밭, 운전 지명이 더러 보이는데 유래는 각기 다르다.

영주 풍기읍 동부4리 구름밭(운전)마을은 '동문 밖에서 이 마을까지가 풍기장터였던 곳으로 풍기 장날이면 여러 곳에서 장꾼들이 구름같이 모여 들었다고 하여 구름밭이라 하였고, 또 풍수설에 의하면 이 들 어느 곳에 운중선좌의 명당자리가 있어 구름밭이라고 한다는 전설이 있다'고 유래를 설명한다. 밀양 부북면의 운전리는 밭이 많은 곳이라 하여 운전이라는 이름이 되었을 것이라고 촌로들은 전한다. 그러나 법정리인 운전리의 본 마을인 대전리는 일명 '큰굴밭' 또는 '큰마'라고 불린 것을 보아서는 '큰 밭'과 관련이 있는 것으로 보인다.

구름밭을 '큰 밭'의 의미로 볼 때 고어형으로 '굼밭'을 상정할 수 있다. '굼밭'이 '구름밭'으로 변한 것이다. 이때의 '굼'은 '감(아래 아)'에서 기원한 것으로, '곰, 검, 감, 금, 고마, 개마' 등과 한 뿌리의 말로 본다. 신(神)을 가리키거나 크다(大)의 뜻으로 쓰였다. 이 '굼'이 밭이나 들에 붙어서 쓰인 지명으로는 굼밭, 굼들, 금들, 궁밭, 궁들, 궁뜰, 궁뜨리 등으로 아주 흔하다. 청주시 흥덕구 장성동에 있는 마을 궁평리(宮坪里)의 궁평은 집 궁(宮) 자를 쓰고 있는데 '궁뜰'을 한자화한 것으로 보인다. 마을에서는 궁궐이 들어설 만한 큰 규모의 들이라 해서 붙여진 이름이라고 하는데 '큰 들'이라는 의미의 '굼들'이 '궁들'로 변하고, 이것이 된소리화하여 '궁뜰'이 되었다고 볼 수 있다.

수원 구운동(九雲洞)은 김만중의 고전소설 『구운몽』을 연상시켜 특이한데, 우리말 이름은 군돌, 군들이었다. 군들은 '굼들'이 변화한 어형으로 보인다. 이곳은 예전부터 '논과 밭이 많아 들이 무리지어 있다는 뜻에서 군들이라 하였다'고 한다. 조선시대부터 수원부 형석면에 속한 곳이었는데, 1914년 일제에 의한 행정구역통폐합 때 상구운석 일명 상구운돌(乭)과 하구운석 일명 하구운돌을 합쳐 구운리가 되었다 한다. 돌(乭)은 이두식 한자로 우리말 '돌' 음을 표기한 것이고, '돌'은 '들'에서 음이 바뀐 것으로 보인다. 또 '구운(九雲)'은 우리말 '군'을 이두식으로 표기한 것이다. 따라서

구운석은 우리말 '군들(돌)'을 한자로 표기하면서 생긴 말인 것이다. 이천 대월면도 '군들'로 불렸는데 군량리(郡梁里)로 표기되었다. '들'은 돌 석(石) 외에도 돌 량(梁)으로 한자 표기된 경우가 많았다.

그런데 이 '굼'은 '크다'는 뜻 외에도 낮은 지대나 우묵한 지형 또는 물이 많이 나는 곳을 가리킬 때도 많이 쓰였다. 이때의 '굼'은 구멍이나 구덩이를 뜻하는 우리의 옛말이다. '굼'은 ㄱ이 떨어져 '움'으로도 쓰였는데, 지명에서는 골(짜기)을 뜻하는 말로도 많이 쓰였다. 사전에 '굼논'은 '무논'의 방언(경남)으로 나오는데, '무논'은 '물이 괴어 있는 논'으로 나온다. '물+논'에서 온 말이다. 경주 망성리 구메마을은 다른 지대보다 낮은 굼에 있어 그렇게 불렸고, 마을 옆에 있는 굼밭은 다른 지대보다 낮은 굼에 있는 밭이라 그렇게 불렀다고 한다. 거창 웅양면 죽림리 굼들은 마을이 낮은 들 가운데 자리하여 늘 안개가 많이 끼어 굼들, 구름들이라 부르다가 운평(雲坪)으로 한자화되었다. 낮은 지형을 뜻하는 굼이 구름으로 바뀌고 구름 운(雲)자로 한자화된 것이다.

굼실은 구름실로도 불리다가 흔히 운곡(雲谷)으로 한자화되었다. 운곡 지명도 많은데 대부분 사방이 산으로 둘러싸인 골짜기나 마을을 가리킨다. 대개는 구름과 안개가 자주 끼여서라고 유래를 설명하는데, 골짜기 지형이어서 이름 붙은 경우가 많다. 이때의 굼은 골짜기나 안으로 들어간 지형을 가리킨다. 실 역시 골짜기를 가리키는 우리말이므로 굼실은 비슷한 뜻을 가진 우리말을 중복시킨 이름으로 보인다. 예산의 구름실은 팔공산 밑 골짜기가 되어 구름과 안개가 늘 끼여 있어 구름실 또는 운곡이라 하며, 사방이 산으로 둘러싸인 골짜기이므로 안골이라 하였다가 운곡리로 한자화되었다. 같은 예산의 몽곡리(夢谷里)는 우리말 이름이 굼실이다. 굼실의 '굼'을 '꿈'으로 읽어 꿈 몽(夢) 자 몽곡이 된 것이다.

한편 '굼'과 같이 '굴'이 구름으로 변이되어 지명화된 예를 많이 볼 수 있다. 특히 우물 지명에 많은데 구루물 같은 것이 대표적이다. 비슷한 이름으로 구름울, 구름물, 굴우물 등이 있다. 원형태는 굴우물이었을 것으로 보이는데, 굴우물을 연음하면 구루물이 된다. 구름의 고어는 구룸이었다. 이 구루물은 대개 운정(雲井)이나 운천(雲泉)으로 한자화되었다. 간혹 굴정(窟井, 窟-굴, 움)으로 한자화되는 경우도 있다. 그리고 이 이름들이 그대로 마을 이름으로 쓰였다. 운정동, 운정리, 운천동, 운천리 등이 그것이다.

사실 굴우물보다는 구름물이나 구름울이 비슷한 음을 가지면서 훨씬 운치 있어 보이고 풍성해 보인다. 한자 지명으로도 운정(구름우물), 운천(구름샘) 정도면 그럴 듯하다. 구름과 우물은 왠지 잘 어울리는 것 같고 또 구름이 모여 비(물)를 내리기 때문에 친연성이 아주 크다. 그래서 그런지 지명유래 설명을 보면 그럴 듯하다. 구름만 끼어도 물이 난다 하여 그렇게 불리게 되었다든지 안개가 자주 끼고 그 모습이 마치 구름 속의 마을과 같다 하여 붙은 이름이라고도 한다. 산골짜기에는 구름이 돌아가며 여러 곳에서 많은 샘이 솟아나 붙은 이름이라고도 하고 구름만 끼어도 물이 풍족해져 농사가 잘되는 마을이라 그렇게 부르게 되었다고도 한다. 마을 사람들의 물에 대한 소망까지 반영된 지명이 된 것이다.

굴우물은 '굴＋우물'로 분석되는데, '굴＋우물＞구루물＞구름울(물)'로 변이된 것으로 보인다. '굴'은 '땅이나 바위가 안으로 깊숙이 패어 들어간 곳'을 뜻하는 말로서 구멍이나 구렁, 구덩이와도 통하는 말이다. 굴우물은 움푹하게 팬 구덩이나 구멍에서 물이 나와 만들어진 우물을 가리키는 말로 볼 수 있다. 이 굴우물은 일찍부터 쓰였던 것으로 보인다. 『삼국유사』(권3 탑상편 영취사조)에 '신라 신문왕 3년인 영순 2년 계미에 재상 충원공이 장산국(동래현)의 온천에 목욕하고 성으로 돌아올 때 굴정역(屈井驛) 동지들에 이르러 쉬었다'고 해서 굴정 지명이 쓰였다. 이때 굴정은 굴우물을 이두식으로 표기한 것으로 앞의 굴(屈, 굽을 굴)은 음을 빌려 표기하고, 뒤의 정(井, 우물 정)은 뜻을 빌려 표기한 것이다. 이 둘을 모두 뜻으로 표기한다면 굴정(窟井, 굴 굴, 우물 정)이 될 것이다.

서울 중구 충무로2가 진고개(현 세종호텔 자리)에 있던 굴우물도 역시 굴정(窟井)이라고 표기하였다. 인조 때 학자 이민구가 어렸을 때 진고개에서 놀다가 바위 밑에서 물이 나오는 것을 보고 동네 아이들을 모아 우물을 파서 길 가는 사람들이 먹게 하였는데, 그 후 점점 더 파다보니 굴같이 되었다는 유래가 전해진다.『표준국어대사전』에는 굴우물이 '아주 깊은 우물'을 뜻한다고 나와 있다.

한편 이 굴이 산을 뜻하는 뫼(메, 미)와 결합하여 굴뫼가 되고, 굴뫼가 구루메, 구루미로 변이되어 운산(雲山, 구름산)으로 표기된 예도 있다. 이때의 '굴'은 '골'과 통하는 말로 골짜기를 뜻한다. 그러니까 굴뫼는 골뫼로도 나타나는데, '골짜기에 있는 산'의 뜻으로 그대로 마을 이름이 되기도 한다. 상주 모서면 도안리 구르미마을은 운산으로 쓰는데, 움푹 들어간 곳에 있는 마을로 설명한다. 이 밖에도 운산에 우리말 이름 구르미, 구루미가 대응된 예는 많다.

비둘기는 도대체 어디서 날아왔을까

비도리·비득재·비둘기낭

1930년대를 대표하는 초현실주의 시인 이상의 작품 「오감도 시제 12호」는 '때묻은빨래조각이한뭉텅이空中으로날너떠러진다. 그 것은흰비닭이의떼다'로 시작한다. 띄어쓰기도 안 되어 있고 내용적으로 난해한 시이지만, '흰비닭이'를 평화의 상징으로 쓴 것은 쉽게 알 수 있다. 이어지는 구절에 '하늘저편에전쟁이끗나고평화가왓다는선전이 다.'라는 표현을 보면 그렇다. 여기에서 '흰비닭이'는 '흰 비둘기'라는 뜻으로, 당시에는 비둘기를 '비닭이'로 쓴 것을 볼 수 있다. 읽기는 '비다기' 가 아니라 '비달기'로 읽었을 것이다.

비단 이상의 시뿐만이 아니라 조선 말기의 잡가나 1920년대 현대시 그리고 해방 후의 시에서까지 '비닭이'라는 표기를 찾을 수 있다. 서정주가 1946년 발표한 '밤'이라는 시에서도 '비닭이와 베암의 땀나는 혼인'이라고 해서 '비닭이'라는 표기를 확인할 수 있다. 그러나 이상과 같은 시대인 1930년대 정지용의 '달'이라는 시를 보면 '비듥이는 무엇이 궁거워[궁금

271

해] 구구 우느뇨/오동나무 꽃이야 못 견디게 향그럽다.'라고 해서, 당시에는 표준적인 표기가 없이 '비닭이'와 '비듦이'가 같이 쓰였음을 알 수 있다.

비닭이라는 표기는 1970년대 소설에서도 볼 수 있는데, 이문구의 「일락서산」(『관촌수필』, 1972년)에서이다. 물론 할아버지의 말을 옮겨 적은 것이니까, 1900년대 초기의 말로 보아야 할 것이다. 할아버지는 세상이 아무리 앞뒤가 없어졌더라도 가릴 것은 가려야 한다면서, 생치는 양반 반찬이고 비닭이는 상것들이나 입에 대는 법이라고 훈계한다. 생치(生雉)는 말리거나 익히지 않은 꿩고기를 가리키고 비닭이는 비둘기를 가리킨다. 할아버지 말을 통해서 예전에 서민들은 비둘기를 잡아먹었던 것을 알 수 있다. 그러나 양반들은 그것을 천시해서 입에 대지 않았다는 것인데 왜 그런 분별이 생겼는지는 모른다. 비둘기를 양반들이 애완용으로 기르기도 한 데서 비롯되었는지, 아니면 작고 먹을 것 없는 비둘기까지 구차하게 잡아먹는 것이 양반의 품격에 어울리지 않는다고 보았는지는 모르겠다.

비둘기는 여러 가지로 기록에 전한다. 고려시대의 기록으로는 『계림유사』에 '弸陀里'(필타리, 당시의 음으로는 비다리로 어형을 재구할 수 있음)로 기록되어 있다. 조선 전기의 『월인석보』나 『훈몽자회』에는 '비두리'로 나온다. 『시용향악보』에 문자로 정착되어 전하는 고려가요 「유구곡」에는 '비두로기'로 나온다. 이어서 『신증유합』에는 '비둘기'로 나오고 『역어유해』(1690년)에는 '비돌기'로 나오는 것을 볼 수 있다.

어원적으로 비둘기는 '빗+닭(아래 아)+이'로 분석하는데 '빛이 나는 닭'의 뜻으로 본다. '빗'은 비오리의 '비'와 같은 것으로 비오리를 『훈몽자회』에서는 '빗올히'로 쓰고 있다. 비오리는 옛날에는 원앙을 가리키는 우리말 표현이었는데, 빛이 나고 화려한 오리라는 뜻이다. 비둘기도 마찬가지로 깃털이 윤이 날 정도로 반질거리고 색도 화려하여 '빗(빛)'을 붙여 빗닭이가 된 것으로 볼 수 있다. 이 빗닭이가 빗오리>비오리처럼 비닭이가 되고, 이것이 연음되어 비달기, 비둘기가 된 것으로 볼 수 있는 것이다. 더러 비닭이를 아닐 비(非) 자 비닭으로 보아 닭과 비슷한데 닭이 아닌 새로 풀이하기도 하고, 날 비(飛) 자 비닭으로 보아 날아다니는 닭으로 풀이하기도 하는데 신빙성이 적어 보인다.

우리나라에는 통신용 비둘기 이른바 전서구로서의 비둘기는 기록이 없다. 『고려사』 기록(1227년)에는 '어사대가 일반 민가에서 비둘기와 매를 기르는 일을 금지시켰다. 관직에 있는 자는 이 일 때문에 공무를 아예 돌보지 않으며, 관직이 없는 자는 이것으로 소송을 제기하는 폐단이 많았기 때문이다.'라는 대목이 있다. 당시에 비둘기 기르기가 아주 성행했음을 알 수 있다. 이때의 비둘기는 식용이나 전서구가 아니라 관상용이었던 것으로 보인다. 고려 때 비둘기는 이의민의 아들 이지영이 최충헌의 동생 최충수 집의 비둘기를 빼앗은 사건으로 번져 최충헌 형제가 이의민 일파를 제거하고 최씨 무신정권을 여는 계기가 되기도 했다. 비둘기 기르기는 18세기 조선시대에도 크게 유행하는데 유득공의 『발합경』은 23종의 관상용 비둘기를 소개하면서 사육 방법은 물론 비둘기 집 만들기, 비둘기 꼬리에 매달던 방울과 비둘기 잡는 그물에 이르기까지 상세하게 적고 있다

이 비둘기는 지명에서도 여러 가지 모습으로 실현되고 있는 것을 본다. 대표적인 곳이 경남 사천시 서포면 내구리(內鳩里, 비둘기 구), 외구리이다. 내구리 본마을을 우리말로는 안비드리, 암비두리, 안삐들 등으로 부르고, 외구리는 뱃비드리라 불렀다. 주민들은 비둘기는 암수가 있어야 한다는 뜻에서 암비둘기는 내구리로 숫비둘기는 외구리로 칭했다 하나 원래는 안과 밖으로 구분한 이름으로 보인다. 암비두리는 안비드리 가 변음된 것이고 뱃비드리는 밖(바깥)비드리가 변음된 것으로 보인다. 내구리, 외구리는 하나의 지명(마을)에서 갈라진 것으로 보이는데 원래

이름은 비도리(非刀里)였다고 한다. 지자체의 지명유래 기사를 보면 왜란이 평정된 광해군 2년에 선전관의 아들 말석공(최고운의 20세손)이 이 마을에 거주하여 이두식 이름 비도리를 실물명 비둘기로 개칭하여 내구리, 외구리로 하였다는 것이다. 비도리를 비둘기로 인식하고 있었음을 알 수 있다.

이곳 비도리 지명은 일찍이 『세종실록』(세종 30년)에 나오는데, 의정부에서 소나무 관리 감독에 대해 상신한 내용에 나온다. 의정부의 상신은 바다에 접한 현의 여러 섬과 곳의 소나무가 잘되는 땅을 기록하고, 소나무 벌채를 엄금하는 등 관리 감독을 철저히 하게 해달라는 것이다. 소나무는 물론 병선을 짓는데 대비하겠다는 것이다. 그 리스트 중에 '곤양군의 비도리곶(非刀里串)'이 나오는데 지금의 사천시 서포면 일대이다. 곶은 바다 쪽으로 길게 내뻗은 지형을 이르는 말이다. 이 비도리는 19세기 전반에 제작된 『광여도』(곤양)에도 나오는데 서부면에 비도리산(飛道里山)이 나오고 바로 옆에 봉산이라고 표기되어 있다. 봉산은 산의 출입을 봉(금)한다는 뜻으로 나라의 수용에 충당하기 위해 수목의 벌채를 금한 산을 일컫는 말이다. 『광여도』보다 조금 앞선 시대의 또 다른 지도인 『해동지도』(1750년대 초)에는 비도리산(飛刀里山)으로 나와 한자가 서로 다른 것을 볼 수 있다. 이렇게 보면 이 표기들은 원래의 우리말 '비도리'를 집필자에 따라 한자를 달리해 표기한 것으로 볼 수 있다.

같은 서포면에 비도리(내·외구리)와 가까이 있는 비토리(飛兎里, 날비, 토끼 토)도 비도리에서 음이 바뀐 비토리를 한자의 음을 빌려 표기한 것으로 보인다. 섬의 명칭은 비토도인데 보통 비토섬 혹은 행정지명으로 비토리로 많이 부른다. 이 비토리도 섬이 토끼가 날아가는 듯한 형상이라 날 비 자, 토끼 토 자 비토도라 부르게 되었다고 설명하는데 잘 납득이 되지 않는다. 토끼가 날아가는 모습을 상상하기도 어렵지만 그런 모습을 한 지형이나 지세를 떠올리기가 쉽지 않다. 비토도는 『광여도』나 『해동지도』에도 나오는 지명이다. 두 지도 모두 서포면 일대에 두 개의 지명을 표기하고 있는데 비도리산과 비토도(飛兎島)이다. 『해동지도』가 일찍이 영조 때(1750년대 초) 만들어진 지도이고, 비토도가 별 주목을 받을 만한 큰 섬이 아니고 보면 비토도도 한자의 뜻이 아닌 음으로 표기된 것으로 볼 수 있다. 말하자면 비도리섬이 음이 바뀌어 비토리섬으로 불리던 것을 비토도로 표기한 것으로 보인다는 것이다.

세종 때 처음으로 쓰인 '비도리곶'이라는 지명에서 비도리는 지금의 리(里)를 가리키는 말이 아니라 우리말 '비도리'를 그대로 음차표기하여 '곶'에 갖다 붙인 이름이다. 조선시대에 면리제가 정착된 것은 조선 후기에 이르러서였다. 그러니까 세종 때의 비도리곶은 서포면 일대 바다 쪽으로 길게 내뻗은 지역을 두루 일컫는 말로 썼을 가능성이 크다. 육지 쪽에 바짝 붙은 작은 섬 비토도도 당시에는 따로 떼어 제대로 된 이름이 없고 그냥 비도리곶의 일부로 인식했을 것으로 보인다. 그러니까 후대에 섬에 이름을 붙이게 됐을 때 자연스레 비도리곶의 섬이라는 뜻으로 비도리 섬으로 부르고, 이것이 뒤에 격음화되어 비토리섬으로 바뀐 것으로 짐작된다.

비득재는 충남 공주 유구읍에 있다. '비득'은 비둘기를 가리키고, '재'는 고개를 가리키는 말이다. 유구리의 지명유래를 보면 마을 뒷산이 비둘기 모양이므로 비득재라 한 데서 유래되었다고 한다. 한자 지명인 유구 역시 비둘기를 뜻한다. 그냥 비둘기 구(鳩) 자만 써도 되는 것을 앞에 유(維) 자를 붙인 것이 특이하다. 『시경』('작소')에 나오는 말이다. '유구'에서 '유'는 '바(밧줄)'나 '매다'의 뜻으로 많이 쓰이는 한자이지만 여기에서는 발어의 의미를 가질 뿐 특별한 뜻은 없는 한자이다. 비둘기를 '유구'로 쓴 예는 이곳 '유구' 지명과 고려가요 「유구곡」뿐이다.

'유구'는 고려시대 역의 이름으로 처음 쓰이기 시작했다. 고려의 역제가 1061년~1136년에 정비되었으니 거의 천여 년이 된 지명이다. 유구역은 호남이나 충청 지방에서 한양이나 송도로 올라가는 요처에 있었기 때문에 전국적으로도 널리 알려진 역이었다. 너무 오래전이라 '유구'와 '비득재'의 상관관계에 대해 전하는 바는 없지만 다른 근거가 없고 보면 '유구'는 '비득(재)'을 한자화한 이름으로 보아야 할 것이다. 현재 유구읍에는 두 곳의 비득재가 있는데, 유구리의 비득재와 구계리의 비득재이다. 이 중 구계리의 비득재가 더 오래된 이름으로 보인다. 지금은 구재, 구재고개로 더 많이 부르는데, 구재의 '구'는 한자 비둘기 구(鳩) 자이고, '재'는 고개를 뜻하는 우리말이다. 한자로는 구치(鳩峙)로 썼다. 그러니까 비득재가 구치(구티)로 한자화된 뒤에 구재로 바뀐 것으로 보인다. 이 비득재 또한 아주 오래된 이름으로 보이는데, 옛날에 유구지역에서 마곡사를 오갈 때 많이 이용했다고 한다. 마곡사는 신라 선덕여왕 때 세워진 고찰이다.

이 비득재 이름은 포천시 소흘읍 고모리에도 있다. 포천의 비득재는 비둘기재라고도 하고 한자로는 구현(鳩峴, 비둘기 구, 고개 현)으로 쓴다. 비둘기 지명은 '비득'보다는 '비들'이 더 많이 쓰였다. 경남 창녕군 퇴천리에는 구현산이 있는데 비들산이라고도 한다. 또한 같은 지역에 구현의 우리말 이름인 비들재도 있다. 산청군 단성면에는 비들미라는 지명이 있는데 한자로는 구산이라고 썼다. 이 '비들' 지명은 산보다는 고개(재) 지명에 많다. 비들재, 비들고개, 비들치, 비들치재, 비들목재, 비들치고개 등이 있다. '비득' 지명도 비득재, 비득고개, 비득치재 등 고개 지명에 많이 쓰였는데 어원과도 관련이 있어 보인다.

학자들은 이 '비들'을 '비탈'의 변이형으로 본다. 지역에서는 산의 모양이 비둘기가 날개를 펴고 있는 형상이라든지, 고개를 개설할 때 비둘기가 날았다든지 해서 비둘기와 관련지어 유래를 설명하지만 대개는 근거가 뚜렷하지 않다는 것이다. 학자들은 '비탈'은 '빗달'이라는 말에서 온 것으로 보는데, '빗달(빗斜+달地)'은 '빗긴(경사진) 땅'이라는 뜻이다. '달'이라

는 말은 중세국어까지만 해도 높다는 뜻을 갖고 있던 말인데, 응달 양달처럼 어떤 장소(곳)를 가리키는 말로 쓰이기도 했다. 이 '빗달'이 '비탈'로 바뀌고, 이 '비탈'의 약화된 음인 '비달'이 '비다리(비둘기)'와 음이 비슷해서 원의는 잊어버린 채 비둘기 지명으로 오해하게 되었다는 것이다. 특히 우리말 이름을 한자화하는 과정에서 비둘기 지명으로 오기한 경우가 많다.

어쨌든 비둘기 지명들이 대개는 '빗달(비탈)'에서 비롯되었다고 보는 것은 음운의 변화로 보아서 타당한 해석이다. 전남 나주의 '비들메'는 비둘기 구(鳩) 자를 쓰지 않고 횡산(橫山)으로 한자화했는데, '비들'을 '비탈'로 인식했음을 보여주는 예라 하겠다. 횡(橫, 가로 횡)이나 사(斜, 비낄 사)는 흔히 빗긴 지형에 쓰인 한자들이다. 이렇게 보면 위에서 언급한 사천시 서포면의 비도리도 이 빗달에서 비롯되었을 가능성이 있다. 빗달+이>빗다리>비다리>비도리로 바뀌었을 가능성은 얼마든지 있기 때문이다.

그러나 비둘기 지명 중에는 비둘기와 직접 관련된 지명도 있다. 포천 영북면 대회산리에 있는 '비둘기낭'이 그것이다. '낭'은 벼랑(낭떠러지의 험하고 가파른 언덕)의 방언이다. 지금은 폭포로 더 유명한 곳인데 포천문화원은 '비둘기낭'을 '보름소 서남쪽에 있는 낭떠러지'로 설명하면서 '대회산리에서 흘러내리는 물이 이곳을 지나 한탄강과 합류하게 되는데 이곳에서 폭포수를 이룬다. 이 폭포수 뒤에는 동굴이 있는데, 이곳에 백비둘기가 새끼를 치며 서식했다고 한다. 이 때문에 이곳을 비둘기낭이라 불렀다고 한다'고 유래를 설명하고 있다. 이 비둘기낭은 한탄강 현무암 협곡 천혜의 절경지에 있는 낭떠러지로 천연기념물로 지정되어 있기도 하다. 이 비둘기낭 이름은 같은 한탄강 협곡지에 있는 관인면 냉정리에도 있다. '하평 앞에 있는 낭떠러지인데, 벼루기낭이라고도 한다. 낭떠러지가 매우 높아 비둘기가 많다.'고 설명하고 있다. '벼루기'는 '벼랑'의 변형으로 보이는데 '벼루기낭' 하면 유의어 중복인 표현이다.

우리나라 토종 텃새인 낭비둘기는 절벽에 산다고 하여 낭비둘기라고 불리며 북한에서는 굴비둘기로도 불린다. 공식 종명은 양비둘기이다. 1980년대만 해도 전국에서 흔히 볼 수 있는 새였지만 1990년대에 들어서면서 그 수가 급격하게 줄어들어 지금은 멸종 위기에 처한 새이다. 우리가 흔히 보는 집비둘기는 바위비둘기라는 종을 개량한 것으로 낭비둘기와는 다른 종이라고 한다. 이 낭비둘기는 주로 산간의 계류, 강과 호수 등의 물가, 석회암 굴속, 바위의 벼랑에서 보통 10~20마리가 무리를 지어 산다고 한다. 집비둘기보다 훨씬 동작이 빠르고 비상 속도도 빠르다. 위에서 주민들은 백비둘기라고 했는데 이 낭비둘기의 허리 몸통이 흰색이어서 그렇게 불렀던 것으로 보인다. '비둘기낭' 지명은 벼랑이나 굴에 살기 좋아하는 낭비둘기의 생태와 관련해서 붙여진 이름이다.

비둘기낭 외에도 강원도 정선의 석회암 동굴 지명 중에는 '비둘기굴'이 있고, 이 지명은 영월에도 있다. 전북 고창 상하면 자룡리 구시포해수욕장

278

남쪽에 있는 동굴도 이름이 비둘기굴이다. 해안도서 지역으로는 통영에 '삐둘기강정'이 있는데 옛날 삐둘기(비둘기)가 많이 서식했던 강정이라고 한다. 비진도에도 '비둘기강정'이 있는데, '강정'은 해안의 바위벼랑을 일컫는 말이라고 한다.

오래된 우물에 대한 기억

한우물·미르샘·용두레

단원 김홍도가 그린 그림에 〈우물가〉라는 그림이 있다. 『단원풍속도첩』 속 스물다섯 점 그림들 중 하나이다. 이 그림을 자세히 들여다보면 절로 입가에 웃음이 배어나오면서 묘한 에로티시즘을 느끼게 된다. 말하자면 에로티시즘을 아주 은밀하면서도 해학적으로 그려내고 있는 것이다. 우물가에는 세 사람의 여인네와 한 사람의 건장한 사내가 있다. 세 여인네는 각각 젊은 여인, 중년, 노년으로 그렸다. 이 네 사람의 행동거지와 표정이 웃음을 자아내는데, 그 속에 은밀한 에로티시즘이 감춰져 있는 것이다.

먼저 사내부터 보면 사내는 검은 털이 숭숭 난 가슴팍을 배꼽까지 풀어헤친 채 두레박을 들어 물을 마시고 있다. 그러면서 새댁인 듯 보이는 아주 젊고 아리땁게 생긴 아낙을 엉큼한 눈빛으로 곁눈질해 보고 있다. 이것이 민망해서인지 젊은 아낙은 고개를 돌리고 있는데 볼이 발그스름해졌다. 아마 사내는 세 아낙 중 가장 젊고 아리따운 아낙을 표적으로

280

물을 청했을 것이고, 아낙은 두레박을 사내에게 건네주고 두레박줄을
붙잡은 채 둘레돌 위에 엉거주춤하게 서 있다. 그런데 이 광경을 바라보는
다른 두 아낙의 표정이 대조적이면서 재미있다. 중년의 아낙은 잘 해보라
는 듯 묘한 미소를 지으며 눈을 내리깔아 우물 속 두레박을 바라보고
있고, 약간 떨어져서 물동이를 이고 돌아서 가는 할머니는 잔뜩 심통이
난 표정이다. 마치 자신은 거들떠보지도 않는 이 젊은이끼리만의 수작에

샘이라도 난 듯 말이다.

이 〈우물가〉는 김홍도의 다른 풍속화와 마찬가지로 조선 후기 우물 풍속을 잘 보여주고 있다. 우물은 잘 다듬은 돌로 둥그렇게 둘레돌을 쌓아 그 위에 올라서서 물을 긷고 있는 것을 볼 수 있다. 둘레돌은 발로 딛고 올라설 정도로 아주 낮게 깔았다. 그리고 우물 안도 돌로 빙 둘러쌓은 것을 볼 수 있다. 물을 퍼 올릴 때는 두레박을 사용했던 것을 알 수 있는데, 두레박의 모양을 사실적으로 그려 놓았다. 두레박은 둥근 박을 둘로 잘라 만든 바가지에 나무를 가로질러서 그 위에 손잡이 같은 나무막 대기를 세우고 그 끝에 줄을 길게 매어 사용한 것이다.

또한 이 두레박을 각자 가지고 다니며 사용했던 것을 알 수 있는데, 위 그림에서도 보면 세 여인네가 각각의 두레박을 갖고 있다. 물동이도 두 가지를 볼 수 있는데, 옹기(이 그림에서는 회색 질그릇으로 보임)로 된 것이 있고, 나무로 짠 것이 있다. 둘 모두 머리에 이거나 들기에 편리하도록 바깥면 양쪽에 손잡이가 달려 있다. 또한 똬리도 볼 수 있다. 똬리는 물동이를 머리에 일 때 머리에 받치는 고리 모양의 물건으로 대개 짚이나 천을 틀어서 만든다. 예전에 우물가는 여성들의 일터이자, 노동의 현장이었다. 대부분의 마을에는 우물이 하나밖에 없었기 때문에 각각의 집에서 이 우물물을 길어다 썼다. 집집마다 새벽부터 우물에서 물을 길어다가 부엌의 큰 독에 그날 쓸 물을 가득 채우는 것은 여인네들의 일이었다.

능수버들이 지키고 섰는 낡은 우물가
우물 속에는 푸른 하늘 쪼각이 떨어져 있는 윤사월

——아즈머님
지금 울고 있는 저 뻐꾸기는 작년에 울던 그놈일까요?

조용하신 당신은 박꽃처럼 웃으시면서

두레박을 넘쳐 흐르는 푸른 하늘만 길어 올리시네
두레박을 넘쳐 흐르는 푸른 전설만 길어 올리시네

언덕을 넘어 황소의 울음 소리도 흘러오는데
─── 물동이에서도 아즈머님 푸른 하늘이 넘쳐 흐르는구료

─<조선일보>, 1937. 1

김종한(1914~1944)의 「낡은 우물이 있는 풍경」이라는 시이다. 김종한
을 흔히 친일시인으로 부르는데, 이 시는 이른 시기의 시여서인지 '황국시'
냄새는 나지 않는다. 대신 향토적인 정취가 물씬 풍기는데, 봄날의 한가로
운 우물가 풍경이 잘 드러나 있다. 여기에도 남녀가 등장하는데, 남자는
시적 화자로 몸을 숨기고 있다. '나'는 물을 얻어 마시며 은근하게 "아즈머
님, 지금 울고 있는 저 뻐꾸기는 작년에 울던 그놈일까요?" 수작을 건다.
그러나 아주머니는 조용히 박꽃처럼 웃으면서 두레박질만 계속한다.
두레박을 넘쳐흐르게 "푸른 하늘" "푸른 전설"만 길어 올리고 있는 것이다.
시인은 "넘쳐 흐르는"이라는 동적인 표현을 세 번이나 반복하고 있는데,
낡은 우물이 갖고 있는 왕성한 생명력을 나타내고 싶었는지도 모른다.
여기서 "넘쳐 흐르는"의 주체인 "푸른 하늘"은 남성 상징으로 읽을 수
있다. 하늘의 아들인 해모수가 수신의 딸인 유화부인과 결합해서 주몽을
낳았다는 신화에서도 볼 수 있듯이 "푸른 하늘"은 남성 상징이고, "푸른
하늘"이 넘쳐 흐르는 우물물은 여성 상징이다.
'앵두나무 우물가에 동네 처녀 바람났네, 물동이 호미 자루 나도 몰라
내던지고'라는 유행가 가사도 있지만 우물가 풍경에는 나무가 빠지지
않는다. 물론 저절로 자란 것도 있고, 의도적으로 골라 심은 나무도

있을 것이다. 여하튼 우물가 풍경에는 나무가 어울리는데, 위의 시는 능수버들이다. 능수버들이 낡은 우물을 지키고 섰다고 했는데, 우물가의 능수버들은 우리에게 아주 낯익은 풍경이다. 나주시 송월동에는 완사천이라는 유명한 샘(우물)이 있는데 버드나무와 관련이 깊다. 완(浣)은 '빨 완' 자로 완사는 빨래를 한다는 뜻이다. 완사천은 말 그대로는 빨래하는 샘이라는 뜻이다. 본래 조그마한 옹달샘으로 물을 쪽박으로 떠먹었다 한다. 그러나 아주 오래된 샘으로 고려 태조 왕건과 나주를 연결하는 시발점이 된 유적이기도 하다. 태조 왕건은 고려를 건국하기 전 나주를 몇 차례 내려오게 되는데, 그때 이 샘가에서 당시 17세였던 한 처녀를 만나 인연을 맺었다. 이 처녀가 뒤에 태조의 제2비가 된 장화왕후이며, 이들 사이에서 태어난 이가 고려 2대왕 혜종이다.

전하는 이야기로는 왕건이 수군장군으로 나주에 와서 목포(지금의 나주역 일원)에 배를 정박시키고, 진 위쪽 산 아래에 오색의 상서로운 구름이 있어 신기하게 여겨 가보니 샘에서 아리따운 여인이 빨래를 하고 있었다 한다. 왕건이 물 한 그릇을 청하자, 여인이 버들잎을 띄워주었는데, 물을 급하게 마시면 체할까 봐 천천히 마시도록 한 것이다. 왕건은 여인의 총명함과 미모에 끌려 그녀를 아내로 맞이하였는데, 그녀가 바로 장화왕후 오씨부인이라는 것이다. 남녀 간의 인연이 샘(우물)가에서 이루어졌고 이때 매개가 된 것이 버들잎이다. 아마 샘 바로 옆에 버드나무가 있었으니까 급히 그것을 따서 물에 띄워주었을 것이다.

이 버들잎 이야기는 태조 이성계와 신덕왕후 강씨가 인연을 맺는 데에도 등장하는데 이야기 내용은 똑같다. 단지 배경이 우물이 아니라 개울로 나오는 것만 다르다. 버드나무는 물가 어디서나 잘 자라는 생명력과 번식력이 강한 나무다. 우물과 함께 여성 상징이다. 만주족의 창세여신 아부카허허도 버들여신이었고, 주몽의 어머니도 버들꽃 유화부인이었다. 그러니까 두 나라를 새롭게 세운 고려 태조와 조선 태조의 이야기에 버드나무가 등장하는 것도 아주 자연스러운 모습이라 하겠다.

고려 태조 왕건의 할머니는 서해 용왕의 맏딸인 용녀였다. 이름은 저민의. 왕건의 할아버지 작제건은 활솜씨가 뛰어나 신궁으로 불렸는데, 당나라 천자(숙종)인 아버지를 찾아 사신의 배를 타고 바다를 건너다가, 서해 용왕을 괴롭히는 늙은 여우귀신을 활로 쏘아 죽이고, 용녀를 아내로 얻어 돌아온다. 이때 작제건은 용녀의 충고에 따라 용왕의 신통물인 버드나무 지팡이와 돼지를 요구해 칠보와 함께 받아가지고 돌아온다. 사람들이 그를 위해 영안성(개성시 남포리)을 쌓고 궁실을 지어주어서 거기에 거처했다. 『고려사』에는 다음과 같은 이야기가 전한다.

> 용녀가 처음 오자 바로 개주의 동북쪽 산기슭에 가서 은그릇으로 땅을 파고 물을 길어 썼는데 지금 개성의 대정(大井)이 그곳이다. 거기서 1년을 살았는데도 돼지가 우리에 들어가지 않자 이에 돼지에게 말하기를, '만약 이 땅이 살 만하지 않다면 나는 장차 네가 가는 바를 따르겠다.'라고 하였다. 이튿날 아침 돼지가 송악 남쪽 기슭에 이르러 드러누우므로 드디어 새집을 지으니 곧 강충(작제건의 할아버지)의 옛집이었다. 작제건이 영안성을 오가며 산 것이 30여 년이었다.

여기서 눈에 띄는 것은 용녀가 처음 오자 바로 '산기슭에 가서 은그릇으로 땅을 파고 물을 길어 썼다'는 사실과 그것이 지금 개성의 대정이라는 사실이다. 훗날 손자인 태조 왕건이 도읍으로 삼은 개성의 신정(神井)을 할머니 용녀가 처음 팠다는 것이 의미심장한 것이다. 이뿐 아니라 용녀는 새롭게 옮겨간 새집에도 우물을 파는데, 그 우물은 개성의 또 하나의 신정인 광명사정이다. 이와 관련해서 이어지는 이야기는 다음과 같다.

> 용녀는 일찍이 송악의 새집 침실의 창 밖에 우물을 파고 우물 속으로부터

서해의 용궁을 오갔는데 바로 광명사의 동상방 북쪽 우물이다. 늘 용녀는 작제건과 더불어 다짐하기를, '제가 용궁으로 돌아갈 때 삼가 엿보지 마십시오. 어긴다면 다시 돌아오지 않겠습니다.'라고 하였다. 하루는 작제건이 몰래 엿보았더니 용녀는 어린 딸과 더불어 우물에 들어가 함께 황룡으로 변해 오색구름을 일으켰다. 작제건이 기이하게 여겼으나 감히 말하지 못하였는데, 용녀가 돌아와 화를 내며 말하기를, '부부의 도리는 신의를 지킴을 귀하게 여기는데 이제 이미 다짐을 저버렸으니 저는 여기에 살 수 없습니다.'라고 하고 드디어 어린 딸과 더불어 다시 용으로 변해 우물에 들어가 다시는 돌아오지 않았다. 작제건은 만년에 속리산의 장갑사에 살며 늘 불교 경전을 읽다가 죽었다. 후에 추존하여 의조 경강대왕이라 하고 용녀를 원창왕후라 하였다.

　　그러니까 용녀는 작제건과 같이 살면서도 서해의 용궁을 오갔는데 그 통로가 된 것이 우물이다. 용녀는 인간 세상에 살았지만 신분은 용이었고, 끝내는 자신의 신분을 엿본 남편에게 화를 내고 다시 용이 되어 어린 딸과 함께 우물 속으로 사라진 것이다. 다만 신발짝만 빠뜨리고 가버렸다. 전하는 이야기로는 그녀가 빠뜨리고 간 신발로 장사지냈고, 그로 인해 그 능을 온혜릉(溫鞋陵)이라 했다 한다. 온혜는 운혜라고도 하는데 앞부리와 뒤꿈치에 구름무늬를 새긴 여자의 꽃신이다. 원창왕후 온혜릉은 광명사 북쪽에 있다고 했는데 지금의 개성시 송악동이다.

　　『신증동국여지승람』에 '대정'은 '부 서쪽 22리에 있는데, 샘물이 솟아나고 깊이가 2자쯤 된다. 세상에서 전하기를, "의조 작제건이 용녀에게 장가들고 처음 개성 산기슭에 이르러서 은그릇으로 땅을 파니 물이 따라 솟아나서 그대로 우물을 만들었다." 하였다. 해마다 봄·가을에 제사 드리고, 무릇 기도할 일이 있을 때면 역시 제사 드렸다. 속담에는, 우물물이 붉고 흐리면 전쟁이 있다고 한다. 공민왕 10년(1361) 6월에 우물물이 누렇게 되어 끓었다.'고 기록하고 있다. 대정은 봄, 가을에 정기적으로 제사 드리고, 또 기우제같이 기도할 일이 있을 때면 제사 드렸다는 것을 보면 영험이 있는 신정이었던 것이다. 개성대정은『표준국어대사전』에도 나오는데, 모든 일을 기원하는 장소였으며, 샘 옆에는 샘을 신격화하여 모시는 사당이 있었다고 되어 있다.

용녀는 돼지를 가지고 새롭게 일어설 나라의 터(도읍)를 잡아주고, 우물을 파주었다. 고려의 건국에 기틀을 마련해준 것이다. 이때의 우물은 건국의 신성성을 상징적으로 보여주고 있다. 비록 용녀는 인간의 배신으로 우물을 통해 서해 용궁으로 돌아가 버렸지만, 우물은 남았고 신정으로 일컬어졌다. 용녀는 네 명의 아들을 낳았는데, 그중 맏아들 용건이 태조 왕건을 낳는다. 신라의 시조 박혁거세의 부인 알영은 알영정에 나타난 계룡의 왼쪽 옆구리에서 태어났다. 알영도 용녀인 셈이다. 행실이 어질고 안에서 보필을 잘하였다 하여 당시 사람들은 박혁거세와 알영부인을 두 성인이라 일컬었다. 알영부인은 신라 2대 남해 차차웅을 낳았다. 이렇게 보면 용으로 상징되는 우물은 건국과 관련해서는 신성성을 나타내 보이면서 동시에 자손의 생산이라는 생명력의 상징으로 드러남을 알 수 있다.

용녀는 우물을 통해 서해 용궁을 왕래했지만 일반적으로 우물은 용의 거처로 믿어져왔다. 물론 우물뿐 아니라 샘, 못(소), 하천, 바다 등 물이 있는 곳이면 어디든지 거주한다고 믿었다. 이때의 용은 풍운을 거느리고 물을 다스리는 수신으로 여겼다. 그래서 그 신을 용신이라고 부르며 생산과 풍요를 기원하는 대상으로 삼기도 했다. 아이를 갖기 바라는 여인들이 정월대보름에 우물에 비쳐 있는 달그림자를 바가지로 떠서 마시는 풍속도 우물의 생명력을 보여주는 민속이다. 또한 정월대보름날 우물에서 행해지던 '용알뜨기'도 생명력과 풍요를 기원하는 의식이 바탕이 된 민속이다. 이른바 하늘의 용이 이날 새벽에 지상에 내려와 우물

속에 알을 낳는다는 속설에 따라서 용의 알을 건지기 위해 다투어 우물가로 달려갔던 것이다.

용녀가 은그릇으로 판 대정은 우리말로는 한우물로 불렀다. 우리말 '한'은 크다는 뜻이다. 한우물은 '큰 우물'이며 대정(大井)으로 한자화되었다. 대정우물이라고도 부른다. 지금 이 우물은 황해북도 개풍군 연강리에 있다고 하는데, 연강리 동북쪽에 대정동이라는 지명도 있다.

대정 지명은 전국적으로 아주 많다. 대개 우리말 이름으로는 한우물이 전하고 있다. 실제로 정말 큰 규모의 우물도 있었겠지만, 대개는 모든 마을 사람들이 함께 사용한다는 이른바 대동우물의 의미도 함께 지녔던 것으로 보인다.

또한 용샘이라는 이름도 아주 흔한데 대개 용천 혹은 진천으로 한자화되었다. 진(辰)은 별 진 자로 다섯째 지지 곧 띠로는 용을 가리키는 말로 쓰였다. 대구 달서구 진천동은 전에는 용천리 일대였다고 하는데, 과거에 '미리샘'이 있었다고 한다. '미리'는 곧 '미르'로 용을 뜻하는 우리말이다. 강화 교동면 용정은 용이 승천했다고 전해오는 우물이 있어 '미루물' 또는 '미르물'이라 불렸다. 이 '미르'라는 우리말 지명은 별반 전하는 것이 없는데 이는 '용(龍)'이라는 한자어가 일찍부터 우리말처럼 사용됐기 때문인 것으로 보인다.

우물(井)과 샘(泉)이 뒤섞여 쓰여 좀 혼란스러운데 다 맞는 표현이다. 원래는 우물이 인공적으로 판 구덩이에 물이 고인 것인데 비해서, 샘은 자연적으로 지하수가 새어 나오는 물이다. 우물은 움(구덩이)과 물이 합친 말에서 ㅁ이 떨어져 나가 우물이 되었고, 샘은 흘러나온다는 뜻의 '새다'의 명사형으로 본다. 중부 이북에서는 두레박으로 푸는 것을 우물, 사람이 앉아서 바가지로 뜨는 것을 샘이라 부르지만, 남부 지방에서는 모두 샘이라 부른다고 한다.

물을 뜨는 방법에 따라서는 쪽샘, 두레샘으로 나누는데, 쪽샘은 쪽박이나 바가지로 푸는 얕은 샘으로 박우물이라고도 한다. '작고 오목한 샘'을 뜻하는 옹달샘도 쪽샘에 속한다. 이에 비해 두레샘은 두렛대를 설치한 샘이다. 우물가에 기둥을 세우고 긴 나무(두렛대)를 가로질러, 한쪽에 적당한 크기의 돌을 매달아 돌이 내려가는 힘을 이용하여 두레박을 끌어올렸는데 지렛대의 원리이다. 사람이 줄을 잡아당겨서 두레박을 물속에 넣은 다음, 손을 놓으면 반대편 돌의 무게 때문에 두레박이 자연스레 올라오게 되어 있다. 이를 방아두레라고도 하고, 용두레우물이라고도 한다. 두레나 용두레는 각각 사전에도 나오는 말인데 생김새는 다르지만, 모두 논에 물을 퍼 올리는 데 썼던 농기구들이다.

이 용두레우물은 지명으로도 쓰였는데 북간도 용정이 그것이다. 용정은 1870~80년대에 조선 사람들이 이주해 오면서 개척한 동네로 용두레촌이라 불렀다고 한다. 용두레우물은 살 길을 찾아 두만강을 건너온 조선인 두 사람에 의해 처음 발견되었다 한다. 원래 이 우물은 일찍부터 여진족이 쓰던 우물이었는데, 두 사람이 우물을 새롭게 발견한 뒤 이곳에 마을이 들어서게 되었다 한다. 그런데 마을이 정착되고 오가는 길손들이 많아지면서 두레박을 빌리는 일이 잦아지자 용두레를 해놓아 그때부터 용두레우물이라 부르게 되었고, 고장 이름도 용두레촌으로 부르게 되었다는 것이다. 이 용두레 우물을 한자로 쓴 것이 용정이다.

용두레우물은 역사가 아주 오랜 것으로 고구려 안악 3호분의 우물벽화에도 등장한다. 벽화에는 우물과 우물가 풍경이 그려져 있는데, 우물은 나무로 틀을 짜서 우물 정(井) 자형으로 올린 형태이다. 이 우물 왼쪽에 용두레가 설치되어 있는데, 굵은 기둥에 가로막대(두렛대)를 걸어 놓은 형태다. 막대 왼쪽 아랫부분에는 돌이 아닌 무거운 자루주머니가 달려 있고, 오른쪽 윗부분에는 줄로 연결된 두레박이 우물 안으로 내려져 있다.

벽화 속의 우물가에는 다양한 형태의 물동이가 놓여 있고, 구유도

있다. 우물가에서는 한 여인이 두레박으로 물을 퍼 올리려 하고 있고, 다른 한 여인은 항아리에 물을 담으려 한다. 4세기경 고구려의 우물가 풍경이다. 한 세대 전 우리네 우물가 풍경과 별반 다르지 않다. 우물의 역사는 인간의 역사와 함께한다. 우물을 중심으로 사람들이 모여 살았고, 우물이 마을의 중심에 있었다. 그러나 지금 우리 주변에는 그 우물이 사라지고 없다. 우물은 단지 잃어버린 전설이 되어버리고 만 것이다.

별빛마을 성전은 비탈밭

별밭·별앗·별뫼

별밭. 밤하늘에 별이 총총히 떠 있는 모양을 밭에 비유한 말이다. 별 하나하나의 아름다움과 전체가 어우러져 빚어내는 풍성함이 함께 느껴지는 말이다. 실제로 밤하늘에 별들이 쏟아져 내릴 듯 가득 들어차 빛나는 모양을 보면 말이 필요 없겠지만 별밭이라는 말이 그런 감동을 표현하기에 부족한 것 같지는 않다.

이성선 시인의 시에 「고향의 천정」이라는 시가 있다. 어릴 적 나를 돌봐주시던 할머니를 그리워하는 내용의 시인데 별을 메밀꽃으로, 별밭을 메밀밭으로 표현하고 있는 것이 인상적이다. 어릴 적 나는 밭둑에서 바람과 함께 놀고 할머니는 메밀밭에서 일하시며 메밀꽃 사이로 나를 살피셨던 기억을 떠올리면서, 지금도 할머니는 하늘나라까지 메밀밭을 가져가셔서 날마다 밤이면 메밀꽃 사이로 나를 살피고 계시다는 것이다.

대전시 유성구 학하동에는 성전(星田)이라는 마을 이름이 있다. 우리말로 바꾼다면 '별밭'이다. 조선시대에는 진잠현에 속했는데 『여지도서』(1757~1765)나 『호구총수』(1789)에 읍북면 성전리로 나온다. 지금의 동네 이름인 학하동(리)은 늦게 『호구총수』부터 기록에 나오는데, 더 작은 동네였기 때문에 학하동은 성전으로 불러야 맞다고 말하기도 한다. 그러나 1914년 일제가 행정구역통폐합을 하면서 성전리를 학하리로 병합해 대전군 진잠면에 편입시켰다. 학하리는 '학이 내려앉은 곳'이라는 유래를 갖고 있는데 언제부터인가 명당으로 소문난 곳이다. 도선국사가 이곳을 추성낙지의 명당이라 불렀다고 하기도 하고, 여러 가지 감결이 전하는 곳이기도 하다. 추성낙지는 추성이 떨어진 자리라는 뜻인데, 추성은 북두칠성의 머리 쪽에 있는 네 개의 별 가운데 첫째 별이다. 북두칠성이 이 추성을 중심으로 돌아간다. 우주의 중심이고, 세상의 모든 역사를 주관하는 별이다.

성전의 지명유래는 대략 두 가지로 전한다. 하나는 인근에 있는 별봉에서 비롯되었다는 설명이고, 다른 하나는 이곳이 별을 잘 관찰할 수 있는 곳이라는 의미로 이 일대를 성전이라 부르게 됐다는 설명이다. 별봉은 태양봉이라고도 한다는데 지도에 높이도 나와 있지 않을 정도의 야트막한 야산이다. 산의 모양이 별을 닮았다 해서 붙은 이름이라 한다. 그러나 이 부근의 마을 사람들은 이 산을 동산이라 부르고 마을 이름도 동산앞(동산밑)이라 불렀다고 한다. 특별한 이름이 없었던 셈이다. 그러니 별봉에서 5백여 미터 거리에 있는 성전마을이 이 낮은 야산인 별봉에서 이름이 유래됐다는 설명은 무리가 있어 보인다.

그보다는 이곳이 별을 잘 관찰할 수 있는 곳이라 성전이라고 부르게 됐다는 설명이 그래도 설득력이 있다. 이곳이 원래 지형적으로 넓은 들이 있어서 별을 가장 많이 바라볼 수 있는 곳이라 성전이라는 이름이 생겼다면 훨씬 수긍이 가는 것이다. 이곳은 우암 송시열(1607~1689)이 한때 머물렀던 곳이기도 한데, 『송자대전』 연보를 보면 다음과 같은 기록이 있다.

숭정 21년 무자. 선생 42세

진잠 성전리(星田里)로 이사했다.

지형이 넓고 한적한 것을 사랑하여 못을 파고 서재를 마련, 제생(諸生)과 학문을 강론하다가 두어 해 뒤 나왔다.

숭정 21년은 인조 26년(1648년)으로 이때에도 이곳 지명이 성전리인 것을 확인할 수 있고, 지형이 넓고 한적한 시골이었던 것을 알 수 있다. 그러나 송시열이 특별히 이곳의 '별'에 이끌려 이곳으로 이사한 것 같지는 않다. 동춘 송준길의 제자이면서, 송시열을 또한 스승으로 모셨던 제곡 황세정(1622~1705)의 묘갈명에 보면 '(제곡이) 일찍이 기성면 성전의 골짜기를 좋아하였는데 우암도 그곳이 평소 자신의 마음에 맞는 곳이라고 하여 함께 옮겨 살게 되었으니'라고 되어 있는 것을 보면 성전을 먼저 찾아내고 좋아한 것은 황세정이었던 것 같다. 그리고 두 사람 모두 아름다운 산수에 이끌려 성전으로 들어왔지 특별히 별이나 천문에 이끌려 들어온 것 같지는 않다. 두 사람 모두 연산의 김장생과 김집(두 사람은 부자간임)의 문인으로서 회덕과 연산을 자주 왕래한 것으로 보이는데 진잠은 바로 그 길의 중간쯤에 위치해 있다.

송시열은 성전으로 이사해서 못을 파고 서재를 마련했다고 하는데, 지금 유성의 자광사 자리라고 한다. 자광사에는 성전영당지(星田影堂址, 터 지) 빗돌이 있고 연못이 있으며 송시열이 심었다는 향나무가 있다. 성전영당은 집성사라고도 했다. 영당이나 사(祠)는 모두 사당의 개념으로 볼 수 있는데 대개 서원의 성격을 띠었다. 영당은 초상화인 영정을 모시고 제사 지내던 곳을 뜻한다. 성전영당은 숙종 갑술년(1694년)에 세웠는데 주자와 송시열의 화상이 있다는 기록이 있다. 송시열 사후 5년에 지역 유림들에 의해 세워진 것으로 보인다. 서원이나 사우가 대개 선대 학자가 거처했던 곳이나 왕래했던 곳에 세워지는 전례로 보면 이 성전영당 자리가 송시열이 서재를 지었던 곳이 틀림없어 보인다. 『여지도서』에는 성전리와 함께 영당리 지명도 보인다.

자광사는 성전영당 자리에 탄허스님이 1969년에 창건한 절이다. 탄허스님은 유불도를 회통한 당대의 고승이자 석학으로 주역이나 정역에도 능통해서, 빙하가 녹아서 일본은 물속에 잠기고 한국은 솟아오른다든지 한국이 미래 세계의 중심이 된다든지 하는 등의 여러 가지 예언으로 유명했던 인물이다. 그런 탄허스님이 어떤 인연으로 이 터를 구입했는지는 알려진 바가 없는데, 이 터를 천하의 명당자리로 인지했던 것만은 틀림없어 보인다. 제자들의 증언에 따르면 탄허스님은 '그 터가 계룡산 옥녀봉과 연결된 곳이고, 송시열의 사당이 있던 곳으로… 삼재도 들지 않는 대명당자리이면서 후일에 크게 쓰일 미래의 땅이라고' 했다는 것이다. 실제 스님은 노년에 그곳에 장경각을 짓고 서재로 활용하면서 장차 그곳을 인재 양성의 거점으로 삼을 원을 세우고, 동양학연구소나 화엄대학원 등을 설립할 구상을 했다고 한다. 그가 노년에 쓴 글에는 글 쓴 곳을 '추성봉하'로 명기하고 있는데 자광사가 있었던 학하리의 산을 추성봉으로 부른 것이 특이하다. 어느 산을 가리키는지는 확실하지 않지만 '추성낙지의 명당'과 관련이 있어 보인다.

또 하나의 성전은 연기군 남면 진의리(현 세종시 도담동)에 있다. 조선 말엽에는 공주군 삼기면 지역이었는데 1914년 일제의 행정구역통폐합 때 연기군 남면 진의리가 되었다. 『연기군지』의 지명유래에는 '진여울 동쪽에 있는 마을로 철종 때의 학자 전재 임헌회가 꿈을 꾸는데 꿈에 갈매기 떼가 별밭에 서 있는 것을 보고 이 마을을 성전이라고 지었다고 한다.'로 되어 있다. 기록에 따르면 임헌회가 작명을 한 것은 확인이 되는데, 유래담은 출처도 불분명하고 아무리 따져보아도 그 뜻을 알기가 어렵다.

임헌회(1811~1876)는 성리학에 조예가 깊은 기호학파의 대가로서 이이, 김장생, 송시열의 학통을 이어받아 제자인 간재 전우에게 전수한 인물이다. 주로 충남 아산·공주·연기 등지에서 학문 활동을 한 당대 제일의 산림으로 조선 말기 호서지역의 성리학에 큰 영향을 끼친 학자이다. 그는 아산·공주·전의 등에 살다가 말년(1876년)에 공주 삼기로 이사 가서 마을 이름을 성전이라 했다고 한다. 2월에 이사해서 11월에 죽은 것으로 기록되어 있다. 성전에서는 9개월을 산 셈이다. 그러나 본인 글에서나 제자들의 글에 성전 지명이 여러 번 나오는 것을 보면 그가 이곳을 몹시 좋아하고 널리 알렸음을 알 수 있다.

임헌회는 문집 『고산집』에 남긴 글 '성전사당상량문'에서 물에 떠다니는 부평초와 바람에 구르는 쑥대로 여기저기 떠돌아다니다가 만년에 요행히 '명승지지'를 얻었다면서 높은 산이 드러내는 현자의 바름과 도도한 장강이 펼쳐 보이는 지자의 즐거움을 말하고 있다. 그러고는 구체적으로 성전이 명당임을 밝히고 있는데 진산으로 원수산이 뒤에 있고, 앞으로는 금강이 마을을 안아 흐르고, 멀리 계룡산이 그림 같으며, 땅이 아주 넓고, 샘물이 달고 흙이 기름지다는 것이다. 어쨌든 임헌회는 이곳 성전이 명승지지이자 명당자리임을 강조하면서 대단한 자부심을 드러내고 있다.

임헌회의 또 다른 글 '성전개기고문'을 보면 성전이라는 이름에 부여한 의미를 엿볼 수 있다. '성전개기고문'은 성전에 집을 짓기 시작하면서 토지신에게 텃고사를 지낼 때 지은 고축문이다. 여기에서 임헌회는 자신이 성전에 집터를 얻은 사실은, 주자학의 정자(정이)가 명승을 구해 용문에 은거한 사실이나 주자가 그가 살던 곳에 취성정(聚星亭, 모일 취, 별성)을 두었던 사실과 같다고 말하고 있다. 취성정은 고사에서 비롯된 이름인데 취성이란 '덕이 있는 사람들의 모임'이란 뜻이다. 별은 덕이 있는 사람을 빗댄 것으로 보인다. 이 고사는 그림으로도 그려져 유행하기도 했는데 '취성도'라 불리는 고사도이다. 우리나라에는 겸재 정선의

「취성도」가 있다. 송시열도 '취성도' 그리는 일을 경영하여 발(跋)을 적기도 했다. 이러한 사실들로 볼 때 임헌회는 성전이라는 땅이름에서 '별'을 '덕이 있는 사람'을 상징화한 것으로 볼 수 있다. 그렇게 보면 '성전'은 '덕이 있는 사람들이 모여 사는 땅(마을)'의 의미를 갖는다.

그런데 임헌회는 이곳 성전이 명당자리임을 정자나 주자와 결부시키고 고사를 들어 밝히고 있지만, 왜 이곳을 하필 성전이라고 이름 지었는지에 대해서는 명확히 밝히지 않고 있다. 성전이라는 이름을 전제하고 그 의의를 말하고 있지 어떤 이유로 특이하게 성전이라고 이름 지었는지는 밝히지 않고 있는 것이다. 그렇게 본다면 임헌회는 땅이름을 스스로 고안해서 새롭게 작명한 것이 아니라 다른 곳에서 따왔을 가능성이 크다. 그것은 지명에서 흔히 있는 일로, 새롭게 개척한 땅의 이름을 전에 살았던 동리의 이름으로 삼는 것이 그것이다.

그렇다면 임헌회는 성전 이름을 어디서 따왔을까. 여기에서 자연스럽게 짚이는 지명이 바로 진잠(현 대전시 유성구 학하동)의 성전이다. 진잠 성전은 임헌회가 그 학문의 정통을 이어받고 흠모해 마지않던 스승인 송시열이 거주하면서 강학했던 곳이며, 그 스스로도 그곳 성전영당에 머물면서 강학했던 곳이다. 더구나 두 곳은 금강을 사이에 두고 있지만 아주 가까워 하루면 왕래할 수 있는 곳이기도 하다. 이런 여러 가지로 미루어 보면 임헌회가 삼기촌 가정자리에 새롭게 집터를 얻었을 때 자연스럽게 진잠 성전의 이름을 따왔을 것이라고 추측해볼 수 있다.

또 다른 성전은 인천시 양도면 인산리에 있다. 성전은 인산리 황골 동남쪽에 있는 마을로 옛날 이 마을에 별이 떨어졌다고 하여 별밭이라 부르게 되었다 한다. 이 지명은 강화도 선비 화남 고재형이 1906년에 지은 기행시문집인 『심도기행』(심도는 강화도의 별칭임)에도 나온다. 고재형은 자신의 고향인 강화도의 거의 모든 자연마을을 직접 방문하여 각 마을을 주제로 256수의 한시를 지었고, 그 아래에 각 마을의 유래와

풍광, 인물, 생활상 등을 산문으로 설명하였다. 저자 자신의 시문집이자 강화도의 지리지, 민속지로도 손색이 없는 책이다. 이 책에 성전은 다음과 같이 그려져 있다.

> 항주동 입구에서 별밭을 방문하니
> 보리가 봄볕 속에 위아래로 연이었네
> 신씨 노인 뽕나무 아래 한가로이 졸다가도
> 어린 아이 공부하라고 때맞추어 소리치네
> ─「항주」, 『역주 심도기행』(인천학연구원, 인천대학교)

항주는 양도면 인산2리 항주동으로 황골이라고 한다. 이 시는 성전의 지형적인 특징이나 마을의 유래에 대한 언급은 없으나 성전의 자연 풍광과 한적한 정경이 잘 그려져 있다. 시 아래에는 '항주에는 성전이 있다. 어떤 이는 별이 떨어진 곳이라고도 한다. 평산 신씨들이 많이 살고 있다.'는 설명이 붙어 있다. 100여 년 전에도 마을 사람들은 '성전'을 '별이 떨어진 곳'으로 인식하고 있었음을 알 수 있다. 그러나 그 밖의 어떤 뚜렷한 근거나 기록은 찾을 수 없다.

이에 비해 충남 금산군 남이면 흑암리의 자연마을 별뫼는 지명유래담이 훨씬 구체적이다. 『1872년 지방지도』(금산군)에 성산(星山)으로 나오는데, 『금산군지』에 별뫼마을은 '마을 한가운데에 별이 떨어져 그 별을 묻어둔 자리를 별뫼라 하였다. 별뫼가 변하여 별산, 멀무라 하였으며 이를 한자화하여 성산이라 하였다.'고 되어 있다. 또한 별뫼는 '성산 마을 앞에 있으며 별이 떨어져 묻은 봉우리라 하고, 예전에 마을에서 동제를 모셨다고 한다.'고 되어 있다. 막연히 별이 떨어져서 별뫼가 아니라 별이 떨어져 묻어둔 자리를 별뫼라 이르고, 이 별뫼에 제를 지냈다는 진술은 상당한 신빙성이 있다. 사실 옛날 사람들은 하늘에서 떨어진 별 곧 운석을 무가치하게 여겼고 나아가 불길한 것으로까지 여겼다. 『조선왕조실록』에도 보면 운석이 떨어진 사례가 많이 보고되고 있는데, 불길한 것으로 여겨 해괴제(解怪祭, 나라에서 이상한 일이 생겼을 때 이를 풀기 위해 지내던 제사)를 지내게 한 기록이 나온다. 이러한 사실들로 볼 때 흑암리 별뫼(성산)는 직접 별과 관련된 지명으로 상당한 신빙성이 있다 할 것이다.

그런데 위에서 살펴본 '별' 지명들은 어원적으로는 달리 해석되어 주의를 요한다. 대개는 '별' 하면 하늘의 아름다운 별을 먼저 떠올리고, 그에 근거하여 아름답고 의미 있는 유래담을 전한다. 한자화할 때도 우선적으로 별 성(星) 자를 썼다. 그러나 어원적으로는 '벼랑'의 옛말 '볋'에서 비롯된 것으로 보는 것이 거의 정설이다. 하늘의 '별'이 벼랑을 뜻하는 '볋'과 음이 같은 데에서 이런 오해가 생겼다는 것이다. 고려속요 「동동」 가운데 '별해 ᄇ론 빗 다호라'라는 구절이 있다. '벼랑에 버린 빗 같구나'라는 뜻인데, 임에게 버려진 자신의 처지를 빗댄 말이다. 또 다른 고려속요 「정석가」에도 '삭삭기 셰몰애 별혜(사각사각 가는 모래 벼랑에)'라는 표현이 보인다. 일찍부터 '볋'이 많이 쓰였던 말임을 알 수 있다.

위의 금산군 남이면의 별뫼(성산)의 경우는 별과 관련하여 상당한 신빙성이 있다 했지만, 같은 남이면에 있는 성곡리는 같은 별 지명이면서 유래가 다르다. 지금은 한자로 살필 성 자 성곡리(省谷里)로 쓰는데, 『호구총수』(1789년)에는 별 성 자 성곡리(星谷里)로 나온다. 이 마을은 우리말 지명으로 벼리실, 비리실이라고 한다. 벼랑이 있는 마을이라 벼리실, 비리실이라는 것이다. 벼랑의 옛말은 '볋'이었다. 벼랑은 이 '볋'에 접미사 '앙'이 붙어 된 말이다. 이 벼랑은 벼루, 벼리, 베루, 베리, 베랑, 바랑, 바람, 벼락 등 여러 가지 이형태를 갖고 있다. 성곡리의 벼리실, 비리실도 벼랑을 뜻하는 벼리, 비리에 골짜기를 뜻하는 우리말 '실'이 붙어 된 이름인 것이다. 그리고 이것을 한자화하면서 별 성 자에 골 곡 자를 써서 성곡리가 되었다.『표준국어대사전』을 찾아보면, 벼랑은 '낭떠러지의 험하고 가파른 언덕'이라 풀이되어 있다. 그러나 지명에서 보면 가파른 언덕이나 비탈을 뜻하는 말로 많이 쓰였다. 꼭 깎아지른 절벽만을 가리키는 것은 아니다.

전국적으로 성산(星山) 지명은 아주 많은데, 우리말 이름으로는 별뫼, 별미, 별매, 빌미 등이 대응한다. 송강 정철의 가사『성산별곡』의 배경이 된 성산은 우리말 이름으로 별뫼로 불리었다. 성산은 지금의 전남 담양군 남면 지곡리(지실)에 있다. 경북 성주의 성산은 성산가야로 유명한데 아주 오래된 이름이다. 단재 신채호의『조선상고사』에는 '다섯째는 별뫼가라이니, 별뫼가라는 별뫼라는 산중에 만든 가라로서 지금의 성주다. 이두자로 성산가라(星山加羅) 혹은 벽진가라로 기록한 것이다.'라고 해서 별뫼가 성산의 원이름이고 성산은 별뫼를 이두자로 기록한 것임을 밝히고 있다.『대동여지도』에도 성산이 표기되어 있는데 삼각형의 붉은색으로 봉수 표시를 해놓았고, 또한 그 바로 아래쪽에는 성현(星峴)이라는 지명을 따로 표기해 놓았다. 성현은 별티 혹은 별티재, 별티고개라는 우리말 이름이 전해지고 있다.

충북 청원군 문의면(현 청주시 상당구 문의면) 소전리에는 벌랏(마을)이라는 특이한 지명이 있다. 별앗, 벼랏이라고도 부르는 이 지명은 다른 예가 거의 없거니와 시사하는 바가 크다. 소전리 벌랏은 청주·청원지역의 대표적인 오지마을로 임진왜란 때 난을 피해 들어온 사람들이 화전을 일구며 정착하여 만들어진 마을이라고 한다. 마을 전체가 골짜기로 둘러싸여 있고 산비탈에 기댄 밭들이 대부분이며 논은 거의 없다고 한다. 주변에 흔한 닥나무로 한지를 만들었고 잡곡과 과일을 주로 소출했다고 한다.

이러한 마을의 지형이나 특히 비탈밭이 많은 특성을 보면 별앗, 벼랏,

벌랏이라는 지명은 '볋(벼랑)'과 관련이 깊은 것 같다. 별앗, 벼랏, 벌랏 중에는 별앗이 원형태로 보이는데, 여기에서 별앗은 별밭이 변한 것으로 볼 수 있다. '밭'의 ㅂ음은 흔히 유성음(여기서는 별의 ㄹ) 밑에서 탈락하여 '앗'으로 바뀌는 특성이 있다. 그러니까 별밭>별앗>벼랏으로 바뀌어온 것으로 보인다는 것이다. 별밭의 '별'은 물론 벼랑의 옛말로 보아야 할 것이다. 결국 '별앗'은 '비탈밭'을 뜻하는 '별밭'으로, 우리말 형태를 그대로 지니고 있는 드문 예로 생각된다. 이렇게 보면 위에서 얘기한 '성전' 지명도 하늘의 별이 아니라, 가파른 비탈밭을 '별밭'으로 부르다가 일찍이 '성전'으로 한자화되면서 우리말 이름은 잊어버린 것으로 볼 수 있다.

풀로 지은 땅이름

새울·푸실·푸르리

한 잔 먹세그려 또 한 잔 먹세그려 꽃 꺾어 세어가며 무진무진 먹세그려

이 몸 죽은 후면 지게 위에 거적 덮어 졸라 묶어 메여 가나, 곱게 꾸민 상여 타고 만인이 울며 따라가나, 억새 속새 떡갈나무 백양 우거진 숲에 가기만 하면, 누런 해 흰 달 가는 비 굵은 눈 소소리바람 불 때 누가 한 잔 먹자 할꼬

하물며 무덤 위에 잔나비 휘파람 불 때 뉘우친들 어찌 하리

송 강 정철의 「장진주사」라는 사설시조를 현대어로 풀어놓은 것이 다. 정철은 애주가로도 이름이 높았는데, 이 시조는 그의 호방한 성격이 잘 드러난 권주가이다. 정승이건 상놈이건 죽으면 다 똑같이 아무 소용없다, 죽기 전에 마음껏 마시자는 애주가의 호방함이 묻어난다. 시 내용 중에 특히 북망산(천)의 묘사가 두드러진데 북망산은 사람이 죽어서 묻히는 곳을 이르는 말이다. "억새 속새 떡갈나무 백양(나무)

우거진 숲"은 죽어서나 가는 곳, 풀이 무성하고 나무가 우거진 황량한 산지를 가리키는 표현이다. 여기에서 풀의 대명사처럼 '억새'나 '속새'가 쓰인 것을 볼 수 있다.

국어사전을 보면 '새'는 '볏과 식물을 통틀어 이르는 말. 띠, 억새 따위가 있다.'고 되어 있다. 물론 '새'에는 하늘을 나는 '새'나 사이의 준말인 '새'도 있고, 새것을 뜻하는 '새'도 있고 옛말로는 동쪽을 뜻하는 '새'도 있다. 그러나 식물로서의 '새'는 '볏과의 식물'을 통틀어 일컬었던 것으로 보인다. 억새를 '새'라고 불렀고, 띠도 예전에는 그냥 '새'로 불렀다. 또한 억새를 억새풀, 띠를 띠풀로 풀 자를 붙여 부르기도 했다. 이 중 억새는 웍새, 어윽새, 어욱새, 으악새 등의 방언이 있고, 새배기, 새비기, 새개이, 새갱이 등의 방언도 있다. 정철의 「장진주사」 원문에는 '어욱새'로 나온다.

지금은 억새를 갈대와 함께 가을 산야를 아름답게 장식하는 풀쯤으로 인식하는 것 같다. 그래서 산 전체를 억새밭으로 만들어 관광객을 끌어모으기도 한다. 그러나 예전에는 그렇게 아름다운 풀만은 아니었다. 특히 억새는 농경지에 적대적이고 위험한 식물이었다. 억새는 뿌리의 번성이 유달리 강해 쟁기로 갈아도 곧 다시 돋는다고 한다. 따라서 억새가 돋는 곳은 거의 경작을 포기하다시피 하게 된다. 그러나 경작지 너머의 억새는 여러모로 쓸모가 있어 중요한 식물 자원 중의 하나였다. 억새는 소가 좋아하는 풀이라서 쇠꼴(소먹이)로도 많이 썼고, 그 소의 똥오줌을 섞어 거름으로도 만들어 썼다. 또 가을이면 억새를 베어다 이엉을 엮어 지붕을 얹었다. 이엉은 초가집의 지붕이나 담을 이기 위해 짚이나 새 따위로 엮은 물건이다. 가을걷이가 끝나면 새 볏짚으로 이엉을 엮어 지붕을 이었던 것이다. 억새 이엉은 짚으로 만든 이엉보다 수명이 길고 미관이 좋았다고 한다.

구리시에 있는 동구릉의 9개 능묘 중 조선왕조의 태조인 이성계가

안장되어 있는 왕릉이 건원릉이다. 다른 왕릉이 잔디로 덮여 있어 단정하게 벌초가 되어 있는데 비해, 건원릉은 봉분이 억새풀로 뒤덮여 있는 특이한 모습이다. 무덤의 지붕을 잔디가 아니라 억새로 덮은 격이다. 여기에는 사연이 있는데, 이성계가 세상을 떠날 때 고향인 함경남도 함흥에 묻히길 원했으나 이를 따르지 못한 아들 태종이 함흥 땅의 억새 '청완(靑薍)'을 가져다 봉분을 조성했다는 것이다. 고향 함흥의 풍경에 억새가 대표적이었던지 고향의 상징물로서 억새를 선택한 것이다. 아니면 고향 함경도(동북면)의 거칠고 억센 기상을 상징하고 싶었는지도 모른다.

새울이라는 마을이 있다. 벌판이어서 새(풀)가 무성하였다고 해서 생긴 이름이라고 한다. 부여 초촌면 초평리는 들과 낮은 구릉지대에 자리하여 백제시대에 이미 큰 마을이 조성되었고, 백제 멸망 직전에는 신라군과의 접전이 있었던 지역으로 알려져 있다. 『여지도서』에는 초촌면 초리로 나오고, 『대동지지』에는 방면에 초촌이 나온다. 고지도에도 초리로 나온다. 모두 풀 초(草)를 쓴다. 이 초평리의 자연마을 중에 새울이 있는데, 초리, 초촌은 이 새울을 한자화한 것으로 보인다. 새울은 초평리에서 으뜸 되는 마을이다. 새울에서 새는 억새를 가리키는 말이고, 울은 마을을 가리키는 옛말이다. '울'은 신라어 '블'에서 온 말로 지금 서울의 '울'과 뿌리가 같은 말이다. 이 새울은 바로 인근 석성면 초왕리에도 있는데 새울부락이 그것이다. 마찬가지로 풀이 많은 지역이라 새울로 부르게 되었다 한다. 서천 시초면의 초리도 새초(풀)가 많아 새울로 불렀다 한다. 『여지도서』에는 초처면 초리로 나오고, 고지도에도 초리로 나온다.

새실이라는 땅이름도 있다. 이천시 대월면 초지리는 평야지대에 자리한 농촌마을인데 자연마을에 새실이 있다. 새실은 초곡, 초지곡이라고도 하며 새(풀)가 무성하게 자라는 데에서 유래한 지명이라고 한다. 실은 골짜기를 뜻하는 우리말이다. 김천시 남면 초곡리는 마을을 개척할 당시 일대에 억새풀이 많아 초곡 또는 초실이라 하였는데, 우리말로는 샐 또는 새실이라고 불렀다. 과거 김천지역에서 방언으로 억새풀을 새 또는 샐이라고 했다고 한다.

영주 조암동 초곡은 새일, 사일으로도 불렸다. 정착 당시 이곳은 풀숲이 무성하여 푸실, 초곡이라 불러오다가, 그 후 이 동네 앞을 흐르는 남원천의 모래사장이 곱고 깨끗하여 사일이라 부르게 되었다 한다. 조선 중기의 『영천지』에는 산이리 초곡방으로 나온다. 사일이라는 이름에 대해 마을 사람들은 '모래가 햇빛에 반짝인다고 하여 모래 사 자를 써서 사일(沙日), 모래가 밀려와 쌓인다 하여 사일(沙逸)이라는 지명을 얻게 됐다'고 말하기도 한다. 그러나 사일 지명은 새(풀) 지명으로 볼 수 있다. 사일은 새일을 한자화한 이름으로 보이는데, 새일은 새실에서 ㅅ이 탈락한 이름이다. 지명에서는 '일'이 '실(마을)'의 뜻으로 많이 쓰인다. 새일은 새실인 것이다.

새버덩, 새뱅이 같은 이름도 있다. 가평 하면 신하리의 들녘을 예전에는 새버덩이라고 했다고 한다. 이곳이 개간되지 않았던 때에는 억새, 갈대 등이 우거진 풀밭이었다고 한다. 이 새버덩의 억새를 베어다가 지붕을 잇기도 하고, 숯가마의 불쏘시개로 사용하기도 했다 한다. 버덩은 '높고 평평하며 나무는 없이 풀만 우거진 거친 들'을 뜻하는 우리말이다. 화순군 서촌마을 초방리는 초방(새방)마을의 이름에서 비롯되었는데, 초방마을은 원래 새뱅이로 불렀고 새는 곧 풀을 뜻하는 말이라고 한다. 새방이가 새뱅이로 바뀐 것으로 보인다. 한자로는 초방리가 대응된다. 이때 방(坊) 자는 '동네'를 뜻하는 한자다. 경북 의성군 금성면 도경리의 자연마을 새뱅이는 신안(新安)이라 해서 새 신 자를 넣어 한자화했는데, 이 경우에는 새뱅이를 '새로 생긴 마을'이라는 뜻으로 읽어야 할 것 같다.

억새 지명은 '새' 외에도 그냥 '풀'로 실현된 경우가 있는데 푸실, 풋골 같은 것이 대표적이다. 문경새재가 있는 경북 문경시 문경읍에는 상초리, 하초리 지명이 있다. 원래 초리(草里)라는 지명이 분동되면서 상초리, 하초리로 명명된 것이다. 예전에는 웃푸실, 아랫푸실이라 불렀다고 한다. 푸실은 풀실에서 ㄹ이 탈락한 어형으로 보인다. 그러니까 푸실은 풀이 우거진 마을이라는 뜻이다. 아니면 개척 당시 다른 곳보다 유난히 억새나 풀이 우거져 있었던 데서 그렇게 불렀을 수도 있다.

문경의 푸실은 새재의 이름과도 관련이 깊은 것으로 보인다. 새재는 조령으로 한자화되었는데 새 조(鳥) 자 탓인지 흔히 '새들도 쉬어가는 고개' '새들도 날아넘기 힘든 고개'라고 이름 풀이를 한다. 또한 새로 생긴 고개라 새재라고 해석하기도 하고, 사이(새)에 있는 고개라 새재라고 해석하기도 한다. 그러나 새재의 새는 억새를 가리키는 '새'라는 주장도 만만치 않다. 『고려사』지리지 문경군조를 보면 '험조처가 세 곳 있는데 초점, 이화현, 곶갑천이다'라는 기록이 있다. 이 중 초점(草岾)이 새재를 표기한 것으로 보인다. '점(岾)' 자는 한국제 한자로 고개 재, 땅이름

점으로 쓰인 한자다. 지금 독음은 '점'이지만 고유어 재가 그대로 한자화하여 '재'로 읽히기도 하였다. 그러니까 '초점'은 그대로 '풀재'로 읽을 수 있다.

조령이 처음 나타나는 것은 『신증동국여지승람』(1531)으로 문경현 산천조에 '조령은 현의 서쪽 27리, 연풍현의 경계에 있는데 속칭 초점이라고 부른다'고 되어 있다. 조령으로 한자화되었음에도 민간에서는 '풀재'로 불렸다는 기록이다. 『해동지도』(1750년대 초) 문경현에도 산천에 조령이 나오는데 '민간에서는 풀재(초점)라 부른다'고 되어 있고, 새재 입구 쪽에 초곡면을 그려 놓고 있다. 『여지도서』에는 초곡방으로 나온다. 『해동지도』 조령성에는 동성문 안쪽으로 초곡주막이라는 한자가 선명하게 적혀 있다. 영남대로 상의 문경새재 제1관문으로 들어가는 길목에 있던 초곡주막은 예부터 이름난 주막이었는데 오늘날의 웃푸실 상초리에 해당한다. 초곡은 '푸실(풀실)'을 그대로 한자로 바꾼 이름인 것이다.

대구광역시 달성군 유가면 초곡리도 우리말 이름은 푸실이다. 풀이 많아서 붙여진 이름이라고 한다. 전남 순천시 상사면에 있는 초곡리도 우리말 이름은 푸실이다. 전형적인 중산간 마을이다. 평남 영원군 대성리 풋골 어귀에 있는 마을은 한자로는 초동(草洞)마을이라고 하고 우리말 이름은 풋골마을이다. 경남 합천군 청덕면 초곡리는 산으로 둘러싸여 있는 전형적인 농촌지역이다. 초곡은 풀이 무성하다는 뜻으로 붙인 이름인데, 우리말로는 푸시골로 불렸다 한다. 초곡은 푸실, 풋골, 푸시골, 푸시울 등 다양한 우리말 이름을 볼 수 있다.

남원 초촌리 초동(草洞)마을은 본래 남원군 백암면 초동리 지역으로 푸르리 또는 초동이라 했다고 한다. '푸르리' 이름이 예쁘면서 상당히 특이하다. 마을 주변이 푸르고 물이 맑아 '푸르리'라 불렀다고 하나 별 설득력이 없다. 그보다는 '풀울'이라 부르다가 '리(里)' 자가 붙으면서 '푸르리'가 됐다고 보는 것이 어울릴 것 같다. '풀울>풀울리>푸르리'처럼 말이다. 풀 지명이 푸르리, 푸르리, 부르기도 좋고 아름다운 이름이 되었다.

설악산과 영랑호로 유명한 속초(시)는 속새풀을 한자로 표기하여 부르는 이름이라 전한다. 우리말을 병기한『조선지지자료』에는 양양군 소천면 속초리가 '속새'라고 기재되어 있다.『세종실록』지리지(강원도)에 '속초포(束草浦)가 양양 북쪽에 있고…'라는 표현에서 속초라는 지명이 처음 보인다.『여지도서』(양양도호부 방리조)에는 소천면 속초리로 나온다.『한국지명총람』에는 속초를 일명 속새, 또는 속진(束津)이라고 한다고 기록되어 있다. 이 속초를 한자 '묶을 속(束)' 자와 '풀 초(草)' 자에 주목하여 '풀을 묶어세운 것 같다'는 등으로 유래를 이야기하기도 하는데, 속초는 '속새(풀)'라는 풀에 그 연원을 두고 있는 것이 맞다. '속(束)' 자는 단지 우리말 '속' 음을 표기한 것으로 보인다. 속새는 한자로는 목적(木賊)이라고 하는데, 속새과에 딸린 상록성 양치식물로 습지대에 널리 분포하며 약용으로도 쓰이는 식물을 가리킨다. 정철의「장진주사」에 나온 그 '속새'이다.

이 속새 지명도 여럿 있다. 홍천군 동면에도 속초리(束草里)가 있는데 속새울, 속새골이라고도 했고, 속새가 많은 데서 유래했다고 한다. 강원도 금강군 속사리는 속새풀이 무성한 골짜기에 위치해서 속사리라고 부르게 됐다 한다. 속새가 속사로 표기된 것을 볼 수 있다. 평창군 용평면의 속사리도 이 속새를 한자화한 지명일 가능성이 높다. 함남 갑산군 웅이면의 속신동은 속새풀이 있는 고장이라 하여 속신동이라 하였다 한다. 한자 표기가 특이한데 '속'은 속새(풀)의 '속'을 음차표기하고, '신'은 속새의 '새'를 훈음차표기한 것이다. 이 속새를 충청도에서는 씀바귀를 가리키는 말로 쓰고 있는데, 지명에서는 별로 쓰이지 않고 있다.

띠(茅, 띠 모)는 볏과에 속한 여러해살이풀로 높이는 30~80cm이고, 5~6월에 이삭 모양의 흰색 또는 흑자색의 꽃이 가지 끝이나 줄기 끝에

핀다. 들이나 길가에 무더기로 난다. 특히 삘기라고 하는 어린 꽃이삭은 단맛이 있어 아이들이 즐겨 뽑아 먹었다. 달짝지근하면서 계속 씹으면 껌처럼 질겅거려 아이들이 좋아했다. 이 삘기는 삐비, 삐기, 삘기, 뼁이, 뼁이, 삐삐, 피끼, 피비, 삐드기, 삐루기, 삐리기, 삑삐기, 뺌비기 등등 아주 많은 방언으로 불렸다. 그만큼 전국적으로 분포하며 많은 사랑을 받았다는 방증이기도 하다. 이 띠도 옛날에는 억새처럼 지붕을 이거나 도롱이를 만들어 썼다. 뿌리는 띳뿌리(모근)라 해서 약용으로도 썼다. 우리 생활 속에 깊이 뿌리박힌 풀이었던 것이다.

띠 지명은 대표적으로 띠울이 있고 흔히 모곡리로 한자화되었다. 이 밖에도 띳골, 띠밭말, 띠야골, 띠재, 띠목 등의 우리말 이름이 있고, 모촌, 모리, 모동, 모산, 모실 등의 한자 지명도 있다. 지명은 아니지만 띠집은 흔히 모옥으로 한자화되어 고전시가에도 많이 등장한다. 그중 윤선도의 다음 시조는 우리말 그대로 띠집으로 표현하고 있다.

산수간(山水間) 바위 아래 띠집을 짓노라 하니
그 모르는 남들은 웃는다 한다마는
어리고 향암(鄕闇)의 뜻에는 내 분인가 하노라.

강호한정가로 일명 '만흥'이라고 하는 연시조의 첫 번째 수이다. "어리고"는 '어리석고'의 뜻이고 "향암"은 '시골에 사는 우매한 사람'을 뜻한다. 안빈낙도하는 풍류를 노래한 것으로 이때의 '띠집'은 소박한 여염의 주거 형태를 가리킨다. 당시로는 띠집이나 초가는 유별난 것이 아니라 서민들의 일반적인 가옥형태였다. 단지 짚으로 지붕을 얹으면 초가, 억새로 얹으면 샛집, 띠로 얹으면 띠집, 갈대로 얹으면 갈집으로 불렸을 뿐이다. 그러나 그 구분이 정확한 것은 아니었던 것으로, 위의 띠집도 짚인지, 억새인지, 정말 띠인지는 불분명하다. 띠집은 흔히 모옥(茅屋)으로 한자화되었다.

이에 비해 모정은 살림살이집이 아니라 정자를 가리킨다. 정자이면서 지붕을 짚이나 띠로 얹은 것을 모정이라 일컬었다. 우리는 정자 하면 무슨 정, 무슨 정 해서 그럴듯한 이름(정호)을 써 붙이고, 대개는 경치가 좋고 조망이 좋은 곳에 기와지붕으로 세워진 집을 떠올리게 된다. 그런 곳은 양반 사대부들이 음풍농월하면서 시를 짓고 음주하던, 그들만의 풍류문화를 향유하던 이른바 누정이다. 대개는 개인의 소유이거나 세력 있는 문중의 소유인 경우가 많다.

그러나 모정은 마을 전체의 소유이면서, 서민들의 생활과 직접적으로 관련된 곳이었다. 물론 따로 이름도 없다. 그냥 모정이라 불렀다. 모정은 여름철에 들의 농부들이 더위를 피하고 쉬는 휴식처이자 공동모임의 장소로 세워진 마을의 공용건물을 뜻했다. 여름에만 사용하기 때문에 방이 없이 마루로만 되어 있고, 지붕을 짚이나 띠로 얹은 작은 규모의 건물이다. 논농사가 발달한 전라도 지방에 주로 많다. 이름도 모정 외에 우산각이나 농정, 농청 등 여러 가지로 불렀다. 대개 마을 입구에 있거나 들머리에 있었다.

모정이 많이 건립된 것은 두레 조직과도 관련이 깊다고 한다. 말하자면 노동 교환조직인 두레의 집합 장소로 두레의 작업 계획을 짜고, 노동 후에는 공동으로 휴식하고, 때로는 농악놀이를 하며 함께 노는 장소로 모정이 이용된 것이다. 두레는 모심기나 김매기 같은 때의 공동노동은 물론이고, 도로 보수나 동네 청소나 대동우물의 청소 등 공동노동이 필요한 경우에 구성원을 묶어세우는 중요한 기능을 했는데, 이때 모정이 중심 장소로 이용되었던 것이다. 말하자면 모정은 마을 공동체문화의 중심이었다. 그런 만큼 모정은 그대로 마을 이름으로도 많이 쓰였다. 우리말 이름은 따로 없이 한자어 모정으로 주로 썼다. 행정지명으로는 모정리가 있고, 모정말, 모정고개, 모정지 등의 지명이 있다.

풀 지명은 향촌에서 '새' '띠' '풀' 등으로 다양하게 실현되었는데, 서울 시내 그것도 중심가에 풀(草) 지명이 있어 이채롭다. 서울시 중구 초동이 그것인데 행정적으로는 을지로3·4·5가동 관할하에 있다. 『서울지명사전』에 따르면 초동은 초전동의 약칭인데, 초전동은 초물전이 있는 마을이라는 의미에서 생긴 이름이라고 한다. 흔히 초전골로 불렸다. 초물전은 개초(이엉)·마(삼)·갈(칡) 등을 가공하지 않고 재료 그대로 파는 상점이라고 설명한다. 『표준국어대사전』에서 초물전은 '예전에, 돗자리·광주리·바구니·초방석·비·나막신 따위 잡살뱅이를 팔던 가게'라고 되어 있는 것을 보면 초물전에서 취급하는 물품은 다양했던 것으로 보인다. 북한에서는 '초물'이라는 말을 지금도 쓰는 것 같은데 사전에는 '돗자리, 비, 광주리, 고리 따위를 만드는 왕골, 짚, 버들가지, 싸리 따위를 통틀어 이르는 말'로 설명하고 있고, 또 그런 공예를 '초물공예'라 부른다고 한다.

느릅나무 위에 부처님 모셔 놓은 유점사

느릅실·느릅쟁이

몇 해 전 작고한 원로시인 김규동(1925~2011)의 고향은 함경북도 종성이다. 한반도에서도 제일 북쪽지역이자 서울에서 가장 멀리 떨어져 있는 지역이다. 시인은 두만강변의 이곳 종성에서 태어나 경성고보(함경북도 경성)를 거쳐 김일성종합대학을 다니다 1948년 24세의 나이로 단신 월남한다. 무슨 사상적인 선택은 아니고 단지 문학공부를 더 해보고자 하는 욕구 때문이었던 것 같다. 어머니께는 '딱 3년만' 남쪽에서 공부하고 돌아오겠다고 말씀드리고 단출하게 월남을 감행한 그는 이후 60년을 넘게 고향과 어머니를 그리워하며 실향민으로 살았다. 그는 2005년 『느릅나무에게』라는 마지막 시집을 펴내는데 여기에는 고향땅에 대한 그리움, 젊은 시절 헤어진 가족과 친구들에 대한 추억을 노래한 83편의 시가 담겨 있다. 이 중 시집의 표제작인 「느릅나무에게」라는 시에서 그는 가족사와 고향 소식을 너만큼 잘 알고 있는 존재는 이제 아무 데도 없다면서 고향집 우물가에 서 있던 느릅나무를 간절히 부르고 있다. 이 시에서 우물가 느릅나무는 그대로 고향을 표상하고 있다.

그만의 독특한 기법으로 한국적인 정서를 가장 잘 화폭에 옮긴 이른바 '국민 화가'로 지칭하는 박수근(1914~1965)의 고향 강원도 양구에는 일명 '박수근 나무'라는 것이 있다. 일제 때 양구보통학교 뒷동산이었던 곳(지금은 양구교육청 뒤편)에 있는, 보통학교 시절 박수근이 자주 그렸다던 300년 수령의 느릅나무 두 그루가 그것이다. 이 나무들은 최근에 보호수로 지정 고시되기도 했는데 화가 박수근과는 여러모로 인연이 깊은 나무였던 것으로 보인다.

박수근 그림에는 유난히 나무가 많이 등장한다. '나무와 두 여인' '고목과 여인' '귀로' 등의 유화 작품들도 있지만 스케치 작품들도 아주 많다고 한다. 그런데 이 나무들의 대부분은 잎이 없고 가지만 앙상한 벌거벗은 나무들이다. 때로는 가지가 부러지고 죽어가고 있는 듯한 고목을 그리기도 했다. 박수근은 이 나무들의 이름을 하나도 밝히지 않고 모두 그냥 '나무'로 이름을 달았는데 평론가들은 이 나무가 어린 시절 그가 즐겨 그렸다던 양구의 그 느릅나무일 것으로 추측하고 있다. 어린 시절 즐겨 그렸다던 느릅나무의 이미지가 박수근 나무 그림의 원형으로 자리 잡은 것으로 보이는 것이다. 형상도 그렇지만 느릅나무 껍질의 진한 회백색 색감은 박수근 그림 속 나무의 색감과 아주 유사하다.

또한 느릅나무의 특성도 박수근의 예술철학과 많이 닮아 있다. 예로부터 서민들의 생활에 여러모로 유용하게 쓰인 느릅나무는 박수근이 평생을 그린 가난한 서민들의 묵묵하면서도 소박한 일상과 그 맥을 같이하고 있다. 느릅나무 속껍질은 옛날에 소나무 속껍질과 함께 대표적인 구황식물로 먹을 수 있었던 것이다. 춘궁기에 어린잎을 따서 국을 끓여 먹기도 하였고 줄기와 껍질, 열매와 뿌리로 약재를 만들어 먹기도 하였다. 또한 잘 휘어지는 성질을 이용해 지게나 소의 코뚜레 같은 생활도구를 만들어 사용하기도 하고 도자기 유약으로 사용하는 경우도 있었다. 그만큼 우리

생활 속에 깊숙이 들어와 있는 나무가 느릅나무였다. 이러한 느릅나무의 실용성은 박수근 그림 속에 느릅나무를 서민들의 삶 가운데에 우뚝 세우는 계기가 되지 않았나 싶다.

박수근의 대표작이자 박완서의 소설 『나목』의 모티프가 된 작품으로 유명한 〈나무와 두 여인〉은 가운데에 나뭇가지만 남은 거대한 나목을 세워놓고 화면을 좌우로 분할하고 있는데 왼쪽에는 아이를 업고 돌아서 있는 여인과 오른쪽에는 행상인 듯 머리에 짐을 이고 가는 여인이 그려져 있다. 그의 작품이 대부분 그러하듯 이 작품 역시 인물들의 표정은 없다. 한 여인은 무거운 짐을 이고 묵묵히 가고 있고, 한 여인은 그것을 물끄러미 바라보고 있다. 두 여인은 우리네 아낙들에게 숙명처럼 지어진 육아와 생계를 상징하고 있는 듯도 하다. 아이를 업은 여인은 귀로에 있을 남편을 기다리는 듯도 한데 행상의 여인과 마찬가지로 되풀이되는 고단한 일상이다.

그런데 이 작품이 잎사귀 하나 없는 나뭇가지들이 위로 솟고 구부러지고 옆으로 걸쳐 심란한 우리네 일상의 정황을 그려내고 있음에도 불구하고 결코 절망적이고 스산한 느낌을 주지 않는 것은, 화강암석의 표면 같은 배경 화면과 아이를 업은 여인의 넓고 둥근 어깨선에서도 비롯되지만 중앙에 검게 그려진 굳건하고 듬직한 나무둥치 때문이 아닌가 싶다. 마치 우리들 삶을 떠받쳐 주고 있는 기둥처럼 가장 안정적인 구도로 나무둥치는 그림 가운데에 뿌리박고 있는 것이다. 그것이 우리들 삶의 근본이고 본질이라는 것처럼 말이다.

우리 생활과 밀접한 관계를 맺어왔던 나무인 만큼 느릅나무 지명도 많이 전해온다. 그중 느릅나무 정자나무가 그대로 지명이 된 예로는 느릅정이, 느릅쟁이가 있다. 한자로는 흔히 유정(楡亭, 느릅나무 유, 정자 정), 유목정으로 표기되었다. 포천시 영중면 성동리 느릅쟁이는 유정으로 썼고, 인제군 남면 신남리 느릅정이는 유목정, 유목동으로 썼다. 인제의 느릅정이는 천도교 2대 교주인 해월 최시형이 동학혁명 후 약 1년간 피신한 곳으로 알려져 있다. 1894년 12월 24일 동학농민군의 해산을 명한 그는 피난길에 올라 음성을 거쳐 12월 30일 인제로 들어가 느릅정이 최영서의 집에 피신하였다가, 1년 뒤인 1895년 12월 5일에 원주 수레너미(현 횡성군 안흥면 강림리)로 이주한 것으로 알려져 있다. 해월은 평생에 걸쳐 관으로부터 끈질긴 지목을 받았는데, 1863년부터 1898년 체포되어 교수형당하기까지 36년 동안 피신하기 위해 이사한 횟수도 30여 차례나 되며, 혼자서 몇 달씩 피신한 횟수도 40회가 넘는다고 한다. 그래서 최보따리라는 별명도 얻었는데 『동학사』에는 '선생은 항상 이사를 자주 했고, 봇짐을 지고 다니므로 세상 사람들이 별호를 최보따리라 붙였다.'고 기록하고 있다.

느릅쟁이는 국어사전에도 나오는 말이다. '느릅나무의 껍질이나 뿌리 껍질의 가루'라고 설명하면서 북한어로 표시하고 있다. '국수를 느릅쟁이를 두고 하니 정말 질기였다. 출처: 조선말대사전(1992)'이라는 예문까지 싣고 있다. 느릅쟁이국수는 옥수수가루나 메밀가루에 느릅쟁이를 고루 섞어 익반죽(가루에 끓는 물을 쳐 가며 하는 반죽)하여 누른 국수를 가리킨다. 북한의 『조선료리전집』(조선료리협회 발행)이 전하는 느릅쟁이국수 만드는 법은 돼지고기를 삶아서 고기는 꾸미(고명)를 만들고 국물은 기름을 걷고 동치미물과 섞어 국수국물을 만든다. 국수를 그릇에 담아 동치미 무와 고기꾸미를 얹고 오이채를 놓은 다음 삶은 달걀을 반쪽씩 놓고 국수양념장을 쳐서 낸다. 냉면과 흡사하다. 강원도 평창, 인제 쪽에도 이와 비슷한 음식이 있다. 느릅나무 껍질을 말린 후 두드려서 추출한 가루를 옥수수가루와 섞어 국수를 해먹었는데 이를 느릅지기국수라고 불렀다 한다.

식용으로서의 느릅나무 껍질 이야기는 『삼국사기』(권45 열전) '온달전'에도 나온다. 평강공주가 온달의 집을 찾아 갔을 때 맹인 노모가 '내

자식은 굶주림을 참지 못하여 산으로 느릅나무 껍질을 벗기러 간 지 오래인데 아직 돌아오지 않았습니다'라고 답하는 대목이다. 온달이 굶주림을 참지 못하여 산으로 느릅나무 껍질을 벗기러 갔다고 했는데, 여기서 느릅나무 껍질을 구황식품으로 이용한 것을 알 수 있다. 온달이 고구려 평원왕(재위 559년~590년) 때의 사람이니, 아주 오래전부터 느릅나무 껍질을 먹어왔던 것이다. 이 느릅나무 껍질을 식량으로 삼은 예는 『조선왕조실록』에도 나오는데 임진왜란 때이다. 선전관 유몽룡이 경상도 병사의 피폐한 상황을 보고한 내용 중에 '남아 있는 군병도 모두가 유피(楡皮)나 송피(松皮)를 가루로 만들어 전량을 삼고 있었습니다'라는 기록이 있다. 유피는 느릅나무 껍질, 송피는 소나무 껍질이다. 느릅나무는 굶주릴 때에 껍질을 채취하여 흰 부분을 골라 햇살에 말리고 방아로 찧어 가루를 내어서 물에 타 먹었다고 한다. 그러나 즙액을 우려내어 쓰는 것이 더욱 쉽고 좋았다고 하는데, 느릅나무 껍질을 벗겨 모아서 찧은 다음 질그릇이나 나무 구유(목조)에 담고 여기에 물을 부어 두었다가 즙이 우러나면 그것을 먹었다고 한다.

　구례읍 계산리 유곡마을의 우리말 이름은 느릅실이다. 누룩실이라고도 한다. 실은 본래 골과 같이 곡(谷)의 의미를 띠던 우리말인데 계곡의 이름이 그대로 마을 이름으로 바뀐 것으로 보인다. 계산리에는 천왕봉 동쪽에 누룩실재도 있는데, 고개 남쪽 계산천 주변으로 유곡마을이 있다. 『한국지명총람』에 따르면 유곡 지명은 예전 이곳에 느릅나무가 많았기 때문에 느릅나무 유(楡)자를 써서 유곡이라고 하였다고 한다. 또한 마을에 처음 터를 잡고 땅을 개간할 때 중국의 유협전이 나와서 유곡이 되었다는 설도 있다. 유협(楡莢)은 '느릅나무 열매'를 가리키는데 가운데 들어 있는 씨의 꼬투리 모양이 동전과 같이 둥글고 얇다. 이런 특징 탓에 한나라 고조 때 만든 동전을 유협전이라 불렀다. 보통 '얇은 옛날 돈'을 유협전으로 불렀다.

진천군 백곡면 용덕리 유곡마을도 우리말로는 느릅실이라 한다. 마을을 둘러싸고 있는 산이 느릅나무로 숲을 이루고 있어서 느릅실이라 불러왔다고 한다. 옛날 이 마을에 도자기 가마가 있어 느릅나무 유약을 바르기 위해 느릅나무를 많이 심었는데, 이 느릅나무가 마을을 둘러싸고 숲을 이뤄 느릅실이라 불리게 되었다고도 한다. 유약은 소나무, 참나무는 물론이고 콩대나 볏짚 등 거의 모든 식물이 재료가 되지만 느릅나무도 중요한 재료 중의 하나였다. 또 지역에 따라서는 느릅나무만을 쓴 곳도 있어서 이런 곳에서는 유약을 목적으로 느릅나무를 심기도 했던 것 같다. 이곳 느릅실 가까이 구수리에는 백자 요지도 있어서 신빙성을 더해 준다.

진안군 동향면 신송리에는 누룩골이 있다. 바깥누룩골, 안누룩골이 있는데 한자로는 외유, 내유로 썼다. 외유마을 오른쪽에는 수구막이 역할을 하는 마을숲이 있었는데, 느릅나무로 구성되어 느릅나무 '유(楡)'자를 써서 마을 명칭을 외유라 했다고 한다. 수구막이로 느릅나무를 심었던 것이다. 수구막이는 풍수적 배경을 갖는 마을숲인데 마을 앞쪽으로 물이 흘러가는 출구나 지형상 터져 있는 마을의 앞부분을 은폐하고 비보하기 위해 조성한다. 수구막이숲은 인공적으로 조성되고 보호 유지되는데 야산의 숲과는 달리 단일 수종으로 구성되는 경우가 많다. 신송리 바깥누룩골은 수구막이숲으로 느릅나무를 주로 심었던 것 같다.

한편 경북 예천군 보문면 기곡리의 느룸실은 마을에 느릅나무가 많다 하여 붙여진 이름이라고 한다. 느릅이 아니라 느룸으로 부르는 것이 특이하다. 충북 옥천군 청성면 구음2리도 예부터 느릅나무가 많아서 느름실이라고 했다고 한다. 충남 아산시 송악읍 유곡리에도 느름실마을이 있다. 그런데 이 느름을 '늘음(늘다)'과 관련된 어형으로 보면 느름실은 '길게 늘어진 형상의 골짜기 혹은 그러한 곳에 위치한 마을'로 해석할 수 있다. 연기군 전의면(현 세종시) 느릿골은 느릅나무가 많이 있었다 해서 느릿골이라 부른다고 하는데 실제로는 길게 늘어진 지형과 관련이 깊어 보인다. 서천군 서천읍 사곡리 유곡은 느릇이라고도 하는데 이역시 마찬가지이다. 이 '느럿' '느릇'은 '늘다'에서 비롯된 어형으로 보인다. 한자화할 때는 모두 느릅나무 유 자를 써서 유동, 유곡 등으로 쓰고, 유래도 느릅나무로 이야기하지만 실은 늘어진 지형을 나타낸 이름인 것이다.

'늘'은 땅이름에서는 대개 '늘어진'의 의미로 들어간 곳이 많은데 고개 이름으로 쓰일 때는 더욱 그렇다. 상주시 화북면 장암리와 용유리 사이의 늘재라는 고개는 늘티라고도 하는데, 한자로는 유티(楡峙) 또는 어치(於峙, 늘 어)라고 쓴다. 춘천시 동면 감정리 느랏재는 느릿재라고도 하는데 한자로는 유현(楡峴)이라 썼다. 고개가 높아 느릿느릿 넘어간다고 해서 느랏재 또는 느릿재로 불렀다고 하는데, '늘어진' 고개로 보는 것이 맞을 것 같다. 횡성군 서원면 유현리는 느루개라 불렀는데 한자로는 유현이라 썼다. 늘어짐의 '늘'은 느릅나무 유 자로 옮겨간 것 외에도 널 판(板) 자나 넓을(너를) 광(廣) 자나 누를 황(黃) 등으로 옮겨간 것이 많다.

거창 웅양면 죽림리 유령은 서쪽 주상면 내오리로 통하는 재를 느릅나무재라고 한 데서 누룩남재 또는 누룩재라 불렀다고 한다. 이런 경우는 느릅나무재라든지 느릅남재라고 해서 '나무' 자를 살려 지명화한 것을 보면 실제 느릅나무가 많았던지 큰 느릅나무가 있었던지 해서 느릅나무 지명이 유래한 것으로 이해할 수 있다. 연천군 청산면 장탄리 느릅나무골 (유목곡)도 마찬가지이다. 골짜기에 예전에 큰 느릅나무가 있었다고 해서 '나무' 자를 살려 느릅나무골이라 한 것으로 보아 신빙성이 있다. 강원도 평창군 평창읍 원당리에 있는 원당계곡은 예로부터 이곳에 느릅나무가 많이 자생했기 때문에 지역에서는 느릅골이라고도 불렀으며, 특별히 계곡의 상류 지점만을 지칭해 느릅골이라 부르기도 했다고 한다. 계곡에 자생하는 느릅나무가 많아 느릅골이라 불렀다는 것도 마찬가지로 상당한 신빙성이 있다.

금강산에 있던 유명한 절 유점사(楡岾寺)는 느릅나무 유 자에 땅이름 점 자를 쓴 것이 특이하다. 『세종실록』 지리지(고성군)에는 '유점사-군의 서쪽 금강산에 있는데, 선종(禪宗)에 붙이고, 밭 3백 결을 주었다'고 해서 이름이 나온다. '岾'(고개 재, 땅이름 점) 자는 일찍부터 쓰인 국자(한국제 한자)이다. 독음은 점이지만, 고개를 뜻하는 고유어 '재'가 그대로 한자음화하여 '재'로 읽히기도 하였다. 그렇게 보면 '유점'은 우리말로 '느릅재'로 읽을 수 있는 이름이다. 또한 '유점사'는 '느릅재절'로 읽을 수 있는데, '느릅재'라는 땅이름을 절 이름으로 삼은 것으로 볼 수도 있다.

강원도 고성군 서면 백천교리에 위치한 유점사는 외금강 효운동 계곡에 세운 금강산 4대 사찰 중에서도 가장 크고 웅장한 제일의 대찰이었다. 신라 남해왕(재위 4년~24년 신라의 2대왕으로 혁거세왕과 알영부인의 적자임) 원년에 창건되었다고도 하는데 53불(佛)의 연기와 관련된 창건설화가 전해진다. 이유원은 『임하필기』 '봉래비서'에서 유점사를 다음과 같이 적고 있다.

신라 남해왕 때 53불이 월지국으로부터 철종을 타고 와 안창포에 정박하였다. 고성 태수 노춘이 그 뒤를 밟으니 노루 한 마리와 개 한 마리가 앞에서 길을 인도하였다. 재를 지나가서 종소리를 듣고 들어가 보았더니 종은 느릅나무 가지에 걸려 있었고 여러 부처는 그 아래에 나열되어 있었다. 그래서 절을 창건하고 이내 이름을 유점사라고 했다 한다. 드디어 느릅나무 그루터기가 똬리 튼 사이에 불상을 봉안하고, 누대 이름은 산영루라 하였으며, 13층탑이 있었다.

고려시대 민지(1248~1326)라는 승려가 쓴 『금강산유점사사적기』에는 '53불이 금강산에 터를 잡고 절을 지으려 하자 아홉 마리의 용이 방해했다. 용은 천둥과 번개를 일으켜 큰 비를 내리게 했고, 53불은 느릅나무에 올라가 연못의 물을 끓게 하여 용을 내쫓았다. 결국 용들이 거처를 옮긴 곳은 구룡연이 되었고, 느릅나무가 있던 터에 세워진 절은 유점사가 되었다.'라고도 전한다.

유점사는 6·25 때 완전 소실되었다. 단지 사진으로만 옛 모습을 볼 수 있는데, 연기설화에 나오는 느릅나무 관련 사실을 확인할 수 있다. 사진에 나오는 능인전의 53불상(금동불상)은 느릅나무 불단에 느릅나무 형상의 가지 사이사이에 복잡하게 안치되어 있다. 『사적기』에 나오는 대로 느릅나무 가지에 올라앉은 53불의 모습을 그대로 재연하고 있는 것이다. 보통의 절에서 보는 불상 배치와는 아주 다른 특이한 형태다. 정약용과도 교유가 깊었던 문산 이재의(1772~1839)의 시 「유점사」는 이러한 사연들을 압축적으로 보여주고 있다.

부처님 서쪽에서 합장하고 온

돌로 만든 배 소식 구름 속에 아득하다.

고사(古寺)에 남겨진 금불상을 보라

느릅나무에 앉아 계신 쉰 세 분의 부처님.

우리말 땅이름

초판 1쇄 발행 | 2019년 7월 15일

지은이 윤재철
펴낸이 조기조
펴낸곳 도서출판 b | 등록 2003년 2월 24일 제2006-000054호
주소 08772 서울특별시 관악구 난곡로 288 남진빌딩 302호 | 전화 02-6293-7070(대)
팩시밀리 02-6293-8080 | 홈페이지 b-book.co.kr | 이메일 bbooks@naver.com

ISBN 979-11-89898-06-9 03810
값 | 15,000원